I MITI

Jojo Moyes

INNAMORARSI IN UN GIORNO DI PIOGGIA

Traduzione di Maria Grazia Bosetti
e Raffaella Brignardello

MONDADORI

Titolo originale dell'opera: *Sheltering Rain*

I edizione Oscar Bestsellers ottobre 2016
I edizione I Miti luglio 2021

ISBN 978-88-04-74090-2

Questo volume è stato stampato
presso ELCOGRAF S.p.A.
Stabilimento - Cles (TN)
Stampato in Italia. Printed in Italy

librimondadori.it

Innamorarsi in un giorno di pioggia

Per Charles Arthur
e Betty McKee

Prologo

L'arcivescovo bacerà la mano destra della regina. Quindi il duca di Edimburgo salirà la scalinata che porta al Trono, si toglierà la corona gentilizia, si inchinerà davanti a Sua Maestà e ponendo le sue mani tra le mani della regina pronuncerà la formula di omaggio:

Io, Filippo, duca di Edimburgo,
pongo la mia vita al Vostro servizio
e Vi offro la mia sincera devozione;
e Vi dovrò fede e verità,
nella vita e nella morte, di fronte a tutte le genti.
Con l'aiuto di Dio.

E alzandosi toccherà la corona posta sul capo di Sua Maestà e bacerà Sua Maestà sulla guancia sinistra.

Allo stesso modo, il duca di Gloucester e il duca di Kent renderanno i loro omaggi separatamente.

Dal cerimoniale per l'Incoronazione, 1953

Probabilmente era stato poco rispettoso, avrebbe pensato Joy in seguito, incontrare il proprio futuro marito nel giorno dedicato alla principessa Elisabetta. O alla regina Elisabetta II, come sarebbe stata chiamata con maggiore pompa alla fine di quella giornata. Tuttavia, considerando la serietà del momento per entrambe, era stato piuttosto difficile (almeno per Joy) raggiungere il grado appropriato di esaltazione.

Era una giornata foriera di pioggia, non certo di investiture divine. Il cielo sul porto di Hong Kong era coperto di nuvole grigie come il piombo, e mentre camminava attorno al Peak insieme a Stella, con una cartella di spartiti intrisi di umidità, le ascelle appiccicose come se fossero spalmate di grasso e la camicetta che le aderiva alla schiena come glassa su una torta, Joy non aveva provato un gran fervore monarchico al pensiero della festa per l'Incoronazione dai Brougham Scott.

C'era sua madre, in agitazione ancor prima di uscire di casa, tesa e insoddisfatta soprattutto per la presenza del marito, rientrato da uno dei suoi viaggi in Cina. Le sue visite sembravano sempre coincidere con rapidi cali dell'umore di Alice, trasformando il suo ardente desiderio di una vita migliore in recriminazioni più grette e oscure. «Non vorrai vestirti così» aveva detto a Joy rivolgendole uno sguardo corrucciato, la bocca scarlatta stretta in una smorfia di disapprovazione.

Joy aveva guardato la porta. Non vedeva l'ora di incontrare Stella per non dover camminare fino alla villa dei Brougham Scott con i suoi genitori e aveva mentito, dicendo loro che gli ospiti avevano richiesto che gli spartiti venissero consegnati in anticipo. Gli spostamenti con i suoi genitori, anche una semplice passeggiata, le facevano venire il mal di mare.

«Sembri così ordinaria, cara. E quei tacchi...

Guarderai tutti dall'alto in basso.» Quel "cara" era un edulcorante che le era molto familiare, destinato a mascherare la sgradevolezza delle parole di Alice.

«Starò seduta.»

«Non puoi restare seduta per tutta la sera.»

«Allora piegherò le ginocchia.»

«Dovresti mettere una cintura più alta. Ti toglierà qualche centimetro.»

«Mi schiaccia le costole.»

«Non so perché dev'essere tutto così difficile con te. Sto solo cercando di valorizzarti. Non è che tu ti sforzi molto per apparire carina.»

«Oh, mamma, non mi importa. E non importa a nessun altro. Chi vuoi che badi a me? Staranno tutti ascoltando la Principessa che pronuncia il giuramento.» "Lasciami andare" pregò tra sé e sé. Sarebbe già stata dura sopportare l'umore caustico di Alice per l'intera durata della festa.

«Be', importa a me. La gente penserà che ho cresciuto una figlia trasandata.»

Alice dava grande importanza a Cosa Penserà La Gente. «Hong Kong è una boccia per pesci rossi» diceva. «C'è sempre qualcuno che ti osserva, che parla di te.» "In che mondo piccolo e noioso siamo costretti a vivere" avrebbe voluto risponderle Joy. Ma non lo faceva, principalmente perché era vero.

Ci sarebbe stato anche suo padre, che senza dubbio avrebbe bevuto troppo e baciato tutte le donne sulla bocca invece che sulle guance, costringendole a guardarsi attorno in ansia, nel dubbio di averlo in qualche modo provocato. E più tardi si sarebbe lasciato andare, alzando la voce con Alice. Che razza di moglie poteva negare al marito un po' di divertimento, dopo settimane di lavoro estenuante in Cina ("e sappiamo tutti quanto sia terribile avere a che fare con gli orientali")? Dall'invasione giapponese non era stato più lo stesso. Ma di questo non si parlava.

E poi ci sarebbero stati i Brougham Scott. E i Marchant. E i Dickinson. E gli Alleyne. E tutte le altre coppie che appartenevano a quella particolare classe che risiedeva appena sotto il Peak, ma non oltre Robinson Road (i livelli intermedi, in quei giorni, erano destinati agli impiegati), e si incontravano a tutte le feste del Cricket Club di Hong Kong e alle corse all'ippodromo di Happy Valley, dividevano giunche aziendali per fare gite a base di sherry attorno a isole sperdute e si lamentavano di quanto fosse difficile procurarsi del latte, e delle zanzare e dei costi delle proprietà immobiliari e della scioccante maleducazione dei domestici cinesi. E parlavano dell'Inghilterra e di quanto ne sentissero la mancanza e dei visitatori provenienti dall'Inghilterra e di quanto fossero sbiadite e noiose le loro vite e di quanto l'Inghilterra sembrasse sciatta, sebbene la guerra fosse ormai finita da secoli. Ma perlopiù parlavano gli uni degli altri, i militari con un linguaggio tutto loro, fatto di battute e umorismo da caserma; i commercianti denigravano l'operato dei concorrenti e le loro donne passavano da un gruppo all'altro, scambiandosi una serie infinita di commenti carichi di noia e veleno.

Il peggiore di tutti era William, presenza immancabile a qualsiasi evento sociale, con il suo mento sfuggente, i capelli biondi e sottili, e la voce acuta e strozzata. Ogni volta le posava le mani mollicce sulla schiena per sospingerla dove lei non aveva alcuna intenzione di andare. E mentre lei fingeva educatamente di ascoltarlo, gettava un'occhiata dall'alto al suo cranio, osservando il punto in cui le ciocche cominciavano a diradarsi.

«Pensi che sia nervosa?» chiese Stella, che portava i capelli acconciati in uno chignon lucido come vernice fresca. Non c'era l'ombra di un ricciolo fuori posto, nell'aria umida, mentre i capelli di Joy sfuggivano a ogni tentativo di domarli. Bei-Lin, la sua *amah*, la guardava con disapprovazione mentre si riempiva di forcine, come se quella chioma ribelle fosse espressione della sua mancanza di disciplina.

«Chi?»

«La principessa. Io lo sarei. Pensa a tutte le persone che la stanno guardando.»

Nelle ultime settimane, Stella, che in quel momento era splendida con una gonna rossa, una camicetta bianca e un cardigan blu scelti per l'occasione, aveva mostrato quello che agli occhi di Joy era un insano interesse nei confronti della principessa Elisabetta. Si domandava quali gioielli avrebbe scelto, quale abito, quanto sarebbe stata pesante la corona, e persino se il neosposo sarebbe stato geloso del suo titolo, visto che lui non sarebbe diventato re. Joy cominciava a sospettare che provasse un sentimento di identificazione da suddito-poco-umile.

«Be', non la vedranno proprio tutti. Tante persone seguiranno la cerimonia alla radio, come noi.» Si fecero entrambe da parte per lasciar passare un'auto, gettando una rapida occhiata nell'abitacolo per vedere se si trattava di qualcuno che conoscevano.

«Però potrebbe sempre dire qualcosa di sbagliato. Io lo farei. Sono sicura che comincerei a balbettare.»

Joy ne dubitava, perché Stella era un modello di signorilità. Al contrario di lei, era dell'altezza giusta per una giovane signora e indossava sempre abiti eleganti, che il suo sarto Tsim Sha Tsui le confezionava seguendo la moda parigina. Non inciampava mai, non era mai scostante quando era in compagnia e conversava sempre amabilmente con l'infinita serie di ufficiali di passaggio, obbligati a partecipare a "ricevimenti" ideati per distrarli dall'imminente partenza per la guerra di Corea. Joy pensava spesso che l'immagine pubblica di Stella sarebbe stata leggermente intaccata, se si fosse saputo della sua capacità di pronunciare tutto l'alfabeto ruttando.

«Pensi che dovremo restare fino alla fine?»

«Di cosa, dell'intera cerimonia?» Joy sospirò, dando un calcio a un sasso. «Durerà delle ore e presto saranno tutti brilli e cominceranno a parlarsi alle spalle. E mia madre inizierà a flirtare con Duncan Alleyne e a insistere sul fatto che William Farquharson è imparentato con i Jardine e sarebbe un buon partito per una ragazza della mia levatura.»

«Direi che è piuttosto basso per una ragazza della tua levatura.» Stella era anche spiritosa.

«Ho messo i tacchi alti apposta.»

«Oh, Joy, andiamo. È elettrizzante. Avremo una nuova regina.»

Joy fece spallucce. «Perché dovrei sentirmi elettrizzata? Non viviamo nemmeno nello stesso posto.»

«Perché è la nostra regina. E ha quasi la nostra

stessa età! Pensa! La festa sarà la più grandiosa da secoli. Ci saranno tutti.»

«Ma ci sarà sempre la stessa gente. Non è divertente andare alle feste, se c'è sempre la stessa gente.»

«Oh, Joy, hai proprio deciso di essere negativa. Ti accorgeresti che c'è un sacco di gente nuova, se solo ti decidessi a parlare con qualcuno.»

«Ma non ho niente da dire. Si interessano solo di vestiti e di chi si è comportato male con chi.»

«Oh, scusaci tanto» disse Stella con aria maliziosa. «Qualcos'altro?»

«Non parlo di te. Ma sai che cosa voglio dire. La vita non è solo questo. Non vorresti andare in America? O in Inghilterra? Girare il mondo?»

«Sono stata in un sacco di posti.» Il padre di Stella era comandante di vascello. «Onestamente, penso che alla gente interessino sempre le stesse cose, ovunque tu vada. Quando eravamo a Singapore, era una girandola di feste. Si è annoiata persino la mamma. Comunque, non c'è sempre la stessa gente. Ci sono gli ufficiali. Oggi ce ne saranno tanti. E sono sicura che non li conosci ancora tutti.»

C'erano moltissimi ufficiali, in effetti. L'ampia terrazza dei Brougham Scott, dalla quale si vedeva il porto di Hong Kong, nei rari momenti in cui la bruma non circondava il Peak, era come una distesa bianca. All'interno, sotto i ventilatori che ronzavano come enormi eliche, anche i domestici cinesi indossavano uniformi bianche, e si muovevano silenziosi tra gli ospiti con le loro scarpe morbide, offrendo long drink con ghiaccio su vassoi d'argento. Nell'umidità soffocante, il mormorio delle voci saliva quasi fino a coprire la musica e poi si affievoliva di nuovo. I gagliardetti con la bandiera inglese pendevano dal soffitto come biancheria appena stesa e si muovevano a malapena nella brezza artificiale.

Pallida e voluttuosa, e apparentemente altrettanto priva di energie, Elvine Brougham Scott era distesa su una chaise-longue damascata nell'angolo del soggiorno di marmo, circondata come al solito da interi reparti di ufficiali premurosi. Indossava un abito di seta color prugna con lo scollo a cuore, con la gonna che le ricadeva in ampie pieghe sulle gambe lunghe e candide. (Non c'erano tracce di sudore sotto le sue ascelle, notò Joy, stringendo le braccia al busto.) Una delle sue scarpe bordate di finto ermellino era già scivolata sul pavimento, scoprendo le unghie laccate di rosso. Joy sapeva cosa avrebbe detto sua madre vedendola, per sfogare la frustrazione di non somigliare abbastanza a Barbara Stanwyck da poter indossare lei stessa quel vestito. Così come il rossetto scarlatto da vera vamp.

Joy e Stella consegnarono gli spartiti e accennarono un saluto, sapendo che la signora Brougham Scott non gradiva le interruzioni. «Come faremo a seguire la cerimonia?» chiese Stella ansiosamente, guardandosi intorno alla ricerca della radio. «Come fanno a sapere quando inizia?»

«Non si preoccupi, mia cara, mancano ancora alcune ore» disse Duncan Alleyne chinandosi per guardare l'orologio. «Non dimentichi che tra la madrepatria e Hong Kong ci sono otto ore di differenza.» Duncan Alleyne parlava sempre come un eroe della RAF in un film di guerra. Le ragazze lo trovavano buffo, ma, con grande disappunto di Joy, faceva sentire Alice un'attrice drammatica.

«Sai che deve accettare "gli oracoli viventi di Dio"?» chiese Stella con grande entusiasmo.

«Cosa?»

«La principessa Elisabetta. Nella cerimonia. Deve accettare "gli oracoli viventi di Dio". Non ho idea di che cosa siano. E ha quattro cavalieri dell'Ordine della Giarrettiera al suo servizio. Pensi che si occuperanno delle sue giarrettiere? Dopotutto, lei ha già una dama di compagnia addetta al suo guardaroba. Me lo ha detto Betty Warner.»

Joy notò lo sguardo sognante dell'amica. Perché lei non riusciva a sentirsi altrettanto coinvolta dall'avvenimento? Perché il pensiero della serata che l'aspettava la riempiva solo di terrore?

«E poi, non ci crederai: le ungeranno il petto con l'olio santo. Davvero. Vorrei essere là per vedere se l'arcivescovo glielo tocca sul serio.»

«Ciao, Joy. Santo cielo... hai un'aria... hai un'aria... ecco, mi sembri piuttosto accaldata. Sei venuta a piedi?» William arrossì per l'approccio ardito e tese la mano flaccida in un tentativo di saluto poco convinto. «Scusa. Non volevo... cioè, io sono venuto a piedi. Anch'io. E sono fradicio. Molto più fradicio di te. Guarda.» Joy prese al volo da un vassoio un calice con un drink rosa e lo tracannò. Quel giorno la principessa Elisabetta non sarebbe stata la sola a offrire la vita al suo Paese.

Prima dell'inizio della cerimonia di Incoronazione, Joy bevve molti altri drink rosa. Con l'umidità tendeva a disidratarsi, e aveva scoperto che quei cocktail andavano giù con una certa facilità. Non sembravano alcolici e l'attenzione di sua madre era rivolta altrove, divisa tra il ghigno da beone di Duncan Alleyne e il marito, che con il suo evidente buon umore la rendeva furiosa. Fu quindi una sorpresa per Joy quando il volto della principessa Elisabetta, appeso alla parete della sala da pranzo, cominciò a moltiplicarsi e a ridacchiare con aria complice davanti ai suoi tentativi di camminare in linea retta.

Il frastuono della festa era aumentato, e le voci degli ospiti, che le abbondanti libagioni avevano reso impastate e più acute, rimbombavano nell'ampio pianoterra della villa. Joy si era progressivamente isolata, essendo incapace di affrontare il genere di conversazione adatto alla circostanza. Le sembrava di essere in grado solo di respingere le persone, invece di attirarle a sé. Era finalmente riuscita a liberarsi di William, dicendogli che il signor Amery voleva parlargli di affari. Stella era scomparsa, inghiottita da un gruppetto di ufficiali di marina. Rachel e Jeannie, le altre due ragazze della sua età, erano sedute in un angolo, in compagnia di due spasimanti gemelli con i capelli impomatati. Ormai libera dal disprezzo – o dalle attenzioni – dei suoi coetanei, Joy aveva fatto amicizia con i drink rosa.

Resasi conto che il suo bicchiere era di nuovo vuoto, si guardò attorno alla ricerca di un cameriere. Sembravano scomparsi, o forse era lei ad avere qualche difficoltà a distinguerli dagli ospiti. Ridendo tra sé, pensò che avrebbero dovuto indossare giacche con la bandiera inglese. O coroncine.

Sentì a malapena il suono del gong e la risata tenorile del signor Brougham Scott che cercava di attirare tutti verso la radio. Appoggiata a una colonna, Joy aspettò che le persone davanti a lei si spostassero. A quel punto, sarebbe potuta uscire sulla terrazza a respirare un po' d'aria, ma la folla davanti a lei formava una muraglia invalicabile.

«Oddio,» mormorò «ho bisogno d'aria.»

Pensava di aver parlato tra sé e sé, ma all'improvviso si sentì afferrare un braccio e qualcuno mormorò: «Venga, usciamo».

Con sua grande sorpresa, Joy fu costretta ad alzare lo sguardo. (Le capitava di rado: era più alta di quasi tutti i cinesi e di buona parte degli uomini presenti alla festa.) Riuscì a malapena a distinguere due volti lunghi e seri che incombevano su di lei, nuotando su due stretti colletti bianchi. Un ufficiale di marina. O forse erano due, non ne era certa. In ogni caso, si sentì stringere un braccio e guidare con gentilezza in mezzo alla folla, verso la terrazza.

«Vuole sedersi? Respiri profondamente. Le porto un bicchiere d'acqua.» Lo sconosciuto la fece accomodare su una sedia di vimini e scomparve.

Joy inspirò l'aria fresca. Si stava facendo buio e la foschia era calata sul Peak, isolando la casa dal resto dell'isola di Hong Kong. I segnali distanti e stridenti delle chiatte che scivolavano sull'acqua sotto di lei, lo stormire degli alberi di banano poco lontano e i deboli effluvi di aglio e zenzero nell'aria immobile erano le uniche prove del fatto che non era sola.

Fu l'odore a darle il colpo di grazia. «Oddio,» borbottò «oh, no...»

Si guardò alle spalle, notando con grande sollievo che l'ultimo degli invitati stava rientrando nella stanza dove si trovava la radio, poi si chinò sulla balaustra del balcone e vomitò a lungo e rumorosamente.

Quando tornò a sedersi, ansante, con i capelli incollati alle tempie madide di sudore, aprì gli occhi e vide l'ufficiale di marina in piedi davanti a lei con un bicchiere di acqua gelata in mano. Non riuscì ad aprire bocca. Si limitò a guardarlo con orrore muto, poi nascose il viso e l'imbarazzo dietro il bicchiere. "Forse" pregò, d'un tratto sgradevolmente sobria "quando alzerò gli occhi se ne sarà andato."

«Vuole un fazzoletto?»

Joy tenne il volto chinato verso il basso, gli occhi torvi puntati sulle sue scarpe con i tacchi troppo alti. Qualcosa di innominabile le si era bloccato in gola, e si rifiutava di andare giù nonostante i ripetuti tentativi di deglutire.

«Ecco, tenga.»

«Se ne vada, la prego.»

«Cosa?»

«Ho detto: "Se ne vada, la prego".» Oddio, doveva andarsene subito, prima che sua madre uscisse a cercarla, altrimenti si sarebbe scatenato l'inferno. Già si immaginava la sequela di lamentele: 1. Non La Si Può Portare In Giro; 2. Un Comportamento Vergognoso o Perché Non Somiglia Di Più A Stella?; 3. Cosa Penserà La Gente?

«La prego. La prego, vada via.»

Joy si rendeva conto della propria scortesia ma, pensando all'orribile prospettiva di essere scoperta e di essere costretta ad avere una conversazione educata con la camicetta... o il viso... macchiati da chissà cosa, concluse che era il male minore.

Seguì una pausa prolungata. Dalla sala da pranzo giungevano esclamazioni che si sovrapponevano l'una all'altra.

«Credo sia meglio che non resti sola, per un po'.» Non era una voce giovane ed eccitata, come quella di buona parte degli ufficiali, ma non aveva neppure un'intonazione bassa e profonda, tipica di un uomo abituato a esercitare il potere. Non poteva avere un grado molto elevato.

"Perché non se ne va?" pensò Joy.

Restò in piedi accanto a lei. Indossava pantaloni immacolati, ma Joy notò una macchia marroncina sullo stinco sinistro.

«Ora sto molto meglio, grazie. E preferirei davvero che se ne andasse. Penso che potrei tornare a casa.» Sua madre si sarebbe infuriata, ma poteva dirle che si era sentita male. In fondo non sarebbe stata una menzogna. Solo quell'uomo sapeva la verità.

«Mi permetta di accompagnarla» le disse.

Il rumore che proveniva dall'interno della villa aumentò e si udirono alcune risate un po' stridule. All'improvviso partì un pezzo jazz, che però si interruppe subito.

«La prego,» disse l'uomo «mi dia la mano. La aiuterò ad alzarsi.»

«Le spiace lasciarmi sola?» Joy si rese conto di avere assunto un tono troppo duro. Seguì un breve silenzio, che a lei parve infinito, poi si sentirono i passi dell'uomo che si allontanava per rientrare nella sala.

Era troppo triste per provare ancora vergogna. Si alzò in piedi, bevve un lungo sorso di acqua ghiacciata e si diresse a passi rapidi, anche se piuttosto incerti, verso casa. Con un po' di fortuna sarebbe riuscita ad avvisare i domestici e fuggire mentre erano tutti all'ascolto. Ma mentre varcava la soglia del soggiorno, gli ospiti si stavano già sparpagliando. Tra i primi vide Stella, con gli occhi pieni di lacrime e un'espressione delusa.

«Oh, Joy, da non crederci.»

«Cosa?» domandò lei, chiedendosi quando sarebbe riuscita finalmente ad andarsene.

«Quella maledetta radio. Non poteva rompersi in un giorno peggiore. Non posso credere che ne abbiano una sola. Chiunque ha più di una radio in casa, ne sono certa.»

«Non c'è motivo di agitarsi, cara Stella» disse Duncan Alleyne, sfiorandosi i baffi con una mano e trattenendo l'altra sulla spalla della ragazza, un po' troppo a lungo per esprimere un semplice interesse paterno. «Presto uno dei domestici andrà a prenderne una dai Marchant. Non perderai nulla.»

«Perderemo tutto l'inizio. E non potremo sentirlo un'altra volta. Probabilmente non ci sarà un'altra Incoronazione in tutta la nostra vita. Oh, non ci posso credere.» Stella era scoppiata a piangere, incurante degli invitati attorno a lei, alcuni dei quali consideravano chiaramente la cerimonia regale solo un'interruzione irritante di una festa perfetta.

«Stella, io me ne devo andare» bisbigliò Joy. «Mi dispiace tanto. Non mi sento bene.»

«Ma non puoi! Resta almeno finché non arriverà la radio.»

«Ti chiamo domani.» Visto che i suoi genitori erano ancora seduti attorno alla radio muta, Joy si diresse rapidamente verso la porta. Salutò con un cenno del capo il domestico all'ingresso e se ne andò da sola, nell'aria umida della sera, con l'unica compagnia delle zanzare e dei dubbi sull'uomo che aveva lasciato alla festa.

Gli espatriati di Hong Kong erano abituati a vivere bene, il loro calendario prevedeva ogni giorno cocktail e cene, quindi non era insolito incontrare qualche volto *gweilo* per strada, la mattina presto. Ma Joy, che la mattina seguente si era svegliata incredibilmente lucida nonostante lo sfortunato incidente con i drink rosa, si trovò nella rara condizione di essere in netta minoranza.

Era come se tutto il Peak soffrisse per i postumi di una sbornia. Tra gli uomini e le donne cinesi che camminavano silenziosi, alcuni portando cesti pesanti o trascinando carretti carichi di ciarpame, non c'era l'ombra di un europeo. Fuori dalle case dipinte di bianco, un po' arretrate rispetto alla strada, fiumi di bandierine colorate pendevano con aria quasi contrita, e le immagini della principessa sorridente appese alle finestre avevano gli angoli arricciati, come se fossero stanche per gli eccessi della notte appena trascorsa.

Muovendosi a passo felpato sul teak che ricopriva i pavimenti dell'appartamento, Joy e Bei-Lin bisbigliavano per non svegliare Alice e Graham, che avevano discusso in modo sempre più acceso e incoerente fino alle ore piccole. Joy aveva deciso che l'unica cosa da fare fosse andare a cavallo nei Nuovi Territori. Quel giorno sarebbero stati tutti irascibili e tristi. L'aria umida, più pesante che mai, amplificava il mal di testa degli ubriachi e faceva presagire una giornata di torpore e malumore, da trascorrere distesi su comode poltrone, sotto i ventilatori. Non era il caso di restare in città. Ma Joy aveva un problema: quella mattina nessuno poteva accompagnarla.

Era andata da Stella verso le dieci, ma le tende erano ancora tirate e aveva preferito non disturbarla. Suo padre, che in genere acconsentiva di buon grado a scarrozzare la sua principessa, non si sarebbe alzato prima di mezzogiorno. E non c'era nessun altro a cui rivolgersi. Seduta su una sedia di vimini accanto alla finestra, Joy stava accarezzando l'idea di raggiungere il centro in tram e prendere un treno. Non lo aveva mai fatto da sola e Bei-Lin si era rifiutata di accompagnarla: se al risveglio la padrona avesse scoperto che la sua domestica era andata a fare una "gita", sarebbe stata di umore decisamente pessimo. «Dio salvi quella maledetta regina» aveva borbottato Joy di fronte al suo rifiuto.

Non era la prima volta che sentiva il desiderio di ribellarsi alle restrizioni fisiche e geografiche che limitavano la sua vita. Quando le donne e i bambini avevano abbandonato la colonia, poco dopo l'invasione giapponese di Hong Kong, si era trasferita in Australia con la madre e si era ritrovata a godere di libertà che le erano ignote. Abitavano dalla sorella di Alice, Marcelle, e le porte della sua casa sulla spiaggia sembravano sempre aperte per Joy. I vicini apparivano così allegri e rilassati rispetto a quelli di Hong Kong.

Anche Alice era più rilassata, era rifiorita nel clima secco di quel Paese in cui tutti parlavano la sua lingua e gli uomini, alti e abbronzati, flirtavano spudoratamente con lei. Laggiù, le sue maniere erano il massimo della raffinatezza, i suoi abiti assolute novità, e lei poteva esibire la sua immagine ideale di donna in esilio: chic, cosmopolita ed esotica. Inoltre, Marcelle era più giovane di lei e nelle questioni di gusto e di stile seguiva tutte le sue indicazioni, con una deferenza che la lusingava. Quella buona disposizione generale nei suoi confronti portava Alice a essere meno "infastidita" del solito da Joy. Lasciava che andasse in spiaggia o a fare acquisti lanciandole a malapena uno sguardo, mentre a Hong Kong era perennemente preoccupata del suo aspetto, delle sue maniere e dei potenziali pericoli che avrebbe incontrato in quel Paese incivile, soprattutto se fosse uscita da sola.

«Odio la mia vita» disse Joy ad alta voce, lasciando che i suoi pensieri si addensassero attorno a lei come nuvole minacciose.

«Signorina?» Era Bei-Lin, ferma sulla soglia. «Un signore vuole vederla.»

«È per mia madre?»

«No, signorina. Ha chiesto di lei» rispose Bei-Lin, e sorrise con aria d'intesa.

«Allora fallo entrare.»

Aggrottando la fronte, Joy si sistemò i capelli e si alzò. L'ultima cosa che desiderava era avere compagnia.

La porta si aprì e nella stanza entrò un uomo che non aveva mai visto prima. Indossava una camicia bianca a maniche corte e pantaloni color crema, aveva i capelli rossicci tagliati corti, un viso allungato dai lineamenti eleganti e gli occhi azzurri. Era alto e avanzò chino in avanti, probabilmente per abitudine. "Ufficiali di marina" pensò distrattamente. "Si inchinano sempre quando passano da una porta."

«Signorina Leonard.» Teneva un cappello di paglia davanti a sé, stringendolo con entrambe le mani. Joy lo guardò stupita. Non capiva come facesse a sapere il suo nome.

«Edward Ballantyne. Mi scuso per questa intrusione. Volevo solo... Desideravo sapere come stava.»

Joy lo guardò meglio e quando lo riconobbe arrossì. Aveva visto quel viso solo una volta, in duplicato. Si portò involontariamente una mano alla bocca.

«Mi sono preso la libertà di chiedere alla sua amica il suo nome e il suo indirizzo. Volevo solo assicurarmi che fosse arrivata a casa sana e salva. Mi sento in colpa per averla lasciata andare via da sola.»

«Oh, no» disse Joy, fissandosi risolutamente la punta dei piedi. «È andato tutto bene. Lei è molto gentile» aggiunse dopo un attimo, consapevole di avergli dato una risposta troppo secca.

Rimasero in piedi per qualche minuto, finché Joy non si rese conto che non aveva alcuna intenzione di andarsene. Si sentiva così a disagio che cominciò ad avvertire un prurito diffuso. Non si era mai sentita così in imbarazzo come la sera prima e ora riprovava la stessa sensazione, come un sapore troppo intenso. Perché non si decideva ad andarsene? Doveva lasciarla sola con la sua umiliazione. Bei-Lin indugiava ansiosa sulla porta, ma Joy la ignorò volutamente perché non aveva la benché minima intenzione di offrire da bere a quell'uomo.

«In effetti,» disse lui «mi chiedevo se non avesse voglia di fare una passeggiata. O una partita a tennis. Il nostro comandante ha ricevuto un permesso speciale per utilizzare alcuni campi vicino a Causeway Bay.»

«No, grazie.»

«Forse posso chiederle di mostrarmi la città? Non sono mai stato a Hong Kong prima d'ora.»

«Mi spiace molto, ma stavo per uscire» disse Joy, ancora incapace di guardarlo.

Seguì una pausa prolungata. Lui la stava decisamente fissando. Lo sentiva.

«Sta andando in un bel posto?»

«Cosa?» Joy sentiva il cuore battere forte nel petto. Perché non se ne andava?

«Ha detto che stava per uscire. Mi chiedevo se... be', dove fosse diretta.»

«Vado a cavallo.»

«A cavallo?» A quel punto Joy alzò gli occhi, sentendo il tono entusiastico della sua voce. «Ci sono cavalli da queste parti?»

«Non proprio qui» rispose. «Non sull'isola. Nei Nuovi Territori. Un amico di mio padre gestisce una scuderia lassù.»

«Le dispiacerebbe se mi unissi a lei? A casa ogni tanto vado a cavallo. Mi manca terribilmente. Anzi, non vedo un cavallo da nove mesi.»

Lo disse con la stessa nostalgia che si avvertiva nella voce di quasi tutti i militari che parlavano delle loro famiglie. Joy si accorse che il suo viso severo appariva più dolce e aperto. Dovette ammettere che era estremamente attraente e aveva un'aria adulta.

Ma era stato testimone di una scena imbarazzante, sulla terrazza.

«Ho un'automobile. Potrei accompagnarla. Oppure seguirla, se lo ritenesse... come dire... più opportuno.»

Joy sapeva che sua madre sarebbe inorridita se Bei-Lin le avesse comunicato che la signorina era salita in automobile con uno sconosciuto, ma restare tra i piedi di Alice tutto il giorno, bersaglio dei suoi attacchi, sarebbe stato forse anche peggio. E non le dispiaceva affatto l'idea di scivolare lungo le strade silenziose con quello strano uomo alto e lentigginoso, che invece di metterla a disagio, come facevano molti ufficiali, si limitava a parlare di sé. Le raccontò dei suoi cavalli in Irlanda (curiosamente non aveva l'accento irlandese), della campagna selvaggia dove viveva e cacciava, e della noia e la claustrofobia infinite che provava quando era confinato a bordo, inchiodato in un mondo minuscolo, con le stesse persone, per mesi e mesi di seguito.

Lei non aveva mai sentito nessun uomo parlare così, abituata com'era ai commenti smozzicati tipici di buona parte degli ufficiali che frequentava. Edward era franco e diretto. Parlava come se fosse stato privato dell'uso della parola per molto tempo, pronunciando intere frasi d'un fiato. Sembrava che cercasse di prendere aria per non affogare, interrompendosi di tanto in tanto e scoppiando in una risata fragorosa. Poi si fermava, la guardava quasi imbarazzato dalla propria mancanza di contegno e restava in silenzio, finché nella sua mente un nuovo pensiero premeva per essere espresso.

Joy si ritrovò a ridere insieme a lui timidamente, almeno all'inizio, poi cominciò a sentirsi come liberata da quello strano uomo, così quando arrivarono alle scuderie era raggiante e allegra come non mai. Erano bastati quaranta minuti di assenza per trasformarla. Sua madre di certo non l'avrebbe riconosciuta e, in effetti, nemmeno lei si riconosceva, mentre guardava di sottecchi l'uomo seduto lì accanto, abbassando lo sguardo pudicamente quando i loro occhi si incontravano e comportandosi... ecco... come Stella.

Il signor Foghill disse che gli avrebbe permesso di cavalcare. Joy lo aveva sperato segretamente e, quando Edward si era trattenuto a parlare con lui dei grandi cacciatori che aveva conosciuto, concordando sull'evidente superiorità dei purosangue irlandesi rispetto agli inglesi, l'ometto aveva perso tutta la sua iniziale rigidità e gli aveva persino consigliato il suo cavallo, un giovane sauro maestoso. Si limitò a imporre a Edward di fare un paio di giri del maneggio per controllare come stava in sella e come reggeva le briglie. Evidentemente, quello che vide gli piacque, così Edward e Joy varcarono il cancello e imboccarono la strada che portava in aperta campagna.

Joy non sapeva che cosa le stesse succedendo. Non riusciva a smettere di sorridere e annuire, e doveva sforzarsi di cogliere le parole di Edward ignorando l'insolito ronzio che sentiva nelle orecchie. Era grata di doversi aggrappare alle redini e di dover tenere lo sguardo fisso sul lungo collo grigio dell'animale, che oscillava allo stesso ritmo dello scalpiccio degli zoccoli, perché non riusciva a concentrarsi su nient'altro. Si sentiva allo stesso tempo distante da tutto ciò che la circondava eppure acutamente consapevole di ogni più piccolo particolare. Come le mani di Edward. E le sue lentiggini. E le due rughe che gli solcavano le guance quando sorrideva. Non si accorse neppure delle zanzare che si avventavano sul suo collo, restando intrappolate tra i capelli legati dietro la nuca, pronte a pungerle la pelle pallida e morbida.

E poi sapeva cavalcare sul serio, perché si teneva in sella ben dritto ma rilassato, muovendo le mani avanti e indietro per evitare che le redini tirassero troppo il morso del cavallo e allungandosi ogni tanto per accarezzare l'animale o scacciare una mosca. Joy era stata alle scuderie con un altro uomo che le piaceva, un timido banchiere amico di suo padre, ma la sua vaga infatuazione si era dissolta come fumo nel vento quando lo aveva visto barcollare sulla sella, incapace di nascondere la paura quando il cavallo aveva accennato un piccolo trotto. Non si sarebbe neppure sognata di far avvicinare William alle scuderie. Non c'era niente di più indisponente che vedere un uomo a cavallo. In quel momento, invece, Joy si rese conto del grande fascino che un ottimo cavallerizzo poteva esercitare.

«È mai stata in Scozia?» chiese Edward.

«Cosa?»

«Queste zanzare. Sono come i moscerini» disse lui, schiaffeggiandosi la nuca. «Mordono dappertutto.»

Joy arrossì e abbassò lo sguardo. Continuarono a cavalcare. Il cielo si fece più cupo e opprimente, e Joy non sapeva più se fosse l'aria umida o il sudore a impregnarle i vestiti e a incollarle addosso ramoscelli e fili d'erba. L'aria ferma sembrava attutire ogni cosa, smorzando il rumore degli zoccoli come se fossero avvolti nella flanella e avvolgendo lei e Edward in una coperta calda e umida. Sopra di loro, oltre la vetta del monte Lion, persino le poiane sembravano gocce nere e immobili, come se qualsiasi movimento fosse troppo faticoso, mentre le foglie che sfioravano gli stivali di Joy lasciavano tracce bagnate.

Se Edward si era accorto del turbinio dei suoi pensieri, del rossore, della difficoltà di spiccicare parola o del fatto che il cavallo avesse approfittato della sua distrazione per strappare dagli arbusti qualche boccone di troppo, non disse nulla. Joy si ricompose quando i cavalli aumentarono il ritmo lungo una pista che costeggiava una risaia e lui si fermò davanti a una baracca per comprarle un quarto di anguria. Almeno riusciva a guardarlo in viso senza provare imbarazzo. Proprio in quel momento si accorse che il nastro che aveva usato per raccogliere i capelli si era sciolto, lasciandole ricadere sulle spalle alcune ciocche disordinate e sudate. Ma Edward non sembrò farci caso e si limitò ad allungare una mano protetta da un fazzoletto per scostarle un ricciolo dal viso. A quel tocco, Joy avvertì una scossa elettrica, che si protrasse per qualche minuto.

«Mi sono divertito molto, Joy» disse Edward con aria meditabonda mentre riportavano i cavalli alla scuderia. «Lei non sa che cosa abbia significato per me avere la possibilità di cavalcare.»

Joy sapeva che prima o poi avrebbe dovuto dire qualcosa, ma sapeva anche che, se solo ci avesse provato, le sarebbe sfuggito un commento goffo e inappropriato. In qualche modo avrebbe tradito il desiderio strano e doloroso che all'improvviso aveva cominciato a provare. Se invece non avesse detto niente, Edward non avrebbe potuto pensare troppo male di lei.

«E non conosco molte ragazze che sappiano cavalcare. Le ragazze del mio villaggio sono, come dire... piuttosto muscolose. Ragazze di paese. E di solito non cavalco in loro compagnia. E quando attracchiamo in qualche porto, le uniche ragazze che incontro vogliono andare alle feste ed essere spiritose, e in quel campo non sono un granché. Una volta ho avuto una ragazza, era un po' come lei, ma... be', è finita. E da secoli non mi sentivo davvero a mio agio come in questo momento.»

Joy lo avrebbe baciato. Avrebbe voluto gridare: "Lo so, lo so. È quello che provo anch'io. Provo esattamente le stesse cose!". Ma si limitò a sorridere e annuire, sbirciandolo da sotto i capelli bagnati e rimproverandosi per essersi improvvisamente trasformata nel tipo di ragazza che aveva sempre disprezzato. Non sapeva che cosa desiderare in un uomo, anche perché non le era mai passato per la mente di poter desiderare qualcosa di preciso. Si sentiva attratta da Edward non tanto per un suo specifico pregio, ma per una lunga lista al negativo: non la faceva sentire a disagio, non sembrava un sacco di riso in equilibrio precario sulla sella e non la guardava desiderando che fosse un'altra persona. Dentro di lei qualcosa stava crescendo a vista d'occhio, rivelandosi più forte della nausea ma altrettanto debilitante.

«Grazie. Comunque. È stato davvero bellissimo» le disse, passandosi le mani tra i capelli, che gli si rizzarono sulla fronte. Poi distolse lo sguardo. «E so che non desiderava realmente la mia compagnia.»

A quelle parole, Joy gli rivolse uno sguardo carico di orrore, ma lui continuò a fissare un punto davanti a sé. Joy non sapeva come fargli capire che si stava sbagliando, che non era da lui che voleva fuggire, ma dall'imbarazzo che le suscitava il ricordo della sera prima. Se avesse cercato di spiegarglielo, però, sarebbe stata costretta a tornare sull'argomento, e non voleva ricordargli quell'episodio. Oh, dov'era Stella quando c'era bisogno di lei? Lei sì che sapeva come parlare agli uomini. Quando decise che un secco diniego sarebbe stata la risposta migliore, era ormai troppo tardi. Stavano rientrando al maneggio e i cavalli procedevano con le teste ciondolanti.

Edward si offrì di aiutare a riportare gli animali nei box. Il signor Foghill suggerì a Joy di andare a rinfrescarsi nella toilette delle signore, e quando lei si vide riflessa nello specchio capì la ragione di tanta premura. Aveva un aspetto spaventoso: i capelli erano ridotti a una massa crespa e umida, simile a uno di quei grovigli che si formano negli scarichi. Cercò di pettinarsi con le dita, con scarso successo. Aveva il viso madido di sudore e impolverato, e notò alcune tracce verdi sulla camicia bianca, nel punto in cui il cavallo aveva cercato di sfregare il muso quando era smontata dalla sella. Si pulì furiosamente il viso con un fazzoletto bagnato, quasi in lacrime per essersi scordata per l'ennesima volta di portare con sé un pettine o un altro nastro. Stella non se ne sarebbe mai dimenticata. Ma quando uscì dal bagno, Edward la accolse con un grande sorriso, come se non ci fosse niente di strano nel suo aspetto. Fu allora che lei notò le macchie di sudore e terra rossa sui suoi pantaloni, che erano rimasti immacolati solo sui polpacci, riparati dagli stivali che il signor Foghill gli aveva prestato.

«La vettura la aspetta» le disse sorridendo. «Dovrà indicarmi la strada. Non ho idea di dove siamo.»

Sulla via del ritorno Edward fu più silenzioso e Joy avvertì più acutamente la consapevolezza della propria incapacità di conversare. Riusciva a dargli qualche indicazione, ma, nonostante si sentisse a proprio agio in sua compagnia, non trovava niente di interessante da dire. Del resto, non sarebbe stata in grado di spiegargli che, nel giro di quattro brevi ore, aveva messo a soqquadro il suo mondo. Negli occhi di Edward, Joy vedeva altre terre, campi verdi e cani da caccia, contadini eccentrici e un mondo senza feste e cocktail party. Nella sua voce non avvertiva artifici e affettazione, il suo modo di esprimersi era lontano continenti interi dallo stile artificioso dei ricchi espatriati di Hong Kong. Nelle sue mani grandi e coperte di lentiggini vedeva cavalli e gentilezza, e qualcos'altro che le suscitava uno strano desiderio e le stringeva lo stomaco.

«Avrei voluto conoscerla prima» le disse, ma la sua voce fu portata via dal vento.

«Cosa? Che cosa ha detto?» Joy si portò una mano all'orecchio.

«Ho detto che avrei voluto conoscerla prima.» Edward rallentò per permetterle di sentire meglio. Un veicolo li superò. Trasportava alcuni ufficiali di marina, che rivolsero loro un volgare cenno di saluto. «Io… oh, non so. È così seccante che io debba partire dopodomani.»

Un brivido le strinse il cuore e sentì il sangue gelarsi nelle vene. «Cosa? Che cosa vuol dire?»

«Salperemo tra due giorni. Ho ancora una giornata di licenza, poi salperemo per la Corea.»

Joy non riuscì a dominarsi, l'orrore le si dipinse sul viso. Era una vera crudeltà. Trovare qualcuno, trovare lui, e vederlo partire così presto… «Per quanto tempo?» riuscì a domandargli finalmente, e la sua voce suonò bassa ed esitante. Non le sembrava neppure la sua. Edward si girò verso di lei, colse qualcosa nel suo sguardo e riportò gli occhi sul volante, quindi mise la freccia per accostare.

«Non penso che torneremo qui» disse, guardandola negli occhi. «Faremo la nostra parte al fianco degli Yankee nelle acque della Corea, poi ci dirigeremo a New York. Resteremo in mare per mesi.» Continuava a fissarla, quasi volesse farle capire che era impossibile intrecciare una relazione quando si era in costante movimento. Joy si sentiva scoppiare la testa e le tremavano le mani. Era come se avesse ottenuto finalmente la chiave della sua cella, per poi scoprire che era fatta di gomma. Si accorse con sgomento che stava per scoppiare a piangere. «Non posso» disse a bassa voce, mordendosi le labbra.

«Cosa?» Edward si chinò verso di lei, posando una mano vicinissima alla sua.

«Non posso lasciarti andare via. Non posso.» Lo ripeté a voce più alta, guardandolo negli occhi. Mentre parlava, non poteva credere a quello che aveva appena detto, a quanto fossero inopportune quelle parole, per una giovane donna nella sua posizione. Ma non era riuscita a fermarle, le erano sgorgate dalle labbra come ciottoli caldi e solidi, come piccole offerte per lui.

Seguì una pausa prolungata e tesa, durante la quale Joy credette di morire. Poi Edward le prese una mano tra le sue, che erano calde e asciutte. «Non pensavo di piacerti» disse.

«Non mi è mai piaciuto nessuno. Cioè, non mi è mai piaciuto nessuno prima d'ora. Non mi sono mai sentita a mio agio con nessuno, prima.» Farfugliava e le parole le uscivano di bocca senza controllo, ma Edward non si ritrasse. «È così difficile parlare con la gente. E qui non c'è nessuno con cui desideri davvero parlare. A parte Stella. Cioè la mia amica. E quando sei venuto a casa, questa mattina, ero così imbarazzata per quello che è successo ieri sera, che sarebbe stato più facile vederti andare via che essere gentile con te. Ma sei rimasto e siamo usciti con la macchina e tutto il resto, e io non mi ero mai sentita così prima d'ora. Non mi è mai capitato di non essere giudicata, ma semplicemente capita.»

«Pensavo che fossero i postumi della sbronza» rispose lui, e scoppiò a ridere.

Ma Joy era troppo presa dall'intensità delle proprie emozioni per imitarlo. «Concordo su tutto.

Non c'è niente di quello che hai detto che io non abbia provato. A parte la caccia, ovviamente, perché non sono mai andata a caccia. Ma tutte le cose che hai detto delle feste e delle persone e del fatto che i cavalli a volte sono meglio delle persone e che non ti importa che la gente pensi che sei un po' strano... ecco, sono così anch'io. Sono io. È stato come ascoltare i miei pensieri. Per questo non posso... non posso lasciarti partire. E se quello che ho appena detto ti fa orrore e pensi che sia la creatura più imbarazzante e sfrontata che tu abbia mai incontrato, non mi importa, perché è la prima volta in tutta la mia vita che sento di poter esprimere davvero quello che provo.»

Due grosse lacrime salate cominciarono a scivolarle lungo le guance arrossate, appesantite dalle emozioni che si celavano dietro il più lungo discorso che avesse mai pronunciato in tutta la sua vita adulta. Deglutì cercando di fermarle, stupita e al tempo stesso inebriata da ciò che aveva fatto. Si era prostrata davanti a quell'uomo che non conosceva, in un modo che sua madre e probabilmente anche Stella avrebbero trovato disdicevole. E quando gli aveva detto che non le importava, non era vero. Se in quel momento lui le avesse voltato le spalle, borbottando qualche banalità sulla bella giornata trascorsa, si sarebbe sentita svuotata, avrebbe cercato di arrivare a casa e poi avrebbe trovato il modo migliore per uccidersi. Perché non avrebbe potuto sopportare di scivolare sulla superficie di un'esistenza banale, dopo aver provato la serenità e la profondità di quei sentimenti. Si augurò che Edward le dicesse almeno che aveva compreso le sue parole. "Basta che tu mi dica che mi capisci."

Calò un silenzio prolungato e doloroso. Un'altra automobile li superò accelerando.

«Suppongo sia meglio tornare» disse Edward, posando di nuovo una mano sul volante e ingranando la marcia con l'altra.

Il volto di Joy si irrigidì e lentamente, quasi impercettibilmente, il suo corpo si afflosciò sul sedile del passeggero. Sentiva la schiena rigida e fragile, come se fosse sul punto di spezzarsi. Si era sbagliata. Ovviamente. Che cosa le aveva fatto pensare di poter guadagnare il rispetto o addirittura conquistare il cuore di un uomo con uno sfogo del genere?

«Mi dispiace» mormorò, chinando la testa. «Mi dispiace tanto.»

Doveva essere impazzita.

«Di cosa?» chiese Edward, allungando la mano per scostarle i capelli bagnati dal viso. «Voglio parlare a tuo padre.»

Joy lo guardò con un'espressione vacua. Voleva dirgli che si era comportata da stupida?

«Ascolta» disse, accarezzandole il viso. La sua mano odorava di sudore. E di cavalli. «So che forse penserai che sta succedendo tutto un po' troppo in fretta, ma... Joy, se tu mi vuoi, desidero chiedere la tua mano a tuo padre.»

«Non crederai che diremo di sì, vero?» esclamò sua madre, il volto acceso dall'orrore e dallo stupore al pensiero che sua figlia avesse suscitato sentimenti tanto forti in un uomo. (Il suo cattivo umore era esacerbato dal fatto che non aveva avuto il tempo di truccarsi.) «Non lo conosciamo nemmeno.» Parlava come se Edward non fosse presente.

«Le dirò tutto quello che vuole sapere, signora Leonard» disse Edward, allungando le gambe davanti a sé.

Joy guardava quei pantaloni coperti di polvere con l'aria stupefatta di chi osserva qualcosa che gli appartiene da poco. Nell'ultima parte del tragitto si era sentita come in trance, e aveva riso quasi istericamente della loro follia. Lei non lo conosceva! Lui non conosceva lei! Eppure si sorridevano complici stringendosi le mani, e lei era pronta a donargli la sua vita. Non avrebbe mai pensato di poter trovare *qualcuno*. Non aveva nemmeno provato a guardarsi attorno.

Ma Edward appariva così sicuro di sé, sembrava sapere molto meglio di lei che cosa fosse giusto fare. E non sembrava per niente preoccupato all'idea di descrivere il loro folle progetto ai suoi genitori.

Fece un respiro profondo e cominciò a esporre i fatti. «Mio padre è un giudice in pensione e si è trasferito con mia madre in Irlanda, dove allevano cavalli. Ho una sorella e un fratello, entrambi sposati ed entrambi più grandi di me. Io ho ventinove anni, sono in marina da quasi otto anni, da quando ho lasciato l'università, e ho una rendita personale oltre al mio stipendio di ufficiale.»

Alice storse leggermente il naso sentendo parlare di Irlanda, ma lo distese di nuovo alle parole «rendita personale». Joy non staccava gli occhi dal volto di suo padre, alla disperata ricerca di un segno di approvazione.

«È tutto così improvviso. Non vedo perché non possiate aspettare.»

«Lei pensa di amarla?» Il padre di Joy, comodamente seduto in poltrona con il suo gin tonic, fissava Edward. Lei arrossì. Quella domanda pronunciata ad alta voce le sembrò quasi oscena.

Edward la guardò a lungo, poi le prese la mano, facendola di nuovo arrossire. Nessun uomo l'aveva mai sfiorata in presenza dei suoi genitori. «Non so se possiamo già definirlo amore,» rispose lentamente, come se stesse parlando solo a Joy «ma non sono né giovane né avventato. Ho conosciuto molte ragazze e so per certo che lei è unica.»

«Lo può ben dire!» esclamò Alice.

«Posso solo aggiungere che penso di poterla rendere felice. Se avessi più tempo, avrei modo di convincervi. Ma devo riprendere subito il mare.»

A Joy non passò nemmeno per la testa di mettere in discussione i sentimenti di Edward. Era solo ferocemente grata perché apparivano forti quanto i suoi. Ancora stordita dal fatto che qualcuno l'avesse definita unica in senso *buono*, ci mise qualche minuto a rendersi conto che la mano che stringeva era madida di sudore.

«È troppo presto, Graham. Diglielo. Non si conoscono nemmeno.»

Joy colse la luce negli occhi di sua madre, la sua agitazione. All'improvviso pensò che fosse gelosa. "È delusa della sua vita e non può sopportare il pensiero che qualcuno mi porti via da qui."

Suo padre fissò Edward ancora per un po', come se stesse cercando di elaborare un piano. Edward resse lo sguardo. «Be', di questi tempi tutto si muove più in fretta» disse Graham, ordinando con un gesto a Bei-Lin di portare altri drink. «Ti ricordi com'era durante la guerra, Alice?»

Joy dovette sforzarsi per trattenere un brivido di eccitazione. Strinse la mano di Edward e lui fece altrettanto.

Suo padre vuotò il bicchiere fissando un punto fuori dalla finestra, come se qualcosa avesse attirato la sua attenzione. «E allora le dico di sì, giovanotto. Che cosa pensa di fare nelle prossime trentasei ore?»

«Vogliamo sposarci» disse Joy senza fiato. Si sentiva libera di parlare, dal momento che ormai restavano da discutere solo i dettagli.

Suo padre non la sentì. Stava aspettando la risposta di Edward.

«Rispetterò la sua volontà, signore.»

«Allora avete la mia benedizione. Potete fidanzarvi.»

Il cuore di Joy mancò un battito. Poi si fermò. «Potrete sposarvi quando otterrà la prossima licenza.» Nella stanza cadde il silenzio. Joy lottava per contenere il proprio disappunto, e quasi non si accorse dell'agitazione di Bei-Lin, che aveva origliato dietro la porta e si stava affrettando a informare la cuoca. Sua madre fissava alternativamente lei e il marito. Cosa Penserà La Gente?

«Se le vostre intenzioni sono serie, l'attesa non può farvi male. Può comprarle un anello e fare gli annunci, e vi sposerete tra un po'.» Il padre di Joy posò con decisione il bicchiere sul tavolino laccato, come per sottolineare che il giovane aveva superato l'esame. Joy si girò verso Edward, che riprese lentamente fiato. "Ti prego, di' che non sei d'accordo" pregava. "Digli che vogliamo sposarci subito. Portami via sulla tua grande nave grigia."

Ma lui non disse niente.

Guardandolo, Joy avvertì il primo moto di delusione nei confronti del suo nuovo compagno, il primo amaro e vago dubbio che l'uomo nel quale aveva riposto le sue più grandi speranze e tutta la sua fiducia non fosse fino in fondo come lei sperava. «E quando sarà?» chiese, cercando di contenere il tremito nella sua voce. «Quando pensi che sbarcherai di nuovo?»

«La nostra prossima tappa è New York,» rispose Edward, quasi in tono di scuse «ma ci arriveremo tra circa nove mesi. Forse un anno.»

Joy raddrizzò la schiena e guardò sua madre, che appariva più rilassata. Sorrideva con condiscendenza. "Questi giovani... Pensano di essere innamorati, ma aspettiamo di vedere che cosa succederà tra sei mesi" sembrava pensare. Joy rabbrividì, rendendosi conto che Alice desiderava sopra ogni cosa dimostrare di avere ragione. Voleva la conferma che il vero amore non esisteva, che tutti finivano imprigionati in matrimoni infelici come il suo. Be', se i suoi genitori pensavano che questo le avrebbe fatto cambiare idea, si sbagliavano. «Allora ci vedremo tra nove mesi» disse, fissando il suo fidanzato negli occhi per cercare di trasmettergli con lo sguardo la sicurezza che provava. «Ma... almeno scrivimi.»

La porta si aprì. «Dio salvi la regina!» disse Bei-Lin portando un vassoio carico di drink.

1

Ottobre 1997

I tergicristalli dell'auto di Kate cedettero non appena fu uscita da Fishguard, scivolando impotenti sul parabrezza nel momento esatto in cui la pioggia, già battente, decise di trasformarsi in torrenziale.

«Oh, che noia» disse sterzando e facendo scattare su e giù la levetta sul cruscotto. «Non si vede un accidente. Tesoro, se accosto alla prossima piazzola, potresti sporgere il braccio per pulire il parabrezza?»

Sabine si portò le ginocchia al petto e fissò la madre con cipiglio. «Non farà la minima differenza. Potremmo anche fermarci.»

Kate fermò l'auto, abbassò il finestrino e cercò di pulire la sua metà del parabrezza con la sciarpa di velluto. «Be', non possiamo fare una sosta. Finiremo per arrivare in ritardo. E non posso permettermi che tu perda il traghetto.»

Sua madre in genere aveva un buon carattere, ma Sabine conosceva la volontà ferrea che trapariva dalla sua voce, e sapeva benissimo che solo uno *tsunami* avrebbe potuto impedirle di salire su quel traghetto. Non era una gran sorpresa: era un tono col quale si era scontrata molte volte nelle ultime tre settimane, ma quell'ennesima riprova della sua impotenza la spinse a girarsi dall'altra parte con l'aria imbronciata, in una forma di muta protesta.

Kate, ormai abituata ai cambiamenti di umore della figlia, se ne accorse e guardò altrove. «Sai, se non fossi così occupata a odiare questa sistemazione, potresti addirittura divertirti.»

«E come faccio a divertirmi? Mi mandi in un posto dove sono stata due volte in tutta la mia vita, a vivere in mezzo alle paludi con la nonna, che ti piace così tanto che non la vedi da un'infinità di anni, a fare la serva mentre il nonno tira le cuoia. Grandioso. Bella vacanza. Non vedo l'ora.»

«Ehi, guarda, hanno ripreso a funzionare! Vediamo se riusciamo ad arrivare al porto.» Kate strinse il volante e la vecchia Volkswagen ripartì con un balzo sulla strada bagnata, lanciando schizzi di acqua fangosa sui finestrini laterali. «Non sappiamo se il nonno è davvero *così* malato: a quanto pare è solo molto debole. E penso che ti farà bene stare via da Londra per un po'. Praticamente non hai mai incontrato la tua nonnina e sarà bello stare un po' con lei prima che diventi troppo vecchia o che tu decida di andartene in giro per il mondo.»

Sabine continuò a tenere lo sguardo fisso fuori dal finestrino. «La mia nonnina. La fai sembrare la Famiglia Felice.»

«E so che ti sarà grata per l'aiuto che le darai.» Sabine evitò ancora di guardarla. Sapeva maledettamente bene perché sua madre la stava spedendo in Irlanda, e sua madre sapeva che l'aveva capito, e se era così ipocrita da non volerlo ammettere, non poteva aspettarsi da lei un atteggiamento sincero.

«Corsia di sinistra» disse, sempre senza voltarsi.

«Cosa?»

«La corsia di sinistra. Devi prendere la corsia di sinistra per il terminal del traghetto. Oh, santo cielo, mamma, perché non ti decidi a metterti quei maledettissimi occhiali?»

Kate sterzò bruscamente a sinistra, ignorando le proteste degli altri automobilisti alle sue spalle e, seguendo le indicazioni di Sabine, riuscì a raggiungere il cartello con la scritta "Imbarco passeggeri". Si fermò in un parcheggio, una piazzola deserta e battuta dal vento, all'ombra di una specie di Lubjanka grigia e anonima. "Perché costruiscono uffici dall'aria così deprimente?" si chiese distrattamente. "Come se la gente non fosse già abbastanza triste al solo pensiero di entrarci." Quando l'auto e i tergicristalli si fermarono di nuovo, la pioggia si mise d'impegno per oscurare gli edifici circostanti, trasformando il mondo esterno in un quadro impressionista.

Kate, che senza occhiali vedeva quasi tutto come un quadro impressionista, fissò il profilo della figlia desiderando per un momento un saluto carico di affetto. Era sicura che qualunque altra madre e qualunque altra figlia se lo sarebbero scambiato. Avrebbe voluto dire a Sabine che era terribilmente dispiaciuta che Geoff se ne stesse andando e che per la terza volta nella sua giovane vita la sua quotidianità dovesse subire uno sconvolgimento. Avrebbe voluto dirle che la stava mandando in Irlanda per proteggerla, per risparmiarle le scenate che lei e Geoff faticavano a evitare mentre, dopo sei anni di convivenza, la loro relazione volgeva alla fine. Avrebbe voluto dirle che, anche se lei e sua madre da tempo non avevano alcun rapporto, ci teneva che Sabine sentisse di avere una nonna, un'altra persona sulla quale contare.

Ma Sabine le aveva sempre impedito di parlarle: era come se fosse perennemente ricoperta da un manto di spine, un istrice splendido e corrucciato. Quando Kate le diceva che le voleva bene, Sabine rispondeva definendole smancerie da *Casa nella prateria*. Quando le si avvicinava per abbracciarla, la sentiva trasalire. "Come è potuto succedere?" si chiedeva. "Ero così decisa ad avere un rapporto diverso con te, a darti tutta la libertà che mi era stata negata. Volevo che fossimo amiche. Come sei arrivata a disprezzarmi?"

Kate era diventata brava a nascondere i propri sentimenti perché Sabine diventava sempre più scontrosa quanto più lei si mostrava sensibile e bisognosa di affetto. Così si mise a frugare nella borsa strapiena e le tese una busta, che conteneva due biglietti e quella che considerava una somma generosa. Sabine non ci badò.

«Allora, la traversata durerà circa tre ore. Sembra che il mare sia un po' mosso, ma temo di non avere niente per la nausea. Arriverai a Rosslare intorno alle quattro e mezzo e la nonna ti aspetterà al banco informazioni. Vuoi che te lo scriva?»

«Penso di riuscire a ricordarmelo» rispose Sabine seccamente.

«Se qualcosa va storto, ho scritto i numeri di telefono di casa dietro la busta. E telefonami quando sbarchi, così saprò che sei arrivata.»

"E che hai campo libero" pensò Sabine con amarezza. Sua madre doveva davvero ritenerla una stupida. Doveva credere che non sapesse che cosa stava succedendo. Moltissime volte, nelle ultime settimane, era stata tentata di urlarle: "Guarda che io lo *so*! So perché tu e Geoff vi state separando. So tutto di te e di quello stramaledetto Justin Stewartson. E so che mi vuoi fuori dai piedi per qualche settimana perché così potrai continuare la tua disgustosa storiella!".

Ma in qualche modo, nonostante tutta la sua rabbia, non ne aveva voglia. Sua madre sembrava così triste, così svuotata e infelice... Eppure, se pensava che lei se ne sarebbe andata in silenzio, si sbagliava.

Rimasero sedute in auto per qualche minuto. Di tanto in tanto la pioggia si placava e riuscivano a intravedere il brutto terminal davanti a loro, poi le gocce riprendevano a cadere e il quadro si trasformava in un acquerello sbavato.

«E così quando ritorno Geoff se ne sarà andato?» Mentre parlava, Sabine sollevò il mento, per sembrare più sprezzante che curiosa.

Kate la fissò. «È probabile» rispose lentamente. «Ma puoi vederlo tutte le volte che vuoi.»

«Come potevo vedere Jim.»

«Allora eri molto più piccola, tesoro. E le cose si sono complicate perché lui si è rifatto una famiglia.»

«No, si sono complicate perché mi è toccato un maledettissimo patrigno dopo l'altro.»

Kate tese la mano alla figlia. "Perché nessuno ti dice che i dolori del parto sono solo l'inizio?" si chiese.

«È meglio che vada» borbottò Sabine aprendo la portiera. «Non vorrei perdere il traghetto.»

«Ti accompagno fino al terminal» disse Kate

sentendo che i suoi occhi si stavano riempiendo di lacrime.

«Non disturbarti» rispose Sabine. La portiera si richiuse con un tonfo, e Kate rimase sola.

Fu una traversata burrascosa, tanto che i bambini scivolavano urlando sulla moquette dei corridoi, seduti sui vassoi rubati ai camerieri, mentre i genitori dondolavano pigramente sulle sdraio di plastica, bevendo lattine di Red Stripe tra una risata e l'altra. Oppure barcollavano in coda al bar per comprare patatine carissime, ignorando le insalate che appassivano sotto i fogli di pellicola, o giocavano alle slot-machine sistemate vicino alle scale, in un frastuono di tintinnii e ululati di sirene. A giudicare dal numero delle famiglie e dall'apparente volontà di tutti di rimandare gli effetti della sbornia, la traversata della domenica pomeriggio doveva essere un'abitudine per i vacanzieri del fine settimana.

Sabine si sedette accanto a un finestrino, ascoltando la musica con gli auricolari per isolarsi da tutta quella gente irritante che la circondava. Sembravano identici ai clienti degli autogrill lungo l'autostrada o dei supermercati. Gente che non badava a quello che indossava, al taglio di capelli ormai fuori moda, e a quanto fosse imbarazzante il modo in cui stava seduta o parlava. "Ecco come sarà l'Irlanda" si disse Sabine con aria torva, al di sopra dei bassi che provenivano dal suo CD. "Arretrata. Ignorante. E per niente cool."

Per la milionesima volta, maledisse sua madre per averla mandata in esilio, per averla allontanata dai suoi amici, dalla sua casa, dalla sua vita normale. Sarebbe stato un incubo. Non aveva niente in comune con quella gente, i suoi nonni erano in pratica degli estranei, lasciava Dean Baxter nelle grinfie di Amanda Gallagher proprio quando pensava di aver fatto passi avanti con lui e, peggio ancora, non aveva nemmeno un cellulare o un computer per mantenere i contatti. (Effettivamente, il computer era troppo ingombrante, e sua madre le aveva detto di scordarsi un piano tariffario che prevedesse le chiamate internazionali per il suo già costosissimo cellulare. Se fosse stata lei a dirle di scordarsi qualcosa, sua madre si sarebbe chiesta a cosa fosse servito mandarla in una scuola privata.)

Quindi non era solo in esilio, ma le era anche stato negato il conforto di un telefono o delle e-mail. Mentre se ne stava seduta a guardare il tempestoso mare d'Irlanda, però, per un attimo Sabine si sentì sollevata. Almeno non sarebbe stata costretta ad assistere alle tensioni infinite tra sua madre e Geoff, che lentamente e dolorosamente stavano sciogliendo la rete della loro vita domestica.

Sapeva che sarebbe successo ancora prima di Geoff. Lo sapeva da quel pomeriggio in cui era scesa dalla sua camera e aveva sentito sua madre sussurrare al telefono: «Lo so. Anch'io ho voglia di vederti. Ma sai che in questo momento è insopportabile. E non voglio peggiorare le cose».

Era rimasta quasi paralizzata sulle scale, poi aveva tossito ostentatamente. Sua madre aveva interrotto la telefonata all'improvviso con un tono colpevole, poi era entrata in salotto con aria fin troppo allegra. «Ah, sei tu, tesoro! Non ti avevo sentito! Stavo pensando a cosa preparare per cena.»

Sua madre non preparava mai la cena. In cucina era un disastro. Ci pensava sempre Geoff.

E poi lo aveva addirittura *incontrato*. Justin Stewartson. Fotografo per un quotidiano nazionale di sinistra. Un uomo così pieno di sé che preferiva prendere la metropolitana piuttosto che salire sull'auto scalcinata di sua madre. Un uomo che pensava di essere *fico* solo perché portava una giacca di pelle (fuori moda da almeno cinque anni), pantaloni kaki e scarponcini. Aveva fatto di tutto per impressionare Sabine, citando gruppi underground che pensava lei conoscesse e cercando di sembrare uno sprezzante esperto della scena musicale. Lei gli aveva lanciato quello che sperava fosse uno sguardo fulminante. Sapeva perché stava cercando di fare l'amico, ma non sarebbe servito a niente. Inoltre, dopo i trentacinque anni un uomo non poteva essere fico, anche se pensava di saperne qualcosa di musica.

Povero Geoff. Povero e antiquato Geoff. Se ne stava seduto a casa, con aria preoccupata, sera dopo sera, pensando ai pazienti che non riusciva a internare, nonostante le telefonate a tutte le strutture psichiatriche di Londra per impedire che un altro pazzo finisse in mezzo alla strada. Non sapeva niente. E sua madre si allontanava sempre di più; finché un giorno Sabine aveva capito che lui sapeva, perché le aveva lanciato uno dei suoi lunghi sguardi indagatori: "Lo sapevi? *Tu quoque, Brute?*". Non era facile ingannare Geoff, forte della sua preparazione di psichiatra, così, quando aveva risposto al suo sguardo, aveva cercato di trasmettergli la propria comprensione e la disapprovazione per l'inqualificabile comportamento della madre.

Aveva pianto tanto, ma di nascosto da entrambi. Geoff era irritante e un po' invadente, e Sabine non gli aveva mai permesso di assumere un ruolo paterno. Ma era gentile, sapeva cucinare e faceva stare bene sua madre, ed era stato presente sin da quando lei era una bambina. Più a lungo di tutti gli altri. Inoltre, al solo pensiero di sua madre e Justin Stewartson *insieme* le veniva da vomitare.

L'annuncio dell'imminente arrivo a Rosslare fu trasmesso poco dopo le quattro e mezzo. Sabine si diresse al punto di sbarco dei passeggeri, cercando di ignorare il nervosismo che le stringeva lo stomaco. Era il suo secondo viaggio da sola, dopo il volo in Spagna, dove aveva trascorso una disastrosa "vacanza" con Jim, l'ex compagno della madre. Lui l'aveva rassicurata: «Fai ancora parte della famiglia». Sua madre l'aveva rassicurata: «Jim è ancora un padre per te». L'assistente di volo della British Airways l'aveva rassicurata: «Ormai sei grande, dal momento che viaggi da sola». Ma quando aveva incontrato Jim all'aeroporto con la sua nuova compagna, sospettosa e decisamente incinta, aveva capito che sarebbe stato un disastro. Dopo quel viaggio lo aveva rivisto solo un'altra volta, quando aveva cercato di "coinvolgerla" con il nuovo bambino. La sua compagna, invece, avrebbe preferito coinvolgerla il meno possibile. Chi poteva biasimarla? Il bambino non aveva legami di sangue con Sabine e la madre non voleva ritrovarsi tra i piedi una ragazzina che le gironzolava intorno come un'anima persa.

Le porte si aprirono e Sabine fu sospinta lungo la passerella, stretta da ogni lato dagli altri passeggeri che chiacchieravano tra loro. Si sarebbe voluta rimettere gli auricolari, ma temeva di perdersi qualche annuncio di importanza vitale. L'ultima cosa che voleva era telefonare a sua madre e dirle di avere sbagliato qualcosa.

Si guardò attorno, chiedendosi quale aspetto avrebbe avuto sua nonna. La fotografia più recente che aveva di lei doveva essere stata scattata più di dieci anni prima, quando era stata in Irlanda per l'ultima volta. Sabine la ricordava solo vagamente, ma in quella foto aveva i capelli scuri e un viso lungo e attraente, e sorrideva con aria timida mentre accarezzava un piccolo pony grigio.

"E se non la riconosco?" pensò Sabine con ansia. Si sarebbe offesa? I biglietti che le mandava per Natale e per il compleanno erano sempre brevi e formali, non sembrava che avesse un gran senso dell'umorismo. Da quel poco che diceva sua madre, con lei era fin troppo facile sbagliare.

Poi lo vide. Era in piedi, appoggiato a quello che forse poteva essere il banco informazioni, e reggeva un cartello con la scritta "Sabine". Era un uomo di statura media, con un fisico asciutto, capelli scuri, folti e tagliati corti. Probabilmente aveva la stessa età di sua madre. Mentre avanzava lentamente verso di lui, Sabine notò che aveva un braccio solo. L'altro culminava in una mano di plastica semichiusa, nella posa rigida tipica dei manichini delle vetrine.

Lei si portò inconsciamente una mano ai capelli, per controllare che non fossero troppo schiacciati dopo il viaggio, poi proseguì tentando di ostentare la massima indifferenza. «Ma come sei cambiata, nonna.»

L'uomo l'aveva seguita con uno sguardo interrogativo mentre si avvicinava, come se si stesse chiedendo se fosse lei la ragazza che aspettava. Poi sorrise e le tese la mano buona, e per farlo dovette posare il cartello sul banco. «Sabine. Sono Thom. Sei più grande di quanto pensassi. Tua nonna ha detto che...» Scosse la testa. «Be'. Non è potuta venire perché abbiamo dovuto chiamare il veterinario per il Duca. Quindi ti farò io da autista.»

«Il Duca?» chiese.

Thom parlava con il melodioso accento irlandese che Sabine pensava esistesse solo nelle serie televisive. Sua nonna non aveva il minimo accento. Cercò di non guardare la mano di plastica. Era cerea, aveva l'aspetto di una cosa morta.

«Il cavallo vecchio. Il suo ragazzo. Ha un problema a una zampa. E a lei non piace che se ne occupi qualcun altro. Ha detto che vi vedrete a casa.»

E così sua nonna, che non vedeva da quasi dieci anni, aveva deciso di non andare a prenderla per occuparsi di un vecchio cavallo malandato. Sabine sentì gli occhi riempirsi di lacrime. Quella decisione la diceva lunga sull'importanza che sua nonna dava alla sua visita.

«Lei è stranamente legata a quel cavallo» aggiunse Thom prendendole la borsa. «Non cercherei significati nascosti. So che non vedeva l'ora di incontrarti.»

«Strano modo per dimostrarlo» disse Sabine, poi lanciò un rapido sguardo a Thom per capire come aveva interpretato le sue parole.

Quando uscirono dal terminal, Sabine si rallegrò. Non tanto per l'automobile, un'enorme Land Rover scassata (anche se, ovviamente, era molto meglio dell'auto di sua madre), quanto per il carico: due enormi labrador color cioccolato, lustri e sinuosi come due foche, che facevano a gara per accoglierli nel modo più affettuoso.

«Bella e Bertie. Madre e figlio. Su, spostati, stupido animale.»

«Bertie?» Sabine non riuscì a impedirsi di sorridere, mentre accarezzava le due teste adoranti e cercava di allontanare dal viso i nasi umidi.

«Si chiamano tutti con la B. Tutta la discendenza. Come i segugi. Solo che i segugi hanno tutti nomi che iniziano con la H.»

Sabine preferì non chiedergli di cosa stesse parlando. Si arrampicò sul sedile del passeggero e allacciò la cintura di sicurezza. Poi si domandò, con una leggera preoccupazione, come avrebbe fatto Thom a guidare con un braccio solo.

Sbandando un po', scoprì poco dopo. Ma, mentre procedevano di gran carriera lungo le strade grigie di Rosslare per poi immettersi sulla strada principale che portava a Kennedy Park, si accorse che lo stile di guida dell'uomo non era dovuto solo alla scarsa presa sulla leva del cambio. La sua mano sbatacchiava come un cappello rigido e troppo largo contro il pomello di plastica mentre l'auto sobbalzava lungo le strade sconnesse.

Rifletté che il tragitto verso casa non era esattamente promettente. Lungo le strade bagnate e trafficate della cittadina portuale non vide negozi degni di una visita, ingombri com'erano di biancheria intima per vecchie signore o ricambi d'auto, mentre fuori dal centro era tutto un susseguirsi di siepi, intervallate da moderne villette dotate di lucide parabole, che spuntavano come strani funghi tra i mattoni. Non sembrava neppure di essere in campagna. Oltrepassarono un parco dedicato a un presidente morto, ma Sabine non si sentiva così desiderosa di immergersi nel verde da pensare di volerlo frequentare.

«Ma c'è qualcosa da *fare* a Wexford?» chiese a Thom, che si girò verso di lei e increspò appena le labbra, come se non gli capitasse spesso di ridere.

«La nostra ragazza di città già si annoia?» chiese con un tono così cordiale che Sabine non si sentì punta sul vivo. «Non preoccuparti. Quando te ne sarai andata da qui ti chiederai che cosa c'è da fare in città.»

Sabine ne dubitava e, per distrarsi, si mise a pensare al braccio di Thom, appoggiato sul freno a mano, accanto a lei. Non aveva mai conosciuto una persona con un arto artificiale. Lo teneva attaccato con la colla? O la notte se lo toglieva? Lo immergeva in un bicchiere d'acqua come faceva Margaret, la vicina, con la dentiera? E poi c'erano alcune questioni pratiche: come faceva a infilarsi i pantaloni? Una volta lei si era rotta un braccio e con una mano sola non riusciva ad allacciarsi i bottoni dei jeans. Doveva chiedere aiuto a sua madre. Quando si rese conto che il suo sguardo era caduto sulla patta dei pantaloni di Thom, alla ricerca di una chiusura col velcro, distolse gli occhi rapidamente. Non voleva sembrare interessata: per quanto fosse carino, non aveva in programma avventure clandestine con uomini con un braccio solo.

Thom le rivolse di nuovo la parola per chiederle come stava sua madre.

Sabine lo guardò sorpresa. «La conosci? Allora hai sempre vissuto qui.»

«Non proprio. Ci vivevo da ragazzo. Poi, un paio d'anni dopo la sua partenza, sono andato a lavorare in Inghilterra.»

«Non mi ha mai parlato di te.» Si rese conto subito di essere stata scortese, ma lui non sembrò offeso. Aveva notato che ogni volta, prima di aprire bocca, Thom lasciava passare un po' di tempo, come se misurasse le parole.

«Non so quanto possa ricordarsi di me. Lavoravo al maneggio e a lei i cavalli non sono mai piaciuti granché.»

Sabine lo fissò, mentre altre domande le si affollavano nella mente. Le sembrava così strano pensare a sua madre in quei luoghi e alla sua improbabile amicizia con quel cavallerizzo con un braccio solo... Riusciva a immaginare Kate solo in un ambiente urbano: nella loro casa a Hackney, con i pavimenti grezzi, le piante rinsecchite e i poster delle mostre d'arte che esibivano le loro credenziali di progressiste appartenenti alla classe media. O mentre mangiava in un ristorante etnico di Kingsland Road, chiacchierando con aria seria con le sue amiche arrabbiate dai lunghi orecchini, cercando di rimandare il momento in cui si sarebbe dovuta rimettere a scrivere il suo pezzo. O mentre tornava a casa in estasi dopo aver visto un film d'autore al cinema, discutendo con Geoff, il realista, che ne criticava la distanza dall'immaginario classico della scuola tedesca. O roba simile.

Pensare a Geoff le provocò una stretta allo stomaco. Si chiese se le avrebbe scritto. Sapere che lui e sua madre si stavano lasciando rendeva tutto così strano. Non sapeva più come *comportarsi* con lui. Probabilmente nel giro di qualche mese si sarebbe trovato una nuova compagna, come era accaduto a Jim, e magari Justin Stewartson avrebbe mollato sua madre, che sarebbe rimasta sconvolta e si sarebbe chiesta con amarezza perché gli uomini erano tutti "così *alieni*". Be', lei non le avrebbe dimostrato alcuna comprensione. Non sarebbe mai andata in vacanza con Geoff, se mai avesse avuto una nuova famiglia. Poco ma sicuro.

«Eccoci» disse Thom.

Dell'esterno della casa Sabine ricordava solo le dimensioni, ma conservava nella mente alcuni particolari degli interni: le scale di legno scuro e i corridoi che si ripiegavano su se stessi, l'odore di legna bruciata e di cera. E poi c'erano le teste di volpe, che spuntavano dai loro scudetti e ringhiavano impotenti dalle pareti, ordinate in base alla data della morte. A sei anni le trovava terrificanti e aspettava a lungo, accucciata sulle scale, che passasse qualcuno per trovare il coraggio di superarle di corsa. Del cortile ricordava solo un asino triste, che ragliava incessantemente non appena lei si allontanava dal suo recinto, come se volesse costringerla a restare col ricatto. Sua madre e Jim pensavano che ne fosse innamorata e parlavano a tutti di quel tenero sentimento, mentre Sabine non riusciva a spiegare che si sentiva vittima della prepotenza di quell'animale e che era un sollievo per lei dover rientrare in casa.

Notò la facciata malandata: le alte finestre georgiane con la vernice scrostata e i davanzali smangiucchiati e cadenti, come la bocca di una vecchia zia. Evidentemente era stata una gran bella casa, un tempo, molto più grandiosa di quelle che lei era abituata a frequentare. Ma sembrava stanca, in declino, come una persona che smette di badare a se stessa e aspetta semplicemente una scusa per andarsene. "Come mi sento io" pensò Sabine, provando una forma inattesa di empatia.

«Spero che tu abbia portato dei maglioni» disse Thom a mezza voce, mentre posava la sua borsa sugli scalini dell'ingresso e suonava il campanello. «Lì dentro è terribilmente umido.»

Dovettero aspettare diversi minuti. Quando la porta si aprì, Sabine si trovò davanti una donna anziana, alta e snella, che indossava un paio di stivali di gomma e pantaloni di tweed ed era intenta a eliminare alcuni fili di fieno rimasti impigliati nel suo cardigan. La vecchiaia aveva reso i suoi lineamenti nobili un po' troppo pronunciati, ma stava ben dritta sulla soglia. Tese una mano, e Sabine notò con sorpresa che aveva dita inaspettatamente grandi e ravvicinate, simili a salsicce. «Sabine» disse sorridendo, poi sembrò ripensarci e allungò anche l'altra mano, come se volesse abbracciare la nipote. «Mi dispiace di non essere venuta a prenderti al traghetto. Sono stata molto indaffarata questo pomeriggio.»

Sabine non sapeva se farsi avanti oppure no. «Ciao» rispose, incapace di aggiungere "nonna". Si passò una mano tra i capelli, imbarazzata. «Sono... sono contenta di vederti.»

La nonna abbassò le mani e non si mosse, mentre il suo sorriso si spegneva un po'. «Sì. Sì... Hai fatto buon viaggio? A volte quel traghetto è un incubo. Io non lo sopporto.»

«È andato tutto bene.» Sabine sentì la propria voce ridursi a un sussurro e avvertì dietro di sé la presenza di Thom, in attesa, intento a seguire quel loro ridicolo scambio di battute. «Il mare era un po' mosso, ma niente di che.» Dopo una lunga pausa, domandò: «Il cavallo sta bene?».

«No, non proprio, poveretto. Ma gli abbiamo dato un po' di antinfiammatorio, quindi dovrebbe passare una notte più tranquilla. Ciao, Bella, vecchia mia, ciao, ciao. Sì, lo so. Sì, Bella. Sei proprio brava. E tu, Bertie, non provare ad andare di sopra.»

L'anziana signora si chinò per accarezzare il lucido mantello dei suoi cani, poi si girò e avanzò un po' faticosamente nell'ingresso. Sabine non si mosse e fissò Thom, che le fece segno di entrare, poi salutò e scese le scale con passo leggero.

Sabine rimase un attimo immobile, travolta all'improvviso dal bisogno infantile di chiedergli di restare. La nonna, notò con un pizzico di indignazione, non lo aveva nemmeno ringraziato per essere andato a prenderla. Non lo aveva nemmeno considerato. Sabine si rese conto che il risentimento che si portava dentro da quando aveva lasciato Londra, quella mattina, si stava facendo sempre più forte. Entrò senza fretta e chiuse la grande porta dietro di sé.

Gli odori e i rumori dell'ingresso irruppero nella sua memoria con la potenza di una sfera da demolizione. Cera per il legno. Vecchi tessuti. Il suono delle unghie dei cani sul pavimento di pietra. Dietro la nonna, che avanzava a passi veloci lungo il corridoio, sentì il pesante ticchettio della pendola: scandiva lo scorrere del tempo con lo stesso ritmo distante che ricordava dalla sua ultima visita, un decennio prima. Ma qualcosa era cambiato: la sua prospettiva. Era diventata più alta, quindi poteva vedere i piani dei tavoli, con i cavalli di bronzo immortalati a riposo o mentre saltavano oltre siepi di bronzo. Sulle pareti c'erano ritratti a olio di altri cavalli, quasi tutti indicati per nome – Marinaio, Capriccio di strega, Orsa Maggiore –, come nei ritratti di famiglia. Li trovava quasi confortanti. "Allora non ero così nervosa" si disse. "E lei è solo mia nonna, santo cielo. Probabilmente l'idea di avermi per casa la mette in agitazione, e si starà chiedendo come farmi sentire a mio agio."

Ma sembrava nasconderlo piuttosto bene. «Ti abbiamo sistemato nella camera blu» disse, indicando una stanza in fondo al pianerottolo, al piano di sopra. «Il riscaldamento non funziona molto bene, ma ho chiesto alla signora H di accendere il fuoco. E dovrai usare il bagno del pianoterra perché di sopra non c'è acqua calda. Non ho potuto darti la camera buona perché è occupata dal nonno. E quella al piano di sotto ha la muffa sulle pareti.»

Sabine cercò di trattenere i brividi provocati dal freddo e dal senso di abbandono che provava, e si guardò attorno nella stanza, un curioso miscuglio di arredamento anni Cinquanta e Settanta. La carta da parati blu con motivi cinesi era stata abbinata, con un eccesso di disinvoltura, a una folta moquette turchese, più moderna. Le tende di broccato dorato erano troppo lunghe, come se fossero state confezionate per una finestra molto più alta. Nell'angolo c'era un vecchio lavabo con le zampe di ferro battuto e vicino al camino era appeso un sottile asciugamano verde chiaro. Sopra la mensola era sistemato un acquerello che raffigurava un cavallo con un carretto, mentre il ritratto più grande e meno riuscito di una giovane donna, che poteva essere sua madre, era appeso alla parete accanto al letto. Sabine continuava a guardarsi alle spalle, oltre la soglia, conscia della silenziosa presenza del nonno qualche porta più in là.

«Il guardaroba non è vuoto, ma dovresti avere abbastanza spazio per le tue cose. Hai portato solo questa?» La nonna guardò la sua borsa, poi il pavimento attorno a lei, come se si aspettasse di vedere altre valigie.

Sabine ignorò la domanda. «Hai un computer?» chiese a sua volta.

«Un cosa?»

«Un computer.» Sabine indovinò la risposta. Avrebbe dovuto pensarci osservando quella stanza.

«No, non ci sono computer qui. A che cosa ti serve?» Il tono della nonna era brusco e stupito al tempo stesso.

«Per le e-mail. Per tenermi in contatto con casa mia.»

Sembrava che la nonna non l'avesse neppure

sentita. «No. Non abbiamo computer qui» ripeté. «Ora, se vuoi, puoi disfare i bagagli, poi prenderemo una tazza di tè e potrai andare a trovare il nonno.»

«C'è la televisione?» domandò ancora Sabine.

La nonna le rivolse uno sguardo indagatore. «Sì, c'è la televisione. In questo momento ce l'ha il nonno in camera perché gli piace guardare i notiziari della sera. Sono certa che potrai prenderla in prestito di tanto in tanto.»

Prima ancora di mettere piede in soggiorno, Sabine si sentì oppressa da una nuvola nera di depressione. Neppure l'arrivo della signora H – che era bassa e rotondetta, e profumava di pane e torte fatte in casa – riuscì a sollevarle il morale, nonostante la cortese premura con cui le chiese com'era andata la traversata sul mare d'Irlanda, come stava sua madre e se le piaceva la stanza che le avevano assegnato. Non c'era scampo: Thom sembrava la persona più giovane in circolazione ed era coetaneo di sua madre. Niente televisione via cavo, niente computer, e non aveva ancora capito dove fosse il telefono. E Amanda Gallagher le avrebbe soffiato Dean Baxter prima del suo ritorno. Ecco, l'inferno doveva essere proprio così.

Quando si ripresentò in salotto per il tè, sua nonna non sembrava molto più felice di lei. Continuava a guardarsi attorno mentre mangiava, con un'espressione assente, come se stesse cercando di risolvere un problema. Di tanto in tanto si alzava a fatica dalla poltrona, si avviava a passo brusco verso la porta e gridava istruzioni alla signora H o a qualche altra persona non meglio identificata. Alla quarta volta, Sabine decise che la nonna non era abituata a godersi una tazza di tè in santa pace e che probabilmente sentiva come un'imposizione il fatto di doversene stare lì seduta con lei tanto a lungo. Non le chiese notizie di sua madre. Nemmeno un accenno.

«Devi andare dal tuo cavallo?» finì per chiederle Sabine, pensando che quella domanda avrebbe fornito a entrambe una scusa per alzarsi senza troppe cerimonie.

La nonna la guardò con sollievo. «Sì. Sì, hai ragione. Dovrei dare un'occhiata a quel poveretto. Molto bene.» Si alzò e si spazzolò i pantaloni per eliminare le briciole. A quel gesto, i cani si gettarono con un balzo sul tappeto e cominciarono a ispezionarlo. La nonna si avviò verso la porta, poi si girò per chiederle: «Vuoi venire con me? Ti va di dare un'occhiata alle scuderie?».

Sabine non vedeva l'ora di sparire per potersi cullare nella sua crescente infelicità, ma sapeva che, se lo avesse fatto, sarebbe sembrata scortese. «D'accordo» rispose controvoglia. La depressione per Dean Baxter poteva aspettare un'altra mezz'ora.

L'asino se n'era andato da un pezzo («Una podoflemmatite, poveretto» le disse la nonna, come se lei potesse capire), ma per il resto il cortile aveva qualcosa di familiare, ed era di certo più allegro dell'interno della casa. Lungo le scuderie, due uomini esili e curvi, armati di scope ispide e secchi tintinnanti, stavano dividendo una balla di fieno in tanti mattoni quadrati, mentre alle loro spalle gli zoccoli dei cavalli sfregavano sul pavimento di cemento o battevano contro le assi di legno. Da una radiolina metallica sistemata su un secchio rovesciato proveniva una musica indistinta. Osservando la scena, Sabine si ricordò vagamente di essere stata sollevata al di sopra di una delle porte e di avere lanciato un grido di orrore e delizia quando un muso lungo ed enorme era emerso dall'ombra per guardarla.

«Pensavo che fossi troppo stanca per cavalcare, oggi, ma ti ho procurato un bel puledro castrato. L'ho fatto venire da New Ross. Sarà tuo finché resterai qui.»

Sabine rimase a bocca aperta. Cavalcare? «Io... non cavalco da secoli» balbettò. «Da quando ero piccola. Cioè... la mamma non mi aveva detto che...»

«Be', più tardi daremo un'occhiata nella stanza degli stivali. Che numero porti? Trentasette? Trentotto? Quelli vecchi di tua madre dovrebbero andarti bene.»

«Saranno cinque anni che ho smesso.»

«Già, cavalcare a Londra è troppo noioso. Una volta sono stata in quel maneggio di Hyde Park. Per calpestare un po' d'erba si doveva attraversare un vialone trafficato.» La nonna attraversò il cortile e rimproverò uno degli stallieri che non aveva distribuito bene la paglia.

«Ma non sono sicura di volerlo fare.»

La nonna non la sentì. Aveva preso la scopa e, con gesti contenuti e rabbiosi, stava mostrando a uno degli uomini come spazzare.

«Senti, io... a dire il vero andare a cavallo non mi piace più.» La voce acuta di Sabine coprì ogni altro suono e tutti si girarono verso di lei.

La nonna si fermò e si voltò lentamente per guardarla in faccia. «Cosa?»

«Non mi piace. Cavalcare. Insomma... mi è passata.»

I due stallieri si guardarono e uno dei due si lasciò sfuggire una specie di sogghigno. Nel linguaggio in codice di Wexford, quello che la ragazza aveva appena detto equivaleva ad ammettere "sono un'infanticida" o "mi metto le mutande al contrario per non lavarle". Sabine si sentì avvampare e si maledisse per avere aperto bocca.

La nonna la fissò senza espressione per un minuto, poi si girò e rientrò nelle stalle. «Non dire scemenze» borbottò. «Si cena alle otto in punto. Tuo nonno mangerà con noi, quindi non fare tardi.»

Sabine pianse per quasi un'ora, ignorata da tutti, nella sua stanza isolata. Maledisse sua madre per averla spedita in quello stupido posto, maledisse la nonna, rigida e distante, e i suoi stupidi cavalli, e maledisse Thom per averle fatto credere per un momento che in fondo non sarebbe stato poi così male. Poi maledisse Amanda Gallagher che, *lo sapeva*, sarebbe uscita con Dean Baxter, la compagnia dei traghetti irlandesi che non sospendeva il servizio in caso di maltempo e la folta moquette turchese per essere talmente orrenda che, se qualcuno avesse saputo che le toccava dormire in una stanza così, sarebbe stata costretta a emigrare. Per sempre. Poi si mise seduta e si maledisse perché quando piangeva il suo viso si riempiva di chiazze rosse e le colava il naso. Non aveva per niente quell'aria triste e malinconica, tutta occhi e pallore, che gli uomini trovavano irresistibile. «La mia vita è un maledetto casino» si lamentò, poi pianse ancora un po' perché quelle parole pronunciate ad alta voce sembravano ancora più tristi.

Quando Sabine scese lentamente le scale, suo nonno era già seduto a tavola. Ancora prima di vedere lui, scorse il bastone che sporgeva da sotto il tavolo, tra le sue gambe. Poi, appena ebbe svoltato l'angolo della sala da pranzo, vide la sua schiena, curva come un punto interrogativo, appoggiata alla sedia dallo schienale alto su cui era posata una coperta scozzese. La lucida tavola di mogano era apparecchiata per tre, con i coperti molto distanziati l'uno dall'altro, e il nonno era seduto alla luce delle candele, con lo sguardo perso nel vuoto.

«Ah» disse piano mentre Sabine entrava nel suo campo visivo. «Sei in ritardo. Si cena alle otto. Alle otto precise.»

Indicò con un dito ossuto l'orologio a muro, e Sabine si accorse di essere in ritardo di sette minuti. Gli restituì lo sguardo, non sapendo se fosse il caso di scusarsi.

«Be', siediti, siediti» disse il nonno, abbassando lentamente la mano.

Sabine si guardò attorno, poi si sedette di fronte a lui. Era l'uomo più vecchio che avesse mai visto. La sua pelle, che quasi lasciava indovinare la forma del cranio, era più che rugosa: era segnata da centinaia di minuscole fenditure, come una palude prosciugata da decenni. Una vena sottile gli pulsava sopra la tempia, sporgendo come un verme intrappolato sotto la pelle. Sabine si rese conto che faceva fatica a guardarlo: era troppo spaventoso.

«E così...» La sua voce si spense, come se fosse già esausto. «Sei la giovane Sabine?»

Non sembrava una vera domanda, quindi lei si limitò a guardarlo.

«E quanti anni hai?» Perfino l'intonazione delle sue domande era discendente.

«Sedici» rispose.

«Cosa?»

«Ho sedici anni. Sedici» rispose. Oddio, era anche sordo.

«Ah. Sedici.» Fece una pausa. «Bene.»

La nonna fece capolino da una porta laterale. «Oh, eccoti. Bene. Porto la minestra.» Chiaramente, con quell'"eccoti" aveva voluto ribadire a Sabine che era in ritardo. "Ma cos'hanno questi due?" si chiese la ragazza, sempre più infelice. Non erano certo in gara contro il tempo.

«I cani si sono presi una delle tue pantofole!» gridò la nonna dalla stanza accanto, ma il nonno parve non udire. Dopo averci pensato un po', Sabine decise di non riferirgli il messaggio. Non voleva sentirsi responsabile delle eventuali conseguenze.

Il primo piatto era una minestra di verdure. Verdura vera, non in scatola, con tanti pezzetti ben visibili di patate e cavolo. La mangiò, anche se a casa l'avrebbe rifiutata, perché il freddo le aveva messo appetito. E dovette ammettere che era piuttosto buona.

Sentendo il bisogno di fare un commento educato per spezzare il silenzio che gravava su di loro, si raddrizzò un po' e disse: «La minestra è buona».

Il nonno sollevò lentamente il viso, risucchiando rumorosamente la minestra dal cucchiaio. Sabine notò che il bianco dei suoi occhi era quasi completamente lattiginoso.

«Cosa?»

«La minestra» ripeté a voce più alta. «È molto buona.»

Con nove minuti di ritardo, l'orologio nell'ingresso batté le otto. Uno dei cani emise un guaito.

Il vecchio si girò verso la moglie. «Sta parlando della minestra?»

La nonna non alzò gli occhi. «Dice che è buona» affermò ad alta voce.

«Oh. Che cos'è?» chiese lui. «Non sento il gusto.»

«Verdura.»

Sabine si concentrò sull'orologio che ticchettava nell'ingresso. Ebbe l'impressione che i rintocchi stessero aumentando di volume.

«Verdura? Hai detto verdura?»

«Esatto.»

Lunga pausa.

«Non c'è dentro il mais, vero?»

La nonna si portò il tovagliolo di lino alla bocca. «No, caro. Niente mais. La signora H sa che non ti piace.»

Lui tornò a guardare il piatto, come per esaminarne il contenuto. «Non mi piace il mais» disse lentamente a Sabine. «È orribile.»

A quel punto, Sabine non sapeva se scoppiare a ridere o a piangere. Si sentiva in trappola, come in una serie televisiva di quart'ordine in cui i protagonisti erano congelati nel tempo, senza via di fuga. "Devo tornare a casa" si disse. "Non posso reggere un'altra serata come questa. Finirò per avvizzire e morire. Mi troveranno mummificata in una stanza con la moquette turchese e non capiranno se sono morta di freddo o di noia. E mi sto perdendo tutti i migliori programmi TV."

«Vai a caccia?»

Sabine alzò gli occhi per guardare il nonno, che aveva finalmente terminato di mangiare. Notò che gli era rimasto un velo di minestra agli angoli della bocca. «No» rispose in un sussurro.

«Cosa?»

«No, non vado a caccia.»

«Parla troppo piano» urlò lui, rivolto alla moglie. «Dovrebbe alzare un po' la voce.»

La nonna, dopo avere raccolto i piatti vuoti, lasciò diplomaticamente la stanza.

«Parli molto piano» ripeté il nonno. «Dovresti alzare la voce. È molto scortese da parte tua.»

«Scusa» disse Sabine ad alta voce e con aria di sfida. "Stupido vecchio trombone."

«Allora, con chi vai a caccia?»

Sabine si guardò attorno, sperando che la nonna tornasse. «Con nessuno» disse, quasi gridando. «Vivo a Hackney. È a Londra. Lì non si va a caccia.»

«Niente caccia?»

«No.»

«Oh.» Il nonno sembrava sconvolto, come se per lui l'idea di non andare a caccia fosse totalmente inconcepibile. «Allora dove vai a cavallo?»

Oddio, non era possibile. «Non vado a cavallo» rispose Sabine. «A Londra non si può cavalcare da nessuna parte.»

«Allora dove lo tieni il cavallo?»

«Lei non ha nessun cavallo, caro» disse la nonna. Era entrata reggendo un grande vassoio d'argento con un coprivivande. Fino a quel momento, Sabine aveva pensato che solo i maggiordomi dei film comici potessero usare uno di quegli affari. «Lei e Katherine vivono a Londra.»

«Oh. Sì. A Londra, vero?»

"Oh, mamma, vieni a prendermi" pregò Sabine. "Mi spiace tanto di essere stata così cattiva con te e Geoff e Justin. Vieni a prendermi. Prometto che non mi lamenterò mai più di niente. Potrai avere una schiera infinita di fidanzati improbabili e io non dirò una parola. Continuerò a studiare e prenderò il massimo dei voti. Smetterò persino di rubarti il profumo."

«Allora, Sabine, ti piace al sangue o ben cotta?»

La nonna sollevò il coprivivande scoprendo una montagnola di carne di manzo sfrigolante e profumata, circondata da un anello di patate arrosto e annegata in un laghetto di salsa densa e scura.

«Scegli pure, mia cara. Te la taglio io. Forza, non vorrai farla raffreddare.»

Sabine la fissò con orrore. «La mamma non te l'ha detto, vero?» chiese a bassa voce.

«Cosa avrebbe dovuto dirmi?»

«Cosa?» chiese il nonno, irritato. «Che cosa stai dicendo? Alza la voce.»

Sabine scosse la testa lentamente per non vedere l'espressione tesa ed esasperata della nonna. «Sono vegetariana.»

2

Era davvero molto semplice. All'apparenza. Se si usava il bagno al pianoterra (quello al piano di sopra risaliva all'epoca in cui era stata costruita la casa e non aveva mai visto l'acqua calda), ogni prova del proprio passaggio andava eliminata entro cinque minuti dal termine delle abluzioni. Inclusi gli asciugamani bagnati, i flaconi di shampoo, la biancheria intima e persino lo spazzolino da denti e il dentifricio. Altrimenti si rischiava di ritrovarsi un mucchietto umido davanti alla porta della camera da letto nel giro di mezz'ora.

Se si voleva fare colazione, si doveva andare nella saletta della colazione entro le otto e mezzo. Non in sala da pranzo. Ovviamente. E non alle nove e un quarto, perché a quel punto metà della giornata se n'era andata e la signora H aveva ben altro da fare che aspettare che tutti facessero colazione, anche se era troppo gentile per dirlo. E si mangiava porridge, e poi pane tostato. Con miele o marmellata. Servendosi da ciotoline d'argento. Niente cereali Alpen né Pop Tarts.

E nessuno si lamentava del freddo. Ci si vestiva in modo adeguato e non si girava per casa con poco o niente addosso, piagnucolando per gli spifferi. Quindi maglioni pesanti. E pantaloni. E se non se ne avevano, bastava dirlo perché ce n'era una scorta nell'ultimo cassetto del comò. E solo un maleducato avrebbe fatto commenti sull'odore che emanavano o sul fatto che sembravano essere appartenuti a qualche orfano quando Sabine non era ancora nata. E lo stesso valeva per le scarpe. In un posto del genere non si potevano mettere sneaker costose e sperare che si conservassero come nuove. Si andava nella stanza degli stivali e si prendeva un paio di robusti stivali di gomma. E se si aveva il terrore dei ragni, bastava scrollarli prima di infilarseli.

Tutto qui, oltre naturalmente alle regole che non si dovevano dimenticare. Come non permettere ai cani di salire al piano di sopra. O entrare in salotto con gli stivali. O sintonizzare la TV su un canale diverso da quello che trasmetteva i notiziari preferiti dal nonno. O cominciare a mangiare prima che tutti fossero stati serviti. O usare il telefono senza chiedere il permesso. O sedersi sulla stufa per scaldarsi. O fare il bagno la sera (riempiendo la vasca con più di quindici centimetri d'acqua).

Nel giro di una settimana, Sabine aveva scoperto che c'erano talmente tante regole da ricordare che la casa sembrava una persona viva, esigente e abitudinaria quanto i nonni. Lei era cresciuta praticamente senza imposizioni: sua madre aveva tratto una perversa soddisfazione nel permetterle di organizzare la propria vita come voleva, in perfetto stile montessoriano. Di fronte a quei vincoli infiniti e apparentemente incomprensibili, quindi, Sabine si sentiva sempre più irritata e depressa.

Fu allora che Thom le insegnò la regola più importante di tutte, che le avrebbe consentito di riacquistare un briciolo di libertà: in casa o nei dintorni, non avrebbe dovuto mai e poi mai procedere a un'andatura più lenta del passo Kilcarrion. Si trattava di un passo deciso, da eseguire alla giusta velocità, con il mento sollevato e lo sguardo puntato a una certa distanza. Serviva a evitare domande del tipo: «Dove stai andando?»; o, più spesso: «Che cosa stai facendo? Aiutami a pulire la stalla/far rientrare i cavalli/sganciare il rimorchio/pulire la cuccia con la canna dell'acqua».

«Non ce l'ha con te» le disse Thom. «Non sopporta le persone inattive. Le viene l'ansia. È per questo che facciamo tutti così.»

Sabine si rese conto che aveva ragione. Nessuno in casa camminava a passi lenti, a eccezione del nonno. E in fondo lei lo aveva sempre visto seduto, quindi non sapeva a quale velocità si muovesse.

Ma non erano solo la casa e le sue regole complicate. Sabine era isolata dagli amici ed era riuscita a fare un'unica, breve telefonata alla madre. Si sentiva lontana da tutto ciò che le era familiare. In quell'ambiente era un'aliena, sconcertata dai suoi anziani parenti tanto quanto loro lo erano da lei. Aveva lasciato la proprietà solo una volta, per accompagnare la nonna in una specie di ipermercato nella città più vicina, dove, se ne avesse avuto voglia, avrebbe potuto acquistare qualsiasi cosa, dal formaggio a lunga conservazione ai mobili da giardino in plastica bianca. Oltre all'ipermercato, c'erano un ufficio postale e un negozio di articoli da equitazione. Nessun McDonald's, né cinema o sale giochi. Né riviste. E, a quanto pareva, nessuno al di sotto dei trent'anni. Il «Daily Telegraph» e l'«Irish Times» rappresentavano l'unico contatto con il mondo esterno, e non sapeva neppure chi fosse al primo posto nelle classifiche dei brani musicali.

Se la nonna si era accorta della sua depressione, doveva avere deciso di ignorarla o di considerarla una specie di capriccio adolescenziale. "Organizzava" le sue giornate ogni mattina, assegnandole una serie di compiti, come portare i giornali al canile o raccogliere le verdure dell'orto per la signora H, e la trattava con lo stesso brusco distacco che riservava a chiunque la circondasse. Eccetto i cani. E, soprattutto, il Duca.

Era stato quel cavallo a scatenare una furibonda discussione tra loro, ancora più violenta di quella provocata dall'insistenza con la quale la nonna, due giorni prima, aveva sostenuto che la dieta vegetariana non poteva escludere anche il pollo. Tutto era avvenuto quando il Duca sofferente era stato riaccompagnato nel suo box e Sabine aveva dimenticato di chiudere il paletto basso della porta. Era rimasta a bocca aperta vedendo il vecchio baio sganciare con i denti il paletto più alto e incamminarsi con eleganza verso la libertà, con una disinvoltura degna di un animale molto più giovane e in forze.

C'erano voluti la nonna e i due stallieri, oltre a sei mele e a un secchio pieno di pastone di crusca, per distoglierlo dai suoi vagabondaggi nei campi, quasi due ore più tardi. Ogni tanto li illudeva avvicinandosi, per poi allontanarsi di nuovo con la coda alzata, in segno di sfida. Era quasi buio quando lo avevano riportato indietro a testa bassa, stravolto, quasi imbarazzato e zoppicante. La nonna si era arrabbiata moltissimo, aveva gridato a Sabine che era una «ragazzina molto stupida» e poi, quasi in lacrime, aveva dedicato tutte le sue attenzioni al suo «ragazzo», alternando carezze e rimproveri pacati, mentre camminava con passo un po' rigido verso le stalle. Sabine, quasi in lacrime, avrebbe voluto urlare: "E io? Sono la tua stramaledettissima nipote e non hai mai una parola gentile per me!".

Fu in quel momento che cominciò a pianificare la fuga. E a evitare la nonna che, pur senza fare il minimo cenno all'incidente, riuscì a farle avvertire tutto il peso della sua disapprovazione. Dopo quell'episodio non provò più ad abbracciare la nipote. Anzi, le risultò difficile rivolgerle la parola per un giorno o due. Il suo umore migliorò solo quando il veterinario le disse che l'infiammazione che aveva colpito la zampa del Duca stava passando.

Così Sabine trascorreva gran parte del suo tempo con Thom e i due ragazzi, Liam e John-John, entrambi parenti della signora H. Liam era un ex fantino dal passato dissoluto, che anni prima aveva partecipato ad alcune gare di salto a ostacoli ed era praticamente incapace di esprimersi senza usare doppi sensi. John-John, il suo protetto diciottenne, quasi non spiccicava parola, concentrato com'era sull'obiettivo di diventare un fantino e montare per la scuderia vicina. Thom, pur essendo fin troppo silenzioso, sembrava comprendere la frustrazione e il risentimento di Sabine e di tanto in tanto la stuzzicava. Lei aveva ormai smesso di fare caso al suo braccio, coperto fino al polso da giacche e maglioni. Era pur sempre qualcuno con cui parlare.

«E così ho aspettato fino alle dieci e mezzo, per essere sicura che il vecchio avesse finito in bagno, ma poi non era rimasta più acqua calda per me. Neanche una goccia. Quando sono uscita dal bagno avevo così freddo che i miei piedi erano blu. Davvero! E battevo i denti.»

Sabine, che era seduta sulla porta della stalla, diede un calcio a un secchio, facendo traboccare un po' d'acqua. Thom, intento a livellare la paglia pulita che era stata impilata contro il muro, si fermò e inarcò un sopracciglio. Sabine saltò giù, lanciando uno sguardo di sottecchi al Duca.

«Non c'è nemmeno un phon, così i miei capelli sono dritti come spaghetti. E le lenzuola sono sempre umide. Davvero. Tanto che quando vado a letto devo separare il lenzuolo di sopra da quello di sotto: sembrano incollati. E puzzano di muffa.»

«Come fai a dirlo?»

«Come faccio a dire cosa?»

«Che puzzano di muffa. Ieri mi hai detto che tutta la casa puzza di muffa. Le lenzuola potrebbero anche avere un buon odore.»

«Si vede. Si vedono le macchie verdi.»

Thom si mise a sghignazzare, continuando a livellare la paglia. «Probabilmente è un disegno. Scommetto che ci vedi poco, come tua madre.»

Sabine lo fissò. «Come fai a sapere che mia madre ha problemi di vista?»

Thom appoggiò il rastrello al muro. Si chinò e prese il secchio su cui Sabine aveva appoggiato un piede, poi aspettò che lei si facesse da parte e gettò l'acqua sul pavimento della scuderia. «Siete tutti ciechi. Tutta la famiglia. Si sa. Sono stupito che tu non porti gli occhiali.»

Era fatto così: Sabine era convinta di avergli preso le misure, di potergli parlare come a un amico, e lui, all'improvviso, buttava lì un particolare su sua madre o sul suo passato. Lei a quel punto ammutoliva ed era costretta a collocare il nuovo tassello nel quadro delle informazioni che possedeva, cercando di trovare un senso.

Quello che sapeva di Thom (in parte perché glielo aveva raccontato lui, in parte grazie alla signora H, che era una fonte di notizie attendibile, se la nonna non era nei paraggi) era che aveva trentacinque anni, che aveva lavorato per qualche anno in Inghilterra in un ippodromo, che quando era tornato era in disgrazia e che aveva perso il braccio andando a cavallo. L'ultimo particolare non lo aveva appreso da lui: aveva un modo di fare così bonario, che Sabine non se l'era sentita di chiedergli direttamente il motivo dell'amputazione. Era stata la signora H a riferirglielo, aggiungendo di avere sempre pensato che i cavalli sarebbero stati la rovina di quel ragazzo. «Non ha paura di niente, capisci? Nessuna paura. Come suo padre.» Lei non aveva voluto chiedere tutta la storia a sua sorella – la madre di Thom – perché non voleva angosciarla troppo, ma l'incidente doveva risalire al periodo in cui saltava.

«Cosa saltava?» aveva chiesto Sabine.

«Gli ostacoli. Ed è molto più pericoloso che cavalcare in piano, te lo dico io.»

"Qui ruota tutto intorno ai cavalli" aveva pensato Sabine con aria cupa. Erano tutti maledettamente ossessionati, al punto che non li spaventava nemmeno l'idea di perdere un pezzo del proprio corpo. Fino ad allora era riuscita a evitare di montare il cavallo grigio nel campo dietro la casa dicendo che aveva mal di schiena. Ma dall'espressione impaziente di sua nonna, dal fatto che le aveva procurato un vecchio paio di stivali da equitazione e un cappello lasciandoli di proposito davanti alla porta della sua camera, intuiva che non avrebbe potuto tergiversare ancora per molto.

Lei non voleva cavalcare. Al solo pensiero le veniva la nausea. Era riuscita a convincere sua madre a farla smettere anni prima. Ogni volta che andavano al maneggio era sempre più nervosa e nauseata, oltre a essere convinta – in genere a ragione – che proprio quella settimana le sarebbe toccato uno dei cavalli più "cattivi", quelli addestrati alla corsa, che scattavano e scalciavano e rincorrevano gli altri con le orecchie attaccate alla testa e i denti scoperti. Sentiva che proprio quel giorno avrebbe perso il controllo e l'equilibrio, le sue gambe avrebbero cominciato a sbattere contro la sella e lei avrebbe teso le braccia nel vano tentativo di tirare le redini. Non era una sfida, come per le altre ragazze. E non era nemmeno divertente. Quando Sabine le aveva detto che non voleva più andarci, Kate non aveva insistito, come se ci avesse provato solo per rispettare una specie di tradizione familiare.

«Non mi va di cavalcare» confidò un giorno a Thom, che stava riportando nella stalla uno dei cavalli impastoiati.

«Andrà tutto bene. Quel ragazzone è un vero gentiluomo.»

Sabine guardò il cavallo grigio, molto distante da loro. «Non mi importa. Io non voglio cavalcare. Pensi che lei mi costringerà a farlo?»

«È fantastico. Gli sali in groppa un paio di volte e va tutto bene.»

«Ma insomma, tu non mi prendi sul serio!» protestò lei quasi gridando, al punto che John-John fece capolino da un box. «Io non voglio salire su quel cavallo. Non voglio salire su nessun cavallo. Non mi *piace.*»

Con tutta calma, Thom liberò l'animale dalle redini e gli diede una pacca sul sedere con la mano buona. Poi si avvicinò a Sabine, chiudendo la porta con il paletto. «Hai paura, vero?»

«È solo che non mi piace.»

«Non c'è niente di male a farsi prendere dal panico. Succede quasi a tutti, prima o poi.»

«Possibile che non mi senti? *Mio Dio, che gente.* È solo che non mi piace andare a cavallo.»

Thom le posò sulla spalla la mano finta, che rimase lì, rigida e immobile, in netto contrasto con i sentimenti che cercava di comunicare. «Non sarà soddisfatta finché non ci avrai almeno provato. Poi le cose andranno meglio. Perché non esci con me, domani mattina? Farò in modo che vada tutto bene.»

A Sabine venne quasi da piangere. «Davvero, non mi va. Oddio, non posso credere di essere bloccata qui. La mia vita è un maledetto casino.»

«Domani mattina. Solo tu e io. Senti, è meglio che tu esca con me, la prima volta, piuttosto che con lei. Non credi?»

Sabine alzò gli occhi per guardarlo e lui le sorrise. «Lo sai che ti mangerà viva. Quella donna è la cavallerizza più impavida di tutta l'Irlanda del Sud. Finché il Duca non si è indebolito partecipava ancora alla caccia alla volpe.»

«Mi romperò l'osso del collo. E te ne pentirai.»

«Non c'è dubbio. Perché non posso trasportare un corpo fino a casa con un braccio solo.»

La mattina seguente riuscì a evitare di nuovo Thom, ma per un valido motivo.

«Allora. Resterò fuori buona parte della giornata e la signora H avrà molto da fare, quindi vorrei che ti occupassi del nonno.»

La nonna si era vestita "da città". O quantomeno così parve a Sabine: era la prima volta che la vedeva con qualcosa di diverso dai vecchi pantaloni di tweed e dagli stivali di gomma. Indossava una gonna di lana blu scuro, di origine incerta ma sicuramente lontana nel tempo, un cardigan verde scuro, una maglia a girocollo e l'immancabile giacca verde trapuntata. Portava anche una collana di perle, e aveva pettinato i capelli – di solito orribilmente crespi – all'indietro, in modo che apparissero in ordine e ondulati, come si confaceva a una signora anziana.

Sabine riuscì a trattenersi dal chiederle se stesse andando a spassarsela. Conoscendola, non lo avrebbe trovato divertente. «Dove stai andando?» le domandò invece, ostentando indifferenza.

«A Enniscorthy. Devo vedere un addestratore a cui potrei vendere uno dei nostri puledri.»

Sabine sospirò, incapace di nascondere la noia, mentre l'informazione le scivolava addosso senza fissarsi nella sua memoria.

«Allora, il nonno vorrà pranzare all'una precisa. Ora dorme in poltrona, al piano di sopra, quindi vedi di svegliarlo almeno un'ora prima perché probabilmente vorrà darsi una sistemata. La signora H preparerà il pranzo e lo lascerà nel cucinotto vicino alla sala da pranzo, e preparerà qualcosa anche per te, così il nonno non mangerà da solo. Ma dovrai apparecchiare, perché lei questa mattina deve portare la frutta caduta dagli alberi ai nostri vicini. Non disturbare Thom nelle scuderie, anche lui ha da fare. E non far salire i cani al piano di sopra. Bertie è entrato di nuovo nella camera del nonno, ieri, e si è mangiato la sua spazzola.»

"Non è poi una grande perdita" pensò Sabine. "Gli sono rimasti due capelli in croce."

«Tornerò dopo pranzo. Hai capito tutto?»

«Pranzo all'una. Non fare tardi. Non disturbare la signora H. Non disturbare Thom. Non far salire i cani al piano di sopra.»

La nonna la fissò per un minuto con quel suo curioso sguardo vacuo, e Sabine non riuscì a capire se avesse colto il suo tono di sfida oppure, come succedeva a lei quando si parlava di cavalli, le sue parole le fossero semplicemente scivolate addosso. Poi si coprì la testa con il foulard, lo legò stretto sotto il mento e, dopo un breve saluto adorante a Bella, che la guardava in ansia, uscì a passo deciso dalla porta principale.

Sabine rimase nell'ingresso per qualche istante, finché il suono della porta che si chiudeva rimbombò nel silenzio, poi si guardò attorno, chiedendosi cosa poteva fare. Le sembrava di passare una marea di tempo a chiedersi che cosa poteva fare. Tutto quello che riempiva le sue giornate a casa – MTV, Internet, le lunghe chiacchierate al telefono con i compagni di scuola, le passeggiate a Keir Hardie per scoprire chi c'era in giro e che cosa stava succedendo – le era stato sottratto, e le era rimasto solo un immenso spazio vuoto. Aveva un sacco di tempo a disposizione per riordinare la sua stanza (tra parentesi, la folta moquette turchese la faceva sentire male), ma visto che non le piacevano i cavalli, cos'altro c'era da fare? Non voleva andare al maneggio perché sapeva che Thom avrebbe tentato di convincerla a cavalcare quello stupido animale. Non poteva guardare la televisione perché di giorno trasmetteva solo programmi tristissimi. E l'ultima volta che aveva tentato di accenderla di nascosto nel pomeriggio, aveva rischiato di perdere l'udito.

«Solo così tuo nonno riesce a sentire i notiziari!» aveva gridato la signora H, accorsa al piano di sopra per capire l'origine di quel frastuono. «Faresti meglio a non toccarla.» Ogni sera alle nove, in qualunque stanza si trovasse, Sabine sentiva il rombo assordante della sigla del notiziario. Il nonno si sedeva davanti al televisore fissando lo schermo come se faticasse ancora a sentire, e chi era attorno a lui leggeva il giornale facendo educatamente finta di niente.

Eppure, rifletté mentre saliva lentamente le scale, seguita da Bella, al pensiero che la nonna fosse uscita provava un senso di liberazione. Fino a quel momento non si era resa conto di quanta ansia le mettesse la presenza dell'anziana donna. Una mezza giornata di libertà. Una mezza giornata di noia. Non sapeva che cosa fosse peggio.

Passò quasi un'ora distesa sul letto, ascoltando musica a tutto volume con gli auricolari e leggendo un romanzetto degli anni Settanta che le aveva procurato la signora H. Evidentemente quella donna era convinta di sapere di cosa avevano bisogno le ragazze: romanticismo e una doppia porzione di torta. A giudicare da come si sentiva in quel momento, Sabine decise che aveva ragione. Non era propriamente letteratura. In compenso c'erano un sacco di palpiti. Le donne si dividevano in sgualdrine, che palpitavano con malcelata lussuria per eroi distratti, impegnati a salvare il mondo, e vergini, che palpitavano in modo più discreto e venivano sedotte da quegli stessi eroi. Solo gli uomini combinavano qualcosa. Le donne venivano uccise (le sgualdrine) o si appiccicavano agli uomini (le vergini). E nonostante i palpiti, c'era ben poco sesso vero – Sabine aveva scorso il libro prima di leggerlo. Forse in un Paese cattolico si viveva così. Un sacco di palpiti e poca sostanza. «Come te» disse Sabine accarezzando Bella, che era salita sul suo letto.

Tutti quei palpiti la fecero pensare a Dean Baxter. Una volta lo aveva quasi baciato. Non sarebbe stata la prima volta: aveva pomiciato con un sacco di ragazzi e con qualcuno di loro si era spinta un po' più un là, anche se non quanto la maggior parte delle ragazze che conosceva. Dean stava chiaramente flirtando con lei ed erano seduti su un muretto, al buio, molto vicini. Lui la stava prendendo in giro, lei lo aveva spinto e lui aveva fatto altrettanto, ma era solo una scusa per toccarsi. E sapeva che probabilmente si sarebbero baciati e sarebbe stato bello, perché Dean le piaceva da secoli e, anche se era spiritoso, non era un tipo sfacciato, quindi non si sarebbe mai vantato con gli amici. E poi non la giudicava strana solo perché la sua casa era piena di libri e sua madre portava abiti usati. Aveva persino detto ad alcune ragazze di smetterla di darle della secchiona perché si faceva interrogare per prima e non fumava. Ma poi si era lasciato trascinare e invece di darle un'altra spinta l'aveva presa in spalla, con una mossa da pompiere, come se volesse rapirla. Lei si era fatta prendere dal panico, gli aveva urlato di metterla giù e, quando lui aveva riso, lo aveva colpito ripetutamente, e troppo forte, sulla testa. Dean l'aveva lasciata andare, aveva fatto un passo indietro e l'aveva guardata, premendosi l'orecchio arrossato, poi le aveva chiesto che cosa le passava per la testa. Ma lei non era riuscita a spiegarlo, quindi si era limitata a ridere, anche se avrebbe avuto voglia di piangere, e aveva cercato di scherzarci sopra. Ma lui non aveva riso e da allora le cose tra loro erano cambiate, e una settimana dopo lei aveva saputo che Dean usciva con Amanda Gallagher. Stramaledetta Amanda Gallagher, con quei capelli lunghi da bambina, i vestiti trattati con l'ammorbidente e il profumo da quattro soldi. Probabilmente era già diventata Amanda *Baxter*. Forse era arrivato il momento di scordarsi di Dean. E comunque aveva la pelle rovinata sulla schiena. Glielo aveva detto sua sorella.

Sabine scosse la testa per scacciare i cattivi pensieri e si concentrò su Thom. Sarebbe stato più facile, se avesse pensato a qualcun altro. Aveva stabilito che Thom era l'unico uomo vagamente carino nei paraggi. A dire il vero, era piuttosto attraente.

Non era mai uscita con un uomo più vecchio di lei, al contrario della sua amica Ali. «Sanno davvero il fatto loro» le aveva detto. Ma non riusciva a non pensare al suo braccio. Temeva che, se mai fosse arrivata al punto di baciarlo (o si sarebbero limitati ai palpiti, visto che lui era irlandese?) e si fossero spogliati, sarebbe scappata, terrorizzata dal moncherino. Teneva troppo a lui per turbarlo in quel modo.

Non sapeva se Thom era attratto da lei. Sembrava sempre piuttosto contento di vederla e gli piaceva averla attorno. E poi con lui poteva parlare di tutto. Ma era difficile immaginarlo sopraffatto dalla passione o intento a fissarla con desiderio. Era fin troppo riservato. Troppo trattenuto. Forse aveva solo bisogno di tempo. Forse l'amore tra gli adulti funzionava in modo diverso.

Quella riflessione sull'amore tra adulti le fece venire in mente sua madre, così scese dal letto, cercando di distrarsi.

Con Bella al seguito, aprì l'armadio, inspirò il classico odore di muffa che emanano gli oggetti dimenticati in un angolo troppo a lungo, e lasciò vagare lo sguardo in quell'antro buio. I suoi nonni non conservavano nemmeno cianfrusaglie interessanti: di solito, gli armadi delle camere da letto erano pieni di abiti da cocktail, vecchi giochi da tavolo, intere scatole di lettere o gadget elettronici fuori uso. Loro, invece, avevano mucchi di biancheria e tovaglie ricamate semidecomposte, una lampada rotta e qualche libro intitolato *Manuale di equitazione per ragazze* o *Annuario di Bunty 1967*.

Resa audace dal silenzio complice che regnava in casa, Sabine si decise a esplorare le altre stanze.

La porta della camera del nonno era chiusa, ma tra quella e il bagno c'era un'altra stanza nella quale lei non era ancora entrata. Abbassò lentamente la maniglia per non fare rumore, aprì la porta e scivolò all'interno.

Era la stanza di un uomo, una specie di studio, ma non c'erano segni di attività recente. Non era caotica come l'ufficio delle scuderie al pianoterra, con i tavoli ingombri di lettere, i libri mastri e i cataloghi a colori pieni di cavalli da monta con nomi come Filigree Jumping Jake III, Filigree Flancake (stallone), Jumping Jemimah (fattrice). A Sabine sembravano un po' tutti uguali, anche se Thom le aveva detto che le differenze tra l'uno e l'altro si potevano calcolare in decine di migliaia di ghinee. Quello studio, invece, aveva un'aria abbandonata, le tende erano semiaperte e perfettamente immobili, sembravano scolpite nella pietra. Odorava di carte ammuffite e tappeti mai battuti. Muovendosi, Sabine agitava le minuscole particelle di polvere sospese nell'aria. Chiuse la porta dietro di sé senza fare rumore e avanzò fino al centro della stanza. Bella alzò gli occhi speranzosa, poi si accasciò sul tappeto mugolando.

Non c'erano immagini di cavalli alle pareti, a parte un fumetto incorniciato, che ritraeva un cacciatore nell'atto di sparare; Sabine vide solo una mappa ingiallita dell'Estremo Oriente e alcune fotografie in bianco e nero di persone che indossavano abiti degli anni Cinquanta. Le foto erano state appese alla rinfusa per coprire la tappezzeria in stile William Morris. Sugli scaffali vicino alla finestra c'era una serie di scatole di misure diverse, su alcune delle quali erano appoggiati manoscritti arrotolati, mentre al centro della scrivania troneggiava un grande modellino di una nave da guerra grigia, probabilmente ricostruito in scala. Sulla destra vide una libreria di legno scuro stipata di grossi volumi rilegati, dedicati soprattutto alla guerra e al Sudest asiatico. C'erano anche un paio di raccolte di fumetti umoristici e un tascabile, una sorta di piccolo manuale che suggeriva alcuni argomenti di conversazione per il dopocena. Sullo scaffale più alto erano sistemati altri libri decrepiti, con le copertine dorate ormai quasi completamente sbiadite.

Quando Sabine si guardò intorno, qualcosa attirò la sua attenzione. Appoggiati su una grossa scatola, sul lato opposto della stanza, c'erano due album di fotografie rilegati in pelle. A giudicare dallo spesso strato di polvere che li ricopriva, nessuno li toccava da anni.

Sabine si accucciò sul pavimento e ne prese in mano uno. Sull'etichetta lesse "1955-". Dopo essersi seduta a gambe incrociate, si posò l'album in grembo e lo aprì, accarezzando la velina sottile che separava le pagine.

Su ogni pagina c'era una sola fotografia, e la prima ritraeva sua nonna. Almeno pensava che fosse sua nonna. Era l'immagine scattata in studio di una giovane donna seduta su una panca, con una giacca scura dal taglio piuttosto severo e un colletto minuscolo, un abito coordinato e una collana di perle. I capelli castano scuro erano ondulati. La donna era truccata secondo il gusto dell'epoca: le ciglia e le sopracciglia erano sottolineate con tratto deciso, così come le labbra scure.

Aveva un'aria un po' imbarazzata, nonostante la posa, come se fosse stata colta in un atteggiamento sospetto. Nella fotografia successiva era insieme a un giovane uomo alto, accanto a una colonnina sulla quale era posata una pianta. Il giovane aveva un'espressione orgogliosa, mentre lei gli stringeva un braccio con aria incerta, come se non lo conoscesse. In quella fotografia, però, sembrava più sicura di sé e aveva un aspetto molto distinto. C'era qualcosa nel suo portamento, nel suo corpo snello e alto... Sabine notò che non cercava di nascondere il seno curvandosi in avanti con un'aria vagamente colpevole, come faceva sempre sua madre.

Presa dalla curiosità, Sabine sfogliò tutto l'album. Lo scatto in cui sua nonna appariva davvero rilassata la ritraeva insieme a un'altra donna giovane ed elegantissima. Verso la fine c'erano le foto di un bebè, che indossava un elaborato vestito da battesimo, di quelli che ormai nessuno usava più, con intricate lavorazioni all'uncinetto e minuscoli bottoni ricoperti di seta. Il nome del bimbo non era indicato, quindi Sabine si ritrovò a fissare l'immagine cercando di capire se quel neonato sorridente fosse sua madre o suo zio Christopher. Non si capiva neppure se fosse un maschio o una femmina, perché a quell'epoca i neonati erano vestiti tutti allo stesso modo.

Ma era il contenuto della scatola la cosa davvero interessante: c'era una fotografia montata su cartoncino che ritraeva sua nonna (aveva stabilito che si trattava di lei) sottobraccio a quella splendida ragazza; ridevano entrambe a crepapelle e stringevano nelle mani un gagliardetto con la bandiera inglese. Era strano vedere sua nonna ridere in quel modo. Dietro le due ragazze era in corso una festa o un raduno, c'erano molti uomini eleganti, vestiti di bianco come Richard Gere nel film *Ufficiale e gentiluomo*. Si intravedevano anche alcuni calici, e Sabine si chiese se per caso sua nonna fosse ubriaca; una scritta dorata alla base della foto informava che la festa era stata organizzata in occasione dell'Incoronazione di Sua Maestà la regina Elisabetta II. Sabine ebbe bisogno di qualche istante per digerire la scoperta: sua nonna aveva preso parte a un evento storico!

Tra le immagini di cavalli e di volti sconosciuti che sorridevano a bordo di imbarcazioni lunghe e sottili, trovò una piccola foto. Quella bambina di circa sei anni era senza ombra di dubbio sua madre, pensò. Aveva i capelli mossi e rossicci di Kate, e la stessa postura, con le ginocchia strette. Teneva per mano un bambino dai lineamenti orientali e sorrideva sotto un cappello di paglia. Il bimbo sembrava un po' a disagio, non osava guardare dritto verso la macchina fotografica, ma si appoggiava alla bambina, come se cercasse conforto.

"Allora è così che è cresciuta mia madre" pensò Sabine, sfiorando con le dita l'immagine ingiallita. "Circondata da bambini e bambine cinesi." Aveva sempre saputo che Kate aveva trascorso i primi anni della sua infanzia all'estero, ma fino a quel momento non le aveva mai attribuito un'aura esotica. Cominciò a scorrere le fotografie, sempre più incuriosita, cercandone altre di sua madre.

All'improvviso il rumore di una porta che sbatteva al piano di sotto la risvegliò dal suo sogno a occhi aperti. Qualcuno la chiamò per nome. Presa dal panico, si lanciò verso la porta, seguita da Bella, la aprì e la richiuse dietro di sé senza fare rumore. Diede un'occhiata all'orologio. Era mezzogiorno e mezzo.

Si fermò un momento, sussurrò al cane di non dire niente a nessuno ("Oddio," gemette quando si rese conto di avere parlato con un animale "come mi hanno ridotta"), poi scese lentamente le scale cercando di pulirsi le mani impolverate.

La signora H era in cucina e aveva già indossato il grembiule. «Ah, eccoti. Sono in ritardo, Sabine» disse sorridendo. «Sono stata trattenuta da Annie. Tuo nonno ha detto che cosa vuole per pranzo?»

«Ehm, a dire il vero non ha detto un granché.»

«Ah, bene, allora gli preparerò delle uova in camicia con pane tostato. Ha fatto una colazione abbondante, quindi non vorrà mangiare niente di pesante. Tu che cosa vuoi? Lo stesso?»

«Sì. Va benissimo.» Sabine si rese improvvisamente conto che non aveva svegliato il nonno un'ora prima del pranzo, come da istruzioni. Si diresse verso le scale allontanando Bella, che cercava di seguirla di nuovo, e chiedendosi se, visto che erano in ritardo, avrebbe dovuto aiutare il nonno a vestirsi. "Dio, ti prego, non obbligarmi a toccarlo" implorò quando fu davanti alla sua porta. "Ti prego, fa che non parli di lavaggi o vasi da notte o di tutto quello che può servire a una persona anziana per prepararsi. E ti prego, Dio, fa che abbia la dentiera in bocca, altrimenti potrei avere un attacco isterico."

«Ehm... ciao» disse da dietro la porta.

Nessuna risposta.

«Ciao» ripeté a voce più alta, ricordandosi che era sordo. «Nonno?»

Ecco, dormiva. Avrebbe dovuto toccarlo per svegliarlo. Inspirò a fondo. Non voleva sentire la sua pelle rugosa e trasparente sotto le dita. Le persone anziane la facevano sentire strana. Sembravano troppo vulnerabili, sempre sul punto di rompersi e riempirsi di lividi. Provava ribrezzo solo a guardarle da vicino.

Pensò alla reazione della nonna se non avesse eseguito i suoi ordini. Bussò più forte, aspettò un istante ed entrò.

Il letto, sistemato sul lato opposto della stanza, era bellissimo: a baldacchino, in stile gotico, con tende antiche rosso sangue, impreziosite da fili d'oro che luccicavano tra le colonne di legno scuro intarsiato. Era ricoperto da una serie di vecchie trapunte di seta, sotto le quali si intravedevano lenzuola bianchissime. Sembrava uno di quei letti che si vedono nei film americani ambientati nelle antiche dimore inglesi. Aveva l'esotico splendore dell'Estremo Oriente, faceva pensare agli imperatori e alle fumerie d'oppio. Era quanto di più distante ci fosse dal suo letto di ferro scricchiolante.

Ma il nonno non c'era.

Sabine impiegò meno di dieci secondi per rendersi conto che non solo non era a letto, ma non era nemmeno in quella stanza. Anche se era improbabile che si fosse infilato nell'armadio, lei preferì controllare. Niente da fare.

Doveva essere in bagno. Sabine uscì dalla stanza e imboccò il corridoio. La porta era socchiusa. Lo chiamò e, non ricevendo alcuna risposta, decise di entrare, ma scoprì che anche lì non c'era nessuno.

Cominciò a riflettere. La nonna non le aveva detto che sarebbe uscito. Pensava che stesse dormendo. Allora dove diavolo era? Controllò nella stanza della nonna – notando che era arredata con uno stile molto più sobrio –, nel bagno al pianoterra e poi, presa dal panico, in tutte le stanze della casa, dalla saletta della colazione alla stanza degli stivali. Non c'era.

Ed era quasi l'una meno un quarto.

Doveva dirlo a qualcuno. Corse in cucina e confessò alla signora H che non riusciva a trovare il nonno.

«Non è nella sua stanza?»

«No. È il primo posto dove ho guardato.»

«Oddio. Dov'è Bertie?»

Sabine la fissò, poi guardò alle sue spalle, verso Bella. «Non l'ho visto» rispose.

«È uscito col cane. Non dovrebbe uscire da solo, soprattutto con Bertie, perché è giovane e gli fa cadere il bastone.» La signora H si allontanò dal tavolo e si tolse il grembiule. «È meglio se andiamo a cercarlo prima che torni la signora Ballantyne.»

«No, no, resti qui. Chiederò aiuto a Thom.»

Con il cuore stretto dalla paura, Sabine corse verso le scuderie, affacciandosi alle porte della stalla e chiamando.

Thom si affacciò dalla stanza dei finimenti masticando un boccone di sandwich. Dietro di lui si intravedevano appena le sagome di Liam e John-John, che erano intenti a leggere il «Racing Post» ascoltando la radio.

«Dov'è scoppiato l'incendio?»

«Ecco… si tratta del vecchio. Non lo trovo.»

«Che cosa vuol dire che non lo trovi?»

«Doveva essere in camera sua, a dormire. La signora H pensa che sia uscito con Bertie e che rischi di inciampare. Mi aiuti a cercarlo?»

Thom imprecò a mezza voce e lanciò un'occhiata verso i prati che circondavano le scuderie. «E voi bastardi non toccate il mio pranzo» borbottò rivolto ai due stallieri, poi prese la giacca e attraversò il cortile a passi rapidi.

«Mi spiace, mi spiace tanto. Solo che non so che cosa fare. Doveva essere in casa.»

«Va bene» disse Thom, cercando di riflettere. «Tu vai a controllare lungo la strada e, se non è lì, guarda nei campi dietro la casa. Io penserò al frutteto e ai campi sul davanti, e darò un'occhiata anche ai fienili. Sei sicura di avere guardato dappertutto in casa? Cioè, non è che sta semplicemente guardando la TV?»

Sabine, spaventata dall'espressione di Thom, sentì che i suoi occhi si stavano riempiendo di lacrime. «Dappertutto. E Bertie non c'è. Deve averlo portato fuori.»

«Gesù, perché diavolo è uscito, quel vecchio idiota? Senti, prendi Bella con te. E continua a chiamare Bertie: se tuo nonno è caduto, il cane potrebbe portarci da lui. Ci rivediamo qui tra venti minuti. E tieni questo corno da caccia: se lo trovi, suonalo forte.» Si girò, superò con un balzo la recinzione e corse verso i campi circondati da alte siepi.

Sabine, con Bella sempre al seguito, corse fuori dal cancello e lungo il vialetto, continuando a chiamare Bertie. Non sapendo fin dove spingersi, superò una grande fattoria, la chiesetta e una fila di piccoli cottage, finché non avvertì una fitta al petto. Piovigginava e le nuvole sopra di lei formavano una lastra grigia e compatta, come un presagio di sventura. Con la testa piena di immagini spiacevoli del vecchio disteso a terra sul ciglio della strada, Sabine allungò il passo nella direzione opposta finché, non potendo controllare l'ora, decise di tornare indietro e ispezionare i campi dietro la casa. «Dove sei, vecchio bastardo?» mormorò. «Dove sei?»

All'improvviso fece un salto, col cuore in gola: un enorme telone verde, mezzo incastrato in una siepe, si era mosso verso di lei.

Bella, che la precedeva di pochi passi, si fermò e si irrigidì, rizzando il pelo. Abbaiò una volta, in segno di avvertimento. Con il cuore che batteva e gli occhi spalancati, Sabine rimase per qualche istante ferma in mezzo alla strada, poi prese fiato, si avvicinò e sollevò un angolo del telone.

Se non fosse stata così nervosa, sarebbe scoppiata a ridere. Sotto il grosso telo di plastica c'era un asino grigio, legato a un carretto. L'asino aprì gli occhi per un attimo, registrò la sua presenza, poi si girò di nuovo con aria rassegnata per tornare sotto la siepe, che gli offriva almeno un po' di protezione.

Sabine lasciò ricadere il telone e riprese a correre, guardandosi attorno. Non vide niente. Nessuna traccia del nonno. Sopra il battere del cuore e dei passi, e il fischio sottile della pioggia nelle orecchie, non sentiva nessun cane che abbaiava, nessun richiamo impaziente e autoritario, nessun corno da caccia. Ormai terrorizzata, cominciò a piangere.

Sicuramente era morto. Tutti avrebbero dato la

colpa a lei, pensò incespicando lungo il fianco di una collina erbosa. L'avrebbero trovato fradicio e immobile, magari con le fragili ossa spezzate dopo che Bertie lo aveva fatto cadere. Si sarebbe beccato una polmonite e il suo cuore avrebbe ceduto, e sarebbe stata solo colpa sua. Era stata troppo occupata a leggere libri sconci e troppo curiosa per occuparsi di lui. La nonna si sarebbe arrabbiata ancora più di quando aveva lasciato uscire il Duca. Thom non le avrebbe più rivolto la parola. Sua madre non l'avrebbe rivoluta indietro, quindi sarebbe rimasta bloccata lì, additata dagli abitanti del villaggio come un personaggio di *Un tranquillo weekend di paura*. Sarebbe diventata "la ragazza che ha ucciso suo nonno".

Non aveva pensato di indossare gli stivali di gomma e, mentre correva sui prati melmosi, le sue scarpe cominciarono a riempirsi di fango. Aveva i piedi congelati. Una settimana prima avrebbe dato i numeri per aver rovinato le Reebok nuove, ma in quel momento era così infelice che non ci badò nemmeno. Quando si rese conto che stava correndo da mezz'ora, si mise a piangere senza freni, asciugandosi il naso con il dorso della mano.

Fu a quel punto che Bella, fradicia e infelice, cominciò a dirigersi verso casa. «Non lasciarmi anche tu!» gridò Sabine, ma Bella la ignorò, apparentemente decisa a trovare un riparo e un posto caldo e comodo vicino alla stufa. Sabine non sapeva dove altro guardare. Avrebbe chiesto a Thom. Risalì la collina seguendo il cane e pensando a cosa avrebbe potuto dire alla signora H. Era certa che, in un modo o nell'altro, fosse tutta colpa sua.

Quando arrivò davanti alla casa, Bella era scomparsa. Sabine si scostò i capelli bagnati dagli occhi, cercando di tenere a freno le lacrime. Mentre apriva la porta sul retro, sentì dei passi sulla ghiaia, alle sue spalle.

Era Thom, con i capelli appiccicati alla testa e il braccio finto che stringeva goffamente al petto un altro corno da caccia. Sabine stava per scusarsi, ma si accorse che l'uomo fissava un punto dietro di lei.

«Sei in ritardo» disse qualcuno dall'interno della casa.

Sabine scrutò il corridoio lastricato di pietra e intravide una sagoma curva, un bastone da passeggio e due cani color cioccolato che latravano felici. «Il pranzo era all'una. *All'una.* Il cibo si raffredda. Non capisco perché devo sempre ripetertelo.»

Lei rimase immobile sulla porta di casa, a bocca aperta, travolta da emozioni contrastanti.

«È tornato cinque minuti fa» sussurrò Thom dietro di lei. «Dobbiamo esserci incrociati.»

«Su, forza, entra. Non puoi startene lì a fissarmi in quel modo» la sgridò il nonno. «Devi cambiarti le scarpe.»

«Vecchio bastardo» mormorò Sabine con voce rotta, e sentì la mano di Thom posarsi sulla sua spalla.

La signora H fece capolino dalla porta della cucina, scusandosi a bassa voce e stringendosi nelle spalle. «Le prendo un maglione asciutto, signor Ballantyne?» chiese, ma fu allontanata con un gesto irritato. Si ritirò in cucina.

Il nonno si girò faticosamente verso le scale tenendo in mano il cappello sgocciolante. Spintonato dai cani, perse per un attimo l'equilibrio e tese la mano ossuta per afferrarsi alla ringhiera.

«Non te lo ripeterò più.» Borbottò qualcosa tra sé e sé e scosse la testa, che spariva quasi tra le spalle curve. «Signora H, le dispiace portarmi il pranzo? A quanto pare, mia nipote preferisce mangiare in corridoio.»

Dopo aver preso il tè, Sabine si mise a contare il denaro che sua madre le aveva dato per capire se poteva bastarle per andare in Inghilterra. Kate non sarebbe stata d'accordo, non si rendeva conto che, per Sabine, tornare da lei e dall'odioso Justin non sarebbe stato di certo peggio che restare dov'era. Era insostenibile. Anche se cercava di fare la cosa giusta, loro reagivano come se sbagliasse di proposito. Non gli importava di lei. A loro importava solo di quei maledetti cavalli e delle loro regole stupide e rigide. Se l'avessero trovata sul pavimento della cucina con un'accetta conficcata in testa, l'avrebbero sgridata per aver portato un attrezzo dentro casa.

Stava esaminando il biglietto del traghetto, alla ricerca di un numero di telefono da chiamare per prenotare la traversata, quando sentì bussare piano alla porta. Era la signora H.

«Perché non vieni con me dalla nostra Annie, questa sera? Tua nonna è d'accordo e ti farà bene stare in mezzo a persone più giovani.» Quello che intendeva dire, in realtà, era che mettere un minimo di distanza tra lei e i nonni avrebbe giovato a tutti. Ma a Sabine non importava. Avrebbe fatto qualsiasi cosa pur di non passare un'altra serata con loro.

Annie era l'unica figlia della signora H. Viveva nella grande fattoria oltre il villaggio, dove gestiva un Bed & Breakfast con il marito Patrick, un uomo molto più vecchio di lei che scriveva libri. («Non ne ho mai letto uno, non sono il mio genere,» le aveva spiegato la signora H «ma mi dicono che sono molto buoni. Roba da intellettuali.») L'abilità di Annie come padrona di casa non era altrettanto garantita: a detta di Thom, il B&B era famoso perché gli ospiti non si fermavano mai più di una notte. A quanto pareva, si scordava tutto. Per esempio, di preparare la colazione. O persino di avere degli ospiti. E qualcuno si era lamentato della sua abitudine di vagare per la casa la mattina presto. Ma né Thom né la signora H avevano approfondito la questione.

«Non è molto più vecchia di te. Ha ventisette anni. Tu quanti ne hai? Ah. Be', allora in effetti è un po' più grande di te. Ma ti piacerà. Piace a tutti. Solo non farci caso se ti sembra... ecco... un po' distratta.»

Mentre camminava lentamente lungo la strada buia e bagnata insieme alla signora H, sotto un ombrello un po' sformato, Sabine era divorata dalla curiosità; immaginava Annie come un'artista, una specie di Maud Gonne con un'indomabile chioma rossa e una gonna ampia, che liquidava le incombenze domestiche con un gesto della mano delicata. Le sue eccentricità sembravano lontane un milione di chilometri dalle abitudini degli abitanti di Kilcarrion House. Una donna che si dimenticava di preparare la colazione sicuramente non avrebbe organizzato una cena formale, giusto? E suo marito era uno scrittore, quindi i cavalli non sarebbero stati l'unico argomento di conversazione. Quella sera lei avrebbe potuto rilassarsi, essere brillante e arguta, e tutti l'avrebbero adorata. Forse avrebbe addirittura avuto la possibilità di guardare un po' di vera televisione. In fondo, in molte case irlandesi la TV satellitare c'era. E poi la signora H le aveva detto che più tardi sarebbe passato Thom. A quanto pareva lo faceva spesso, solo per vedere come "se la cavava" Annie.

Ma la donna che aprì la porta non era esattamente eccentrica e favolosa come Sabine se l'era immaginata. Indossava un maglione decisamente abbondante ed era piuttosto bassa. Aveva i capelli castani e lisci, lunghi fino alle spalle, e labbra carnose. Mentre le tendeva la mano, più che altro per trascinarla dentro casa, strinse i grandi occhi tristi, e Sabine notò con una vena di delusione che portava un paio di jeans dozzinali.

«Come stai, Sabine? Sono contenta che tu sia riuscita a venire. Ciao, mamma. Hai portato il bacon?»

«Sì. Lo metto nel frigo.»

La casa non aveva un vero e proprio ingresso, quindi si entrava direttamente nel soggiorno dominato da un vecchio camino di pietra, in cui ardeva un bel fuoco. Due lunghi divani blu, un po' malandati, erano disposti ad angolo di fronte al camino, e al centro era sistemato un tavolino ingombro di volumi e pile di riviste. Guardandosi meglio attorno, Sabine vide che i libri erano dappertutto: sugli scaffali, ma anche sotto i tavoli e gli sgabelli. «Sono di Patrick» spiegò Annie, che la stava osservando dall'angolo cottura, sul lato opposto della stanza. «È un gran lettore.»

«Cos'hai preparato per cena, Annie?» La signora H si allontanò dal frigorifero e guardò i fornelli, cercando invano una pentola.

Annie si passò la mano sulla fronte aggrottata. «Ah, scusa, mamma. Me ne sono completamente dimenticata. Possiamo mettere qualcosa nel microonde.»

«*No*, non possiamo» disse la signora H, offesa. «Non riporterò certo Sabine a casa senza prima averle preparato una cena come si deve.»

«Non c'è problema» disse Sabine, cui non importava molto di mangiare. «Comunque non ho fame.»

«Una ragazza pelle e ossa come te... Anzi, guardatevi un po', voi due. Ho visto più carne addosso al cane del macellaio. Annie, siediti lì a chiacchierare con Sabine mentre preparo delle costolette. Ne ho messa qualcuna in freezer un paio di settimane fa.»

«Io... non sono un'amante della carne» disse timidamente Sabine.

«No, no. Certo che no. In tal caso puoi mangiare le verdure. E ti preparerò un panino al formaggio. Cosa ne dici?»

Annie sorrise a Sabine con aria complice e la invitò a sedersi. Non parlava molto, ma il suo atteggiamento invitava alle confidenze. Nel giro di pochi minuti, Sabine cominciò a sfogarsi, lamentandosi delle ingiustizie che subiva a Kilcarrion House. Raccontò ad Annie dell'*infinita* serie di norme e regole e di come fosse *assolutamente impossibile* ricordarsele tutte. Le disse di come fosse *difficilissimo* comunicare con i suoi nonni e di come fossero *irrimediabilmente antiquati*. Le disse che si sentiva un'*aliena* in mezzo a tutte quelle persone ossessionate dai cavalli e che le mancavano da morire i suoi compagni e la sua televisione e la sua casa e tutte le sue cose, come i CD e il computer. Annie si limitò ad ascoltare e annuire, tanto che dopo un po' Sabine iniziò a sospettare che la signora H le avesse già detto molto di lei. Quel pensiero contribuì ad alimentare la sua convinzione di essere una vittima. Altrimenti, rifletté, Annie e sua madre non si sarebbero dimostrate tanto comprensive.

«Perché la tua mamma non è qui? Lavora?»

Sabine si fermò un momento, non sapendo come rispondere. Non voleva rivelare troppi particolari. Erano brave persone, ma praticamente non le conosceva, e sentiva di dover dimostrare un minimo di lealtà nei confronti della madre.

«Sì» mentì. «Sarebbe tanto voluta venire, ma aveva troppo da fare.»

«Di cosa si occupa ora?» chiese la signora H. «Non la vedo da così tanto tempo.»

«Scrive» rispose Sabine. Tacque un momento, poi aggiunse: «Non libri o cose del genere, solo articoli per i giornali. Articoli sulla famiglia».

«Storie di famiglie antiche?» La signora H infilò una teglia nel forno.

«Non proprio. Vita in famiglia, in generale. Problemi e cose così.»

«Sembra molto utile» osservò la signora H.

«Devi sentire la sua mancanza» disse Annie.

«Scusa?»

«Della tua mamma. Devi sentire la sua mancanza. È così lontana…»

«Un po'.» Fece una pausa, poi, con una certa

baldanza, aggiunse: «A dire il vero, non siamo poi così intime».

«Ma è sempre la tua mamma. Dovete essere intime.» E all'improvviso, senza una ragione evidente, gli occhi di Annie si riempirono di lacrime.

Sabine la fissò con orrore, cercando di capire che cosa avesse detto per provocare quella reazione. La signora H lanciò uno sguardo duro alla figlia e disse: «Sabine, ho trovato del pesce nel freezer. Va bene se te lo preparo con una salsa al burro? Forse puoi aiutarmi a scongelarlo nel microonde. Annie, tesoro, perché non vai a chiamare Patrick e gli dici che la cena sarà pronta tra una ventina di minuti?».

Sabine si alzò in piedi lentamente e, cercando di non fissare Annie, si diresse verso l'angolo cottura.

Annie rimase in silenzio per una buona mezz'ora. In realtà, quasi non spiccicò parola per tutta la cena, e nemmeno suo marito si dimostrò molto loquace, quindi l'onere di fare conversazione toccò alla signora H e a Sabine, che si sentiva piuttosto nervosa. Patrick non era il tipo di scrittore che si era immaginata. Non era magro e non aveva affatto un'aria inquieta. Anzi, era alto, robusto e aveva lineamenti piuttosto rozzi, con rughe profonde sulla fronte e ai lati della bocca. Ma era gentile e premuroso, e aveva un'espressione serena e intelligente che intimidiva un po'. Ogni volta che apriva bocca, Sabine temeva di dire qualcosa di stupido o banale.

«Ti piace, Patrick? Purtroppo è una cena improvvisata» gli disse la signora H.

«Fantastica, mamma» rispose lui. «L'agnello è ottimo.»

Sabine si ritrovò a fissare Annie e a domandarsi

come potessero stare insieme quei due. Lui era troppo grosso e aveva un aspetto rude, mentre lei era slavata e fragile, e sembrava facile preda della malinconia. Eppure il marito la adorava, era evidente. Anche se non parlava molto, Sabine notò che le sfiorava spesso il braccio; a un certo punto le accarezzò addirittura la schiena, lentamente e con affetto.

«Viene qualcuno nel fine settimana?» chiese la signora H prendendo una delle sue costolette e posandola nel piatto già fin troppo pieno di Patrick.

Lui guardò Annie, poi di nuovo la suocera. «Non credo che ci siano prenotazioni. Annie e io potremmo andare a Galway, tanto per cambiare.»

«Galway!» esclamò la signora H. «Lough Inagh è un gran bel posticino, Annie. Tuo padre e io ci andavamo in vacanza tutti gli anni, quando eri piccola. Chissà perché, il tempo era sempre orribile, ma a te piaceva tantissimo Ti abbiamo comprato un paio di stivali di gomma coi brillantini, e tu correvi tutto il giorno sulla riva, dentro e fuori dall'acqua.»

Annie non alzò nemmeno gli occhi.

Dopo essersi abbandonata per un momento a quei ricordi felici, la signora H riprese: «Quegli stivali ti piacevano tanto che una sera hai insistito per andarci addirittura a dormire. La mattina il tuo letto era così pieno di sabbia che ho dovuto scrollare le lenzuola fuori dalla finestra! Ah, santo cielo. Avevi solo tre anni».

Annie lanciò uno sguardo duro a sua madre, che ammutolì. Per qualche minuto si sentirono solo lo scoppiettare del fuoco e il rumore sordo e continuo della pioggia che batteva sul davanzale della finestra. Sabine tornò a guardare Annie con espressione allarmata, chiedendosi che cosa avesse mai detto di sbagliato la signora H. Poi tornò ad abbassare gli occhi e spinse il piatto ancora mezzo pieno verso il centro del tavolo. Stranamente, la signora H non ci badò. Si limitò ad aspettare finché non fu certa che tutti avessero finito, poi raccolse i piatti. Non fu brusca come Kate, che sparecchiava nervosamente quando voleva far capire a Sabine di non aver gradito un commento sgarbato. Non sembrava affatto offesa.

«Non siamo obbligati ad andare a Galway» sussurrò Patrick all'orecchio della moglie. «Potremmo andare a Dublino. Una vacanza in città. Pare che al momento sia *il massimo.*»

Ci fu qualche istante di silenzio.

«Magari un'altra volta, eh?» Annie posò una mano sul braccio del marito, poi si alzò e uscì dalla stanza senza dare spiegazioni.

La signora H spinse indietro la sedia e si diresse verso l'angolo cottura. «Allora, Sabine, vuoi un po' di dolce, vero? C'è la torta di mele da scaldare nel microonde, oppure il gelato al cioccolato. Scommetto che non dirai di no al gelato. Vero?»

Sabine non ebbe il tempo di chiedersi che cosa stesse succedendo. Dopo avere dato alla suocera un bacio affettuoso sulla guancia, Patrick lasciò la stanza, ma non prima di avere chiarito con un cenno del capo che sarebbe tornato presto perché era interessato al dolce. In quel preciso istante la porta si aprì e Thom entrò, portandosi dietro una folata di vento. La sua giacca cerata era lucida di pioggia. Vedendolo, Sabine si sentì sollevata perché cominciava ad avvertire un certo disagio.

«Mi sono perso la cena? Uno dei box si stava allagando, quindi ho pensato di stendere un telo impermeabile sul tetto prima di andarmene. C'è un tempo orrendo» disse.

«Siediti, caro, siediti. Appoggia la giacca su quella sedia. La tua cena è in forno. Ti piacciono le costolette di agnello?» L'atmosfera nella stanza si distese immediatamente e Sabine tornò a sedersi al tavolo. Thom sapeva sempre come allentare la tensione. Sabine gli sorrise e lui fece altrettanto.

«Allora, Sabine, hai guardato un po' di buona televisione?»

Lei guardò la signora H. «Non sono venuta solo per guardare la televisione. Volevo incontrare… qualcuno.»

«Ah, volevi vedere qualcosa, cara? A dire la verità, con la cena da preparare e tutto il resto non ci ho pensato. Be', accendiamola mentre mangiamo il dolce, ti va? Magari c'è un bel film, no?»

Si sedettero e cominciarono a scorrere i canali insieme, mentre Thom consumava la sua cena. Mangiava davvero voracemente, con la testa china sul piatto. Si portava il cibo alla bocca usando il coltello e la forchetta, come si fa nelle famiglie numerose quando non si vuole correre il rischio di perdere il bis. La signora H annuì e sorrise soddisfatta. Chiaramente voleva bene al nipote come a un figlio e lo guardava con affetto. Osservando la scena che si stava svolgendo in quella stanza accogliente, mentre dall'esterno giungeva il rombo attutito del vento e della pioggia, Sabine provò una fitta di dispiacere pensando che la casa di sua nonna non trasmetteva la stessa intimità e lo stesso calore.

Quasi non conosceva quelle persone, eppure era riluttante all'idea di tornare a Kilcarrion House.

Alzò gli occhi mentre Annie rientrava nella stanza sorridendo. Patrick, alle sue spalle, sembrava un po' in ansia.

«Ehi, ciao Tomcat» disse Annie scompigliando i capelli di Thom. «Come sta il mio cugino preferito? Sembri un pulcino bagnato.»

«Dovresti provare a uscire, ogni tanto» disse Thom stringendole la mano. «Si chiama clima.»

Continuando a sorridere, Annie tornò a sedersi al tavolo. Patrick si accomodò accanto a lei guardandola e non toccò il dolce.

«Dove sei stato tutta la settimana?» chiese Annie a Thom. «Non ti ho visto nemmeno dipinto.»

«Sono stato in giro» rispose lui. «C'è molto da fare in questo periodo. Bisogna preparare i cavalli per l'inizio della stagione. Va tutto bene, Patrick?»

«Tu e i tuoi cavalli. Dovresti trovarti una ragazza, coltivare qualche vero interesse. Che cosa è successo a quella ragazza del ristorante? Non era male.»

Thom non alzò gli occhi dal piatto. «Non era il mio tipo.»

«E qual è il tuo tipo?»

«Una diversa da lei.»

La signora H scoppiò a ridere mentre puliva il ripiano del cucinino. «Dovresti averlo imparato, Annie. Non caverai un ragno dal buco con Thom. Per quello che ne sappiamo noi, potrebbe avere una moglie e sei figli che lo aspettano a casa. Hai mai conosciuto un tipo come lui, Sabine?»

Lei si sentì avvampare, ma con suo grande sollievo, nessuno se ne accorse.

«Il tuo problema è che sei troppo esigente» disse Annie, mescolando il gelato sciolto nella ciotola.

«Probabile.»

La signora H guardò più volte la figlia, ma non fece alcun commento sulla sua uscita di scena, poi cominciò a lavare i piatti, rifiutando l'offerta di aiuto poco convinta di Sabine.

«Resta seduta. Sei l'ospite.»

«Ah, non dire così, mamma. La farai sentire come una dei Due B.»

Sabine guardò Thom con aria interrogativa.

«Due B. B&B» spiegò Patrick. «I nostri ospiti paganti.»

«Pensavo che fossero detenuti» disse Thom. «Non mi dirai che ti fai anche pagare!»

«Tu non sei un'ospite» disse Annie ignorandolo e posando una mano sul braccio di Sabine. «Sei una Ballantyne, quindi sei praticamente di famiglia. Sei sempre la benvenuta qui. Mi fa bene avere un po' di compagnia.» Il suo sorriso era caldo e sincero.

La signora H confermò con un cenno del capo. «Vuoi una tazza di tè, Patrick? Posso portartelo di sopra, se stai lavorando.»

«Grazie, mamma. Sono a posto col vino. Thom, hai preso da bere?»

Sabine stava per passargli la bottiglia, ma la signora H la batté sul tempo tendendogli un bicchiere di succo d'arancia. Lui lo prese e lo vuotò avidamente.

«Io prenderò qualcos'altro da bere» disse Annie guardandosi attorno. «Dov'è finito il mio bicchiere?»

«L'ho lavato» rispose la signora H.

«Be', allora puoi passarmene un altro? Era ancora pieno.»

«Come va il libro?» chiese Thom.

Patrick scosse la testa. «A dire la verità, sono un po' bloccato in questo momento.»

«Non so come fai a startene seduto lì da solo tutti i santi giorni» disse la signora H. «Io impazzirei di noia. Nessuno con cui parlare, nessuno attorno, solo tutti quei personaggi dentro la tua testa. Mi domando come fai a non diventare matto... Ecco, ho finito. Ora vado. Tuo padre è al club questa sera, e volevo tornare a casa prima di lui.»

«Vai incontro al tuo bello, eh, mamma?» Patrick si alzò e la aiutò a infilarsi la giacca. «Non preoccuparti. Non diremo niente.»

«A lei piace dargli il benvenuto quando torna a casa» disse Thom scuotendo la testa.

«Be', non sono affari tuoi» replicò lei arrossendo leggermente.

«E i vicini...» disse Patrick, sorridendo a Thom. «Poveretti.»

«Sei un birbante, Patrick Connolly» disse la signora H, che a quel punto aveva le guance decisamente rosse. «Qualcuno può accompagnare Sabine a casa? Non voglio che cammini su quella strada buia tutta sola.»

«Sono solo trecento metri. Non c'è problema, davvero» disse Sabine, irritata dal fatto che la trattassero come una bambina.

«Non preoccuparti» disse Thom. «La butteremo fuori dopo l'ora di chiusura.»

«Grazie per la cena, mamma» disse Annie accompagnandola alla porta e salutandola con un bacio. Non aveva mai smesso di sorridere, un sorriso dolce e gentile che però non aveva contagiato gli occhi. Patrick diede un tenero bacio alla moglie e tornò a passo lento al piano di sopra. Lei gli rispose con una carezza vaga, come fosse un bambino.

Sabine vide Annie chiudere la porta alle spalle della madre e fermarsi nel bel mezzo della stanza, come se non sapesse dove andare. Dopo qualche secondo si lasciò cadere su un divano, sollevando le ginocchia sotto il mento. «Bene, Sabine, perché non cerchiamo un bel film da vedere?» chiese con uno sguardo improvvisamente e disperatamente stanco. «E voi due chiacchierate. Spero che non vi dispiaccia, perché è probabile che io crolli qui. Per oggi ho finito di fare conversazione.»

«Ha chiamato la tua amica Melissa, voleva sapere se andrai alla sua festa il quindici. Le ho detto che non sapevo se saresti tornata oppure no.»

«Ah.»

«E Goebbels ha vomitato nella tua stanza, ma ho portato il tappeto in tintoria e dicono che possono pulirlo senza problemi.»

«Ora sta bene?»

«Sì, è tutto a posto. È solo che avevo finito il cibo per gatti e si è spazzolato una scatola di tonno.»

«Non glielo devi dare, il tonno.»

«Lo so, tesoro, ma il negozio sotto casa era chiuso e non sopportavo di vederlo così affamato. Non gli fa male, deve solo mangiare più lentamente.»

Sabine aveva telefonato alla madre il giorno prima, con l'intenzione di chiederle i soldi per poter tornare in Inghilterra. Voleva dirle che le voleva bene e che le dispiaceva di essersi comportata male e che sarebbe stato molto meglio se solo fosse potuta tornare a casa, perché era certa di non poter restare lì un minuto di più, e sapeva che sua madre avrebbe capito.

Ma erano al telefono da quasi sette minuti, e sua madre era chiaramente curiosa di sapere che cosa volesse, visto che le aveva lasciato un messaggio chiedendole di richiamarla "con urgenza", ma Sabine non trovava le parole. Voleva tornare a casa, sul serio, ma dopo la serata passata da Annie non le sembrava più così urgente. E scoprì che, nel profondo del suo cuore, era ancora furiosa per la questione di Geoff e Justin. E poi era così *difficile* essere gentile con sua madre. Kate diventò sentimentale e troppo loquace, quindi Sabine finì per pentirsi di aver parlato e si irritò per avere in qualche modo scoperto le proprie carte.

«Allora... che cosa combini? La nonna ti ha già portato a cavalcare?»

«No, e non ho intenzione di farlo.»

«Che cosa fai tutto il giorno?»

Sabine pensò alle fotografie nella scatola. Le aveva guardate di nuovo quella mattina, quando la nonna era andata a fare la spesa, in particolare quelle che ritraevano sua madre da piccola con il bambino cinese. Pensò alla casa di Annie e al modo in cui si era addormentata davanti a lei la sera prima, all'improvviso, come se non le importasse di essere in presenza di altre persone. Pensò a Thom, che con un filo di imbarazzo di troppo le aveva chiesto che cosa stesse facendo sua madre in quel periodo.

«Niente» aveva risposto.

3

Goebbels, il gatto, era seduto sul pilastro come una sentinella di pietra, con il pelo leggermente ritto, chiaro segno della rigida temperatura esterna. Sul lato opposto della strada, il signor Ogonye, con un cappello di lana in testa, era affaccendato come al solito attorno alla sua auto. Si tuffò sotto il cofano, con la determinazione di un domatore da circo che affronta le fauci del leone, poi si risollevò pulendosi mestamente le mani in uno straccio, come se stesse cercando di trovare il coraggio di rifarlo. Due pacchetti di patatine si rincorrevano tra i bidoni dell'immondizia, che dopo la raccolta mattutina dei rifiuti erano stati abbandonati vicino al cordolo del marciapiede.

> Vi siete mai chiesti se parlate la stessa lingua dei vostri figli? Stando a una nuova ricerca svizzera, potrebbe non essere così.
>
> In un rapporto destinato a provocare commenti del tipo "lo sapevo" nelle famiglie di tutta Europa, gli psicologi dell'Università di Ginevra affermano che quello che dicono i genitori è spesso molto diverso da quello che capiscono i figli.

Agnes, che indossava un leggero cappottino blu, avanzava lentamente con il nuovo deambulatore di alluminio. Si fermò a parlare con il signor Ogonye, che si strinse leggermente nelle spalle indicando il motore. Mentre parlavano, il loro fiato si condensava formando nuvolette compatte, simili a fumetti in attesa di essere riempiti.

> «Capita molto raramente che i genitori si mettano nei panni dei figli» afferma il professor Friedrich Ansbulger, responsabile dello studio che ha coinvolto 2.000 famiglie. «Se lo facessero, capirebbero perché spesso i figli ignorano completamente le loro indicazioni. Non si tratta necessariamente di disobbedienza, è solo che, per i ragazzi, i consigli dei genitori non rientrano nella logica delle scelte alternative.»

Kate sospirò e si costrinse a concentrarsi di nuovo sul computer. Aveva impiegato quasi un'ora per scrivere tre paragrafi, e a quella velocità avrebbe ottenuto una paga così misera da scioccare persino un'operaia sfruttata del Bangladesh.

Non era difficile per una donna dotata della sua immaginazione capire perché negli ultimi tempi le risultasse così difficile lavorare. Innanzitutto, la casa era troppo silenziosa. Anche se Sabine non c'era quasi mai, Kate si rese conto che senza di lei l'appartamento sembrava privo di vita. Forse era perché nessuno, in quei giorni, entrava sbattendo la porta d'ingresso, e lei non sentiva il familiare rumore dei passi di sua figlia sulle scale, la porta della sua camera da letto che si chiudeva rumorosamente, né il ritmo attutito della musica di qualche gruppo inascoltabile. Le mancavano i saluti appena accennati che di tanto in tanto Sabine si degnava di rivolgerle.

E poi il riscaldamento era guasto, e la costringeva a vestirsi a strati come una senzatetto. Quando, tre giorni prima, l'idraulico aveva promesso di tornare con il pezzo giusto, aveva scosso la testa rassegnato, con lo stesso atteggiamento che il signor Ogonye aveva assunto nei confronti della propria auto.

Come se non bastasse, c'era quello stupido articolo che non riusciva a scrivere. In una giornata buona, era in grado di sfornare due pezzi da ottocento parole prima di pranzo. Quella, però, non era affatto una giornata buona: i suoi contatti non la richiamavano e le parole non scorrevano fluide sulla pagina. Era talmente demotivata che il suo stato d'animo sfiorava l'autocommiserazione.

Quella era la prima settimana della sua vita adulta in cui si ritrovava veramente sola. Sabine era sempre stata con lei. Quando sua figlia era in gita con la scuola o a casa di amici, c'era Geoff e, prima di lui, Jim. Kate aveva sempre avuto qualcuno con cui parlare degli eventi della giornata davanti a un piatto di pasta e una bottiglia di vino, la sera. Ora Geoff se n'era andato, Justin era via per lavoro e non sapeva quando sarebbe tornato, e Sabine era in Irlanda, apparentemente decisa a parlarle il meno possibile. Ed era tutta colpa sua.

Per l'ennesima volta cercò di non pensare che Geoff avrebbe risolto il problema del riscaldamento nel giro di poche ore. Aveva uno spiccato senso pratico, oltre a un elenco di numeri di telefono di artigiani affidabili, che conosceva da anni e che in genere accorrevano subito per fargli un favore. Lui li ricompensava sempre offrendo loro "qualcosa da bere". Quando, dopo l'intervento di un elettricista, le aveva suggerito di fare altrettanto, lei aveva preparato una tisana. I due uomini si erano scambiati un sorriso carico di compassione, poi erano scoppiati a ridere dandosi amichevoli pacche sulle spalle. All'epoca si era molto irritata perché l'avevano trattata come un'ingenua, ma in quel momento, nella casa gelida, riconsiderò la scena con tenerezza. In ogni caso, non poteva rivolgersi a Geoff. E Justin aveva messo in chiaro che non era il tipo da "faccende domestiche".

Anzi, nei tre mesi della loro relazione, il numero di cose per cui Justin "non era il tipo" era aumentato a vista d'occhio. Non era il tipo da telefonare tutte le sere quando era via. («Senti, tesoro, non è sempre possibile. Il mio cellulare è perennemente scarico e, se facciamo tardi o siamo in una brutta zona, l'ultima cosa che voglio fare è andare a caccia di una cabina.») Non era il tipo da convivenza. («Amo quello che abbiamo. Non voglio rovinare tutto. E rovinerei tutto.») E non era il tipo da fare piani per il futuro. («Tu sei la donna più fantastica che abbia mai conosciuto. Voglio stare con te più di quanto abbia mai voluto stare con nessuno. E questo deve bastare, per il momento.») Fissando lo schermo del computer senza guardarlo, cercò di concentrarsi sugli aspetti positivi di Justin, rimproverandosi per la propria tendenza a focalizzarsi sui problemi. Lui l'amava, no? Glielo diceva sempre.

Alzò la testa e vide che Agnes aveva ripreso coraggiosamente a spingere il deambulatore verso l'angolo della strada, con la testa bianca e lanuginosa che dondolava sul fragile collo come un soffione nel vento. Doveva essere diretta al Luis's Café, che si trovava sulla strada principale. Si presentava lì tutti i giorni all'una meno un quarto, con implacabile regolarità, per ordinare un piatto di uova, patatine e caffè e dare un'occhiata ai tabloid. Poi, a seconda della giornata, andava alla sala bingo, al centro anziani o in biblioteca, e tornava a casa solo quando chiudevano. Kate aveva impiegato anni per scoprire che dietro all'ammirevole socievolezza della sua vicina c'era un'esigenza pratica: Agnes non aveva la possibilità di riscaldare a dovere la sua casetta. "Forza," si disse rabbrividendo per quell'improvviso slancio di empatia "o finisci questo pezzo o esci."

Forse tutta quella solitudine le avrebbe fatto bene: Geoff sarebbe passato a ritirare le sue cose quella sera. Il loro ultimo incontro era stato disastroso, e non sarebbe stata in grado di affrontare i due uomini insieme. Era già abbastanza difficile vedere Geoff da solo.

Rimase seduta a fissare le parole sullo schermo, riflettendo sulle due alternative sgradevoli che le si prospettavano per quel pomeriggio. Poi si mise le lenti a contatto, indossò un altro strato di vestiti e, con uno strano presentimento, si diresse al centro di assistenza.

«Puoi prendere quei tavoli laggiù? Quelli vicini alla porta. Penso che non bastino per tutti.»

Ferma al centro del salone pieno di spifferi col suo cappotto imbottito, Maggie Cheung presiedeva alla sistemazione dei mobili come un vigile ubriaco avrebbe potuto dirigere il traffico. La fronte aggrottata per la concentrazione, gesticolava con enfasi, poi cambiava idea, rimandando Kate o uno degli studenti dall'altra parte della stanza con il loro carico di tavoli di formica scricchiolanti o sedie di plastica, mentre lei cercava di decidere dove sarebbe stato meglio collocarli.

Alle sue spalle, un gruppetto di anziane cinesi, impegnate in un gioco simile al domino, chiacchieravano ad alta voce in cantonese. All'estremità opposta della sala, vicino ad altri anziani che sorseggiavano tè al gelsomino da alti bicchieri di plastica, due giovani donne, silenziose e tristi come i loro bambini, si ignoravano a vicenda e sembravano non badare nemmeno al giovane solitario che si trovava in mezzo a loro.

«Non ci sono abbastanza sedie, in ogni caso» disse Ian, il direttore, dopo un rapido calcolo.

«Gli aiutanti possono mangiare in piedi» ribatté Maggie.

«Staranno stretti. Sarebbe meglio fare due turni.» L'espressione avvilita e il pallore grigiastro di Ian rappresentavano bene le difficoltà di una vita fatta di compromessi finanziati dal denaro pubblico.

«È meglio farli sedere tutti insieme, anche se un po' stretti, piuttosto che dividerli in due gruppi» osservò Maggie. «Staremo anche più caldi.»

«Mi dispiace per il riscaldamento» disse Ian per la quinta volta. «Sono i tagli del budget. Dobbiamo risparmiare per gli anziani e le neomamme che vengono il martedì e il venerdì.»

Kate, accaldata per lo sforzo, attraversò la sala spingendo due tavoli e, su indicazione di Maggie, li sistemò vicino alla cucina. Nonostante quella donna fosse assolutamente decisa a farli pranzare tutti insieme, a Kate sembrava un'idea irrealizzabile. Ma Maggie insisteva: il loro scopo era creare legami tra vecchi e giovani, tra nuovi arrivati e frequentatori abituali del centro. Avevano faticato così tanto per creare un gruppo, che non aveva senso dividerlo. «Inoltre» disse allegramente «è la nostra cultura. Tutti mangiano insieme.»

Kate non sottolineò che la cultura di cui Maggie parlava tanto era piuttosto elastica, e comprendeva puntate a McDonald's con i suoi figli, cene tra un turno e l'altro con il marito medico – i cui orari all'ospedale locale erano decisamente irregolari – e una devozione assoluta per la serie TV *Coronation Street*. Non era possibile discutere con lei: come un politico navigato, si limitava a "non sentire", ignorando tutto quello che non rientrava nella sua visione del mondo, e ribadiva con entusiasmo le proprie opinioni, come se non fossero mai state messe in discussione.

«Ecco fatto!» esclamò qualche minuto dopo. «Possiamo lasciare i tavoli così anche dopo. Ve l'ho detto che ho convinto uno degli insegnanti della Brownleigh School a venire a parlare di lettura e scrittura? Se vedo un altro modulo di richiesta per l'indennità di alloggio, muoio.»

«Se non ottengo qualche risultato con la sua domanda, penso che il signor Yip farà in modo che a morire sia io» disse Ian. Era il massimo dell'umorismo, per lui, e Maggie e Kate si sentirono in dovere di sorridere.

«Vuoi dirmi che l'hanno respinta un'altra volta?»

«Questa è la quarta. Non sarebbe un problema,

se solo non fossi io a doverla compilare. Se non ci riesco *io*, dopo undici anni di lavoro per il consiglio, come diavolo si può pretendere che ci riesca qualcun altro?»

Kate era diventata volontaria del centro di assistenza ai cittadini orientali di Dalston e Hackney quasi un anno prima che lei e Geoff si lasciassero. Una sera, alzando gli occhi dall'«American Journal of Applied Psychiatry», lui aveva deplorato la percentuale mostruosamente elevata di malati di mente tra gli immigrati. Le cause, aveva spiegato, andavano rintracciate nell'isolamento, nell'alienazione e nel razzismo diffusi nei quartieri più degradati. Poi le aveva descritto il lavoro di Maggie. Kate era rimasta sorpresa: nonostante fossero amiche da molto tempo, lei e Maggie si limitavano a parlare dei rispettivi compagni-e-figli. Geoff aveva tirato fuori di nuovo l'argomento quando Maggie e Hamish erano andati a cena da loro, e Kate aveva scoperto che la reticenza della sua amica a parlarne con lei era dovuta solo al dubbio che non le interessasse. Così Maggie era riuscita a strapparle la promessa che le avrebbe dato una mano.

«Non so che cosa potrei fare» aveva detto Kate, non sapendo se fosse il caso di prendere quell'impegno.

Ma quando Maggie aveva scoperto che lei aveva trascorso l'infanzia a Hong Kong, non le aveva lasciato scelta. «Oddio, allora tu conosci la cultura cinese!» aveva esclamato. «Sei praticamente cinese!» Kate aveva tenuto a precisare che l'unica cultura che conosceva, da quando aveva otto anni, era quella che aveva appreso in un collegio nello Shropshire e in un paesino nell'Irlanda del Sud. «E allora?» aveva risposto Maggie. «Io non ho mai vissuto più a est di Theydon Bois.»

Anche dopo tanti mesi, Kate non era di grande aiuto dal punto di vista pratico. A differenza di altri volontari, non parlava cinese, non sapeva cucinare e non riusciva a orientarsi nel labirinto kafkiano dei moduli dell'assistenza sociale. Poteva solo dare una mano con le lezioni di lettura e con la propria presenza. Ma a Maggie non sembrava importare. E Kate si era anche divertita. Aveva osservato lo chef volontario del take-away locale mentre preparava veri piatti cinesi nella piccola cucina del centro, e si era resa conto che gli anziani orientali sembravano più uniti e attivi dei loro coetanei europei. Quelle brevi immersioni in un mondo diverso erano molto gratificanti. Le piaceva il modo in cui Maggie passava con disinvoltura dall'inglese al cinese, riuscendo a radunare attorno a sé persone così diverse grazie alla sua forte personalità. E poi, in un certo senso, lavorare nel gruppo l'aveva aiutata a mitigare il senso di colpa che aveva provato nei confronti di Geoff, dandole l'opportunità di fare ammenda, una volta la settimana, per i suoi peccati. Il più delle volte funzionava.

«Pensavo che non saresti venuta, oggi» disse Maggie comparendo all'improvviso accanto alla sua spalla. Era così bassa che era insolito vederla da quella angolazione, nonostante la sua passione per i tacchi altissimi.

«C'è mancato poco» ammise Kate. «Non sono granché dell'umore.»

«È sempre meglio uscire di casa, quando ci si

sente tristi. Stare lontano dai forni a gas. Oh, no, tu ce l'hai elettrico, vero? Ne parleremo a pranzo.»

«Non so se resterò per pranzo.»

Maggie non la stava ascoltando. «Guardale! Dovrebbero parlare un po'!» esclamò trascinando Kate con sé e indicando le due giovani madri silenziose. «Due ragazze, due bambini piccoli. È assolutamente ridicolo che se ne stiano lì sedute senza aprire bocca. Vedi quella? Dobbiamo convincerla a portare il bambino a fare le vaccinazioni. È qui da quasi sei mesi e non vuole andare al consultorio.» Maggie le raccontò che, quattro settimane dopo aver portato la ragazza in Inghilterra, il marito l'aveva lasciata, dicendole che andava chissà dove a fare un po' di soldi. A parte un avvistamento non confermato a Nottingham, non lo aveva più visto. Aveva ottenuto il permesso di soggiorno, ma non aveva un lavoro, viveva in un monolocale con altre persone e non aveva abbastanza soldi per tornare a casa.

«Deve proprio parlare con qualcuno. Aprirsi un po'. Vai a chiacchierare con lei mentre controllo come sta andando il pranzo» le disse Maggie scappando via.

In genere lavorare al centro aiutava Kate a ridimensionare i suoi problemi, ma quella mattina aveva pensato di non andarci: lo scoramento provocato dal silenzio innaturale in cui era immersa la casa le aveva fatto passare la voglia di coltivare rapporti sociali. Una volta Sabine le aveva detto che nella sua classe dividevano le ragazze in "idrovore e radiatori": i radiatori erano le ragazze popolari, che contagiavano tutti con il loro entusiasmo e i loro interessi, attirando gli altri attorno a sé, mentre le idrovore... be', erano idrovore, nel senso che risucchiavano positività e buona volontà come tanti aspirapolvere. Kate pensò che quel giorno lei era decisamente un'idrovora.

Uno scarico che doveva sforzarsi di fare il radiatore. Trascinando i piedi come una scolaretta, Kate si avviò lentamente verso la giovane donna, che se ne stava seduta in un angolo con la schiena curva. Indossava una giacca a vento dozzinale e un paio di scarpe di plastica, ed era circondata da un alone di miseria. Non era sicura di poterla aiutare, data la gravità della sua situazione. E Maggie sapeva bene che la ragazza non parlava inglese, ma con quel suo atteggiamento autoritario, da catechista, si aspettava semplicemente che tutti facessero come lei. «Con la volontà, la soluzione si trova sempre.»

Kate inspirò a fondo e si fermò a poca distanza dalla ragazza per darle il tempo di accorgersi della sua presenza, poi sorrise e rivolse un cenno al bambino. «Ciao» disse. «Mi chiamo Kate.»

La ragazza, che portava i capelli legati in una coda di cavallo e aveva due ombre bluastre sotto gli occhi – molto più profonde di quelle che di solito, nelle giovani madri, erano dovute alla carenza di sonno –, le rivolse uno sguardo vacuo, poi lanciò un'occhiata nella sala, alla ricerca di Maggie o di un aiutante cinese.

«Io sono Kate» ripeté lei, consapevole di avere parlato con un tono di voce troppo alto. Si sentì come uno di quegli stupidi abitanti delle colonie convinti che bastasse alzare la voce per farsi capire dagli indigeni.

La ragazza la guardò con gli occhi spalancati,

in attesa, poi, con un gesto delicato quanto il suo aspetto, scosse la testa.

Kate respirò a fondo. Cosa diavolo doveva fare? Non aveva il dono di mettere le persone a loro agio. Il più delle volte lei stessa si sentiva a disagio. «Mi chiamo Kate. Do una mano qui» disse, del tutto impotente. Poi aggiunse: «Come ti chiami?».

Il silenzio che seguì fu interrotto da una risata proveniente dal lato opposto della sala. I tasselli del domino finirono sparpagliati sul tavolo: le anziane giocatrici avevano terminato la partita. Maggie si mosse tra loro, complimentandosi in cinese, con i lisci capelli neri che le nascondevano il viso mentre si chinava a osservare il tabellone.

Kate si girò di nuovo verso la ragazza cercando di continuare a sorridere. «Maschio o femmina?» chiese, indicando il bambino addormentato, con il viso seminascosto dagli strati di vestitini di seconda mano. «Bambino?» Con un gesto, indicò un uomo seduto poco lontano, che la fissò di rimando con aria diffidente. «O bambina?» disse indicando se stessa. Oddio, doveva davvero sembrare un'idiota. Pensando che stava diventando sempre più difficile mantenere il sorriso, si avvicinò al piccolo. «Il tuo bambino è bellissimo.» Ed era vero. Tutti i bambini erano belli quando dormivano.

La ragazza guardò suo figlio, poi di nuovo Kate, e strinse un po' più a sé il piccolo.

"Ci rinuncio" si disse Kate. "Le mostrerò un tavolo per il pranzo e lascerò fare a Maggie. È tutto inutile." Per un momento pensò con nostalgia alla sua casa vuota. Poi, all'improvviso, due parole comparvero come un lampo nella sua mente: due parole della sua infanzia, sussurrate a bassa voce dalla sua *amah*. «*Hou leng*» disse, indicando il bambino. Poi, a voce più alta, ripeté: «*Hou leng*».

La ragazza fissò il bambino e alzò di nuovo lo sguardo aggrottando la fronte, come se non riuscisse a credere a quello che aveva sentito. «Il tuo bambino. *Hou leng*.»

Due paroline dolci che significavano "molto bello". La lingua internazionale dell'adulazione.

Kate avvertì una vampata di calore. In fondo, ce la poteva fare. Setacciò la propria memoria, cercando di ricordare se aveva usato i toni giusti. «*Hou leng*. Molto bello» ripeté, sorridendo con benevolenza.

Poi Maggie apparve alle sue spalle. «Che cosa stai facendo a questa povera ragazza?» chiese. «Non parla cantonese. Viene dall'interno, sciocchina. Parla mandarino. Non ha la minima idea di quello che stai cercando di dirle.»

Alto, snello e con una formazione da scuole private, Hamish era un partner improbabile per Maggie. Era quella l'opinione comune da diciotto anni, ossia da quando si erano sposati. Non era solo perché Maggie era bassa, scura e formosa, mentre lui era pallido e fragile, o per la rumorosa immediatezza, tutta cinese, con cui lei e i figli esprimevano le loro emozioni, al contrario di Hamish, che aveva la pacatezza tipica dei nordeuropei. Era solo che Maggie sembrava troppo per lui. A pensarci bene, era troppo quasi per chiunque. Era troppo rumorosa, troppo esplicita, troppo sicura di sé. Kate era quasi certa che non fosse cambiata di una virgola dopo l'adolescenza. E proprio per questo Hamish la adorava.

Kate, invece, era cambiata praticamente per ogni uomo con cui era stata. Erano i mutamenti che loro avevano operato in lei a dare la misura del suo innamoramento. Con Jim era stata una madre rockettara, le piaceva il suo atteggiamento affettuoso e rilassato. Per la prima volta, dopo la nascita di Sabine, non si era sentita soltanto una mamma. Lui le aveva restituito parte della sua giovinezza – o almeno così pensava all'epoca –, l'aveva illuminata, le aveva permesso di smettere di preoccuparsi. Le aveva fatto scoprire il sesso. Ma allora, quando le cose avevano cominciato ad andare male e lei si era fatta sospettosa, aveva odiato la donna che era diventata grazie a Jim. Odiava essere paranoica e infelice, implorare la verità, cambiare disperatamente il proprio aspetto nel tentativo di riconquistare la sua attenzione e allontanarlo dalla minaccia fantasma. E quando se n'era andato, la tristezza era stata mitigata dal sollievo: non sarebbe più stata costretta a essere quella donna.

Quando era arrivato Geoff, si era dimostrata un'amante più esperta e saggia. Non gli aveva dato troppo, consapevole di dover trattenere qualcosa per sé. E invece lui le aveva dato tutto, tutto quello che aveva, per essere precisi. Con Geoff era diventata una donna adulta. Lui aveva allargato i suoi orizzonti, le parlava di politica e dei problemi della società, e l'aveva spinta a guardare con occhio più critico le ingiustizie del mondo attorno a lei. Si diceva che non era un problema se il loro rapporto era basato più sulla stabilità che sulla passione.

Probabilmente era una persona migliore con un uomo che la faceva sentire più sicura. Con Geoff aveva imparato a usare il cervello e aveva avuto l'impressione di crescere. Ed era stato così dolce con Sabine, non aveva mai cercato di imporsi o di giocare a fare il padre, ma si era limitato a offrirle una solida base di amore e saggezza.

Poi però, sei anni dopo, era arrivato Justin, e il lato più nascosto di lei, rimasto sopito per anni, era tornato a galla. Kate era una creatura sensuale e Justin la faceva sentire proprio così. Quell'aspetto della sua personalità era emerso con violenza, come un geyser, e non si era più lasciato domare. Nessuno, prima di lui, l'aveva fatta brillare in quel modo; nessun altro la faceva arrossire e barcollare come se fosse ubriaca alle nove del mattino. Nessuno le aveva mai donato un alone di sensualità, una nuvola spumeggiante di feromoni che faceva girare la testa ai passanti e suscitava fischi di apprezzamento anche quando non era tirata a lustro. E se lo meritava, no?, diceva a se stessa, cercando disperatamente di razionalizzare il dolore che stava per provocare. Le era stata concessa un'altra possibilità. Perché doveva rinunciare all'amore a trentacinque anni?

«È un complotto dei magri? Mentre te ne stavi lì seduta a sognare a occhi aperti mi sono mangiata quasi tutto il *cheung fun*.» Seduta sul bordo del lavello della cucina, Maggie agitò con vigore i suoi bastoncini davanti al naso di Kate. «Anche se non sai distinguere il cantonese dal mandarino, non significa che tu non abbia il permesso di mangiare.»

«Scusa» disse Kate, giocherellando con il cibo

che si stava raffreddando nella ciotola. Aveva creduto di essere affamata, ma il suo appetito, che ultimamente andava e veniva, aveva deciso di sparire di nuovo.

«Oddio. Non sarà ancora il mal d'amore? Non sarà ancora la fase non-riesco-a-mangiare? Quanto tempo è passato, tre mesi?»

«Non so in quale fase sono» disse Kate con aria infelice. «Anzi, sì. Sono nella fase del senso di colpa.»

Maggie inarcò un sopracciglio accuratamente disegnato. Quando Kate le aveva confidato che stava lasciando Geoff per Justin, si era aspettata che si schierasse automaticamente contro di lei. In fondo, conosceva Geoff da più tempo. Ma non era successo: Maggie, forse perché non sembrava avere problemi a sostenere due punti di vista contrastanti, si era dimostrata leale con entrambi.

«La fase del senso di colpa? Oh, non essere così apatica. Santo cielo. Sei felice, no? Justin è felice? Quanto a Geoff, non è certo il tipo che pensa al suicidio. Impossibile, è uno psichiatra. Probabilmente in questo momento si sta dando una sana ramanzina terapeutica.» Scoppiò a ridere, facendo schizzare un pezzetto di *noodle* oltre il tavolo.

«Non è per Geoff. Ma per Sabine» disse Kate. «Le sto rovinando la vita.»

Maggie prese l'ultimo gamberone avvolto nella carta sospirando, poi spinse la ciotola verso il lavello straripante di stoviglie. «Capisco. Inferno adolescenziale, vero? Tua figlia ti sta dando il tormento?»

«Non più di tanto. Mi parla a malapena. Ma

glielo leggo in faccia. Pensa che le abbia rovinato la vita. E mi odia perché l'ho mandata a stare da mia madre.»

«Ecco, per *questo* non puoi biasimarla, se quello che mi hai detto è vero. Quanto all'idea di averle rovinato la vita, non essere così melodrammatica.» Sorrise. «Per me è facile dirlo, lo so, ma *andiamo*, non è esattamente una trovatella maltrattata, mi sbaglio?»

Kate la guardò, alla disperata ricerca di rassicurazioni.

Maggie alzò una mano e cominciò a contare sulle dita grassottelle.

«Uno. È ben nutrita e vestita? Sì. E se vuoi la mia opinione, anche fin troppo bene, con quella stupida mania dei capi firmati. Due. Hai mai portato una persona crudele nella sua vita? No. Tutti i tuoi uomini, quantomeno tutti i tuoi coinquilini, l'hanno adorata, anche se la signorina non li ha mai ricambiati nella stessa misura, bontà sua. Tre. Geoff era il suo vero padre? No, e lei non perdeva occasione per ripeterglielo. Quattro. Se ne andrà di casa nel giro di qualche anno senza guardarsi indietro? Assolutamente sì.»

«Ah, be', mi sento già molto meglio.»

«Mi limito a essere onesta, cara. Dico solo che ti preoccupi troppo. Sabine è una teenager equilibrata, rispetto agli standard di queste parti. E lo dico in senso positivo. È brillante, è ostinata e non si lascia mettere i piedi in testa da nessuno. Non devi preoccuparti.»

«Ma non mi parla più. Ha semplicemente smesso di parlare.»

«Per l'amor del cielo, ha sedici anni. Io non ho parlato con i miei genitori per circa quattro anni.»

«Ma se fosse a causa mia? Se continuasse a odiarmi?»

«Aspetta che voglia la macchina. O la cauzione per il suo primo appartamento. L'amore tornerà, credimi. L'amore tornerà.»

Kate guardò fuori dalla finestra e vide le facciate delle case di Kingsland Road. Osservò il negozio di ferramenta e il rivenditore di autoradio, il bar, i cartelloni pubblicitari sporchi e gli uffici dell'assistenza sociale – la dimostrazione che, nonostante le insistenze degli agenti immobiliari, quella zona "emergente" non aveva alcuna intenzione di emergere. Che cosa le aveva fatto pensare che sua figlia sarebbe stata meglio nella zona verde e appartata di Kilcarrion? Aveva forse fatto bene a *lei*?

Giocherellò con un gamberone rosa, spingendolo lungo il bordo del piatto. «Ti sei mai stufata di Hamish?» Non sapeva come le fosse venuta in mente quella domanda, ma dopo averla pronunciata si rese conto che aveva bisogno di conoscere la risposta.

Maggie abbassò lentamente la tazza che aveva portato alle labbra e rispose senza riflettere: «Stufata? Non saprei. Qualche volta vorrei strangolarlo. È la stessa cosa?».

«Ma che cosa vi tiene insieme? Non potete essere sempre felici. No?» L'ultima domanda suonò più che altro come un lamento, quindi Kate cercò di trasformarla in una battuta.

«È ovvio che non siamo felici tutto il tempo. Nessuna coppia lo è, e se qualcuno sostiene il contrario, mente. E lo sai anche tu.» Maggie aggrottò la fronte. «Che storia è, Kate? Qualche volta sembri una quindicenne che parla delle sue cotte.»

«È perché mi sento in grado di gestirle tanto quanto una quindicenne. Ma che cosa vi tiene insieme?»

«Che cosa ci tiene insieme? A parte il costo di un buon divorzista e il fatto che la nostra casa non ha praticamente acquistato valore in più di cinque anni? Oh, e quei troll malvagi che si spacciano per i nostri figli? La verità, Kate? In tutta onestà, non lo so. Anzi, sì. È perché, nonostante a volte Hamish sia uno stronzo assoluto, incapace di gestire il denaro, spesso ubriaco e francamente non molto incline alle scopate, a parte quando c'è un compleanno o qualche altra occasione speciale, a essere onesta non riesco a immaginarmi con un uomo che non sia lui. Può bastare?»

«Ogni volta che ho avuto una relazione con un uomo, ho sempre immaginato di stare con qualcun altro» confessò Kate con aria triste.

«Oh, pure io ho le mie fantasie su Robert Mitchum.»

«Oddio. Robert *Mitchum*?»

«Lo so.» Maggie sorrise. «È il mio sporco segreto. È solo che ha quell'aria da *duro*, hai presente?»

«Ma io non sto parlando di fantasie sessuali. Ho sempre pensato di stare con qualcun altro. Continuo a prendermi delle cotte per altre persone.»

«Tu *hai* quindici anni. Lo sapevo.»

«Oh, che cosa c'è che non va in me? Perché sono un tale disastro nelle relazioni?» Non avrebbe voluto ammetterlo ad alta voce.

Maggie cominciò a raccogliere le ciotole vuote

impilate sui vassoi sparsi per la cucina. «Odio dirlo, splendore, se penso alla tua storia attuale eccetera eccetera, ma forse non hai incontrato la persona giusta.»

Justin telefonò alle sette meno un quarto, poco prima di quando sarebbe dovuto arrivare Geoff. Kate gli fu grata per averla chiamata, per il suono della sua voce che, correndo lungo la linea telefonica, la riempiva di calore e desiderio e la rassicurava sulla correttezza della sua decisione. La sua conversazione con Maggie era stata piuttosto snervante, anche se era stata lei a entrare in argomento. Colpa del suo umore, fin troppo tendente all'introspezione. E Justin, con quella telefonata inattesa, aveva rimesso ogni cosa a posto. «Stavo pensando a te» le disse «e volevo solo sentire la tua voce.»

«Oh, ne sono così felice» gli rispose con il fiato corto. «Mi manchi tanto.»

«Dio, vorrei che fossi qui. Non riesco a smettere di pensare a te.» La sua voce sembrava lontana milioni di chilometri.

«Come vanno...»

«Dove sei...»

Parlarono contemporaneamente, poi si interruppero. «Prima tu» disse Kate, maledicendo la linea disturbata.

«Senti, non posso stare tanto al telefono. Volevo solo dirti che probabilmente tornerò nel fine settimana. Dobbiamo vedere solo un'altra persona, poi spero di lasciare gli altri qui e saltare su uno dei primi voli.»

«Vuoi che venga a prenderti all'aeroporto? Chiamami quando sai qualcosa di preciso sul volo.»

«No, non ti preoccupare, non sono un grande fan degli incontri agli arrivi.»

Kate cercò di arginare la delusione. Aveva avuto una visione di loro due che si abbracciavano nel bel mezzo di Heathrow, lui con un completo kaki un po' sgualcito, la stanchezza che spariva dal suo viso non appena la vedeva. "Oh, insomma" si rimproverò. "Maggie ha ragione. Ho davvero quindici anni."

«Allora ti preparerò qualcosa di buono. Per quando torni.»

«Non è necessario.»

«Lo faccio con piacere. Mi manchi.»

«Voglio solo dire che sarò stanco morto, e sporco, e probabilmente me ne andrò dritto a casa e dormirò dodici ore. Ci vediamo quando sarò pulito e riposato. Andremo a divertirci.»

Kate gli disse che non vedeva l'ora, cercando di nascondere il disappunto per il distacco con cui l'aveva trattata. Lei avrebbe voluto vederlo appena fosse sceso dall'aereo – sudato, stanco… non le importava –, avrebbe voluto coprirlo di baci, preparargli un bagno caldo, porgergli un bicchiere di vino mentre ascoltava le sue prodezze, poi servirgli un pasto preparato in casa e guardarlo mentre sonnecchiava soddisfatto sul divano. Ma Justin non era esattamente il tipo che sonnecchia. Anzi, Kate sospettava che fosse molto vicino alla soglia dell'iperattività. Non riusciva mai a stare fermo: muoveva incessantemente le dita, tamburellando sulle ginocchia o passandole tra i capelli biondo cenere, e camminava su e giù per la stanza. Forse era proprio per questo che era così bravo nel suo lavoro. Anche nel sonno sussultava e mormorava, come se fosse costantemente impegnato in un viaggio notturno.

Presa dall'agitazione, Kate salì lentamente le scale, entrò nella sua camera e si guardò nel lungo specchio interno dell'armadio in stile edoardiano. "Che cosa vede in me?" pensò, sentendosi improvvisamente vulnerabile e a disagio. Avrebbe potuto avere qualsiasi donna, eppure aveva scelto lei: una trentacinquenne con le smagliature e un inizio di zampe di gallina, e i capelli che, sebbene rossi e folti, secondo sua figlia erano troppo lunghi per una della sua età. Una donna che, avendo in un certo senso perso il treno quando era più giovane, non aveva mai capito la moda e non sapeva che tipo di abbigliamento le donasse. Sabine le aveva detto che i vestiti usati anni Cinquanta e Sessanta che comprava nel negozio di Stoke Newington facevano ridere, ma a lei piacevano; le piacevano i bei tessuti, la qualità che non si sarebbe potuta permettere, se avesse avuto un guardaroba contemporaneo. Le piaceva distinguersi da tutte le mamme trentacinquenni che vedeva da Sainsbury's. Ma in quel momento, oppressa dai dubbi, temeva di sembrare semplicemente fuori posto. "Mi lascerà?" pensò, osservando il suo riflesso. Avevano la stessa età, ma lo stile di vita di Justin era precario e libero da ogni responsabilità, come quello di un venticinquenne. Prima o poi avrebbe desiderato una persona che condividesse la sua libertà?

Kate chiuse l'anta dell'armadio, cercando di allontanare i pensieri che le affollavano la mente. Semplicemente, non era capace di stare da sola: le rimaneva troppo tempo per pensare, per rimuginare sulle cose. La sua felicità dipendeva troppo dalla sua vita amorosa, così aveva detto Maggie. E questo la rendeva eccessivamente vulnerabile. Anche se lei aveva negato, non poteva darle torto. E Maggie non sapeva molte cose, per esempio che aveva speso una fortuna in lenzuola nuove perché Justin una volta le aveva fatto presente che dormiva meglio con il cotone egiziano immacolato; che aveva rinunciato ad almeno due incarichi ben pagati perché non sapeva quando sarebbe tornato e voleva tenersi libera; che trovava fin troppo faticoso farsi bella quando Justin non c'era e passava buona parte del tempo con gli occhiali di plastica nera da lettura e i pantaloni del pigiama.

In effetti, non era proprio capace di stare da sola. Avrebbe cercato un inquilino. Oppure avrebbe preso un cane. O qualcos'altro. Qualunque cosa, pur di mettere a tacere quei pensieri deprimenti. "Forza" si disse. "Geoff arriverà presto. Rimettiti in sesto."

Contenta di avere un motivo per smettere di pensare, Kate si spazzolò i capelli, meravigliandosi per il numero di nodi che si formavano se non ci si pettinava per soli due giorni, si mise il rossetto e poi, senza pensarci, si spruzzò anche il profumo: Mitsouko, di Guerlain. Fissò il flacone con orrore, ricordandosi che glielo aveva comprato Geoff. Glielo regalava a ogni San Valentino. Era il suo profumo preferito. Avrebbe potuto pensare che avesse cambiato idea, che volesse riconquistarlo. Si guardò nello specchio e, dopo un istante di esitazione, eliminò il rossetto con un fazzoletto di carta. Allacciò l'ultimo bottone della sua camicetta di seta crema anni Cinquanta, si tolse le lenti a contatto e inforcò gli occhiali che usava per lavoro e che non le rendevano certo giustizia. Poi si strofinò il collo con una salvietta, cercando di eliminare le tracce del profumo. Lo aveva già ferito abbastanza; l'ultima cosa che voleva era riaccendere inconsapevolmente la sua passione. Una Kate anonima, invecchiata e slavata, la Kate che si era compianta nelle ultime due ore, era il dono più premuroso che avrebbe potuto offrirgli.

Con sua grande sorpresa, Geoff arrivò in ritardo. Era sempre puntuale, era una delle sue "manie". Quando finalmente suonò il campanello, Kate si sentì quasi sollevata: era seduta in soggiorno e stava fissando come se fosse la prima volta gli spazi vuoti sugli scaffali della libreria e sulle pareti, dove prima c'erano le cose di Geoff. Come si sarebbe sentita Sabine, notando l'assenza di tutti quegli oggetti che le erano così familiari? Era attaccata a qualcuna di quelle cose? Le aveva mai notate? Sua figlia era un tale enigma... come poteva sapere quello che le passava per la mente?

Mentre faceva accomodare Geoff, Kate notò che aveva un aspetto migliore rispetto all'ultima volta che lo aveva visto. Sembrava meno provato da tutto quello che era successo. Ma forse c'era da aspettarselo: dal Giorno del Trasloco sembravano passati secoli.

Si fermò in soggiorno, un cinquantenne alto e leggermente curvo che sembrava incerto se sedersi oppure no. All'improvviso, sentendosi irragionevolmente felice di vederlo, Kate gli rivolse un sorriso nervoso e gli indicò il divano. «Vuoi bere qualcosa? La tua roba è di sopra, ma hai guidato fin qui, non voglio che pensi di dover ripartire subito.»

Geoff si passò una mano sulla nuca, tra i capelli sale e pepe – un gesto che non gli aveva mai visto fare –, e si sedette, ma aveva un'aria indecisa.

«A dire il vero, vengo solo da Islington. E tornerò lì.»

Kate era sicura che avesse detto di avere affittato una casa a Bromley, più vicino all'ospedale psichiatrico, ma non disse nulla. Le domande innocenti avevano il potere di caricarsi di significati inattesi. Non erano più affari suoi.

«Tè? Caffè? Vino rosso? Ho aperto una bottiglia.»

«Il vino sarebbe perfetto. Grazie.»

Kate andò in cucina, meravigliandosi del poco tempo che bastava per trasformare un compagno di vita in un ospite. Quando gli tese il bicchiere e i loro sguardi si incontrarono, lei arrossì per l'emozione.

«Allora, come stai?» le chiese Geoff. Quella domanda la turbò perché pensava che sarebbe stata lei a rivolgergliela.

«Io… sto bene» disse. «Tutto okay.»

«Sabine è ancora da tua madre?»

«Sì. All'inizio non le piaceva molto, ma questa settimana non ha mai telefonato. Conoscendola, penso che sia un buon segno.»

«Nessuna nuova, buona nuova.»

«Qualcosa del genere.»

«La prossima volta che la senti, dille che le voglio bene.»

Kate annuì. «Ma certo.»

Seguì una pausa prolungata. Kate si accorse che l'ultimo bottone della sua camicetta si era aperto e si chiese se allacciandolo di nuovo avrebbe lanciato un messaggio preciso. Si strinse nel cardigan sperando così di risolvere il problema.

«Non hai acceso il riscaldamento?» chiese Geoff, come se si fosse accorto del freddo solo in quel momento.

«Ho avuto dei problemi con la caldaia. L'operaio viene domani» mentì lei.

«È bravo? Non vorrai avere degli incompetenti in giro per casa... Possono mettere sottosopra tutto quanto... impianto elettrico, idraulico, ogni cosa.»

«Oh, è molto bravo. Ha anche la licenza.»

«Bene. Basta che tu me lo dica. E...» Si interruppe, a disagio. «Be'. Comunque sono contento che tu abbia risolto.»

Kate fissò il suo bicchiere di vino e si sentì profondamente infelice. Quando Geoff era dolce era ancora peggio. Aveva scoperto che era più facile quando alzava la voce con lei. Appena gli aveva detto della sua storia con Justin, lui le aveva urlato che era una puttana. Allora quella parola non l'aveva ferita, in parte perché era ciò che sentiva di essere, ma anche perché era l'unica cattiveria che Geoff le avesse mai detto e le dava una ragione per essere furiosa con lui.

«A dire il vero,» le disse «ti devo parlare.»

Kate si sentì il cuore in gola. Geoff la stava fissando con i suoi occhi dolci e il suo volto gentile. "Ti prego," lo implorò silenziosamente "non essere più innamorato di me. Non posso reggere questa responsabilità."

«Vuoi che prima porti giù la tua roba?» gli chiese con aria vivace. «Poi possiamo parlare.»

«No.»

Lei lo fissò.

«Vorrei parlarti adesso.»

"Passiamo la nostra vita cercando di far parlare gli uomini," pensò Kate "e quando sono loro a volerlo fare, vorremmo essere a milioni di chilometri di distanza."

A quel punto, Goebbels entrò a passo felpato nella stanza, con il mantello nero lucido di pioggia. Ignorò Kate e si avvicinò a Geoff e, dopo aver annusato con studiata indifferenza la gamba dei suoi pantaloni, saltò agilmente sul divano accanto a lui. "Anche tu..." pensò Kate, sull'orlo della disperazione.

«È tutto molto strano...» cominciò Geoff.

«No, no, sono io che dovrei sentirmi strana. Mi dispiace tanto. Davvero. Sei un uomo meraviglioso, e darei qualunque cosa perché tutto questo non fosse successo. Mi dispiace davvero tanto. Ma sono andata avanti, capisci?» Gli sorrise cercando di trasmettergli tutto il suo affetto, la gratitudine che aveva provato per lui negli anni e la certezza che niente sarebbe potuto tornare come prima.

«Sei molto dolce» disse lui, guardandosi le scarpe. Erano nuove, notò Kate. Con la suola spessa. Sembravano costose. Molto insolito per Geoff. «Sono felice di saperlo perché mi sentivo un po' a disagio all'idea di venire qui, oggi.»

«Non devi» disse Kate, credendo per metà a quello che aveva appena detto. «Sabine avrà sempre piacere di vederti. E io...» lottò per trovare le parole giuste «terrò sempre a te. Non voglio nemmeno pensare che non ci vedremo più.»

«Lo pensi davvero?» domandò Geoff chinandosi verso di lei, con le mani appoggiate sulle ginocchia.

«Sì» disse. «Sei stato una parte importantissima della mia vita.»

«Ma sei andata avanti.»

Kate sentì che i suoi occhi si stavano riempiendo di lacrime. «È così.»

«Sono contento» disse, e il suo viso cominciò a rilassarsi. «Perché quello che ti devo dire... Be', ero un po' preoccupato perché non sapevo come stavi.»

Kate lo fissò perplessa.

«Ecco, mi hai reso le cose un po' più facili. Perché anch'io sono andato avanti. Io... ecco, ho conosciuto una persona.»

All'improvviso, la mente di Kate si svuotò.

Geoff scosse leggermente la testa, come se non credesse lui stesso alle proprie parole. «Ho incontrato una persona. E mi sembra una cosa piuttosto seria. Così ho capito che avevi ragione. Che avevi fatto bene. Oh, al momento è stata durissima. Non puoi sapere quanto ho sofferto. E questo rende tutto ancora più incredibile, davvero, non posso credere che sia successo così in fretta. Perché quando me lo hai detto, quand'è stato... sei settimane fa?»

Kate annuì meccanicamente.

«Ma questa persona, questa donna, mi ha fatto capire che avevi preso una decisione incredibilmente coraggiosa. Perché ci stavamo allontanando. Non rappresentavamo più una sfida l'uno per l'altra e non eravamo felici. E invece adesso lo sono. E se questo vale anche per te... oddio, non posso credere alle mie parole… sento che in qualche modo è andato tutto per il meglio. Sempre che Sabine stia bene.»

Kate sentì nelle orecchie un suono simile al trillo di un campanello. Aggrottò la fronte cercando di liberarsene.

«Va tutto bene?» chiese Geoff tendendo una mano.

«Sto bene» disse a voce bassa. «Sono solo un po'… sorpresa.» "Le scarpe" pensò. "Questa donna gli ha fatto comprare le scarpe. Se n'è andato da tre settimane e questa donna lo ha già convinto a comprarsi un paio di scarpe decenti."

«Chi è?» chiese, alzando la testa. «È una che conosco?»

Geoff sembrò un po' a disagio. «È proprio di questo che volevo parlarti.» Fece una pausa. «È Soraya.»

Kate lo fissò con uno sguardo vacuo, poi chiese: «Soraya? Non la Soraya con cui lavori?».

«Già. Quella Soraya.»

«Soraya che è venuta qui a cena… quante volte, cinque o sei?»

«Sì.»

Soraya, la regina asiatica della psichiatria. Soraya, la quarantenne con gli occhi da cerbiatta, signora dei capi firmati e delle scarpe costose. Soraya, che aveva ereditato una grande casa georgiana arredata splendidamente a Islington. Soraya, una rendita e niente figli. Soraya, la Strega. Ladra di Mariti. Puttana. Puttana. Puttana.

«Non ha perso tempo, vero?» Non riuscì a trattenere una nota di amarezza.

Geoff fece spallucce e sorrise mestamente. «Si

è voluta accertare che tra noi fosse finita. È molto corretta in queste cose, sai? Quando le ho detto che ci eravamo lasciati, mi ha risposto che se non mi avesse acchiappato lei ci avrebbe pensato qualcun'altra. Sostiene che in giro non ci sono molti uomini adulti perbene.» Mentre le riferiva i complimenti di Soraya, Geoff ebbe la decenza di arrossire, ma non riuscì a nascondere l'orgoglio che provava.

Kate non ci poteva credere. Geoff accalappiato dalla più papabile donna single che conosceva. Geoff che all'improvviso diventava un trofeo per femmine borghesi. Come era successo? Per tutto quel tempo era stata così cieca da non notare le sue rare qualità?

«Te l'ho detto solo perché mi hai confermato di essere felice con Justin. Non avrei fatto mai nulla che potesse ferirti, questo lo sai.»

«Oh, non ti preoccupare per noi. Stiamo bene. In estasi.» Sapeva che stava parlando come una bambina piccata, ma non riuscì a trattenersi.

Sedettero in silenzio per qualche minuto, mentre Kate beveva il suo vino un po' troppo in fretta. Alla fine riprese a parlare. «È davvero una cosa seria?»

«Sì, lo è.»

«Dopo tre settimane?»

«Indugiare non ha senso, alla mia età» cercò di scherzare lui.

«Quindi... vivete insieme?» Era incredula. Come era possibile che avesse già una nuova vita, quando lei non aveva ancora nemmeno cominciato a rendersi conto di quello che aveva perso?

«Be', l'appartamento a Bromley è in affitto per

tre mesi. Ma sì, passo buona parte del mio tempo a Islington.»

«Che cosa carina.»

«Sai che gli oggetti non hanno mai avuto importanza, per me.»

Kate gli guardò le scarpe. "Finora" pensò. "Prima che te ne accorga, Soraya ti sistemerà per benino e ti trasformerà in uno di quegli intellettuali alla moda, tutto giacche di Nicole Farhi e camicie di lino."

Geoff accarezzò il gatto. Sembravano entrambi fin troppo a loro agio.

«C'è... c'è stato qualcosa tra voi, prima?» Il sospetto che si era insinuato nella sua mente si era improvvisamente trasformato in una Medusa velenosa a più teste.

«Cosa?»

«Ecco, sembra tutto terribilmente facile, non è così? Tre settimane dopo essertene andato da qui ti sei praticamente trasferito da una delle nostre amiche. Devi ammettere che è successo tutto piuttosto in fretta.»

L'espressione di Geoff divenne mortalmente seria. «Kate, ti giuro che non è successo niente finché tu non mi hai parlato del tuo... di Justin. Consideravo Soraya una donna attraente, ma era solo una delle nostre amiche. Be', forse era più attraente di altre, ma non ho mai pensato a lei più che a qualsiasi altra, non so se capisci cosa intendo.»

Stava dicendo la verità. Per Geoff era sempre stato impossibile mentire. Allora perché lei provava tanta amarezza?

«Dice che le sono sempre piaciuto, ma non si sarebbe mai fatta avanti finché avessi avuto qualcuna. E se non mi avesse confessato quello che provava, probabilmente sarei strisciato nel mio orribile appartamento a leccarmi le ferite per anni. Sai com'ero fatto. Sai come sono fatto. L'infedeltà non fa per me. Non sono il tipo.»

"Io invece sì," pensò Kate "anche se sei troppo gentile per dirmelo." Si sentì inspiegabilmente messa da parte e si rese conto che avrebbe voluto urlare. Gridare e gridare senza freni, come una persona tradita, e piangere finché il suo petto non si fosse gonfiato e i muscoli dello stomaco non avessero cominciato a farle male. Ed era tutta colpa sua.

Forse, pensò in uno slancio di follia, avrebbe dovuto sedurlo. Saltargli addosso, strappargli i vestiti e fare l'amore con passione animalesca, tanto da lasciarlo tremante, non più così compiaciuto e certo della legittimità del suo nuovo amore. Voleva che fosse insicuro e ansioso. Voleva che dimenticasse Soraya e il suo enigmatico sorriso orientale. Poteva farlo, sapeva di poterlo fare. Dopotutto lo conosceva meglio di chiunque altro.

Poi si accorse che Geoff la fissava con un'espressione gentile e preoccupata. Si rese conto che era il genere di sguardo che normalmente riservava ai suoi pazienti. E che era peggio di qualsiasi infedeltà. Si aggiustò gli occhiali, ricordandosi con sgomento che il suo viso era pallido e senza trucco.

«Va tutto bene?»

«Certo. Oddio, sto benone. Sono solo sconcertata dalla splendida notizia. Sono così contenta per te.» Si alzò in piedi, lasciando che la camicia di seta le scoprisse il collo. «La vita è meravigliosa, vero?»

Geoff comprese che il loro incontro era giunto improvvisamente al termine e si alzò, posando il bicchiere mezzo pieno sul tavolino. «Sei sicura che non ti dispiaccia? Che tu ci creda o no, per me è importante sapere che per te va tutto bene.»

Gli occhi di Kate scintillarono. «Dispiacermi? Perché dovrebbe dispiacermi?» Si lisciò i capelli, guardandosi attorno soprappensiero. «Justin sarà molto stupito quando gli racconterò che è tutto sistemato. Molto stupito. E contento. Sì, siamo entrambi molto contenti. Bene, andiamo a prendere le tue cose?» chiese, tutta allegra. Poi, con un grande sorriso, si incamminò verso le scale.

4

«Così. Giù i talloni, sta'dritta. Vedi? Vai alla grande.»

«Mi sento un sacco di patate.»

«Stai andando bene. Alza un po' le mani. Staccale dal collo.»

«Sono l'unica cosa che mi tiene in sella.»

Sabine si accigliò, nascosta dalla sciarpa, mentre Thom le sorrideva e il suo respiro le scaldava il viso. Doveva ammettere che si stava quasi divertendo, ma non voleva che lui se ne accorgesse. A ogni comando di Thom, il cavallo grigio si muoveva obbediente sotto di lei, piegando le orecchie avanti e indietro, con il collo inarcato come quello di un cavallo a dondolo. Non aveva cercato di disarcionarla, di morderla, di prenderla a calci, di tuffarsi in una siepe o lanciarsi al galoppo, come lei temeva segretamente. Non l'aveva nemmeno guardata con quell'espressione maligna che avevano i cavalli della scuola di equitazione, ma sembrava semplicemente soddisfatto di ritrovarsi all'aperto e godersi la mattina invernale, accettando quel passeggero umano come un prezzo necessario.

«Te l'avevo detto che tua nonna sa giudicare un

cavallo» disse Thom, dall'alto del suo baio. Teneva entrambe le redini con la mano destra, come un cowboy, il braccio sinistro abbandonato lungo il fianco. «Non ti avrebbe mai fatto montare su un cavallo troppo vivace. Si è assicurata che fosse assolutamente a prova di bomba, prima di farlo arrivare. L'ho sentita io stesso mentre parlava al telefono.»

Sabine capì che a quel punto avrebbe dovuto dimostrare gratitudine o ammirazione, ma non ci riuscì. Negli ultimi giorni la nonna le aveva rivolto a malapena la parola, e solo per farle notare qualche sua mancanza. Per esempio, il fatto che non togliesse il fango dagli stivali prima di rimetterli a posto. E che di pomeriggio lasciasse dormire Bertie sul suo letto. Aveva persino alzato la voce con la signora H perché aveva usato il burro sbagliato quando aveva preparato le uova strapazzate al nonno. Aveva riportato personalmente il vassoio in cucina e ribadito il rimprovero più e più volte, come se la povera signora H avesse tentato di avvelenare suo marito. Sabine avrebbe voluto ribattere, ma quando la nonna era tornata al piano di sopra con un altro vassoio, la signora H le aveva posato una mano sulla spalla e le aveva detto che non importava. «È così sotto pressione... Dobbiamo avere pazienza» aveva detto.

«Perché gliele fanno passare tutte?» chiese a Thom, che era smontato da cavallo per aprire una cancellata di legno.

«A chi? Cosa intendi?»

«Loro. I miei nonni. Perché restate a lavorare per loro anche se si comportano così male con tutti? Non posso credere che vi coprano d'oro, visto che lei non pensa ad altro che a *fare economia*.» Sputò le ultime parole come se avessero un sapore cattivo.

Thom aprì la cancellata, dando un colpetto al fianco del cavallo per farlo girare su se stesso. Mentre l'animale avanzava nel fango, i suoi zoccoli producevano un suono simile a un risucchio.

«Lei è a posto.»

«Invece no. Non ti ringrazia mai per tutto quello che fai. E ieri si è comportata male con la signora H. Ma nessuno si ribella.»

«Non c'è ragione. Non c'è niente di personale.»

«Non è una giustificazione.»

«Non dico che lo sia. Ma ognuno è fatto a modo suo e lei è fatta così. Accidenti, questa mattina fa davvero freddo.» Con un grugnito, Thom infilò un piede nella staffa, si sollevò da terra e fece passare l'altra gamba sulla schiena del cavallo. Aveva gli stivali ricoperti di fango.

«Ma è umiliante. Vi tratta come se foste i suoi servi. Come se viveste tutti nel diciannovesimo secolo.»

Thom accarezzò il collo muscoloso del suo baio. «Be', suppongo che si possa dire che *siamo* i suoi servi.»

«È ridicolo. Siete il suo staff.»

Il sorriso di Thom spuntò dalla sciarpa che portava attorno al collo. «C'è differenza?»

«Be', sì.»

«Continua.»

Sabine fissò le orecchie del suo cavallo. La destra si muoveva avanti e indietro. Thom riusciva a essere immensamente irritante, a volte. «È quello che fa. Che fanno tutti e due. La differenza è nel modo in cui vi trattano. Dovrebbero trattarvi da pari a pari, invece... be', non vi dimostrano alcun rispetto.»

Gli lanciò uno sguardo furtivo, chiedendosi se si era spinta troppo in là. Nel bel mezzo di quella conversazione, si era resa conto che Thom si sarebbe potuto anche offendere.

Ma lui si limitò a fare spallucce e a strappare una foglia bagnata da un ramo sopra la sua testa. «Non la vedo così. I tuoi nonni sono brave persone, hanno solo modi antiquati. Devi tenere presente che sono cresciuti circondati dalla servitù, nelle colonie. Gli piace che le cose vengano fatte in un certo modo, e poi sono anziani: se non va tutto come si aspettano, la frustrazione scatta facilmente. Quindi,» disse Thom, trattenendo il cavallo e girandosi a guardarla «se trattassero male o alzassero la voce solo con uno di noi, penso che ce ne andremmo tutti. Qui di babbei non ce ne sono, Sabine, anche se tu puoi pensarla diversamente. Ma li capiamo. E capiamo il loro modo di fare. E anche se non te ne accorgi, loro ci rispettano.»

Sabine non era d'accordo, ma qualcosa nell'atteggiamento di Thom le fece capire che sarebbe stato meglio lasciar cadere l'argomento.

«E qualsiasi cosa tu possa pensare di lei in questo momento, la signora H ha ragione. Tua nonna è davvero sotto pressione. Dovresti aprirti un po' con lei, Sabine. Parlale. Potrebbe sorprenderti.»

Lei si strinse nelle spalle, come se la cosa non le importasse. Ma sapeva che la pressione cui era sottoposta la nonna era dovuta al peggioramento delle condizioni di salute del nonno. Negli ultimi cinque giorni non era uscito dalla sua camera e il medico, un giovane sostituto scrupoloso, lo aveva visitato spesso.

Sabine aveva paura di domandare cosa non andasse. Quando la signora H le aveva chiesto di portargli il vassoio del pranzo, il nonno dormiva e lei era rimasta immobile sulla soglia, inorridita e affascinata dalla sua testa rinsecchita che spiccava sul copriletto orientale rosso vivo, dai respiri affaticati, i rantoli e i borbottii di un sonno inquieto. Non avrebbe saputo dire se avesse un aspetto malato. Era troppo vecchio e aveva solo un aspetto… da vecchio.

«Sta per morire?» chiese a Thom.

Lui si girò sulla sella e le lanciò una breve occhiata, poi guardò altrove, riflettendo. «Moriremo tutti, Sabine.»

«Non è una risposta.»

«Be', non posso risponderti. Andiamo, il tempo sta peggiorando. Faremo meglio a riportare i cavalli al coperto.»

Era cominciato tutto la notte dei segugi. Quasi una settimana prima, Sabine era stata svegliata in piena notte da quello che le era sembrato un branco di lupi. Appostati sotto la sua finestra, ululavano e latravano. Non erano ululati dolenti, ma esprimevano una specie di brama di sangue: una cantilena raccapricciante che suscitava paure ancestrali. Agghiacciata, Sabine era scesa lentamente dal letto e si era avvicinata a piedi nudi alla finestra, aspettandosi di vedere la luna piena. Ma nella fioca luce blu era riuscita solo a vedere la figura sottile della nonna che, con la vestaglia stretta in vita, attraversava di corsa il cortile come un'apparizione. Stava gridando qualcosa. Non era il grido furioso ed eccitato di chi insegue un criminale, ma brusco e quasi implorante. «Torna indietro, caro» diceva. «Torna indietro subito. *Ti prego.*»

Sabine era rimasta immobile, con una mano sulla maniglia della finestra, incerta sul da farsi, poi la nonna era scomparsa. Avrebbe voluto aiutarla, ma aveva la netta sensazione che si trattasse di una faccenda privata.

Poi, qualche istante dopo, l'ululato si era interrotto. Aveva sentito un rumore di passi, poi di nuovo la voce della nonna, bassa e irritata, come quando le capitava di sgridare il Duca. Aveva sollevato la tenda e aveva visto la nonna che riaccompagnava lentamente il nonno verso la porta sul retro. Lui camminava curvo e zoppicante, e il vento gli stringeva addosso il pigiama, facendogli spuntare le ossa, che sembravano tante grucce ricurve. «Davo solo un'occhiata ai segugi» ripeteva. «Lo so, quell'uomo non gli dà da mangiare abbastanza. Davo solo un'occhiata ai segugi.»

Sabine e la nonna non avevano parlato dell'accaduto – probabilmente lei non avrebbe dovuto saperne niente –, ma da quella notte il nonno non era più uscito dalla sua camera. Di tanto in tanto, quando si svegliava, Sabine sentiva i passi rapidi della nonna lungo il corridoio. Forse andava a controllare che il marito non fosse sparito per compiere un'altra missione notturna.

Spinta dalla curiosità, Sabine chiese comunque alla nonna il permesso di andare a vedere i segugi. Lei ci sarebbe voluta andare con Thom, ma dopo averle lanciato un'occhiata interrogativa, come se fosse sorpresa dal suo interesse, la nonna le rispose che avrebbe potuto accompagnarla nel pomeriggio. «Sono neri e marroni» le spiegò mentre attraversavano velocemente il cortile. «È una razza particolare. Alleviamo i secuci da generazioni.» Disse proprio così: "secuci". Sabine pensò che non le rivolgeva una frase così lunga da più di una settimana.

«I Ballantyne sono sempre stati Master di caccia alla volpe. Un Master ha il compito di scegliere il terreno di caccia e guidare gli altri cacciatori. La famiglia di tuo nonno ha messo insieme la muta alla fine del secolo scorso. E lui ha dedicato gran parte della sua vita a portare avanti l'allevamento. È stato Master fino a circa dieci anni fa, quando ha smesso di cavalcare. Sono un branco magnifico. Ricordo ancora come guattivano, l'ultima volta che sono uscita con loro per una battuta di caccia.» Si fermò un momento e sorrise.

Sabine, trattenendo a stento una risata alle ultime parole della nonna, non le disse che voleva vedere i segugi per motivi completamente diversi. Era sicura che quei poveri cani fossero maltrattati: nessun animale felice avrebbe potuto produrre latrati come quelli che lei aveva sentito. E il pensiero che vivessero in un canile di cemento, lontani dal calore del fuoco e dalla comodità di un vecchio tappeto, la faceva quasi piangere. Non sapeva che cosa avrebbe fatto non appena li avesse visti. Nelle sue giornate peggiori aveva pensato di liberarli o di contattare qualche associazione locale per la protezione degli animali. Ma in quel modo avrebbe messo tutti nei guai, compreso Thom. Nei giorni migliori non ci pensava affatto.

I recinti dei cani erano a cinque minuti a piedi dalla casa, in un cortile. Alcuni erano chiusi da alti cancelli di metallo. "Sembra una prigione" pensò Sabine, affrettandosi per tenere il passo di sua nonna. Si sentiva un odore di disinfettante e di escrementi, misto a qualcos'altro di orribile, che non riusciva a riconoscere. Come faceva la nonna a prendersi cura dei suoi labrador con tanta dedizione e a tenere quei cani al freddo, senza un riparo?

«Come sta Horatio, Niall?»

«Un po' meglio, signora Ballantyne» rispose un uomo di mezza età, che era spuntato da sotto una delle tettoie. Portava un lungo grembiule di pelle, che ricordava quelli che usano i fabbri, e aveva un volto irregolare, schiacciato. «Presto la medicazione si staccherà dalla zampa, e sotto sta guarendo bene.»

«Diamo un'occhiata?» Non era una domanda. La nonna avanzò a passo di marcia verso un recinto d'angolo e guardò all'interno. Sabine, dietro di lei, riuscì a intravedere la sagoma di un cane disteso sulla paglia, con una zampa bendata ripiegata sotto il corpo.

«Che cosa gli è successo?» chiese all'uomo. Il cane aveva alzato le orecchie quando Niall si era avvicinato, come se si aspettasse qualcosa, poi le aveva lasciate cadere di nuovo quando l'uomo si era girato verso Sabine.

«Uno dei clienti del maneggio non è riuscito a tenere a freno il suo cavallo, che ha schiacciato il poveretto sotto uno zoccolo.» Scosse la testa in segno di disapprovazione. «Sa cosa le dico, signora Ballantyne? Che li lasciano uscire senza spiegargli nemmeno le regole di base. Prendono i soldi e li spingono fuori del cancello. E tante volte non gli importa neanche se sanno cavalcare.»

La nonna annuì, lo sguardo fisso sul cane. «Hai proprio ragione, Niall. Hai proprio ragione.»

«Ed è ancora peggio da quando l'hanno trasformato in un albergo. Almeno prima si trattava perlopiù di gente del posto. Adesso sono tutti vacanzieri, uomini d'affari e gente del genere, e a loro interessa solo passare una giornata a cavallo e andare a caccia. Non puoi dirgli niente. Il vecchio John MacRae, che lavora là, mi ha detto che viene da piangere a vedere in che condizioni rientrano i cavalli, a volte.»

La nonna lo fissò. «Zoppicano, vero?»

«Quando zoppicano va ancora bene. Alcuni li tengono fuori per quattro, sei ore, finché non sono completamente sfiancati. L'altro giorno ce n'era uno che perdeva sangue dal naso. E quella piccola giumenta marrone che hanno comprato a Tipperary... se la ricorda? Ha una cicatrice qui» disse indicando il fianco «perché una stupida ha insistito per usare gli speroni, solo che li ha messi al contrario.»

Sabine osservò la nonna, che fece una smorfia addolorata. Era la prima volta che la vedeva così coinvolta. «Penso che andrò a parlare con Mitchell Kilhoun» disse con fermezza. «Gli dirò che deve badare meglio ai suoi animali o non glieli daremo più per le battute di caccia.»

«Vuole parlare con il Maestro?»

«Ma certo» rispose lei.

«Sarebbe magnifico, signora Ballantyne. Mi spezza il cuore vedere animali validi feriti senza motivo.» Rivolse di nuovo lo sguardo al segugio, che si stava leccando la zampa sana... «Il poveretto, qui, ha rischiato che gli sparassero.»

Sabine, che stava guardando il cane distrattamente, si girò di scatto verso di lui. «Cosa?»

Niall lanciò un'occhiata alla nonna, poi si rivolse a Sabine. «Sì, signorina. In realtà sarebbe un gesto di clemenza.»

«Spararargli? Ma come!»

Niall aggrottò la fronte. «Be', un segugio con tre zampe non serve a nessuno, giusto? Sarà isolato dagli altri cani della muta. Forse addirittura maltrattato. Non c'è molta clemenza in questo, no?»

«Vorresti davvero spararargli?» chiese Sabine alla nonna.

«Niall ha ragione, Sabine. Un segugio ferito non può vivere.»

«Be', di certo non può vivere se gli spari.» Sabine era infuriata, si sentiva sull'orlo del pianto. «Come fai a essere così crudele? Ti piacerebbe se sparassi a Bertie solo perché non sa più fare il suo lavoro? Non hai alcuna pietà?»

La nonna fece un respiro profondo. Incrociò lo sguardo di Niall, poi si mosse, come se volesse riportare Sabine verso casa. «Non sono animali da compagnia, mia cara. Non sono come Bertie e Bella. Sono segugi, allevati appositamente...»

Fu interrotta dal rumore della Land Rover che entrava sterzando nel cortile, trainando un rimorchio azzurro piuttosto malandato. Si udì un frastuono, poi i segugi sciamarono sotto le tettoie, lanciandosi contro le recinzioni in un'esplosione di latrati e guaiti, saltando l'uno addosso all'altro nel tentativo di avvicinarsi il più possibile.

In mezzo a quel baccano, la portiera della Land Rover si aprì e Liam scese con agilità. «Scusa se ci ho messo tanto, Niall. Non c'era nessuno per caricare quel cazzutissimo affare. Oh, mi scusi, signora Ballantyne, non l'avevo vista.»

«Andiamo, Sabine» disse la nonna guidandola con mano ferma verso il cancello. «Torniamo a casa.»

Ma lei oppose resistenza. «Che cosa succederà al cane con la zampa ferita? A Horatio? Gli spareranno?»

La nonna diede una rapida occhiata al rimorchio mentre Liam abbassava la rampa posteriore, poi cominciò a sospingere Sabine verso l'uscita. «No, non gli spareranno. Come ci ha spiegato Niall, il veterinario dice che sta meglio.»

«Ma perché non lo tratti come gli altri cani?»

Niall afferrò la rampa dalla parte opposta e aiutò Liam ad abbassarla fino a terra, producendo un tonfo che agitò i cani ancora di più. Sabine notò che sembravano un po' spaventati.

«Su, Sabine, *andiamo*. Dobbiamo tornare a casa.»

Ora la nonna la stava strattonando. Sabine non si mosse, fissandola sorpresa. Perché aveva tanta fretta? C'era qualcosa che non doveva vedere?

Ebbe subito la risposta. Dal retro del rimorchio spuntò una zampa rigida, marrone scuro, che penzolava come una lancetta rotta a un'angolazione improbabile e culminava in uno zoccolo nero, lucido. Sotto gli occhi di Sabine, Niall strinse una corda attorno alla zampa e tirò, mentre Liam, che era salito agilmente sulla rampa, brontolava tra sé e spingeva.

«Che cosa stanno facendo?» mormorò. Era troppo scioccata per parlare a voce alta.

«È morto, Sabine.» A giudicare dal tono della sua voce, la nonna doveva già essere stata informata. «Non sente più niente.»

Sabine si girò verso di lei con gli occhi pieni di lacrime. Dietro di loro, i cani si lanciavano come impazziti contro le recinzioni. «Ma che cosa stanno facendo?»

La nonna fissò il cadavere del baio, che scivolava centimetro dopo centimetro lungo la rampa. «Andrà allo scannatoio.»

«Cosa? Lo scannatoio?»

«I cani devono pur mangiare, cara.»

Sabine spalancò gli occhi. Fissò il cavallo morto, poi i cani, che sbavavano dietro di lei. Non vedeva altro che denti e gengive e bava. «Lo faranno a pezzi.» La sua voce si incrinò; si coprì il volto con le mani. «Oh mio Dio, non posso credere che gli permetterai di sbranarlo. Oddio...»

I due uomini si fermarono per un momento, poi ricominciarono a tirare, e Sabine corse verso casa.

La signora H aveva preparato il tè mezz'ora prima, ma quando Joy Ballantyne si ricordò di prendere la tazza appoggiata sulla stufa, sulla superficie si era formata una pellicola simile a un piccolo sole marrone.

Avrebbe dovuto saperlo che non era una buona idea portare Sabine a vedere i cani. Il più delle volte, con loro, era un lavoro sporco, e la ragazza era ancora immersa nell'atmosfera rarefatta della città. Chi abitava in città faceva fatica a confrontarsi così da vicino con gli aspetti più brutali della vita e della morte. E lei aveva già abbastanza pensieri, con Edward che peggiorava di giorno in giorno.

Sollevò la testa e restò in ascolto, come un segugio, cercando di cogliere qualche suono proveniente dal piano di sopra. Ma la signora H era uscita a fare la spesa e la casa era silenziosa; gli unici rumori erano lo sferragliare dell'impianto di riscaldamento e i cani che russavano ai suoi piedi.

Joy sospirò. Aveva riflettuto a lungo su cosa avrebbe dovuto fare con quella ragazza per suscitare in lei almeno una traccia di entusiasmo. Avrebbe voluto vedere un po' di vitalità su quel faccino teso e guardingo. Ma sembrava che non volesse *fare* niente, a parte chiudersi nella sua stanza o cercare di sparire in qualche angolo della casa, trasudando scontentezza come un odore sgradevole. Sembrava a disagio ovunque fosse, nella sua camera, a cena, se veniva toccata inaspettatamente da qualcuno... persino nella sua pelle.

Kate era così? Forse sì. Sorseggiando il tè tiepido nella cucina vuota, Joy passò in rassegna i ricordi come chi cerca una pagina in un libro – le volte che Kate teneva il broncio, da ragazzina, la sua rabbia verso i genitori che non riuscivano a capire le sue preoccupazioni, la determinazione con la quale si rifiutava di cavalcare. Il baio che avevano impiegato mesi a trovare, appositamente per lei, passava le sue giornate nel campo davanti a casa, come un memento concreto e permanente dell'abisso che li separava. Kate era così diversa dal fratello maggiore, Christopher, che tornava tutti i fine settimana da Dublino per correre in aperta campagna con i suoi cavalli. Era difficile pensare che fossero fratelli. E ora la storia si ripeteva con Sabine.

Sarebbe stato divertente, rifletté Joy con tristezza, finendo il suo tè. Avrebbe tanto voluto che Sabine le piacesse. Aveva pensato di offrirle tanto divertimento all'aria aperta, attività fisica e buon cibo, per poi rimandarla a casa con le guance colorite. Aveva passato ore a cercare il cavallo giusto per lei. Soprattutto, avrebbe voluto avere la possibilità di fare la nonna, perché da quando aveva rotto con Kate aveva dovuto smettere di pensare a lei. Quando sua figlia le aveva telefonato – del tutto inaspettatamente – e le aveva chiesto se poteva mandare Sabine a stare da loro, aveva scambiato il suo silenzio per reticenza e, irritata, aveva rinunciato all'idea. Ma il suo silenzio era dovuto solo allo stupore e al piacere: negli ultimi dieci anni non aveva mai potuto nemmeno immaginare di avere attorno la nipote.

E ora, le uniche volte in cui erano entrambe a proprio agio era quando Sabine andava a casa di Annie. E lo faceva sempre più di frequente. Sembrava quasi che sua nonna non le piacesse affatto. E Joy doveva ammettere che la compagnia della ragazzina la agitava, era quasi irritante.

Forse era solo troppo vecchia per lei, pensò, sentendo le ginocchia scricchiolare mentre si chinava ad accarezzare la testa morbida di Bella. "Siamo troppo vecchi e troppo noiosi; lei è abituata alla vita di città, il tipo di vita che noi non possiamo nemmeno sperare di comprendere." Un computer, ecco che cosa voleva, giusto? Un computer e la televisione. Che stupida era stata a pensare che si sarebbe adattata, ad arrabbiarsi con lei solo perché non capiva il Duca. Non aveva ancora avuto nessuna vera responsabilità. E lei doveva dispiacersi per sua nipote, non essere frustrata, pensò Joy. Che razza di vita scombinata aveva avuto Sabine fino a quel momento! Non poteva evitare di essere com'era. Era tutta colpa di Kate.

«Andiamo, belli» disse, alzandosi. «Andiamo a cercare Sabine, che ne dite?»

A dispetto della sua aria severa, Joy aveva un animo generoso. Nonostante le sue abitudini radicate, non era così rigida da non potersi piegare un po', quando si sbagliava. C'era qualcosa che poteva fare per rendere quella ragazzina più felice, ne era sicura. Darle qualche sterlina e chiedere ad Annie di accompagnarla al cinema, per esempio. Uscire avrebbe fatto bene anche ad Annie. E poi poteva chiedere a Thom di insegnarle a guidare la Land Rover nei campi davanti alla casa. Le sarebbe piaciuto. Doveva cercare un punto d'incontro con lei.

Intimò ai cani di non muoversi e salì al piano di sopra. Qualche tempo prima, quando era salita per portare a Edward dell'acqua fresca, aveva sentito la nipote piangere nella sua stanza e, nel timore di essere respinta, era scesa al piano di sotto senza fare rumore. Se ne ricordò con un po' di vergogna. "Santo cielo, Joy," si rimproverò "è solo una bambina. Sei tu che dovresti essere abbastanza adulta da fare il primo passo."

Si fermò fuori dalla porta tendendo l'orecchio, poi bussò piano, due volte. Nessuno rispose.

Bussò di nuovo e spinse la porta lentamente. Il letto era vuoto, anche se Sabine doveva essersi alzata da poco perché era ancora visibile l'impronta del suo corpo. Si guardò attorno, poi, rendendosi conto che stava violando la privacy di sua nipote, uscì. Probabilmente era da Annie. Cercò di scacciare la tristezza al pensiero che Sabine si sentisse più a suo agio in una casa piena di estranei che con i suoi familiari.

"Non è colpa sua" si disse. "Non abbiamo fatto tutto il possibile per capirla."

Chiuse la porta alle sue spalle con cautela, come se Sabine fosse nella stanza. Aveva mosso solo qualche passo quando notò che la porta dello studio era aperta.

Si avvicinò per chiuderla, con un moto di irritazione, poi l'istinto la spinse a dare un'occhiata all'interno.

Entrava di rado in quella stanza. Edward aveva smesso di usarla da anni e la signora H aveva ricevuto l'ordine di non occuparsene, quindi sarebbe stato facile capire se era stato toccato qualcosa. Notò subito le due scatole sul pavimento e l'album di fotografie aperto, appoggiato su un tappeto arrotolato.

Fissò le fotografie sparse sul pavimento. Ce n'era una che la ritraeva insieme a Stella. Ridevano entrambe. Era stata scattata il giorno dell'Incoronazione. Poi ne vide un'altra, un'immagine del rottame che prendevano in prestito la domenica per andare alla spiaggia di Shek O. La terza era una foto di Edward con la sua uniforme bianca. Ed ecco Kate da bambina. Con il suo amichetto. Il suo amichetto cinese.

Alla vista dei suoi ricordi sparpagliati con indifferenza sul tappeto, come se non significassero nulla, Joy sentì montare la rabbia. Come osava? Come osava mettere le mani tra le sue cose senza nemmeno chiedere? All'improvviso la nipote le parve un'intrusa, una persona che metteva il naso di nascosto nel suo passato. Quelle fotografie erano *personali*. Erano la sua vita, i ricordi privati di anni lontani. E Sabine li aveva lasciati lì, sparsi sul pavimento, come se non avessero alcun valore...

Trattenendo a stento l'indignazione, Joy si chinò e cominciò a ributtare le fotografie nella scatola. Sistemò il coperchio con un gesto deciso, poi si avviò verso la porta e scese rapidamente le scale facendo scappare i cani.

Sabine aveva visto *Colazione da Tiffany* già due volte. Conosceva la scena in cui un cappello prendeva fuoco e nessuno se ne accorgeva. E quell'altra, in cui Audrey Hepburn si addormentava sul letto di George Peppard (che non approfittava della situazione, come sarebbe successo invece nella vita reale); quanto alla scena in biblioteca, quando lei lo costringeva ad alzare gli occhi dal suo libro... be', Sabine poteva recitarla a memoria. Ma non importava, perché era molto più interessata a Annie.

Anche se, apparentemente, la figlia della signora H passava le sue giornate a guardare film – era abbonata a tutti i canali via cavo e a tutti i negozi che noleggiavano video nel raggio di quaranta chilometri –, non pareva interessata a seguire la trama. Da quando era arrivata Sabine, ossia durante la prima ora di *Colazione da Tiffany*, aveva sfogliato due riviste e un grosso catalogo di abbigliamento, era andata a guardare fuori dalla finestra almeno due volte e si era distratta spesso, fissando lo schermo con sguardo vacuo. A un certo punto anche Sabine aveva smesso di guardare il film per osservare lei.

Annie non sembrava in grado di concentrarsi a lungo su niente. Quando chiacchieravano davanti a una tazza di tè, perdeva spesso il filo del discorso, costringendo Sabine a ricordarle di che cosa stessero parlando. Il suo volto diventava inespressivo e di tanto in tanto spariva al piano di sopra per cinque o dieci minuti. Si addormentava spesso, come se per lei fosse troppo faticoso restare sveglia. All'inizio, Sabine aveva trovato quell'atteggiamento piuttosto seccante e si era chiesta se per caso non fosse lei il problema, poi aveva notato che Annie si comportava così con tutti – con Patrick, con sua madre e persino con Thom –, quindi aveva deciso che era semplicemente fatta così. Come diceva Thom, ognuno era fatto a modo suo e, se non c'era niente di personale, lo si doveva semplicemente accettare.

«Allora, dove sei stata questa mattina, Sabine?» Annie, seduta a gambe incrociate sul grande divano blu, distolse lo sguardo dallo schermo. Indossava un grosso maglione da pescatore, che sembrava inghiottirla. Probabilmente era di Patrick. «Sei andata a cavallo?»

Sabine annuì. Si rese conto che, inconsapevolmente, aveva assunto la stessa posizione di Annie, e le sue gambe cominciavano a intorpidirsi.

«Ti ha portato Thom?»

«Sì.» Sabine raddrizzò una gamba e cominciò a esaminarsi la calza. «Hai mai visto i segugi?»

«Ma certo. Li vedrai anche tu andare su e giù per la strada molto spesso durante la stagione della caccia.»

«Ma hai visto dove vivono?»

Annie la guardò con aria interrogativa. «I canili? Certo. Un posto orribile, vero? Perché? Sei rimasta scioccata?»

Sabine annuì di nuovo. Non voleva raccontare tutta la storia. A casa di Annie poteva fingere che la vita fosse normale, con la televisione e le chiacchiere e nessun vecchio pazzo, nessuna regola stupida e nessuna creatura morta.

Quando notò la sua espressione, Annie posò i piedi a terra e disse: «Non avrebbe dovuto portarti laggiù. Non è un bel posto, per chi non è abituato alle bestie».

«Non ci sono andata con Thom. Tutti i cavalli morti finiscono lì?»

«Non solo i cavalli. Anche le mucche, le pecore, tutti gli animali. Devono pur finire da qualche parte. Non me la prenderei, se fossi in te. Allora, vado a preparare il tè. Ne vuoi una tazza?»

Ovviamente Annie impiegò un quarto d'ora per chiedere a Patrick se anche lui voleva del tè. Quando tornò in soggiorno, Audrey Hepburn era uscita con George Peppard e aveva trovato il gatto, e Sabine decise che forse aveva avuto una reazione esagerata, al canile. Gli animali erano morti, come aveva detto Annie. E i cani dovevano pur mangiare qualcosa. Era stato solo uno shock assistere a quella scena cruenta. Soprattutto per una vegetariana come lei.

A Londra, sua madre era molto rispettosa delle sue opinioni sul consumo di carne, e si assicurava che nel frigorifero ci fossero sempre formaggio, sugo per la pasta e tofu. E spesso Geoff aveva preparato piatti vegetariani per tutti. Rendeva le cose più facili, diceva. E probabilmente era più salutare non consumare troppi grassi animali. Era già abbastanza difficile mantenere fede ai propri valori senza che qualcuno li considerasse stupidaggini da adolescenti. Lì, tutti continuavano a "dimenticarsi" che non mangiava carne e gliela servivano comunque. Oppure si comportavano come se fosse una fissazione che si sarebbe dovuta lasciare alle spalle. Ma a casa, la morte era solo in televisione. Lì, invece, sembrava essere dappertutto: negli animaletti che Bertie spaventava in cortile, nell'orribile scannatoio del canile, sul volto rugoso del nonno, che non aveva più la forza neppure di cambiare espressione.

«Mio nonno morirà?» chiese.

Annie, a disagio, si fermò sulla soglia della cucina, stringendo l'orlo del maglione. «Non sta bene» ammise.

«Perché nessuno mi dà una risposta chiara? Lo so che è malato e non posso chiedere niente alla nonna. Voglio solo sapere se morirà.»

Annie versò il tè in due tazze rigate. Rimase in silenzio per un po', poi si voltò verso Sabine. «Che differenza fa?» chiese.

«Non fa alcuna differenza. Voglio solo che la gente sia sincera con me.»

«Sincerità... Bah, a volte è fin troppa, credimi.»

Cogliendo una sfumatura aggressiva nel tono di Annie, Sabine si sentì a disagio.

«Se non fa alcuna differenza, allora dovresti godertelo finché c'è. Persino volergli bene.»

Sabine spalancò gli occhi. L'idea di volere bene a un vecchio scontroso le sembrava vagamente ridicola. «Lui… non è un tipo molto amorevole» azzardò.

«Perché? Perché è vecchio? E ha un carattere difficile? O perché ti senti a disagio in sua presenza?»

Il tono della voce di Annie la turbò. Era una delle poche persone che aveva dimostrato di capirla, e ora si comportava come se lei avesse detto qualcosa di sbagliato. «Non volevo offenderti» le disse, corrucciata.

Annie le mise davanti una tazza di tè. Quando Sabine alzò di nuovo lo sguardo, notò che aveva un'espressione gentile. «Non mi hai offeso, Sabine. Penso solo che sia importante volere bene alle persone finché sono con noi. Finché siamo in tempo.» A quel punto gli occhi le si riempirono di lacrime e distolse lo sguardo.

Sabine si sentì raggelare: l'aveva fatta piangere di nuovo. Perché non riusciva a capire come doveva prendere quella gente? Perché aveva sempre l'impressione di interpretare in modo errato qualche segnale fondamentale, come a casa, quando si trovava con un gruppo di persone che non conosceva e non riusciva a capire i loro modi di dire e le loro battute?

«Io ci *provo* a essere gentile con tutti» azzardò a bassa voce, desiderando disperatamente l'approvazione di Annie.

La donna tirò su col naso e si asciugò gli occhi nella manica. «Ma certo, Sabine. È solo che praticamente non li conosci.»

«È solo che non esprimono i loro sentimenti. Non sono molto... be'... espansivi, non so se capisci cosa voglio dire.»

Annie rise e posò una mano fresca e asciutta su quella di Sabine, che invece era sudata per la tensione.

«Non sei fuori posto, qui. Solo che se speri che quei due mostrino le loro emozioni... Be', probabilmente avresti più fortuna con il Duca.»

Risero entrambe, sentendosi di nuovo a proprio agio. Sabine si stava rilassando. L'invisibile malessere di Annie doveva essersi volatilizzato.

«Sul serio, Sabine, dico davvero. Il fatto che non siano espansivi non vuol dire che non abbiano sentimenti.»

Furono interrotte da una serie di rapidi colpi alla porta. Annie lanciò uno sguardo interrogativo a Sabine (la signora H e Thom entravano sempre senza bussare) e si avviò verso la porta sistemandosi i capelli dietro le orecchie.

Quando vide sua nonna sulla soglia, Sabine sobbalzò. Stava lì in piedi, rigida, con il foulard in testa e la giacca trapuntata, il volto teso e le braccia abbandonate come due bastoni lungo i fianchi. «Mi dispiace disturbarti, Annie. Mi chiedevo se potevo parlare con Sabine.»

«Ma certo, signora Ballantyne.» Annie fece un passo indietro spalancando la porta. «Entri pure.»

«No, non voglio entrare, grazie. Sabine, vorrei che tu tornassi a casa.»

Sabine la fissò e intuì che stava trattenendo a stento la rabbia. Scorse rapidamente l'elenco delle sue possibili malefatte: i flaconi dello shampoo erano nella sua stanza, gli stivali erano puliti, la porta della sua camera da letto era chiusa, quindi Bertie non poteva entrare. Eppure, qualcosa sul volto di Joy le suggeriva che sarebbe stata più al sicuro se fosse rimasta a casa di Annie. Fissò la nonna cercando di contenere il disagio. «Stavo bevendo una tazza di tè» disse. «Vengo più tardi.»

Joy trasalì e il suo sguardo si indurì. «Veramente,» disse «vorrei che tu tornassi a casa *adesso*.»

Il cuore di Sabine batteva forte. «No,» replicò «sto bevendo il tè.»

Lo sguardo di Annie saettava dall'una all'altra. «Sabine...» disse, e nella sua voce c'era una nota di avvertimento.

«Sono certa che non può essere niente di così urgente» continuò Sabine con aria di sfida. Sapeva di trovarsi in un territorio inesplorato, ma qualcosa in lei si ribellava. Non voleva essere ricondotta a passo di marcia in quella triste casa ed essere strapazzata per qualche irrilevante trasgressione domestica. Ne aveva abbastanza. «Verrò quando avrò finito» disse.

Joy esplose. Superò Annie ed entrò nella stanza, portando con sé l'aria fredda come una nube radioattiva. «Come *osi*?» sibilò. «Come osi mettere le mani nelle mie cose? Come osi mettere sottosopra le mie fotografie senza chiedermi il permesso? Sono cose private, lo capisci? Non avresti dovuto vederle.»

Sabine trasalì ricordandosi delle fotografie e arrossì per essere stata scoperta. Non aveva nemmeno pensato di rimetterle a posto. Non le sembrava necessario, visto che nessuno metteva mai piede in quella stanza. Ma il suo senso di colpa fu oscurato dalla reazione eccessiva della nonna. Non l'aveva mai vista perdere le staffe, prima di allora. Aveva la voce incrinata come un pezzo di legno secco nel fuoco, e i capelli le sfuggivano dalle forcine come se fossero carichi di elettricità. Ma mentre la sfuriata proseguiva e l'atmosfera si faceva sempre più incandescente, Sabine fu contagiata dall'adrenalina e si ritrovò a rispondere urlando. «Sono solo fotografie!» gridò, sovrastando la voce della nonna. «Non ho fatto altro che guardare una scatola di stramaledette fotografie! Non è che ho messo le mani nel cassetto della biancheria, o sbaglio?!»

«Non dovevi vederle! Non ne hai alcun diritto!» Joy pronunciò l'ultima parola con voce stridula, come un'adolescente.

«Diritto? Diritto?» Sabine si alzò in piedi, spingendo la sedia e facendola cadere rumorosamente. «Non vedo l'ombra di uno stramaledetto diritto da quando sono arrivata qui. Non c'è assolutamente niente che io possa fare senza il tuo permesso, o sbaglio? Non posso girare per la casa, non posso parlare con il personale, non posso nemmeno farmi uno stramaledetto bagno senza temere che qualcuno entri con un righello per vedere se sto usando troppa acqua.»

«Sono cose *personali*!» gridò Joy. «Ti piacerebbe se mettessi le mani nelle tue cose personali?»

«Sai che ti dico? Perché non ci provi? Perché io non ho cose personali, o sbaglio? Non posso nemmeno tenere in bagno il mio stramaledetto spazzolino da denti. Non posso guardare i programmi che preferisco. Non posso nemmeno usare il telefono per fare una chiamata personale!» La voce di Sabine si incrinò. Strinse le mani a pugno e si coprì gli occhi: non voleva far vedere alla nonna che stava piangendo.

«Sabine, puoi fare tutto quello che vuoi, basta che non ti aggiri furtivamente per la casa, rifiutandoti di partecipare. Devi partecipare.»

«Facendo cosa? Cacciando? Dando da mangiare cavalli morti ai cani? Chiedo scusa, ai *segugi*. Aiutando gli otto milioni di persone che si affannano tutti i giorni a preparare le uova alla coque per il nonno?» A quel punto Sabine si accorse della presenza di Patrick sulla soglia della cucina.

«Sei un'ospite, in casa mia,» disse Joy, come se stesse lottando per controllare il respiro «e il minimo che mi aspetto da te è che tu non metta le mani in cose che non ti riguardano.»

«Sono solo stramaledettissime fotografie! Una manciata di schifose fotografie! A parte quelle in cui c'è la mamma, non sono neanche belle!» Sabine scoppiò a piangere. «Oddio, non posso credere che sia un problema così grosso. Mi annoiavo, okay? Mi annoiavo ed ero stufa, volevo vedere com'era la mamma quando aveva la mia età. Se avessi saputo che ne avresti fatto una tragedia, non mi sarei neanche avvicinata alle tue stupide fotografie. Ti odio. Ti odio e vorrei essere a casa.» Il pianto si sciolse in singhiozzi. Sabine abbandonò la testa sul tavolo e nascose il viso tra le braccia.

Annie, che era rimasta immobile e impotente, chiuse la porta e le si avvicinò, poi le posò una mano sulla spalla. «Signora Ballantyne,» disse «sono sicura che Sabine non voleva fare niente di male.»

Patrick raggiunse silenziosamente il centro della stanza. «Va tutto bene qui?» chiese.

«Torna pure di sopra, Patrick. Va tutto bene.»

«Abbiamo ospiti. Si chiederanno che cosa sta succedendo.»

«Lo so, tesoro. Torna di sopra» disse Annie. «Non faremo più alcun rumore.»

Joy scosse leggermente la testa, come se avesse dimenticato la presenza dell'altra donna. Alzò gli occhi e vide Patrick, e all'improvviso sembrò turbata dalla sua stessa reazione. «Annie, Patrick, mi dispiace tanto» disse alla fine. «Non è da me perdere le staffe.»

Patrick guardò Joy e Sabine.

«Dico sul serio. Mi dispiace davvero tanto.»

«Sono di sopra, se hai bisogno di me» disse lui rivolto alla moglie, poi uscì.

Seguì un breve silenzio, rotto solo da Sabine, che tirava su col naso ed era scossa dai brividi. Joy si portò le mani alle guance, poi si mosse rigida verso la porta. «Mi dispiace tanto, Annie. Ti prego di accettare le mie scuse. Io... sì. Be', penso che farei meglio a tornare a casa. Ci vediamo dopo, Sabine.»

Sabine si rifiutò di alzare la testa.

«Mi dispiace» disse Joy aprendo la porta.

«Va tutto bene, signora Ballantyne» disse Annie. «Non c'è nessun problema. Sabine finisce il suo tè e torna a casa.»

Joy si sedette sul bordo del letto. Suo marito era appoggiato a una pila di cuscini bianchi e guardava il fuoco che la signora H aveva ravvivato prima di andare via. Fuori era buio e l'unica luce proveniva da una lampada da comodino. Le fiamme guizzavano, riflettendosi sulle colonne di mogano del baldacchino e sulle maniglie di ottone del comò sotto la finestra.

«Oh, Edward, ho fatto una cosa orribile» disse.

Gli occhi lacrimosi di lui si puntarono su Joy.

«Ho perso completamente le staffe con Sabine. Davanti ad Annie e Patrick. Non so che cosa mi ha preso.»

Si asciugò gli occhi con una mano, stringendo un fazzoletto nell'altra. Non era da lei piangere. Non sapeva nemmeno più quando le era successo l'ultima volta. Ma era sconvolta da quella ragazzina magra che era scoppiata a piangere come una bambina, e ancora di più dalla violenza dei sentimenti che lei stessa nutriva nei suoi confronti.

«È entrata nello studio, capisci?»

Joy fece un respiro profondo e prese la mano di Edward. Era ossuta e secca. Toccandola, si ricordò di quando era stata grande, forte e abbronzata.

«Ha tirato fuori le vecchie fotografie di Hong Kong. E rivederle di nuovo è stato come... Io... Oh, Edward, ho perso completamente la testa.»

Lui teneva gli occhi fissi sul suo viso e Joy ebbe l'impressione che stesse ricambiando debolmente la sua stretta.

«È solo una bambina, vero? Non capisce. Perché non dovrebbe guardare le fotografie? Non sa quasi niente della sua famiglia. Oh, Edward, mi sento così stupida. Vorrei rimangiarmi tutto.»

Joy cominciò a piegare il fazzoletto con aria meditabonda. Sapeva che cosa doveva fare, ma non aveva le idee chiare su come farlo. Non era da lei chiedere consiglio a Edward, ma sembrava che stesse un po' meglio, e nessun altro poteva capirla. «Tu sei sempre stato più bravo con le persone. Molto più bravo di me. Che cosa posso fare per aggiustare le cose con lei?»

Joy guardò il marito e si chinò verso di lui per sentire meglio la sua risposta. Edward staccò gli occhi dal suo viso, come se fosse immerso nei suoi pensieri. Dopo un momento, tornò a guardarla. Joy si chinò ancora di più. Sapeva che in quel momento lui faceva fatica a parlare. Quando parlò, la sua voce era roca e fragile come carta di riso. «Per cena ci sono le salsicce?» chiese.

5

Vivere in una casa governata con precisione matematica da una serie infinita di regole aveva un vantaggio: era più facile muoversi furtivamente al suo interno. Sabine aveva calcolato di tornare a Kilcarrion alle otto e un quarto perché sapeva che a quell'ora la nonna sarebbe stata a tavola, nella sala da pranzo. Anche se il nonno stava cenando nella sua camera al piano di sopra, Joy mangiava sempre lì, con la tavola perfettamente apparecchiata, come se volesse portare avanti una tradizione anche da sola. E Sabine aveva studiato il percorso per evitarla: entrando dalla porta sul retro e percorrendo silenziosamente il corridoio che portava alla stanza degli stivali, avrebbe raggiunto le scale di servizio e il pianerottolo senza che la nonna si accorgesse di lei.

Perché non aveva la minima intenzione di parlarle di nuovo. L'avrebbe rivista solo per dirle addio. Avrebbe aspettato che andasse a letto, poi sarebbe scesa in salotto in punta di piedi e avrebbe chiamato sua madre per dirle che tornava a casa. La nonna non aveva il telefono in camera, quindi non avrebbe sentito niente. E il nonno non sentiva niente in ogni caso. Bastava solo che i cani non si agitassero e non si mettessero ad abbaiare, per il resto aveva pianificato tutto in modo da evitare che la nonna potesse intromettersi.

La vaga tensione che aveva provato finché era rimasta da Annie non si era sciolta mentre elaborava il suo piano, ma non le importava. Era quasi grata di sentirsi così. La rabbia e il senso di ingiustizia le avevano dato la forza di andare avanti. Sì, Thom, Annie e la signora H le sarebbero mancati, ed era un peccato perché aveva cominciato a divertirsi almeno un po'. Ma non poteva restare un giorno di più con quella donna. Poco ma sicuro. A un certo punto, dopo che la nonna se n'era andata, lei, ancora scossa dal pianto, aveva detto ad Annie che forse sarebbe stato meglio se si fosse fermata a dormire nella loro camera degli ospiti. Era la stanza accanto a quella di Annie e Patrick e non veniva mai usata per i clienti del Bed & Breakfast. Così non avrebbe avuto bisogno di tornare a Kilcarrion. Ma Annie aveva reagito di nuovo in modo strano e aveva detto di no, che nessuno doveva usare quella stanza, e Sabine aveva deciso di non insistere. In quel momento aveva bisogno di poter contare su tutti gli amici che aveva lì.

Prese la borsa da sotto il letto e cominciò a buttarci dentro i vestiti. Era meglio così, si disse. Lei e la nonna non andavano d'accordo. Ora capiva perché sua madre non era mai tornata in Irlanda: che incubo passare tutta la vita così! Avvertì una fitta di nostalgia e si consolò al pensiero che la sera dopo sarebbe stata di nuovo nella sua casa di

Hackney. Era quello l'importante. Si sarebbe occupata di Justin più tardi.

Si avvicinò al comò, spalancò i cassetti e buttò altri vestiti nella borsa senza piegarli o preoccuparsi che si spiegazzassero. Era stufa di fare le cose "nel modo giusto". Da quel momento avrebbe fatto le cose a modo suo.

Ma mentre faceva i bagagli, si rese conto che non poteva pensare troppo a Justin. Né a Geoff. O alle cose belle di Kilcarrion, come la cavalcata con Thom quella mattina e il modo in cui le aveva posato la mano sulla spalla dicendole che avrebbe fatto di lei una vera cavallerizza. O al modo in cui si era chinato verso di lei quando avevano sbardato i cavalli e allo sguardo di avvertimento che aveva lanciato a Liam per le sue battute sconce. O alla signora H e ai suoi pranzetti, che erano infinitamente migliori di quelli che sua madre le avrebbe preparato a casa. O a Bertie, che la seguiva dappertutto e sembrava adorarla – a differenza di Goebbels, che la ignorava anche se si era presa cura di lui fin da quando era un micetto. O ad Annie, per quanto fosse strana. Perché pensare a quelle cose le faceva venire voglia di piangere. Molto.

Sobbalzò sentendo bussare alla porta, poi si irrigidì. "Colta sul fatto" pensò. Ma poi si rese conto che sua nonna la faceva sentire così qualunque cosa facesse. Rimase immobile e non rispose, poi la porta si aprì lentamente, frusciando sulla folta moquette turchese.

La nonna era lì, davanti a lei. Reggeva un piccolo vassoio di legno con una ciotola di zuppa di pomodori e qualche fetta di pane imburrato – il pane fatto in casa dalla signora H. Sabine la fissò, tesa e immobile, aspettando una nuova sfuriata.

Ma Joy si limitò a guardare il vassoio. «Ho pensato che potessi avere fame» disse, poi, come se temesse una reazione di protesta, si avvicinò lentamente al comò. Anche se l'aveva notata, non disse niente della borsa riempita a metà. Appoggiò il vassoio, poi si girò verso la nipote. «È solo una zuppa in scatola, purtroppo. Spero che vada bene.»

Sabine, immobile accanto al letto, annuì con diffidenza.

Seguì un lungo silenzio. Sabine aspettò che Joy si muovesse, ma non sembrava intenzionata a farlo. Dopo un po' giunse le mani con aria un po' impacciata e le sollevò verso di lei, costringendosi a sorridere, poi le nascose nelle tasche del gilet imbottito. «Thom mi ha detto che oggi hai cavalcato molto bene. Molto pulita, ha detto.»

Sabine la fissò.

«Sì. Ha detto che tu e il grigio andate d'amore e d'accordo. È una buona notizia. Un'ottima notizia. Dice che hai la mano morbida. E un ottimo assetto.»

Mentre studiava attentamente la nonna, Sabine si distrasse pensando a Thom che le esaminava la schiena. Era solo un'osservazione tecnica o l'aveva studiata per altri motivi?

«A quanto pare, pensa che voi due presto sarete in grado di saltare. Quel grigio è un gran bel saltatore. L'ho visto, nel campo. Ha un coraggio da leone. Una creatura molto generosa.»

Sabine si rese conto che la nonna era molto tesa. Stava tormentando un vecchio fazzoletto bianco e sembrava non riuscire a guardarla negli occhi.

«Salterà un Wexford Bank, sai? Senza problemi.»

Sabine improvvisamente si dispiacque per lei. Il suo disagio non la faceva sentire affatto meglio. Alzò la testa e chiese: «Che cos'è?».

«Oh, è la cosa più difficile.» Ora Joy parlava fin troppo in fretta, incoraggiata dalla domanda della nipote. «È un grosso banco di terra, alto tra il metro e mezzo e i due metri, che separa due fossati. I cavalli si avvicinano al galoppo, poi ci saltano sopra. I più furbi si fermano in cima e restano lì per un attimo, quasi in punta di piedi, per bilanciarsi e spiccare il secondo salto.» Unì le mani tenendo i palmi rivolti verso il basso, poi le mosse insieme per mostrare a Sabine quello che intendeva. «Poi saltano il secondo fosso. Ma non lo fanno tutti, capisci? Ci vuole un gran coraggio. E un pizzico di saggezza. E alcuni finiscono per scegliere la strada più facile.»

«Aggirando l'ostacolo.»

«Già» disse la nonna, guardandola con un'espressione molto seria. «C'è sempre qualcuno che preferisce aggirare l'ostacolo.»

Rimasero entrambe immobili e in silenzio per un po', poi Joy si allontanò lentamente dal comò e si avviò verso la porta. Quando fu sulla soglia, si girò. Sembrava molto vecchia e triste. «Sai, ho pensato che probabilmente sarebbe una buona idea riordinare lo studio. Mi chiedevo se volevi darmi una mano. Forse potrei parlarti di dove è cresciuta la tua mamma. Sempre che non ti annoi.»

Calò di nuovo silenzio. Sabine si fissò le mani, come se non sapesse che cosa farne.

«Te ne sarei estremamente grata.»

Sabine guardò la nonna, poi il vassoio, infine gettò un'occhiata alla borsa posata sul pavimento, con le calze che penzolavano fuori come linguacce blu. «Va bene» disse.

6

SS Destiny, *Oceano Indiano, 1954*

Da sotto l'ampio cappello blu, la signora Lipscombe stava descrivendo il suo parto. Un'altra volta. La levatrice le aveva dato del brandy, e lei aveva vomitato, perché non beveva («Non allora, quantomeno» aveva aggiunto con una risatina). Quella stupida donna si era chinata cercando di pulirsi il vomito dalle scarpe. E in quel preciso momento lei si era raddrizzata con un ruggito, afferrando tutto quello che le capitava a tiro. Dopo un'ultima, fortissima spinta, Rosalind era schizzata in mezzo alla stanza come una palla da rugby, tutta coperta di sangue, ed era stata afferrata al volo dall'infermiera che era lì vicino, in attesa.

«Povera levatrice, le ho strappato una gran bella ciocca, davvero» disse la signora Lipscombe con malcelato orgoglio. «Hanno detto che non l'ho mollata per quasi un'ora. E lei era *furiosa*.»

Joy e Stella, sedute accanto a lei sulle sedie a sdraio, si scambiavano sorrisetti d'intesa. Le storie di Georgina Lipscombe erano un'utile fonte di intrattenimento, ma dopo un paio di gin tonic tendevano a diventare cruente.

«La piccola stava bene?» chiese Joy educatamente.

«Rosalind? Oh, benissimo. Non è vero, cara?»

Rosalind Lipscombe era seduta sul bordo della piscina, con le gambe rotondette parzialmente immerse nell'acqua fresca. Mentre sua madre parlava, la bimba sollevava la testa e lanciava brevi sguardi alle tre donne, poi tornava a guardarsi i piedi pallidi. Era difficile decifrare la sua espressione e Joy pensò che probabilmente anche lei aveva sentito quella storia molte altre volte.

«Non so perché non si tuffa. Fa così caldo. Rosie, cara, perché non fai una nuotata? Ti scotterai terribilmente restando seduta lì.»

Rosalind alzò gli occhi verso la madre poi, senza dire una parola, tolse i piedi dall'acqua e si allontanò dalla piscina, dirigendosi verso le cabine.

Georgina Lipscombe inarcò un sopracciglio. «Voi ragazze lo scoprirete presto. Ah! Che dolore! Ho detto a Johnnie che per me finiva lì. Assolutamente. Non volevo certo ripetere l'esperienza.» Esalò un sottile sbuffo di fumo nell'aria tersa. «Ovviamente, ho avuto Arthur nel giro di un anno.»

Il bambino era seduto da solo nell'acqua bassa e spingeva una barchetta di legno. Nonostante il caldo, nella piscina c'era solo lui: a giudicare dal numero di passeggeri che stava smaltendo la sbronza, lo spettacolo di varietà che si era tenuto la sera precedente sulla nave era stato un discreto successo.

La *SS Destiny*, una nave utilizzata in passato per il trasporto delle truppe, era in mare da circa quattro settimane. Il suo carico ormai logorato di mogli di ufficiali in viaggio per raggiungere i mariti e di ufficiali assegnati a nuove destinazioni non vedeva l'ora di distrarsi da quella traversata senza fine e dal caldo sempre più insopportabile. I giorni scorrevano tutti uguali, tra le onde, scanditi solo dai pasti, da frammenti di pettegolezzi e dal lento ma deciso cambio di clima man mano che si allontanavano dal porto di Bombay diretti verso l'Egitto. Joy si domandava spesso come le truppe avessero potuto sopportare il caldo, confinate sottocoperta, nelle cabine prive di oblò. Le sarebbe piaciuto chiedere a qualcuno dei musulmani della sala macchine com'era stare nel ventre sporco di grasso, rumoroso e pulsante della nave, ma le era stato messo bene in chiaro che il suo interesse per certe faccende era fuori luogo. Era alla disperata ricerca di qualcosa di diverso dalle passeggiate senza fine sul ponte («Andiamo, Joy!» la incitava Stella tutte le mattine, cercando di scuoterla dal torpore. «Dieci giri del ponte per rassodare le cosce!»), dalle partite a carte o dal brandy e ginger ale, che beveva per combattere il mal di mare quando il tempo era meno clemente. Il gruppetto di persone con le quali lei e Stella avevano legato da quando erano salite a bordo aveva colto al volo l'opportunità di un diversivo.

I drink erano ancora più abbondanti del solito. Uno degli ospiti al tavolo del comandante aveva dato il via allo spettacolo con una versione molto convincente di *My Blue Heaven*. Dopo qualche debole protesta, a Joy era sembrato che gli altri passeggeri quasi facessero a gara per avere la possibilità di cantare, raccontare barzellette o lanciarsi in qualche imprudente confessione pubblica. Stella, con tre gin tonic in corpo, si era alzata in piedi e aveva cantato *Singing in the Rain*, compensando le stonature con il suo fascino. Era stata poi la volta di

Pieter, l'olandese tarchiato e abbronzato che "si occupava di diamanti". Dopo aver cantato un brano enfatico in olandese, aveva cercato senza successo di convincere Stella a unirsi a lui per un duetto al piano, afferrandole le mani sottili come se volesse costringerla a posarle sulla tastiera. L'affettata modestia con cui Stella si era rifiutata di suonare era stata molto ammirata dalla compagnia, e Joy si era guardata bene dal dire che l'unico pezzo che la sua amica sapeva suonare era *Chopsticks*.

La serata era degenerata dopo che gli steward avevano servito una bottiglia di cognac piuttosto forte. Ed era degenerata ancora di più dopo che Pieter aveva scommesso che si sarebbe scolato l'ultimo terzo della bottiglia in un sorso solo. Infine, era degenerata completamente quando il signor Fairweather e la moglie, dopo aver ridotto al silenzio gli astanti con la loro stridula versione di *I Get a Kick out of You*, si erano alzati in piedi prendendosi per mano e si erano lanciati nel duetto dei *Pescatori di perle*. Quando erano arrivati al penoso gran finale, Georgina Lipscombe si era rovesciata il drink sul corpetto di raso color malva e Louis Baxter, uno degli ufficiali, aveva cominciato a lanciare panini, costringendo il comandante a intervenire e invitare bonariamente tutti alla calma. Alla fine c'era riuscito, ma la signora Fairweather, rossa per l'imbarazzo, non aveva parlato più a nessuno per il resto della serata, nemmeno quando era stata letteralmente sollevata dalla sedia e spinta a forza tra due steward, in un caotico trenino che si era snodato sul ponte superiore. Era stato a quel punto che Joy aveva notato che Stella era sparita di nuovo.

«Sapete, ci ho messo tutta la giornata solo per riuscire a vederci bene» disse Georgina, infilando di nuovo gli occhiali da sole. «Non so come fate voi ragazze a sembrare così arzille. Suppongo che sia perché non siete state svegliate all'alba dai bambini.»

«Io ho un aspetto orribile» disse Stella, lisciandosi i capelli in perfetto ordine.

"Lo credo bene" pensò Joy, ricordando bene come Stella fosse scivolata nella cabina almeno un'ora dopo che il sole era sorto.

Mentre erano distese sul ponte con i loro costumi a due pezzi, Joy cercò di non pensare troppo alle assenze sempre più frequenti della sua amica. Era sicura che fosse innamorata di Dick, l'avvenente pilota che aveva sposato poco dopo il matrimonio di Joy («Altrimenti non attraverserei mezzo mondo a bordo di una nave per vederlo, non credi?» aveva risposto bruscamente alle sue domande indagatrici). Ma c'era qualcosa nei suoi modi sempre più provocanti, e soprattutto nella sua amicizia con Pieter, che dava a Joy un senso di equilibrio precario che non poteva attribuirsi al mal di mare.

Poco saggiamente, una sera, dopo che i bambini si erano addormentati, aveva confidato le sue preoccupazioni a Georgina Lipscombe, con la quale lei e Stella dividevano la cabina. Georgina aveva inarcato un sopracciglio e le aveva risposto che era davvero un'ingenua. «Succede sempre sulle navi, cara» le aveva detto accendendosi l'immancabile sigaretta. «Per alcune ragazze è difficile essere fedeli, con tutti questi begli ufficiali in giro. Secondo me la colpa è soprattutto della noia. Che cos'altro c'è da fare a bordo?»

Il suo tono annoiato e l'indifferenza con cui aveva buttato lì l'ultima frase avevano spinto Joy a chiedersi se era davvero un'ingenua. Georgina era sposata a un ingegnere navale, e lei non l'aveva vista stringere amicizie particolari con nessuno, ma passavano sempre un paio d'ore da quando chiedeva a Joy e Stella di lasciare la cabina per leggere una storia ai bambini al momento in cui le raggiungeva a cena. E Joy sapeva per certo che era sempre lo steward indiano a fare il bagnetto e leggere una storia ai due bambini, perché glielo aveva detto lui stesso. Forse anche Georgina si lasciava occasionalmente distrarre dai «begli ufficiali». Forse lei era l'unica a non farlo. Pensò a Louis Baxter, che era stato terribilmente premuroso la sera prima, facendo di tutto per sedersi accanto a lei. Ma la presenza di Louis, per quanto gradevole, lasciava Joy del tutto indifferente: nessuno a bordo poteva essere paragonato anche solo lontanamente a Edward.

Come faceva spesso, Joy ripensò ai sei mesi che erano passati da quando lo aveva visto per l'ultima volta, due giorni dopo il matrimonio. Si erano sposati a Hong Kong, durante una licenza di quarantotto ore, davanti ai parenti più stretti, con grande disappunto della madre di Joy. Il rinfresco era stato a base di pollo e chablis, spedito per l'occasione da uno dei colleghi di suo padre, che conosceva un commerciante di vini.

Lei aveva indossato un semplice abito aderente di raso con l'orlo asimmetrico («Ti farà sembrare meno allampanata» aveva sostenuto sua madre), e Edward aveva sfoggiato un sorriso smagliante per quasi tutto il tempo. Stella brillava nel suo abito blu notte con una scollatura profonda; portava anche un cappello piumato, che aveva spinto tutte le donne presenti a borbottare e commentare storcendo le bocche truccate. Sua zia Marcelle, venuta appositamente dall'Australia, le aveva calpestato lo strascico, poi era crollata su una sedia, lamentandosi ostentatamente dell'umidità. Suo padre aveva bevuto troppo e pianto e dato allo chef francese del Peninsula Hotel una mancia così generosa che sua madre era ammutolita per l'ora successiva. Ma Joy non ci aveva badato. Si limitava a tenere stretta la mano grande e lentigginosa di Edward, come un naufrago che si aggrappa alla scialuppa di salvataggio: non riusciva a credere che, dopo quasi un anno di dubbi taciti (alimentati soprattutto da quelli espressi a gran voce da sua madre), Edward fosse tornato per sposarla.

Non che Alice non tenesse alla sua felicità. Non era una donna cattiva. Era soltanto convinta, come un antropologo che studia una qualche bizzarra tribù, che ogni contatto ravvicinato con un uomo avrebbe portato guai. «La prima notte,» le aveva detto con grande serietà una sera, mentre avvolgevano con cura il suo corredo nella carta velina «devi cercare... fai finta di niente. Fagli credere che ti piaccia.» Poi aveva abbassato lo sguardo sulla seta madreperla bordata di pizzo color crema, come se stesse lottando con i ricordi. «Non sono contenti se capiscono che a te non piace» aveva concluso. E la sua lezione sulla vita matrimoniale era terminata così.

Joy era rimasta seduta accanto a lei, a disagio, conscia che sua madre aveva cercato di darle un consiglio importante. Succedeva così di rado che le si rivolgesse senza l'ombra di una critica, che le sembrava quantomeno giusto considerare quelle parole con un certo rispetto. Ma per quanto si sforzasse, non riusciva a paragonare l'esperienza di sua madre alla sua con Edward. Alice trasaliva vistosamente quando suo padre, di solito ubriaco, cercava di abbracciarla. Scacciava le mani che la accarezzavano come chi si è seduto per sbaglio su un nido di formiche rosse. Mentre Joy passava quasi tutto il tempo a sognare di essere toccata da Edward.

Così, quando era arrivata quella notte, non le era passato nemmeno per la testa di provare paura. Non vedeva l'ora di varcare la soglia invisibile che divideva le donne che *sapevano* da quelle che, come lei, non conoscevano l'amore. E dopo la lunga assenza di Edward, durante la quale aveva potuto colmare il vuoto solo abbandonandosi a quei sogni vaghi, lo aveva abbracciato ricambiando il suo slancio.

Ovviamente non era stato tutto perfetto. Lei non sapeva neppure che cosa volesse dire la perfezione. Si era limitata ad assaporare la vicinanza di suo marito, lasciandosi consumare dal piacere che le procuravano il semplice contatto con la sua pelle – una pelle coriacea, virile –, il suo odore e la sua ruvidezza, così distanti dalla delicatezza tutta femminile che aveva dominato la sua vita fino a quel momento. Le piacevano la sua estraneità, la forza che esprimevano i loro corpi uniti, il fatto che finalmente con lui non si sentiva troppo alta. Dimostrandole che la desiderava, Edward la faceva sentire a proprio agio. E il giorno dopo, gioiosa e per nulla imbarazzata dal suo nuovo risveglio alla vita, aveva risposto allo sguardo interrogativo di sua madre con un ampio e rassicurante sorriso. E Alice, invece di mostrarsi sollevata come lei si sarebbe aspettata, aveva fatto una smorfia ed era scappata via, fingendo di dover cercare qualcosa in cucina.

Joy aveva scolpito nella memoria quasi ogni dettaglio di quella notte, per poterla rivivere nelle infinite notti umide che avrebbe passato da sola, nel suo letto di ragazza. Non poteva fare altro, perché sarebbero passati cinque mesi e quattordici giorni prima di rivederlo, al suo arrivo a Tilbury dopo un viaggio di sei settimane sulla *SS Destiny*.

Anche Stella avrebbe incontrato Dick alla fine della traversata, e il fatto che le due ragazze avrebbero viaggiato insieme aveva rassicurato le loro famiglie. Non era bastato, tuttavia, a evitare che prima della partenza venissero sommerse da un diluvio di consigli non richiesti. Alice era convinta che le navi per il trasporto truppe fossero «focolai di immoralità». Il cugino di Bei-Lin aveva lavorato come cuoco su una nave simile durante la guerra e lei aveva descritto con un certo divertimento la fila infinita di mogli annoiate che si trascinavano su e giù per le strette scalette che portavano agli alloggi degli uomini. Joy non sapeva se sua madre fosse più scandalizzata dall'idea dei rapporti extraconiugali o dal fatto che venissero consumati con uomini di un ceto sociale inferiore. La madre di Stella, che aveva i nervi molto fragili, era più preoccupata del recente affondamento della *Empire Windrush* durante una burrasca al largo di Malta. Ma Stella e Joy, lontane per la prima volta dallo sguardo vigile dei loro genitori, erano decise a vivere al massimo la loro avventura.

Parecchie settimane dopo, Joy si era resa conto di avere un'idea dell'avventura molto diversa da quella della sua amica.

«Bene. Vado a fare una passeggiatina» disse Stella, sollevando le gambe lisce e abbronzate dal lettino e facendo un cenno col capo a Georgina Lipscombe.

Georgina alzò gli occhi verso di lei. Era impossibile dire che cosa stesse pensando dietro gli occhiali da sole. «Una meta piacevole?» chiese.

Stella fece un gesto vago in direzione della prua della nave. «Oh, ho solo bisogno di sgranchirmi un po' le gambe» rispose con indifferenza. «Vado a vedere cosa stanno facendo gli altri. Molti sono rimasti in cabina, oggi.»

Joy la fissò, accorgendosi che stava cercando di evitare il suo sguardo.

«Buon divertimento» disse Georgina, poi sorrise, mostrando i denti bianchi e regolari sotto gli occhiali da sole.

Stella si alzò, si avvolse nel copricostume e si diresse a passo deciso verso il bar. Provando un improvviso risentimento, Joy resistette alla tentazione di seguirla.

Ci fu un breve silenzio, durante il quale Georgina accettò un altro drink dal cameriere indiano che era apparso accanto a lei. «La tua piccola amica deve fare attenzione, mia cara» disse, con un sorriso enigmatico. «Non c'è modo migliore per farsi una cattiva reputazione che spassarsela in mezzo al mare.»

Sdraiata sulla sua cuccetta, Joy allungò i piedi coperti dalle calze davanti a sé, cercando un po' di corrente d'aria tra il finestrino e la porta aperta. In quegli ultimi giorni di viaggio aveva trascorso molti pomeriggi così, per non passare l'intera giornata in compagnia delle altre mogli e dei loro bambini bizzosi e annoiati, oppure degli ufficiali, che si riunivano nei bar per rievocare battaglie e commentare le debolezze di certi conoscenti. Quando erano salpate, Joy era quasi senza fiato per l'eccitazione: non vedeva l'ora di affrontare la prima vera avventura della sua vita. Ma fin dall'inizio della lunga rotta da Bombay verso Suez, i giorni avevano cominciato a passare sempre più lenti man mano che la temperatura si alzava. Il mondo dei passeggeri si concentrava attorno al bar, al ponte e alla sala da pranzo. Tutti avevano cominciato a sentirsi parte dell'arredo della nave e raramente si prendevano il disturbo di scendere a terra quando si faceva scalo in un porto. Poco per volta era diventato sempre più difficile immaginare la vita vera che esisteva altrove, e di conseguenza alcuni si erano arresi, lasciandosi trasportare dai ritmi dolci della vita a bordo, condizionati dal caldo soffocante. Dedicarsi a passatempi quali le partite di tennis, le passeggiate pomeridiane e le nuotate era diventato sempre più faticoso, e persino le conversazioni si erano diradate. Sempre più spesso, i passeggeri passavano il pomeriggio a dormire e la sera guardavano film, e solo in pochi seguivano le scene di ballo sullo schermo, canticchiando con aria distratta. La sera, guardavano senza neppure vederli i tramonti cangianti e quasi innaturali, ormai avvezzi alla loro straordinaria bellezza. Solo chi, come Georgina Lipscombe, era costretto a rispondere alle continue richieste dei bambini, si impegnava in una qualche attività.

Stella era sempre più annoiata e inquieta, al punto che a volte Joy si sentiva sollevata quando la vedeva sparire. Ma tutto questo non le dispiaceva. Aveva scoperto che le restrizioni imposte dalla vita sulla nave, fin troppo simili a quelle che aveva subito a Hong Kong, le permettevano di coltivare la propria inclinazione antisociale senza suscitare critiche. Le piaceva ritirarsi da sola in cabina, quando sapeva che le altre due donne sarebbero state fuori, e guardare quelli che considerava i suoi tesori: le lettere di Edward, che dopo essere state lette e rilette si erano sporcate e rovinate, la fotografia incorniciata che li ritraeva insieme il giorno delle nozze e il quadretto cinese, un cavallo blu su carta di riso che Edward le aveva comprato il primo giorno di matrimonio, mentre passeggiavano per Hong Kong.

L'aveva svegliata presto e lei aveva spalancato gli occhi, chiedendosi per un momento nel dormiveglia come fosse finita nello stesso letto di quell'uomo. Quando se n'era ricordata, si era stretta a lui, gettandogli le braccia intorno al collo coperto di lentiggini e strizzando gli occhi colpiti dalla luce. Edward aveva ricambiato l'abbraccio, mormorando dolcemente, ma lei non aveva sentito altro che il fruscio delle lenzuola.

Più tardi, mentre il sudore si asciugava sulla sua pelle, lui si era sollevato su un gomito e le aveva dato un bacio sul naso. «Alziamoci» aveva sussurrato. «Voglio che la nostra prima mattina sia tutta per noi. Usciamo.» Joy aveva lottato contro un vago dispiacere perché Edward non voleva passare a letto ancora un po' della loro luna di miele. Ma essendo sempre ansiosa di compiacerlo, si era alzata e si era infilata l'abito di seta grezza e la giacca corta che sua madre le aveva fatto confezionare. Avevano ordinato del tè al servizio in camera e lo avevano bevuto in fretta, seduti al tavolo, guardandosi timidamente, poi erano usciti e si erano ritrovati nel chiasso incurante delle strade della capitale, i sensi assaliti dalle immagini, dai suoni e dagli odori tutt'altro che invitanti di Kowloon la mattina presto. Joy si guardava attorno, stupita di come il mondo potesse cambiare nel giro di ventiquattr'ore.

«Prendiamo lo Star Ferry» aveva proposto Edward, stringendole la mano e trascinandola verso il terminal. «Voglio portarti a Cat Street.»

Joy non era mai stata al mercato di Cat Street. Se avesse osato suggerirlo, sua madre sarebbe impallidita, ricordandole che quel posto aveva la fama di essere il paradiso di criminali e prostitute (anche se sua madre le avrebbe definite "donne di strada") e mettendo in chiaro che nessuna persona *di classe* ci metteva piede. Inoltre si trovava all'estremità est dell'isola, in una zona che Alice avrebbe assurdamente definito "troppo cinese". Ma mentre erano seduti sui sedili di legno del traghetto, avvolti nel bozzolo di beatitudine dei novelli sposi e incuranti del chiacchiericcio attorno a loro, Edward le aveva detto che dalla rivoluzione cinese del 1949 il mercato era stato sommerso di oggetti di famiglia, molti dei quali avevano un certo valore sul mercato dell'antiquariato. «Voglio comprarti qualcosa,» aveva aggiunto, accarezzandole il palmo con un dito «qualcosa per ricordarmi finché non ci rivedremo. Qualcosa che sia speciale per te e me.» L'aveva chiamata «signora Ballantyne» e Joy era arrossita di piacere. Ogni volta che lui le sottolineava la sua condizione di donna sposata, non poteva evitare di pensare all'intimità della notte precedente.

Erano arrivati poco dopo le sette, ma il mercato di Cat Street già pulsava di vita: venditori seduti a gambe incrociate dietro teli distesi a terra, su cui giacevano vecchi orologi o giade intagliate con maestria e infilate in cordoncini rossi; vecchi seduti sulle panchine, accanto a uccellini che battevano le ali dentro le loro gabbiette; bauli con rifiniture dorate; mobili smaltati. E su ogni cosa aleggiava il profumo dolce degli gnocchi di rape fritti, cucinati dai venditori ambulanti che fischiavano e urlavano, parlando così in fretta che persino Joy, che conosceva fin troppo bene il cantonese, a detta dei suoi genitori, non riusciva a capire cosa dicessero.

Le sembrava una specie di Far West. Ma osservando l'entusiasmo di Edward, aveva resistito al bisogno di aggrapparsi a lui. Edward non voleva una moglie appiccicosa, glielo aveva detto la sera prima. Gli piacevano la forza e l'indipendenza di Joy, il fatto che non fosse perennemente nervosa come le altre mogli di ufficiali che conosceva. Aveva conosciuto solo un'altra donna come lei, le aveva confessato a voce bassa mentre si abbracciavano nel buio. E l'aveva amata. Ma era morta in guerra, uccisa da una bomba a Plymouth, dove si era recata in visita alla sorella. Joy aveva provato una stretta al cuore sentendolo parlare di amore, pur sapendo che quella donna non poteva più costituire una minaccia reale per lei. E quell'emozione le aveva fatto capire che da allora in poi la sua felicità era in qualche modo prigioniera, ostaggio di parole dette soprappensiero, quasi del tutto dipendente dal buon cuore di un'altra persona. E ne aveva avuto paura.

«Guarda,» le aveva detto lui indicando una bancarella stracolma di merce «eccolo. Che cosa ne pensi?»

Joy aveva seguito con lo sguardo il suo dito e aveva visto un quadretto con una cornice di bambù, appoggiato a un bricco di ferro decorato. Il dipinto – poche pennellate di inchiostro blu su fondo bianco – ritraeva un cavallo. L'animale sembrava sul punto di scappare, ma era circondato da tratti scuri, che facevano pensare a un recinto.

«Ti piace?» le aveva chiesto Edward. Gli brillavano gli occhi, sembrava un bambino.

Joy aveva fissato il dipinto. A dire la verità, non le piaceva. O quantomeno non lo avrebbe notato, se si fosse trovata al mercato da sola, ma l'espressione di Edward l'aveva spinta a guardarlo in modo diverso, dalla sua prospettiva.

«Tantissimo» disse. Suo marito. Voleva comprarlo. Per lei, sua moglie. «Mi piace tantissimo.»

«Quanto?» aveva chiesto lui facendo un cenno all'ambulante. L'uomo li aveva osservati, notando i bei vestiti e l'uniforme della marina. Da sotto i lunghi baffi sottili, si era stretto nelle spalle, come se non avesse capito.

Dopo un attimo di pausa, Joy aveva guardato Edward. «*Geido tsin ah?*» aveva domandato.

L'ambulante l'aveva guardata, poi si era stretto di nuovo nelle spalle. Joy lo aveva fissato, sapendo che aveva capito perfettamente. «*Mgoi, lei, Sinsaahn*» aveva detto, più dolcemente. «*Geido tsin ah?*»

L'uomo si era tolto la pipa di argilla dalla bocca, come se volesse pensarci su. Poi aveva detto una cifra. Una somma esorbitante.

Joy lo aveva guardato incredula.

«*Pengh di la!*» aveva esclamato, chiedendogli di ripensarci. Ma l'uomo aveva scosso la testa.

Si era girata verso Edward, cercando di contenere la furia. «È ridicolo» aveva detto, a bassa voce. «Chiede dieci volte il suo valore, solo perché porti l'uniforme. Andiamocene.»

Edward aveva fissato lei, poi l'ambulante. «No» aveva ribattuto. «Dimmi quanto ha chiesto. Oggi non mi importa di quanto costa. Sei mia moglie. Voglio comprarti un regalo. Questo regalo.»

Joy gli aveva stretto la mano. «È un pensiero dolce» aveva detto. «Ma non posso accettarlo. Non a quel prezzo.»

«Perché?»

Lo aveva fissato, chiedendosi come avrebbe potuto spiegargli quello che intendeva. "Rovinerebbe tutto," pensava tra sé e sé "perché guardandolo non vedrei il tuo amore per me, ma come sei stato abbindolato da un uomo senza scrupoli. E non è questo che voglio pensare di te."

«Ascolta» gli aveva mormorato all'orecchio. Il suo odore l'aveva distratta; quanto avrebbe voluto non essere al mercato, ma nella loro stanza d'albergo. «Facciamo finta di allontanarci. Si spaventerà e penserà di avere perso l'occasione. E probabilmente ci proporrà un prezzo più ragionevole.»

Ma l'uomo non si era mosso. Era rimasto a guardarli mentre si allontanavano, e Edward aveva cominciato ad agitarsi. Non c'era altro che gli piacesse, le aveva spiegato mentre scrutavano una bancarella dopo l'altra. Quel quadretto era perfetto. Voleva comprare quel quadretto.

«Entriamo nel tempio» aveva detto Joy indicando la macchia rosso vivo e oro del tempio di Man Mo, all'angolo di Hollywood Road. L'incenso filtrava verso l'esterno come se fosse riluttante a offrirsi agli dèi per conto dei fedeli. Edward le aveva risposto distrattamente che ci sarebbe potuta entrare da sola. Preferiva fare una passeggiatina. Si era dondolato sulle gambe, facendole capire di dover svuotare la vescica.

Joy si era voltata sentendosi molto a disagio. Aveva l'impressione di averlo in qualche modo deluso, quella mattina non stava prendendo la piega che lei avrebbe desiderato.

Nella penombra del tempio, aveva pensato che forse avrebbe fatto meglio a cambiare idea. Alcuni cinesi, impegnati ad accendere gli incensi sul retro, si erano girati a guardare quella *gweilo* che invadeva il loro luogo sacro. Non volendo recare alcuna offesa, Joy aveva borbottato un saluto in cinese. Forse a quel punto i fedeli si erano ritenuti soddisfatti, perché si erano girati di nuovo. Lei aveva alzato gli occhi al soffitto, da dove scendevano immense spirali di incenso, e si era chiesta quanto avrebbe dovuto aspettare prima di uscire. Quanto avrebbe dovuto aspettare prima di convincere Edward a risalire a bordo dello Star Ferry per approfittare il più possibile delle poche ore che potevano trascorrere insieme.

Poi lui era apparso al suo fianco, raggiante. «Ce l'ho» le aveva detto.

«Che cosa?» gli aveva domandato lei. Ma lo sapeva già.

«Ce l'ho. A un buon prezzo.» Le porse il quadretto con entrambe le mani, come se fosse la sua offerta al tempio. «Quando te ne sei andata, quell'uomo ha abbassato il prezzo. Probabilmente non voleva perdere la faccia davanti a una signora. So che questa storia della "faccia" è molto importante da queste parti.»

Joy aveva guardato il viso fiero e sorridente di suo marito, poi il cavallino dipinto su carta di riso che teneva sollevato davanti a lei. Dopo qualche istante gli aveva detto: «Sei un gran furbone. Lo adoro». E gli aveva dato un bacio.

Era così contento, mentre uscivano dal tempio... Non avrebbe avuto senso fargli presente che lei non gli aveva detto quale fosse il prezzo chiesto inizialmente dal venditore.

Muovendo le dita dei piedi puntate verso la porta, Joy fissò il cavallo blu, poi la fotografia del suo matrimonio. Avrebbe voluto rileggere una delle lettere di Edward, ma doveva cercare di non maneggiarle troppo. Sapeva che ormai la carta era molto fragile, ma senza quelle lettere era così difficile evocarlo. Riusciva a ritrovare qualche frammento di lui: il tono della sua voce quando rideva, le sue mani grandi, le sue gambe fasciate nell'uniforme; ma era sempre più difficile visualizzarlo per intero. Le ultime settimane prima dell'imbarco era stata presa dal panico perché non ci riusciva quasi più. "Una settimana e quattro giorni" si disse. Ormai era bravissima a contare i giorni che la separavano da quell'incontro. "Poi lo rivedrò."

«Sei nervosa?» le aveva chiesto Stella la settimana prima, mentre discutevano di quello che avrebbero indossato il giorno in cui avrebbero rivisto i loro mariti. «Io lo sarò di sicuro. A volte mi chiedo se lo riconoscerò.» Erano passati meno di tre mesi da quando Stella aveva visto Dick l'ultima volta, ma Joy non vedeva Edward da molto più tempo.

Ma non era nervosa. Voleva semplicemente vederlo, voleva sentire il suo abbraccio rassicurante, vedere il suo viso splendere come il sole su di lei. Quando lo aveva detto alle altre mogli, mentre si rifacevano le acconciature, Stella aveva finto di vomitare. Lei si era sentita ferita, anche se aveva capito il motivo di quel gesto, e le altre mogli si erano scambiate occhiate d'intesa. Come sua madre, tanti mesi prima, pensavano che lei fosse una ragazza ancora innocente e *naïf*, che avesse tanto da imparare sugli uomini e la vita matrimoniale. Solo la signora Fairweather aveva sorriso e annuito con aria comprensiva, ma suo marito non era mai stato sotto le armi e sembrava praticamente incollato al suo fianco robusto. Joy non aveva detto nulla in pubblico su Edward, dopo quell'episodio, lo aveva tenuto tutto per sé, come se si trattasse di un prezioso segreto.

"Una sola" si disse, aprendo la lettera più recente, come se stesse scartando un cioccolatino squisito. "Una lettera al giorno finché non lo rivedrò. E poi le metterò via e le conserverò per guardarle quando sarò molto, molto vecchia, e mi ricorderò di come è stato vivere separata dall'uomo che amo."

Via via che si avvicinavano al Canale di Suez, l'atmosfera cambiò. Le voci di un potenziale conflitto cominciarono a risvegliare i passeggeri dal loro torpore. Le parole "Suez" e "governo" erano bandite dalle conversazioni a cena e i volti degli uomini, che si riunivano in capannelli per chiacchierare, erano terribilmente seri. Joy, che non aveva idea di cosa stesse succedendo, si scoprì un po' preoccupata, ma allo stesso tempo piuttosto contenta della presenza degli ufficiali a bordo. I britannici, a detta del primo ufficiale, controllavano ancora la sponda africana del Canale. «Ma non mi avvicinerei troppo alle murate, mentre lo attraversiamo» consigliò con aria seria. «Non ci si può fidare di quegli arabi. Secondo alcuni rapporti, galoppano su e giù lungo la riva armati. E non è insolito che usino le navi straniere per allenarsi nel tiro a segno.» A quelle parole, le donne trasalivano portandosi le mani al collo con un gesto teatrale, mentre gli uomini annuivano con aria saggia, borbottavano qualcosa sulla diga di Assuan e si comportavano come se le signore stessero esagerando. Joy non trasalì: era elettrizzata. E nonostante gli avvertimenti, non riuscì a stare al riparo mentre la *SS Destiny* percorreva il Canale. Rimase spesso seduta all'aperto da sola, la testa nascosta da un cappello, sorridendo appena agli ufficiali che passando le raccomandavano prudenza e sperando in segreto di vedere qualche assassino col turbante in groppa al suo cammello. Sapeva che gli ufficiali la consideravano un po' bizzarra, che il personale indiano in servizio sul ponte parlava di lei, ma non le importava. Quando avrebbe avuto un'altra occasione di vivere una vera avventura?

Il Canale di Suez si rivelò ben diverso dal corso d'acqua fiancheggiato da mura di cemento danneggiate dalla guerra che si era immaginata: non era altro che un nastro grigio mercurio, costeggiato da dune sabbiose e attraversato da una processione di navi che scivolavano sulla sua superficie quasi senza rumore, come se fossero legate l'una all'altra. Osservando quelle file ordinate di imbarcazioni, era difficile persino pensare che ci fosse motivo di aver paura. Joy avvertì l'unico vero brivido la sera in cui il comandante ordinò che venissero spente le luci e che tutti rimanessero seduti in silenzio nella sala da pranzo oscurata, ma anche allora provò una forma di perversa gratitudine all'idea che stesse succedendo qualcosa di diverso da una partita a bridge o a tennis.

Fu quando la nave puntò verso l'Egitto che il primo ufficiale parlò della festa in maschera. Si sarebbe svolta la sera prima dell'approdo a Southampton, e il comandante aveva voluto dare ai passeggeri il tempo di preparare i costumi. Joy pensò tra sé che probabilmente voleva distrarli da quel tratto di viaggio lungo le coste dell'Egitto, ma non disse nulla. Erano tutti molto eccitati, come se il pensiero di quell'ultima serata rendesse la fine della traversata più vicina, e avevano cominciato a pensare ai costumi.

«Io voglio essere Carmen Miranda, ma non penso che potranno procurarmi della frutta» disse Stella mentre si allontanavano dalla sala da pranzo. Pieter non si era fatto vedere a cena, quella sera, e questo aveva messo Stella di cattivo umore, quindi Joy non disse ciò che pensava, ossia che un costume da Carmen Miranda era un po' troppo audace per una donna sposata e che sicuramente avrebbe suscitato commenti.

«O Marilyn Monroe in *Come sposare un milionario*. Se solo potessi procurarmi qualcosa per guarnire il mio vestito rosa.» Stella fissò il proprio riflesso nel vetro di un oblò. «Pensi che valga la pena di farmi tingere i capelli? Li vorrei un po' più chiari, ci sto pensando da un bel pezzo.»

«Cosa direbbe Dick?» chiese Joy, consapevole di averle posto la domanda sbagliata.

«Oh, Dick prenderà quello che trova» rispose Stella sprezzante. «È fortunato ad avermi.»

Joy pensò sconfortata che probabilmente erano parole di Pieter. La vecchia Stella non avrebbe mai detto una cosa del genere. Ma era difficile sapere che cosa la nuova Stella avrebbe detto o, soprattutto, che cosa le si potesse dire. Per anni le aveva confidato i suoi pensieri più penosi, ma Joy aveva scoperto che ultimamente parlare a Stella era quasi come camminare sulla sabbia. Si doveva procedere con cautela, perché si correva sempre il rischio di perdere l'equilibrio e cadere.

«Be', se pensi che a Dick possa piacere... Sono certa che ti starebbero benissimo. Ma non vuoi apparire esattamente come quando lo hai lasciato, per non farlo sentire... a disagio?»

«Oh, Dick, Dick, Dick» disse Stella, seccata. «Davvero, Joy, sei insistente. Ti ho già detto che Dick sarà contento di vedermi anche se dovessi presentarmi vestita all'orientale, quindi perché non la smetti? Dopotutto, è solo un costume.»

Colpita, Joy non aprì più bocca. Ma quando raggiunsero la cabina, Stella disse che non poteva sopportare quei due bambini che russavano e che avrebbe fatto una passeggiata sul ponte. Da sola.

La mattina dopo, il suo umore era molto migliorato e nei successivi pochi giorni tornò quasi a essere la vecchia Stella, occupatissima a cercare il materiale giusto per creare il suo costume. Quando giunsero a Port Said, due ambulanti furono autorizzati a salire a bordo portando immensi cesti di legno pieni di nastri e perline. Perfino la signora Fairweather, che normalmente considerava gli egiziani indegni della sua attenzione, si ritrovò a contendersi con le altre signore decorazioni e penne, con un'aggressività che, secondo Georgina Lipscombe, era francamente poco dignitosa.

Joy cercò di concentrarsi su costumi e maschere, ma, quando si ritrovarono sulle acque più miti del Mediterraneo, riuscì solo a pensare che nel giro di giorni – non più settimane – avrebbe rivisto Edward. A volte le sembrava di avvertire la sua presenza, man mano che si avvicinavano. Se lo avesse confidato a Stella, indubbiamente avrebbe reagito simulando un conato di vomito.

La sera della festa, la nave si apprestava a superare l'ultimo tratto di mare aperto per poi entrare nella Manica. Secondo i lupi di mare presenti a bordo, il golfo di Biscaglia era noto per le acque agitate, quindi le ragazze avrebbero dovuto "tenere stretti i loro bicchieri". «E se non riescono a tenere stretti i loro bicchieri, possono stringersi a me» aveva detto Pieter un po' troppo ad alta voce, spingendo le donne più vicine a lui ad allontanarsi con discrezione, i sorrisi pietrificati sul viso. Ma la prospettiva della festa – o la vicinanza della meta – aveva gradualmente contagiato tutti, quindi quell'ultima sera, anche se il ponte era freddo e umido, la nave risuonava di grida allegre mentre passeggeri dai costumi esotici correvano da una cabina all'altra.

Il signore e la signora Fairweather erano un rajah indiano e la moglie, e indossavano costumi autentici acquistati durante una breve e – a detta di lei – piuttosto faticosa sosta a Delhi. Li portavano con loro durante i viaggi per mare per indossarli in occasioni come quella. La signora Fairweather si era tinta il viso e le braccia con del tè freddo per somigliare a una donna indiana. Teneva molto a informare tutti di quel particolare, mentre tirava gli esotici tessuti per nascondere i rotolini di pelle bianca attorno alla vita. Stella aveva rinunciato all'idea di travestirsi da Marilyn dopo essere stata informata dell'effetto che la tinta disponibile sulla nave avrebbe avuto sui suoi capelli. Aveva optato per Rita Hayworth in *Salomè*, scegliendo un costume al quale mancavano almeno due dei sette veli richiesti. Sembrò infastidita quando scoprì che Georgina Lipscombe l'aveva, se non proprio battuta, quantomeno uguagliata, convincendo uno degli ufficiali di bordo a prestarle la sua uniforme. Con i capelli neri infilati sotto il berretto era davvero splendida. Joy aveva lasciato passare troppo tempo e aveva perso l'ispirazione, quindi Stella le aveva realizzato una corona di alluminio e le aveva suggerito di impersonare la regina. «Possiamo rifinire l'accappatoio viola con dell'ovatta per simulare un manto di ermellino. E dal momento che Elisabetta quasi non si trucca, dovresti sentirti a tuo agio» disse. Nonostante la passione che aveva mostrato meno di un anno prima, Stella non era più così interessata alla giovane regina, e dopo una breve cotta per la principessa Margaret («Ha *molto* più gusto nel vestire») era passata alle dive di Hollywood.

Joy si sentiva piuttosto stupida nelle vesti della regina Elisabetta, e non sapeva se attribuire quella sensazione alla scelta azzardata o al costume raffazzonato. Ma quando finalmente entrarono nella sala da pranzo e vide alcuni degli altri costumi, si tranquillizzò.

Pieter si era vestito da mercante egiziano, il torso nudo annerito probabilmente con il lucido da scarpe, tanto che i suoi muscoli brillavano e guizzavano sotto le luci soffuse. Aveva coperto i capelli biondi con un cappellino nero di lana, lavorato all'uncinetto dalla vecchia signora Tennant, e aveva un cestino pieno di perline e statuette di legno. Già sovreccitato, ogni tanto si lanciava su qualche signora, che reagiva con strilli esagerati e lo respingeva ridendo, ma piuttosto seccata. Con Joy non ci provò nemmeno.

«Sono tutta a chiazze?» chiese la signora Fairweather avvicinandosi a lei mentre si sedeva a tavola. «Sono sicura che lo spray non ha funzionato a dovere.»

Joy studiò il suo viso tinto col tè. «A me sembra tutto a posto,» disse «ma posso ritoccarlo, se crede. Sono certa che possiamo farci portare del tè freddo.»

La signora Fairweather studiò il proprio riflesso nello specchio da borsetta, raddrizzando i preziosi fermagli che portava tra i capelli. «Oh, non è il caso di disturbare nessuno. Questa sera sono tutti occupatissimi. Mi hanno detto che ci verrà servita una cena speciale.»

«Salve, Joy... o dovrei dire Sua Maestà?» Era Louis, che fece un inchino profondo, poi le prese la mano e la baciò, facendola arrossire. «Devo dire che sembra nata per fare la regina, non crede signora Fairweather?» Portava una vecchia gonna di tweed e un foulard, oltre a un rossetto di un colore piuttosto acceso.

«Oh, non c'è dubbio» rispose la donna. «Decisamente regale, direi.»

«Oh, per favore» disse Joy ridendo, mentre Louis si sedeva accanto a lei. «Mi monterò la testa. Posso chiedere da cosa si è vestito?»

«Non lo indovina?» Sembrava avvilito. «Non posso crederci.»

Joy guardò la signora Fairweather, poi di nuovo Louis. «Mi dispiace» disse.

«Sono una coltivatrice volontaria» disse, sollevando un forcone. «Guardi! Guardi su cosa sono riuscito a mettere le mani. Da non credere, vero?»

«Una coltivatrice volontaria?»

La signora Fairweather scoppiò a ridere. «Adesso capisco» disse. «Tu l'hai capito, Philip? Il signor Baxter è una coltivatrice volontaria. Guarda, ha persino un sacco di patate.»

«Che cos'è una coltivatrice volontaria?» chiese Joy con aria incerta.

«Ma dov'è stata fino ad ora? A Timbuktu?»

Joy si guardò attorno, per capire se lei era la sola a non sapere di cosa stessero parlando. Ma Stella si stava lamentando con Pieter e Georgina Lipscombe stava chiacchierando con il primo ufficiale. L'unica altra persona presente al tavolo, una ballerina dalle gambe fin troppo pelose, non pareva interessata alla conversazione.

«Da quanto manca dall'Inghilterra?» chiese Louis.

«Oddio. Da quando ero bambina, penso» rispose Joy. «Quando Hong Kong è stata invasa siamo andati a stare tutti in Australia.»

«Pensa un po', Philip. Joy non sa che cos'è una coltivatrice volontaria.» La signora Fairweather diede di gomito al marito che, da sotto il turbante, fissava con aria benevola il suo gin tonic.

«Ma pensa» disse lui a bassa voce.

«Davvero non ne ha mai vista una?»

Joy si sentiva piuttosto a disagio. C'era sempre qualcosa, nelle occasioni di quel tipo, che la faceva sentire ignorante o stupida. Per questo amava Edward: non la faceva mai sentire così.

«Non penso che Joy sia tenuta a sapere che cos'è una coltivatrice volontaria» tagliò corto Louis. «Sono sicuro che ci siano moltissime cose di Hong Kong che io non sarò mai in grado di capire. Posso portarle un drink, Joy? Signora Fairweather?»

Joy gli sorrise, grata della sua premura, e il momento imbarazzante passò.

Dopo che fu servita la portata principale, il mare si fece sempre più agitato, tanto che i camerieri dovevano aggrapparsi ai mobili per non far cadere i piatti e il vino nel bicchiere di Joy ondeggiava in modo sempre più preoccupante.

«È sempre così» disse Louis, che era seduto accanto a lei. Il suo rossetto era svanito, quindi Joy poteva guardarlo senza che le scappasse da ridere.

«La prima volta sono caduto dalla cuccetta mentre dormivo.»

Joy non ci badava. Ogni onda la avvicinava a Tilbury. Ma alcune delle signore si lamentarono, come se si potesse incolpare qualcuno della mancanza di educazione dimostrata dal clima. Le loro voci sempre più stridule, simili a grida di gabbiani, sovrastavano l'orchestra. Il comandante aveva ordinato di continuare a suonare, nonostante i musicisti fossero costretti a interrompersi di continuo per puntellarsi. A un certo punto Stella, avanzando con passo incerto verso le toilette, rischiò di cadere e Pieter accorse in suo aiuto, rovesciando la sedia. Joy notò l'espressione di Stella mentre lo ringraziava e si sentì subito a disagio.

Louis la guardò e le riempì il bicchiere. «Se beve a sufficienza, penserà di essere lei a barcollare e non farà caso al rollio della nave» disse, sfiorandole accidentalmente la mano. Ma Joy stava guardando la sua amica, che si era appoggiata al braccio di Pieter un po' troppo a lungo, e quasi non se ne accorse.

E così bevve. Fino a quella sera era stata quasi astemia, ma come gli altri era stata contagiata dall'idea che la fine del viaggio fosse imminente, dal nervosismo provocato da quell'isolamento prolungato e dal pensiero della vita più sobria e adulta che la aspettava. I brindisi si fecero più sguaiati e comici: al re defunto; alla patria; a Elisabetta – e a quel punto lei si alzò in piedi, dispensando regali cenni del capo; al Ranger solitario e al suo amico Tonto; al pudding; e alla *SS Destiny*, che proseguiva la sua traversata ondeggiando.

Joy si ritrovò a ridacchiare, non si accorse che

Louis le aveva cinto la vita con un braccio e smise di notare chi spariva dal tavolo e in quale momento. E quando il comandante salì sul podio e annunciò che era giunta l'ora di premiare il miglior costume, Joy si unì ai suoi commensali, interrompendolo sgarbatamente e senza pietà.

«Ssh! Ssh! Signore e signori!» insistette il primo ufficiale, picchiettando con la lama del coltello sul suo bicchiere di brandy. «Silenzio! Per favore!»

«Sa, Joy, penso che lei sia assolutamente meravigliosa.»

Joy distolse lo sguardo dal podio e fissò Louis, i cui occhi castani erano improvvisamente diventati liquidi e bramosi come quelli di un cagnolino.

«Desideravo dirglielo fin da quando eravamo a Bombay.» Louis posò le mani sulle sue, ma lei le ritrasse in fretta, temendo che qualcuno li stesse guardando.

«Allora, signore e signori, un attimo di calma, prego. Andiamo, andiamo.» Il comandante tese le mani con i palmi rivolti verso il basso, poi ne sollevò una mentre la nave si inclinava a dritta, provocando fischi e boati tra i passeggeri.

«Ha passato così tanto tempo lontana da chi ama, Joy. Lo so. Ho anch'io una ragazza a casa. Ma questo non ci impedisce di desiderare qualcun altro, non è così?»

Lei lo fissò e si sentì rattristata: Louis aveva finito per rovinare tutto. Le piaceva. In altre circostanze… forse. Ma non in quel momento… Joy scosse la testa, cercando di mettere un pizzico di rimpianto in quel piccolo gesto, per non offendere i sentimenti di lui. «Non dica così, Louis.»

L'uomo la fissò un po' troppo a lungo, poi abbassò lo sguardo sul tavolo. «Mi scusi» disse. «Forse ho bevuto un po' troppo.»

«Ssh!» disse la signora Fairweather. «Volete stare zitti, voi due? Sta cercando di parlare!»

«Allora, so che questo è il momento che tutti aspettate e vorrei dire che avete fatto tutti un grande sforzo... ma mentirei.» Il comandante esitò quando i passeggeri scoppiarono a ridere. «No, no. Sto solo scherzando. Allora, ho riflettuto a lungo sui vostri costumi. E su alcuni di essi ho riflettuto il più a lungo possibile.» Guardò con intenzione i veli leggeri di Stella. Joy si sentì sollevata nel vedere che la sua amica era ancora seduta al tavolo, mentre Pieter mancava da qualche tempo. «Ma, all'unanimità, i miei colleghi e io abbiamo deciso di premiare» alzò una bottiglia di champagne «un uomo che si è dimostrato davvero sfrontato.»

I passeggeri riuniti aspettavano in silenzio.

«Signore e signori, il vincitore è Pieter Brandt! O dovrei dire il nostro mercante egiziano?»

Nella sala da pranzo scoppiò un applauso, e volarono tovaglioli e panini smangiucchiati. Joy si guardò attorno, insieme ai suoi commensali, cercando di individuare Pieter tra le molte teste mascherate. Dal momento che il suo berrettino nero non si vedeva da nessuna parte, l'applauso si spense a poco a poco, sostituito dai mormorii dei passeggeri che si guardavano attorno.

Joy guardò il comandante, che nel frattempo era ammutolito, e poi Stella, che sembrava altrettanto perplessa.

«Forse è impegnato in una vendita» scherzò il

comandante. «Farò meglio a chiedere al cuoco di controllare nella dispensa.» Si guardò attorno, evidentemente incerto sul da farsi.

Fu interrotto da un bisbiglio all'estremo opposto della sala. Il mormorio si diffuse lungo i tavoli come una brezza leggera. Alla fine Joy capì che cosa aveva suscitato quell'agitazione generale. Tutti gli occhi si posarono su Georgina Lipscombe, che aveva varcato barcollando le porte in fondo alla sala, i capelli sfuggiti dal berretto che le ricadevano in morbidi boccoli sulle spalle. Vacillò e, per recuperare l'equilibrio, tese la mano per afferrare lo schienale di una sedia.

Joy la fissò, cercando di cogliere il senso di ciò che vedeva, poi guardò Stella e si accorse che il suo volto aveva assunto un colorito grigiastro. L'uniforme di Georgina non era più tanto immacolata. Dalle spalline fino a metà coscia era macchiata di nero... senza ombra di dubbio, era lucido da scarpe. Georgina, che non se n'era accorta, guardò i volti che la fissavano, poi sollevò la testa, evidentemente decisa a ignorare i commenti. Quando ebbe raggiunto il suo tavolo, si lasciò cadere pesantemente sulla sedia e si accese una sigaretta. Seguì un breve silenzio carico di tensione.

«Lurida sgualdrina!» gridò Stella e le si avventò contro afferrandole i capelli, le spalline, la pelle, l'uniforme o qualsiasi cosa su cui riuscì a mettere le mani, prima che Louis e il primo ufficiale si lanciassero a dividerle. Joy, paralizzata dallo stupore, si limitò ad alzarsi in piedi. Non poteva credere che la sua amica si fosse trasformata in una furia dagli occhi spiritati, che perdeva brandelli di velo mentre lottava per agguantare la preda. «Maledetta sgualdrina!» gridò Stella piangendo, con l'elaborato trucco da danzatrice già sbavato attorno agli occhi. Louis la afferrò per un braccio costringendola a mollare la presa, ma ci volle qualche istante prima che i due uomini si sentissero abbastanza sicuri da allentare la stretta.

«Si calmi, mia cara» disse la signora Fairweather accarezzandole la testa mentre i due uomini la mettevano a sedere. «Andiamo. Si calmi. C'è stata fin troppa agitazione per una sola serata.»

Nella sala da pranzo non volava una mosca. Il comandante fece cenno all'orchestra di riprendere a suonare, ma passò un lungo momento prima che i musicisti riuscissero a ricominciare da dove si erano interrotti. Attorno a loro, gli altri passeggeri ridevano scioccati o facevano gesti di disapprovazione, ma pian piano si concentrarono di nuovo sui loro tavoli.

Georgina, che aveva i capelli arruffati, si portò una mano al viso per controllare di non essere ferita. Non vedendo tracce di sangue sulle dita, cercò sul tavolo la sigaretta accesa che le era sfuggita di mano, e che galleggiava nel drink della signora Fairweather. Con calma, ne prese un'altra dal portasigarette d'argento e la accese. Poi alzò gli occhi e guardò Stella. «Che sciocca» disse esalando un lungo sbuffo di fumo. «Non avrai pensato di essere l'unica, vero?»

Joy era seduta all'aperto, sul ponte di dritta, e stringeva tra le braccia Stella, che piangeva a dirotto. Si chiese quanto avrebbe dovuto aspettare prima di farle notare con tatto che non solo erano entrambe bagnate come pulcini, ma che lei stava battendo i denti.

La sua amica piangeva ormai da più di venti minuti, incurante degli spruzzi gelidi e del rollio della nave, stretta nell'abbraccio umido e dolente di Joy. «Non posso credere che mi abbia mentito» ansimò tra un singhiozzo e l'altro. «Tutte le cose che ha detto...»

Joy decise di non indagare. Non voleva sapere.

«E lei è così orribile. È vecchia, per l'amor di Dio.» Stella guardò Joy tra le lacrime. Era incredula. «Ha quella faccia così dura e usa un trucco così pesante. Ha persino le *smagliature*.»

Joy sospettava che il problema non fosse tanto che Pieter l'aveva presa in giro, ma il suo cattivo gusto in materia di partner.

«Oh, Joy... Che cosa devo fare?»

Joy ripensò a quando Pieter Brandt era rientrato nella sala da pranzo. All'inizio aveva riso e lanciato un paio di battute oscene, ubriaco al punto da non capire che la tavolata lo aveva accolto con un silenzio di tomba. Poi le sue risate si erano fatte via via più forzate e aveva tentato di alleggerire l'atmosfera raccontando un aneddoto buffo. Ma quando il comandante gli si era avvicinato e gli aveva piantato la bottiglia di champagne davanti, annunciando seccamente: «Lei è il vincitore», per poi allontanarsi di nuovo, Pieter aveva capito che le cose non stavano più esattamente come quando si era dileguato, una mezz'ora prima.

«Ti servirà un altro po' di lucido da scarpe, vecchio mio» aveva detto Louis, fissando alternativamente il petto pallido di Pieter e l'uniforme di Georgina.

Per ovvi motivi, era stato impossibile dire se Pieter fosse impallidito, ma si era guardato attorno con aria ansiosa e si era allontanato con la scusa di volersi "sgranchire le gambe". Georgina fumava una sigaretta dopo l'altra con aria annoiata, riuscendo a fissare un punto imprecisato della sala senza incontrare lo sguardo di nessuno. Finché, irritata dalla mancanza di attenzione da parte dei maschi presenti, anche lei aveva lasciato il tavolo.

A quel punto Stella se n'era già andata, scortata verso la toilette dalla signora Fairweather, che aveva tentato di pulirle il viso con un fazzoletto di pizzo decisamente poco adatto, pregandola di smettere di piangere. «Era un trucco così bello» disse. «Non vorrà che quella donna la veda così agitata.» Quando Joy le raggiunse, parve fin troppo sollevata all'idea di cederle Stella. «Voi due siete amiche» disse. «Saprà senz'altro come risollevarle il morale. Ci pensi lei.» E poi era scomparsa con la sua nuvola di Arpège, perline e tessuto cangiante.

«Che cosa devo fare?» chiese Stella, mezz'ora dopo, guardando davanti a sé il mare nero e coperto di schiuma. «È tutto finito. Forse dovrei...»

Joy seguì lo sguardo di Stella, che era puntato oltre il ponte, e le strinse più forte il braccio. «Non osare pensare a una cosa del genere» disse, terrorizzata. «Non ci provare, Stella Hanniford.»

Stella si girò verso di lei, con un'espressione indifesa. «Ma che cosa devo fare, Joy? Ho rovinato tutto, non è vero?»

Joy strinse le sue mani fredde. «Non hai rovinato proprio niente. Ti sei solo avvicinata un po' troppo a un uomo molto, molto stupido, che da domani in poi non vedrai mai più.»

«Ma è proprio questa la cosa peggiore, Joy. Una parte di me *vuole* rivederlo.» Stella la guardò con i grandi occhi azzurri colmi di tristezza. Le lasciò una mano e si scostò i capelli dal viso. «È assolutamente meraviglioso. Molto meglio di Dick. E la cosa peggiore è… Come faccio a tornare da Dick e fare finta che vada tutto bene quando ho provato qualcosa di molto più intenso?»

Joy era quasi nauseata. Una parte di lei voleva tapparsi le orecchie e dire a Stella: "Smettila! Non voglio sapere!", ma sapeva di essere la sua unica confidente. L'unica confidente di una persona che, per quanto tendesse a drammatizzare le cose, aveva fissato le onde con uno sguardo davvero inquietante. «Lo devi dimenticare» disse invano. «Devi fare in modo che le cose con Dick funzionino.»

«Ma se non avessi sposato Dick? Oh, ero innamorata di lui, te lo garantisco, ma che cosa ne sapevo? Prima di incontrarlo avevo baciato solo altri due uomini. Come facevo a sapere che qualcun altro mi sarebbe piaciuto di più?»

«Ma Dick è un brav'uomo» disse Joy, pensando all'attraente e affabile pilota. «Eravate così felici insieme. Potete esserlo ancora.»

«Ma non è così che mi sento. Non voglio essere costretta a sorridergli e baciarlo e permettergli di premere il suo orribile vecchio corpo contro di me. Io volevo Pieter… e ora mi ritrovo incastrata con qualcuno che non amo più, per il resto della mia vita.»

Joy strinse di nuovo l'amica tra le braccia, fissando il cielo buio. Quella sera non si vedevano quasi le stelle, nascoste da nuvole basse e scure.

«Andrà tutto bene» mormorò all'orecchio freddo di Stella. «Te lo assicuro. Domani mattina ti sentirai molto meglio.»

«Come fai a saperlo?» chiese Stella sollevando di nuovo la testa.

«Perché è così che vanno le cose. Io mi sento sempre meglio alla luce del giorno.»

«No, non intendevo quello. Come fai a sapere di aver fatto la scelta giusta?»

Joy ci pensò per un momento: non voleva dare la risposta sbagliata. Pensò per un attimo a Louis. «Suppongo che sia impossibile saperlo» disse alla fine. «Si può solo sperare.»

«Ma *tu* sì. Tu lo *sai*.»

Joy rimase un momento in silenzio. «Sì» disse.

«E come?»

«Perché non mi sento così a mio agio con nessun altro. Stare con lui... è come stare con me stessa... con l'aggiunta dell'amore.» Guardò Stella, che la studiava attentamente. «Suppongo che sia perché è la versione maschile di me. La versione migliore. Quando sono con lui, voglio solo essere all'altezza. Non voglio deluderlo.» Joy riuscì a immaginarselo mentre le sorrideva, le rughe che gli si formavano agli angoli degli occhi e i denti che si intravedevano sotto il labbro superiore. «Non ho mai badato a quello che gli altri pensavano di me, finché non è comparso lui,» disse «e ora non posso credere che abbia scelto me. Ogni mattina mi sveglio e ringrazio Dio per questo. Ogni notte vado a dormire e prego che il tempo passi molto più veloce per poterlo rivedere. Penso sempre a che cosa sta facendo, mi chiedo con chi sta parlando. Non è gelosia o altro, è solo che voglio essergli più vicina e, se immagino che cosa sta facendo, è tutto più facile.»

"A quest'ora starà dormendo" pensò. "O leggendo un libro, probabilmente uno dei suoi libri sui cavalli purosangue, e starà accarezzando il suo sogno di realizzare un albero genealogico equino." «È più di quanto abbia mai chiesto. Più di quanto abbia mai sperato» disse, con aria sognante. «Semplicemente, non posso immaginare di stare con qualcun altro.»

Seguì una breve pausa. Joy si rese conto di essersi quasi dimenticata della presenza di Stella.

Ma la sua amica si stava alzando dal sedile accanto alle scialuppe di salvataggio. Aveva smesso di piangere e si stava stringendo nello scialle per proteggersi dal freddo.

Joy si alzò e si scostò dal viso i capelli bagnati.

«Sì, be', sei fortunata» disse Stella, senza guardarla negli occhi. «Per te è stato facile.»

Joy aggrottò leggermente la fronte.

Stella si incamminò verso la porta, poi si girò per colpirla con il suo ultimo affondo. «Sì, molto più facile. Perché non ti ha mai voluta nessun altro.»

7

Sabine era seduta sul pavimento, al centro del logoro tappeto persiano, e fissava la fotografia di Stella con l'abito blu notte. Lo studio arredato con quei colori sbiaditi era sparito, per essere sostituito dal ponte di una nave che oscillava sotto la pioggia, dal baluginio di un abito di raso con sette – più o meno – veli coperti di lustrini e inzuppati. «Alla fine è tornata da Dick?» Osservò gli occhi sfavillanti di Stella, il suo sorriso complice, cercando invano di immaginarsela triste e abbandonata su quel ponte bagnato. Sembrava troppo sicura di sé.

Joy, che stava passando in rassegna alcuni vecchi certificati conservati in una scatola, sbirciò da dietro la spalla di Sabine. «Stella? Sì, ma non è durata.»

Sabine si girò a guardarla, in attesa di una spiegazione. Joy posò la scatola sulle ginocchia e rifletté per un momento. «Lui la adorava, ma penso che i suoi sentimenti per Pieter Brandt l'avessero turbata. Dopo qualche tempo, visto che non arrivavano bambini, deve avere deciso di cercare altrove un po' di passione.»

«E che cosa è successo dopo?»

Joy si sfregò le mani per cercare di liberarsi della polvere. Era contenta di parlare di nuovo con Sabine, ma era un po' faticoso gestire la sua curiosità. Prese un bel respiro, come faceva Stella tanti anni prima, quando doveva dare una cattiva notizia.

«Alla fine ha avuto tanti uomini. Non si è mai sistemata con nessuno.»

«Un tipo vivace» disse Sabine, in tono allegro. Stella le piaceva.

«Suppongo che si possa definire così. Di certo quando era più giovane si è divertita. Ma invecchiando si è intristita. E beveva un po' troppo.» Joy si portò una mano agli occhi, che erano diventati insondabili. «Il suo ultimo marito è morto per insufficienza epatica e, dopo averlo perso, penso che si sia resa conto di non avere nessuno. A quell'epoca aveva sessantadue anni, capisci? Non proprio l'età migliore per trovarsi completamente soli.»

Sabine cercò di immaginare la splendida donna della foto come una vecchia sola e alcolizzata.

«È morta?»

«Sì. Pochi anni fa. Dev'essere stato nel '92. Ci siamo tenute in contatto, poi lei è andata a vivere in un appartamentino sulla costa spagnola e da allora non ci siamo più viste. Ho saputo che è morta solo perché sua nipote mi ha mandato una bella lettera.» Joy si distrasse un attimo. «Bene. Penso che dovresti buttare tutte quelle vecchie coccarde. Sono un po' ammuffite. Che peccato.»

Sabine rimise le fotografie nella scatola posata davanti a lei, cercando di immaginare sua madre al posto di Stella Hanniford. Kate non era altrettanto splendida, ma come lei avrebbe potuto facilmente avere tanti uomini e finire a vivere da sola in un appartamento in Spagna. Sabine ebbe un'improvvisa visione. Immaginò di andare a casa di sua madre e di trovarla distesa su un divano malconcio, con una bottiglia di Rioja stretta in mano, intenta a rievocare tra i fumi dell'alcol le relazioni che si era lasciata alle spalle. "Ah, Geoff" avrebbe detto, con i capelli rossi che le pendevano flosci sulle spalle e il rossetto sbavato. "È stato un anno bello. Geoff. O era George? Li confondo sempre."

Scacciò quell'immagine, non sapendo se la faceva ridere o piangere, poi sbirciò la nonna mentre rovesciava la scatola di vecchie coccarde in un sacco di plastica nero. Si sforzò di pensare che quella vecchia signora rigida, vestita di velluto a coste verde, era stata la protagonista di quel giovane amore che aveva da poco messo radici nella sua fantasia. Negli ultimi giorni, Sabine era stata costretta a guardare i suoi nonni sotto una luce diversa. Quella vecchia coppia scontrosa un tempo aveva vissuto una storia d'amore degna di un film. Suo nonno era stato un bell'uomo. Sua nonna... be', anche lei era stata attraente. Ma quello che davvero la colpiva era la lunga attesa, tutto quel tempo in cui avevano vissuto separati. Eppure, nonostante tutti quegli ufficiali che si trovavano a bordo della nave, lei era rimasta fedele a suo marito.

«A quei tempi, nessuno si fidanzava in un giorno» disse Joy, riflettendo ad alta voce. «Soprattutto se si doveva aspettare un intero anno dopo essersi dichiarati.» Chiudendo la scatola con un pezzo di spago, si fermò e guardò sua nipote.

«No... Non credo che l'avrebbero fatto in molti.»

«Lo rifaresti? Cioè, intendo adesso.»

Joy appoggiò la scatola per terra e si alzò. Rimase al centro della stanza, con un'espressione pensosa. «Per tuo nonno?»

«Non lo so. Sì, per il nonno.»

Joy guardò le gocce di pioggia che cadevano come schegge metalliche. Sopra la finestra, una macchia marrone semicircolare indicava il punto in cui il pluviale era scivolato fuori posto, fornendo all'acqua un'altra via per intrufolarsi allegramente dentro casa.

«Sì» disse. «Ovviamente.» Ma non sembrava convinta.

«Sei mai stata nervosa? Cioè, prima di incontrarlo, dopotutto quel tempo passato sulla nave.»

«Te l'ho detto, cara. Ero solo contenta di vederlo.»

Sabine non era soddisfatta. «Ma devi aver provato qualcosa. In quegli ultimi momenti, prima di rivederlo. Mentre aspettavi che la nave arrivasse in porto e guardavi oltre la murata cercandolo in mezzo alla gente. Devi aver provato una stretta allo stomaco. A me sarebbe capitato.»

«È successo tanto tempo fa, Sabine, e ci sono stati così tanti incontri. Non me lo ricordo» rispose Joy. Poi aggiunse, in tono brusco: «Allora, devo portare giù questa roba prima che passino a ritirare i rifiuti». Si pulì la fronte dalla polvere e si avviò verso la porta. «Andiamo, metti via tutto, sarà meglio scendere a preparare il pranzo. Il nonno avrà fame.»

Sabine distese le gambe e si alzò, senza badare all'improvviso cambio di atteggiamento della nonna. Nel corso delle ultime due settimane, durante le quali avevano passato diverse ore a guardare vecchie fotografie e oggetti del passato, la nonna si era molto ammorbidita, soprattutto quando aveva cominciato il lungo racconto dei primi giorni passati insieme a Edward. I ricordi addolcivano le parole, le distendevano fino a renderle spontanee, aggiungevano colore. Sabine ne era affascinata, felice di ascoltare e di gettare lo sguardo in un mondo nuovo, fatto di privilegi, conformismo e trasgressioni.

E sesso. Era strano sentire la nonna parlare di sesso. Be', non aveva mai pronunciato quella parola, ma aveva lasciato chiaramente intendere che cosa avesse messo nei guai Stella Hanniford e Georgina Lipscombe. Sabine non poteva credere a quello che combinavano negli anni Cinquanta. Era già abbastanza difficile immaginare quello che faceva sua madre in quel momento. Sabine pensò a Kate chiedendosi per l'ennesima volta perché non aveva avuto una grande e romantica storia d'amore, come i suoi nonni. Un amore vero, pensò con nostalgia, capace di sopravvivere alle avversità del destino e di ergersi, come in una versione anni Cinquanta di *Romeo e Giulietta*, al di sopra della banalità del quotidiano. Un amore da romanzo, di quelli che ispiravano canzoni, che facevano librare nell'aria come gli uccelli eppure erano solidi come monoliti, immensi, duraturi.

In piedi accanto alla porta, Joy si girò a guardarla. «Su, Sabine. Andiamo. La signora H sta preparando il pesce e, se non lo portiamo di sopra per tempo, non riuscirò a convincere il nonno a mangiarlo.»

E così, tra l'atteggiamento decisamente più affettuoso della nonna, il fatto che Sabine si fosse ormai abituata all'umidità e il piacere che le procuravano le cavalcate (anche se non riusciva ancora ad ammetterlo nemmeno a se stessa), la nostalgia di casa si era molto attenuata. La televisione non le mancava più così tanto. E non pensava quasi mai a Dean Baxter.

La signora H e il marito festeggiavano i trentadue anni di matrimonio quella domenica. Nonostante non fosse un anniversario importante (erano le nozze di granito o di carta di giornale o qualcosa del genere, non certo d'oro o di diamanti), lei disse che era degno di essere celebrato e che Sabine era invitata, insieme a un bel gruppetto di familiari.

Sabine aveva gradito molto l'invito, non solo perché le forniva una scusa per uscire di sera – anche se lei e la nonna erano diventate amiche, cenare sedute a quel tavolo così lungo era ancora piuttosto pesante –, ma perché dimostrava che, oltre a essere stata accolta dai Ballantyne, era diventata anche parte della famiglia di Thom e Annie. Essendo l'unica figlia di una madre periodicamente single, quella era la prima vera famiglia che conosceva da vicino; una famiglia che sembrava infinita e tentacolare, eppure abbastanza unita perché tutti sapessero tutto di tutti; una famiglia i cui componenti entravano e uscivano dalle case altrui come in un territorio sicuro, con la semplice consapevolezza di essere parte di un gruppo affiatato. Ma quello che a Sabine piaceva di più era il rumore: le chiacchiere infinite che si incrociavano, le interruzioni, gli scoppi di risa e le battute caustiche. La casa di Sabine era sempre stata silenziosa. Ripensandoci, sua madre aveva bisogno di silenzio per lavorare, quindi l'appartamento sembrava sempre triste e imbavagliato, come se qualcuno vi avesse steso sopra una coperta spessa. E quando lei, la madre e Geoff si sedevano a tavola per mangiare insieme, non rideva mai nessuno. Geoff si limitava a rivolgerle qualche domanda educata su quello che aveva fatto quel giorno, trattandola con un certo imbarazzo, come se fosse un adulto, mentre sua madre mangiava in silenzio, con lo sguardo fisso davanti a sé, sognando chissà che cosa. "Probabilmente Justin" pensò Sabine con un certo risentimento. Per chissà quale motivo, il pensiero di quell'uomo era troppo irritante.

Non era mai stata a casa della signora H, prima di allora: era una villetta ai confini del villaggio. Sembrava accovacciata al centro di un piccolo giardino, circondata da un vialetto lastricato e da aiuole curate. Da un lato spuntava una parabola, simile a un punto interrogativo o a un cornetto acustico. Alle finestre c'erano tendine chiare a fiori e su ogni davanzale erano sistemati vasi di ciclamini rossi e rosa in piena fioritura.

Le pareti erano rivestite di pietra sintetica – un particolare che avrebbe fatto impallidire Geoff –, ed era opera di Michael, il marito della signora H, che tutti chiamavano Mack. Anzi, la casa stessa si chiamava Mackellen, il che, a pensarci bene, era l'unico indizio sul vero nome della signora H.

«Non è proprio come la casa dei tuoi vecchi, bisogna ammetterlo» disse Thom, che l'aveva accompagnata.

«Di sicuro sembra meno decrepita» osservò Sabine, facendolo ridere.

Una volta entrata, capì che cosa intendeva dire

Thom. Appena aprì la porta, avvertì un bel tepore e vide una distesa di moquette chiara. Sulla parete erano appese foto di famiglia, immagini incorniciate e un paio di quadretti ricamati con testi di poesie. E poi c'erano soprammobili ovunque: elefantini di vetro, pagliacci di gomma, pastorelle seducenti con le loro pecorelle. Tutto brillava sotto le luci intense, e non c'era un solo granello di polvere, era tutto luminoso, allegro e immacolato. Sabine fissò quell'esercito di creaturine, stupefatta.

«Vieni dentro, Sabine. Chiudi la porta, Thom, stai facendo entrare l'aria fredda. Mamma mia, che freddo fa stasera!» La signora H si avvicinò con un sorriso raggiante per prenderle la giacca. Ma non sembrava per niente la donna che vedeva tutti i giorni, quella che indossava sempre una vestaglietta di nylon, portava i capelli raccolti e aveva il viso acceso, senza un filo di trucco. In quel momento sfoggiava una maglia color malva e, intorno al collo, due catenine d'oro, a una delle quali era appesa una croce. I capelli, ondulati e lucenti, sembravano più gonfi del solito, e il viso era illuminato dal trucco. Sembrava più giovane e piuttosto raffinata. All'improvviso Sabine si sentì disorientata, e si rese conto vergognandosene che non aveva mai considerato la possibilità che la signora H avesse una vita lontano dalla grande casa e dal suo ruolo di cuoca e donna delle pulizie. Quando era dai Ballantyne, era sempre in movimento, impegnata in qualche faccenda domestica.

«Lei… è molto elegante» disse, con una certa esitazione.

«Dici davvero? Sei proprio carina» rispose la signora H, guidandola oltre l'anticamera. «Annie mi ha comprato questa maglia un paio di anni fa, e ci credi che non l'ho quasi mai messa? La conservavo per un'occasione speciale. Ovviamente lei mi sgrida, ma è troppo bella per metterla tutti i giorni.»

«Annie verrà?»

«È già qui, tesoro. Su, andiamo. Thom, vedi di lasciare le scarpe vicino alla porta. Oggi ho passato l'aspirapolvere già troppe volte.»

Mentre seguiva la signora H, Sabine ripensò al giorno precedente. Passando a cavallo vicino al giardino sul retro della casa di Annie, aveva guardato oltre il muro nella speranza di vederla e di salutarla. Annie le aveva spesso ripetuto che le sarebbe piaciuto vederla in sella, e Sabine doveva ammettere di essere segretamente fiera della sua rinnovata abilità di cavallerizza. Aveva cominciato a saltare, esercitandosi da sola. Poco per volta, aveva affrontato piccole siepi, incoraggiata dall'apparente infallibilità del suo cavallino.

Ma il giorno prima, mentre tirava le redini per fermarsi, aveva lanciato un'occhiata alla finestra della cucina e non aveva visto Annie che la salutava con la mano, ma suo marito Patrick. Era seduto al tavolo, con la testa tra le mani e la schiena curva, e sembrava oppresso da un grande peso. Annie, seminascosta dal riflesso della finestra, era in piedi davanti a lui, dall'altra parte del tavolo, con lo sguardo perso nel vuoto.

Sabine era rimasta lì fuori, aspettando che si muovessero, ma dopo qualche minuto erano ancora entrambi nella stessa posizione. Così aveva deciso di proseguire, per evitare che si sentissero spiati. Aveva pensato di parlarne con la signora H, ma non sapeva come introdurre l'argomento, e in un baleno si era ritrovata in quel soggiorno.

I familiari della signora H erano seduti su divani immacolati e ben imbottiti. Chiacchieravano a gruppetti, sorseggiando i loro drink. Su un lato della stanza c'era un grande tavolo a ribalta, coperto di piatti e posate, con un bel centrotavola a fiori e una fila di sedie vicinissime l'una all'altra. Al centro della stanza, su un tappeto color crema e blu, due bambini giocavano con delle macchinine elettriche. Le facevano girare su una pista a grande velocità, finché decollavano rumorosamente e si schiantavano contro divani e poltrone. Il soggiorno era ancora più caldo dell'anticamera e Sabine, che indossava un maglione pesante, cominciò a sudare. Si era talmente abituata a vivere in una casa fredda che non andava da nessuna parte senza indossare quattro strati, e in quel momento non si ricordava se gli altri tre erano presentabili.

Non conosceva quasi nessuno, a parte Patrick e Annie, che peraltro non aveva mai incontrato fuori dalla loro casa. Patrick levò un bicchiere in segno di saluto e fece un cenno a sua moglie. Annie, che era all'estremità opposta della stanza, trasalì prima di rivolgere a Sabine un gran sorriso e invitarla a sedersi vicino a lei. Sabine cercò di scacciare il ricordo di quello che aveva visto il giorno precedente ed esitò prima di avvicinarsi. La signora H la sospinse verso il centro della stanza, e per farsi sentire al di sopra delle chiacchiere e della musica di sottofondo dovette parlare con voce insolitamente alta.

«Questa è Sabine. Cara, non ho nessuna intenzione di fare il giro per presentarti tutti: non riusciresti a ricordarti i loro nomi. Tra cinque minuti si mangia, quindi fatevi sotto quando siete pronti. Thom, dalle qualcosa da bere.»

Annie portava di nuovo uno dei suoi maglioni larghi. Sabine, che ormai era in un bagno di sudore, si chiese perché non sembrasse minimamente a disagio.

«Come va?» le domandò Patrick. «Ho sentito che te la stai cavando bene con quel cavallino grigio.»

Lei annuì e notò che aveva un aspetto terribile. Aveva due aloni scuri sotto gli occhi e una barba di almeno un paio di giorni sul mento. Nonostante fosse grande e grosso, e avesse un aspetto rude – più da contadino che da scrittore –, Patrick era sempre sbarbato e in perfetto ordine. Di solito profumava di ammorbidente.

«Uscirai con i segugi, la prossima settimana? Ad ammirare le campagne della contea di Wexford?»

«Ma certo» disse Thom, che si era seduto sul pavimento con i bambini. «Ce la porto io stesso. Prima le farò fare qualche ostacolo fisso, per vedere se regge la distanza, poi ci sarà la grande giornata.»

Sabine non sapeva se ribellarsi all'idea di partecipare alla caccia alla volpe o avvampare segretamente di gioia al pensiero che Thom l'avrebbe accompagnata. Non aveva la minima intenzione di uccidere delle volpi. Santo cielo, era vegetariana. Piangeva ogni volta che vedeva una creaturina investita sul bordo della strada. Ma il pensiero di trascorrere un'intera giornata con Thom... da soli...

«C'è anche la tua mamma, Sabine?» chiese una

donna di mezza età, con i capelli corti color melanzana e due spalle molto ben imbottite, che facevano il paio con il petto generoso. Lei la guardò senza espressione.

«Sabine, ti presento zia May» disse Thom. «È la sorella della madre di Annie e della mia. E quello è Steven, suo marito. Hanno conosciuto tua mamma quando viveva qui.»

«Riuscite a prendere posto al tavolo da soli? Mack, ti spiace andare a prendere dei cucchiai?»

«Che bella ragazza, la tua mamma» disse la donna posando una mano cicciottella sul braccio di Sabine. «Andava sempre a ballare con la mia Sarah. Quelle due erano inseparabili. È qui anche lei?»

«No, è dovuta restare a casa a lavorare.»

«Oh, che peccato. Un vero peccato. Mi sarebbe piaciuto molto vederla. Ovviamente, sarei voluta andare a trovarla io stessa… Quando è stato, Steven? Due anni fa?… Ma con le mie anche e tutto il resto, per me non è facile viaggiare.»

Sabine annuì mentre veniva accompagnata al tavolo, non sapendo che cosa dire.

«Artrite. Ti ammazza, sai? Mi hanno detto che i dottori possono fare ben poco. Così tra non molto finirò su una sedia a rotelle. E avrò finito di camminare. Ma porterai i miei saluti a tua madre, vero?»

«Sabine, serviti pure, prendi tutto quello che vuoi. Questo branco di selvaggi non aspetta, quindi dovrai buttarti.»

«Dille di passare a trovarci, se mai venisse da queste parti. Come ti dicevo, è probabile che non uscirò più tanto spesso, ma lei sarà sempre la benvenuta.»

«Le tue anche stanno peggiorando, May? Ma non mi dire.» Quel commento fu accompagnato da una risatina soffocata.

«Zia Ellen, mi passeresti il succo?»

«Le patate, Sabine. Da queste parti con la buona educazione si muore di fame» disse Thom. «Se non afferri il piatto al volo, lo farà qualcun altro al posto tuo.»

Durante quegli scambi di battute, Annie continuò a fissare le tende davanti a sé, persa nei propri pensieri, la mente lontana da quella stanza rumorosa e affollata. Patrick, che di solito manteneva sempre un contatto fisico con la moglie, accarezzandole la schiena o tenendole la mano, in quel momento guardava dall'altra parte, sorseggiando una birra in lattina con una sorta di cupa determinazione.

"Oddio" pensò Sabine osservandoli. "Sta crollando tutto." Era un'esperta nel cogliere i segnali.

«Prendi delle altre verdure, Sabine. Stai mangiando come un uccellino.»

«Lasciala in pace, Mack. Prenderà quello che vuole. Vero, Sabine?»

Come la lingua che non può stare lontano da un dente traballante, Sabine non riusciva a non seguire le infelici dinamiche che coinvolgevano Annie e Patrick. Lui tentò due o tre volte di parlare con sua moglie, ma anche se lei gli rispondeva, sembrava completamente assente. Il suo sguardo restava fisso su un punto invisibile, alle spalle del marito. Sabine notò che stava bevendo più del solito, al punto che sua madre aveva finito per piazzarle davanti un bicchiere d'acqua. Thom, che evidentemente aveva capito che stava succedendo qualcosa, era pieno di attenzioni per la cugina. Cercò di farla ridere insieme a Patrick, coinvolgendola nella conversazione.

Sabine pensò che era un vero peccato: se non si fosse lasciata attirare da quella situazione angosciante, probabilmente si sarebbe divertita. Oltre a due enormi tacchini, il menu prevedeva ottime verdure e un trancio di salmone solo per lei. Tutti parlavano con tutti e a nessuno importava se lei partecipava alla conversazione o si limitava ad ascoltare. I familiari di Thom lo prendevano in giro per la sua vita solitaria e per il suo inevitabile futuro da eremita, confinato in una capanna nel cuore del bosco. «Sono sicuro di aver visto una baracca col tetto di lamiera, l'ultima volta che ci sono passato» disse Steven. «Il tuo primo mutuo, vero Thommo?»

«Macché. Lì abita la sua ragazza» disse uno dei bambini, che apparentemente rispondevano entrambi al nome di James. «Vive lì e va a caccia di pipistrelli da mettere nella minestra.»

Nel frattempo, il signore e la signora H continuavano a sfiorarsi e a scambiarsi sguardi appassionati. Sabine pensò che, se fossero stati i suoi genitori, lo avrebbe trovato decisamente imbarazzante. Si palpeggiavano di continuo e di tanto in tanto il signor H mormorava qualcosa all'orecchio della moglie, facendola arrossire ed esclamare: «Oh, Mack!». Il resto della tavolata coglieva la palla al balzo per subissarli di commenti del tipo: «Cercate di trattenervi», e «Non potete aspettare che mettiamo a letto i bambini?».

Eppure, malgrado continuasse a sorridere, Annie

era animata quanto i soprammobili di sua madre. Ed era meno allegra. Guardandola, Sabine ebbe un brutto presentimento. Perché quella donna trovava così difficile divertirsi?

Fu a metà del dessert – un dolce enorme a base di cioccolato e biscotti sbriciolati, accompagnato da gelato servito direttamente dalla vaschetta – che Sabine avvertì una fitta al ventre, un dolore sordo che la distrasse e la spinse a stringere le gambe.

"Oddio, non adesso. Non qui." Il ritmo della sua vita in Irlanda era così diverso che l'idea di avere il ciclo non le era nemmeno passata per la testa. Ma in quel momento, contando le settimane mentre si serviva una porzione di dolce al cioccolato, si rese conto che, se lei se n'era dimenticata, il suo corpo aveva un'ottima memoria.

Aspettò uno scambio di battute particolarmente acceso e si alzò dalla sedia. «Può dirmi dov'è il bagno?» bisbigliò alla signora H, che era senza fiato per le risate provocate da qualcosa che uno dei suoi parenti più anziani aveva appena detto.

«Dietro l'angolo, la prima porta a destra» le rispose la donna sfiorandole il braccio. «E se quello è occupato, prova con l'altro vicino alla cucina.»

Sabine si chiuse a chiave nel bagno e, con un sospiro di sgomento, notò la traccia di ciò che aveva in parte sospettato e in parte temuto. Era completamente impreparata. E, se non avesse trovato una soluzione, si sarebbe dovuta tenere ben lontana da sedie e divani per il resto della serata.

In mancanza d'altro, ripiegò della carta igienica per usarla come protezione temporanea. Poi aprì le antine, il più silenziosamente possibile. Sapeva bene che non era bello mettere il naso negli armadietti dei bagni altrui, ma doveva farlo.

Bagnoschiuma, candeggina, pasta per dentiere ("Di chi è?" si chiese, cercando senza successo di visualizzare i denti della signora H), sali da bagno, saponette e carta igienica. Un paio di pinzette arrugginite, cotone idrofilo, una retina per capelli, un farmaco dimenticato e un flacone di shampoo. Niente tamponi. Niente assorbenti. Sospirò e si guardò attorno, caso mai avesse trascurato qualche angolino.

Dopo avere controllato sotto la bambolina di stoffa che nascondeva i rotoli di carta igienica (evidentemente, la signora H poteva anche essere pudica) e tra gli asciugamani coordinati in colori pastello, Sabine fu costretta a concludere che la padrona di casa era un po' troppo anziana per avere quello di cui lei aveva bisogno. L'unica altra persona alla quale poteva rivolgersi era Annie. Dopotutto aveva l'età giusta, ma come diavolo avrebbe potuto allontanarla dal tavolo per chiederglielo senza attirare l'attenzione? Erano tutti quanti così pronti a fare battute... Se avessero saputo che cosa stava cercando, avrebbero colto l'occasione per prenderla in giro e lei sarebbe *morta*. Poco ma sicuro.

"Forse posso restare qui ancora qualche minuto," pensò Sabine, seduta sul coperchio del water, ricoperto di uno strano tessuto "per dare il tempo agli ospiti di finire il dolce e tornare a sedersi sui divani." A quel punto sarebbe stato facile scambiare due parole con Annie.

Rimase seduta per un po', inalando il profumo di pino sintetico, poi sobbalzò quando qualcuno bussò alla porta. Trattenne il respiro chiedendosi se uno degli uomini stesse cercando un bagno libero, poi sentì la voce della signora H. «Sabine? Tutto bene, cara?»

«Sì» rispose, cercando di sembrare del tutto naturale. Ma la sua voce suonò un'ottava più acuta del solito, e decisamente esitante.

«Sei sicura? Sei lì dentro da un pezzo.»

Sabine aspettò un momento, poi si alzò e aprì la porta. Si trovò davanti la signora H. Era leggermente curva, come se l'avesse scoperta con l'orecchio incollato al buco della serratura.

«Tutto bene, cara?» chiese raddrizzandosi.

Sabine si morse il labbro. «Più o meno.»

«Che c'è? A me puoi dirlo.»

«Devo chiedere ad Annie una… una cosa.»

«Che cosa?»

Sabine distolse lo sguardo, mentre la necessità faceva a pugni con il disagio di dover confessare il suo problema.

«Andiamo, mia cara, non essere timida.»

«Non sono timida. Non proprio.»

«Che cosa c'è?»

«Può chiamarmi Annie?»

La signora H aggrottò la fronte riuscendo a non perdere il sorriso. «Perché hai bisogno di lei?»

«Devo chiederle una cosa.»

«Che cosa le devi chiedere?»

Era davvero così difficile indovinare? Sabine si irritò con la signora H, che non capiva il motivo del suo imbarazzo. «Devo chiederle se ha un assorbente. O un tampone o qualcosa del genere.» Persino le parole erano imbarazzanti.

Il sorriso della signora H si spense e si guardò alle spalle, verso il soggiorno.

«Può chiederle di venire qui?» insistette Sabine.

«Non penso che sarebbe una buona idea, mia cara.»

La signora H era molto seria, la luce che aveva illuminato le sue guance nelle ultime ore era svanita. «Facciamo così: tu resta qui e io faccio un salto dalla mia vicina. Carrie avrà senz'altro qualcosa che fa al caso tuo.»

E se ne andò.

Sabine si sedette nel bagno vuoto aspettando con ansia il ritorno della padrona di casa e rimuginando sui motivi per cui non avrebbe dovuto chiedere ad Annie un tampone. Lei e Patrick erano così poveri che quella domanda li avrebbe imbarazzati? La loro religione ne vietava l'uso? Quando era più piccola, una compagna di scuola le aveva detto che le ragazze cattoliche non usavano i tamponi per non perdere la verginità. Ma Patrick e Annie erano sposati e lo facevano da anni, quindi non gli sarebbe certo importato.

Quando la signora H tornò con un pacchettino discreto, non le spiegò nulla. Si limitò a invitarla a unirsi agli altri non appena avesse fatto e la lasciò da sola.

Quando Sabine tornò nel soggiorno, erano ancora seduti tutti a tavola, tranne due donne che stavano aiutando la signora H a sparecchiare. C'era una strana atmosfera, come se ci fosse appena stato un momento di allegria, se avessero appena finito di ridere tutti insieme per una battuta grandiosa. O forse era il dilemma che aveva appena affrontato che l'aveva resa ipersensibile. Non ne era certa.

«Non vuoi un altro po' di dolce, vero, Sabine? In ogni caso ti ho lasciato il piatto.»

Lei scosse la testa guardando Annie, che stava giocherellando distrattamente con il suo tovagliolo di carta.

«Allora, chi è dell'idea di farsi una pinta?» Mack si alzò da tavola e guardò Patrick.

«Vengo con te» disse Thom.

«Tu non conti, con quel tuo maledetto succo d'arancia. Chi viene a farsi una bevuta con me? Steven, tu vieni? Bravo. Patrick?»

«Io resto con Annie» rispose lui, tutt'altro che entusiasta.

«Lei può venire con noi, no? Sarebbe ora che venissi al Black Hen. Non ci metti piede da secoli.»

Annie guardò sua madre. «Grazie papà, ma non sono dell'umore adatto.»

«Andiamo, ragazza mia. Il tuo uomo vuole bere qualcosa e senza di te non si muove, quindi vieni anche tu per fargli un favore, una volta tanto.»

«Meglio di no. Resto qui ad aiutare la mamma a rimettere a posto.»

«Neanche per sogno. Ci penserà la lavastoviglie. Andiamo, Annie. Vieni a divertirti, tanto per cambiare.»

Il resto della tavolata si unì al coro. «Dài, Annie» mormoravano. «Esci. Vai a bere qualcosa.»

«Su, dài, sono sicuro che con tutti i video che ti ho portato mi devi parecchie pinte.» Thom si alzò in piedi e le offrì il braccio.

«Davvero, non me la sento. Grazie.»

«Ma dài. Non rovinare tutto… è il tuo vecchio che ti chiede di uscire a bere qualcosa.»

Il viso di Annie si scurì. «Volete lasciarmi in pace? Non voglio andare in quel cazzo di pub. Voglio andare a casa.» E dopo aver ridotto la stanza al silenzio, si girò e uscì di corsa, seguita immediatamente dalla signora H.

Sabine scrutò i volti attorno a lei, scioccata dalla ferocia della risposta di Annie. Thom incrociò il suo sguardo e cercò di rassicurarla con un sorrisetto, come se volesse dirle: "Donne! Fanno sempre così". Non fu molto convincente.

«Ci penserà Ellen» borbottò Mack. «Forza, ragazzi. Noi andiamo avanti.»

«Sì, andate avanti» disse la zia May sollevandosi dalla sedia e afferrando una pila di piatti. «Vai, Patrick, ti farà bene, così ti calmi un po'.»

«Tu mi aspetti qui, vero, Sabine?» Thom chinò la testa e inarcò le sopracciglia con aria interrogativa.

Lei avrebbe voluto rispondere di no, ma ovviamente nessuno l'avrebbe invitata ad andare al pub, quindi si limitò ad annuire. «Certo» disse.

Gli uomini uscirono in silenzio mentre la signora H rientrava in salotto. Scambiò qualche parola con Mack e Patrick a bassa voce, poi raggiunse a grandi passi il centro della stanza con un sorriso radioso. «Annie è tornata a casa a riposarsi. Penso che le stia venendo il mal di testa. Saluta tutti e dice che ci vedremo più tardi.»

Sabine si guardò attorno, notando che nessuno credeva alle parole della signora H. D'altra parte, nessuno fece domande: si dedicarono tutti a sparecchiare e rimettere in ordine, e a intrattenere conversazioni senza senso su persone di cui Sabine non aveva mai sentito parlare.

«Vai a sederti, Ellen» disse la zia May. «Vai a fare compagnia a Sabine e a tenere d'occhio i bambini. Alla cucina pensiamo noi. Andiamo, è il tuo anniversario, cara. E non ti sei seduta per cinque minuti filati da quando siamo arrivati.»

La signora H protestò finché la zia May non sollevò una mano ingioiellata per zittirla. «Non ti ascolto, Ellen. Te l'ho detto, devi tenere d'occhio i bambini. Un po' di movimento farà bene alle mie anche. Così non rischio che si blocchino più tardi.»

La signora H, che stringeva ancora in mano uno strofinaccio, si sedette sul divano accanto a Sabine. I bambini avevano acceso la televisione e sedevano sul pavimento, senza scarpe, fissando lo schermo. La donna cercò di dire qualcosa, ma era evidente che la loro attenzione era rivolta altrove. Sabine la osservò, domandandosi se poteva chiederle ciò che non si doveva chiedere. La sensazione di essere esclusa da qualche importante segreto cominciava a pesarle. Ripensò a un incidente che si era verificato poco tempo prima, a Londra, quando tutte le ragazze della sua classe si erano divise in piccoli gruppi esclusivi e quelle che considerava sue amiche le avevano voltato le spalle. Non le avevano detto dove si sarebbe svolta una festa, guardandola tutte senza espressione quando aveva chiesto loro, sempre più ansiosa, ora e luogo. Non aveva davvero intenzione di andarci (le feste non le piacevano molto), ma era terrorizzata all'idea di essere esclusa.

«Annie è un'alcolista?» chiese alla signora H.

Alla fine, comunque, glielo avevano detto. E sarebbe toccato a Jennifer Laing restare fuori dal gruppo.

La signora H si girò di scatto. Aveva un'aria sinceramente scioccata. «Annie? Alcolista? Certo che no. Cosa te lo fa pensare?»

Sabine arrossì. «Non dico che ha un aspetto da alcolista o qualcosa del genere... È solo che sembrate tutti nervosi quando c'è lei, e nessuno dice niente quando si comporta in modo strano. Io... mi chiedevo se è perché beve troppo.»

La signora H si portò una mano ai capelli e cominciò ad appiattirli, un gesto nervoso che Sabine non aveva mai notato prima. «No, Sabine. Non è un'alcolista.»

Seguì un lungo silenzio, durante il quale i bambini bisticciarono per il telecomando.

Sabine aveva l'orecchio teso per cogliere i rumori che provenivano dalla cucina. Provava contemporaneamente imbarazzo per aver parlato e risentimento perché nessuno si degnava di spiegarle la ragione che spingeva Annie a comportarsi in modo così strano. E ultimamente si comportava in modo ancora più bizzarro. Sembrava avere dimenticato come si governa una casa, quindi ogni volta che Sabine passava da lei, trovava il soggiorno immerso nel caos. Si addormentava sempre più spesso, e quando era sveglia pareva non ascoltare quello che le dicevano. "Forse si droga" pensò Sabine. Non era come nei quartieri degradati, ma era sicura di aver visto un servizio al notiziario sull'abuso di droghe nelle zone rurali. Forse Annie aveva proprio un problema di droga.

La signora H si fissò le mani, poi si alzò e chiese a Sabine di seguirla, gettandosi un'occhiata alle spalle, verso la cucina. «Vieni» disse. «Tu e io dobbiamo fare due chiacchiere.»

La camera della signora H era ordinatissima, come il resto della sua casa, e se possibile persino più calda. Il letto aveva una testiera imbottita, rosa lampone, e sulle lenzuola era adagiata un'enorme trapunta ricamata. Anche le tende di velour e i bordi dei cuscini posati sulla poltrona nell'angolo erano rosa. Il soffitto era incorniciato da un fregio con un motivo di grappoli d'uva intrecciati a foglie e rami verdi. Era il tipo di camera nella quale lei e sua madre normalmente si sarebbero scambiate sorrisi un po' sarcastici, perché ritenevano che coordinare ogni cosa fosse segno di cattivo gusto. In quel momento, però, Sabine non era così ferma nelle proprie convinzioni. La calda e accogliente uniformità della casa della signora H le sembrava molto più invitante di qualsiasi cosa la sua famiglia avesse da offrire.

Il lato opposto della stanza era occupato da una serie di armadi su misura, alcuni con le ante a specchio. E mentre Sabine guardava il proprio riflesso, la signora H aprì un'anta e un cassetto.

Con un gesto invitò Sabine a sedersi, poi indietreggiò e si sedette pesantemente accanto a lei, tendendole il contenuto del cassetto: una fotografia in una cornice d'argento, la fotografia di una bambina che sorrideva radiosa, seduta al sole accanto a un triciclo blu.

«Quella è Niamh» disse. E poi, mentre Sabine fissava il sorriso e i capelli biondi della bimba, aggiunse: «È la figlia di Annie. Era la figlia di Annie. È morta due anni e mezzo fa. È uscita di corsa dal cancello e un'auto l'ha investita. Da allora Annie non è stata più la stessa».

Sabine guardava la bambina con il cuore che le batteva forte per lo shock e gli occhi pieni di lacrime.

«Aveva solo tre anni. Compiuti da poco. È stato piuttosto difficile per Annie e Patrick, e non sono riusciti ad avere un altro bambino. Ci hanno provato, ma non è venuto. Ed è stato un peso in più per mia figlia. Per questo volevo evitare che tu le chiedessi... Ora lo capisci. Ogni mese è costretta a ricordare.»

La voce della signora H era fredda, misurata. Forse era il suo modo per contenere le emozioni pure e travolgenti che premevano dietro le sue parole. Sabine lo sentiva, era come uno scoglio sommerso che risaliva lentamente, le riempiva il petto e le faceva venire voglia di piangere.

«Speriamo che prima o poi ne esca» continuò la signora H. «Questi anni sono stati terribili. Ma alcune persone hanno bisogno di più tempo di altre.»

«Mi dispiace tanto» mormorò Sabine. Un'alcolista. La signora H doveva considerarla davvero una stupida.

«Non potevi saperlo» la rassicurò posandole una mano sulla sua. «Non parliamo di Niamh perché sembra peggiorare le cose. Ad Annie non piace avere le sue foto attorno, quindi tengo la mia nel cassetto. Però è un peccato.» Seguì il profilo della bimba con un dito. «Mi piacerebbe averne in tutta la casa. Per ricordarmela, sai?»

Sabine annuì, ancora affascinata dalla bambina. Sentì la zia May e le altre ridere al piano di sotto.

«È la sua camera? A casa di Annie?»

«Accanto a quella di Annie e Patrick? Sì, era la sua. Annie non vuole che ci entri nessuno.» Sospirò. «Continuo a dirle che è ora di svuotarla, ma non mi dà retta. E io non posso obbligarla.»

Sabine rifletté per un momento. «È... è stata da un dottore?»

«Oh, le è stato offerto un sostegno professionale. E il prete ha cercato di aiutarla. Ma penso che lei e Patrick volessero farcela da soli. Ora penso che mio genero possa essersi pentito di quella decisione, ma è un po' tardi. Lei non vuole vedere nessuno. Nemmeno un dottore. Come avrai notato, non le piace nemmeno uscire di casa.»

Rimasero sedute in silenzio, ripensando entrambe alla brusca uscita di scena di Annie, quella sera. Sabine tornò a guardare la fotografia della bambina. Portava un paio di stivali di gomma rossi e una T-shirt con un pinguino. Sabine pensò che non aveva mai visto la fotografia di una bambina morta, prima di allora. Guardandola negli occhi, le sembrò quasi di notare una luce profetica, come se in quel sorriso radioso ci fosse un'anticipazione della sua fine.

«Le manca?»

Con grande cautela, la signora H rimise la fotografia nel cassetto, poi lo chiuse e rimase immobile per qualche secondo. Era rivolta verso l'armadio, quindi Sabine non poteva vedere il suo viso. «Mi mancano tutte e due, Sabine. Mi mancano tutte e due.»

Per quanto fosse affezionata alla signora H e alla sua famiglia, Sabine era stata contenta di trascorrere un paio di giorni da sola con i nonni. Aveva bisogno di tempo per elaborare quello che la signora H le aveva raccontato, per ricollocare Annie nella sua immaginazione. Non l'avrebbe più vista come una donna "eccentrica e difficile", ma come una "giovane madre disperata". Non sapeva che cosa dire a una giovane madre disperata, e non aveva ancora deciso quale peso avrebbe avuto quella rivelazione sulla loro amicizia. Prima si sentivano in un certo senso uguali: Annie, sposata ma totalmente priva di senso pratico, e Sabine, giovane ma esperta di ciò che era in e out (o almeno così credeva). Ora era tutto cambiato, e Sabine non sapeva come comportarsi. La signora H, che sembrava aver notato la sua reticenza, si era tenuta a debita distanza, pur facendole sapere che era stato un piacere averla avuta a cena, e che tutti erano stati molto felici di conoscerla. Era così carina, tutta la sua famiglia lo era.

Ma anche sua nonna era carina, in quel momento: la sera prima, a cena, aveva preparato un tortino di verdure e poi un *kedgeree*, uno strano miscuglio di riso, uova, pesce e uvetta, che nel complesso riusciva ad avere un sapore migliore rispetto a quello dei singoli ingredienti. «In realtà, è la colazione del cacciatore,» aveva aggiunto, mentre Sabine guardava il suo piatto con gli occhi sbarrati «ma è ottimo anche per una cena leggera.»

Sabine concluse che era di buon umore perché il nonno si era un po' "ringalluzzito", per usare le parole del dottore. Sabine ne era felice, ma non lo avrebbe definito arzillo. In fondo, era solo riuscito a scendere al piano di sotto, ad allontanare i cani col bastone e, dopo aver mangiato un boccone, a sedersi in salotto, in una delle poltrone con lo schienale alto, accanto al fuoco.

Dopo avere aiutato la nonna a liberare il tavolo (dopotutto, doveva dimostrare anche lei un po' di spirito di collaborazione), stava per scappare in camera sua, quando la nonna la chiamò. «Devo uscire a dare un'occhiata ai cavalli» disse, infilandosi la giacca trapuntata e legandosi una vecchia sciarpa di lana intorno al collo. «Voglio mettere un impiastro sulla zampa del Duca, quindi potrebbe volerci un po'. Ti spiace fare compagnia al nonno?»

Sabine, con il cuore pesante, cercò di non farle capire quanto le spiacesse. Fare compagnia al nonno sembrava una contraddizione in termini. A cena non aveva quasi aperto bocca, salvo per mormorare un «povera pecora», probabilmente riferendosi a un'osservazione – che risaliva a diverse ore prima – circa la condizione del gregge della fattoria confinante. E non si era praticamente accorto della sua presenza. Di certo non aveva notato la presenza di Bertie, perché era riuscito a inciampare due volte su di lui mentre si sedeva e si alzava da tavola, provocando guaiti da far gelare il sangue. Il pensiero di fare conversazione con lui per l'ora che precedeva il notiziario delle dieci le fece venire voglia di darsela a gambe. «Ma certo» rispose invece, e uscì lentamente dalla sala da pranzo.

Il nonno aveva gli occhi chiusi, quindi Sabine prese una copia di «Country Life» dalla pila sul tavolino da caffè e si sedette sulla poltrona imbottita. Non le sarebbe dispiaciuto sdraiarsi sul divano, ma la stanza era così fredda e umida che per sopravvivere all'inattività bisognava mettersi vicino al fuoco.

Sfogliò la rivista per qualche minuto, chiedendosi quale di quelle esotiche case alle Maldive appartenesse a una pop star, poi osservò con una smorfia le immagini di alcune debuttanti bionde dallo sguardo vacuo. Ma non c'era niente di interessante, se non si era appassionati di vecchie chiese nell'East Anglia o di carne bio, quindi ben presto si ritrovò a fissare il nonno.

Non aveva mai visto un viso tanto rugoso. Non erano lunghe linee scolpite, come quelle di Geoff quando era preoccupato per i suoi pazienti, e non erano delicate come quelle che Sabine notava sul viso di sua madre. No, le rughe del nonno si incrociavano tra loro, come se seguissero uno schema preciso, simili a segni su una vecchia mappa tracciata su una pergamena. In certi punti la pelle era così sottile da mostrare le vene che correvano sotto la superficie come stradine di campagna, parzialmente coperte da grandi macchie scure, e sul cuoio capelluto spuntava qualche ciuffo isolato di capelli grigi, come un viandante solitario nel deserto.

Era difficile immaginare di poter essere così vecchi. Sabine abbassò gli occhi e si guardò le mani. Le linee viola delle sue vene si scorgevano a malapena, ma lei era giovane e sana. Le mani del nonno erano così ossute da sembrare quasi degli artigli, le unghie spesse e ingiallite come corno.

Quando aprì gli occhi lei sobbalzò. Sapeva che non era educato fissare le persone e che il nonno non avrebbe mancato di farglielo notare. La sbirciò socchiudendo le palpebre da rettile, poi guar-

dò a sinistra e a destra, per accertarsi che fossero soli. Nel silenzio, i ciocchi di legno scoppiettavano lanciando contro la grata piccole scintille che sembravano tanti lemming suicidi.

Poi aprì la bocca, rimase immobile per un istante e: «Temo di non *fare* più un granché» disse lentamente, pronunciando ogni parola con cura.

Sabine lo fissò. Il suo volto si era improvvisamente animato, come se fosse concentrato sul messaggio che cercava di trasmettere.

«In sostanza... mi limito a *esistere*.»

Chiuse lentamente la bocca, come se lo sforzo di parlare lo avesse esaurito, ma non abbassò lo sguardo.

Sabine lo fissò ed ebbe l'impressione di capire. E lo sentì più vicino, perché aveva cercato di scusarsi con lei. Annuì appena, tra sé, e si girò verso il fuoco.

«Bene» concluse il nonno. E chiuse gli occhi.

8

La mattina della caccia, Kilcarrion ritrovò la propria identità. La casa sembrava essersi ridestata da un sonno profondo ed entrò in azione cigolando, come un meccanismo un po' arrugginito, ma determinato a svolgere il proprio compito. Sabine si svegliò con gli abiti già pronti in fondo al letto e una tazza di tè preparato dalla signora H fra le mani, mentre al piano inferiore e all'esterno il fermento era tale da far apparire il passo Kilcarrion come una passeggiata rilassante. I cani, contagiati dall'atmosfera, abbaiavano e raspavano nel corridoio, mentre il telefono squillava a intermittenza come una specie di segnale, annunciando ogni variazione nei preparativi. Persino la caldaia, che col suo lontano brontolio svegliava spesso Sabine nel cuore della notte, sembrava vibrare e sferragliare con maggiore decisione.

La signora H si dava un gran daffare ad accendere il fuoco, a sistemare le sue cose e a informarla su chi sarebbe "uscito" quel giorno, mentre la nonna faceva continuamente capolino dalla porta per dirle che era «ora di muoversi», ma in tono entusiasta, non seccato. Mentre tentava di vestirsi, lentamente e con mani tremanti, Sabine la sentiva gridare ordini ai ragazzi giù in cortile.

Per quanto disgustosa, immorale ed eccezionalmente crudele, bisognava ammettere che la caccia alla volpe era uno sport alquanto fascinoso. Lo si capiva dagli abiti su misura e foderati in seta che le aveva prestato Joy: con la giacca blu scuro e i calzoni da equitazione color crema, sembrava uscita da un film in costume (la nonna aveva sorriso mentre finiva di sistemarla – il suo primo sorriso così ampio e disinvolto). Lo si capiva anche dalle cure riservate al suo cavallo e a quello di Thom: avevano le criniere intrecciate e i manti tirati a lucido, dopo essere stati strigliati a dovere per un'ora buona. Lo si capiva dall'insolita frenesia con cui la nonna si preoccupava di allacciarle il plastron e di appuntarle con cura la spilletta d'oro, assicurandosi che gli stivali fossero abbastanza lucidi. E, proprio per tutte queste ragioni, quando lei e i cavalli raggiunsero il luogo del raduno, un paio d'ore più tardi, Sabine ebbe la netta impressione di essere capitata nel posto sbagliato.

Non si trovavano in un'imponente tenuta, a bere il bicchiere della staffa in calici d'argento, circondati da giacche rosa (si chiamavano rosa, non rosse, le aveva detto la nonna), ma erano stati scaricati a un incrocio in mezzo al nulla, sotto la pioggia battente. E, mentre i cavalli scendevano rumorosamente lungo la rampa di legno, Sabine non vide altro che una variegata schiera di pony inzaccherati montati da bambini con felpe e impermeabili, un paio di grossi animali sgraziati, accompagnati da contadini in tweed, e una serie di cavalli piuttosto trasandati, diversi per taglia e colore. C'erano anche molte persone a piedi, con impermeabile e ombrello. Alcuni avevano i capelli bagnati e scompigliati dal vento, altri portavano berretti di lana ben calcati sulla testa. Sabine vide addirittura un paio di ragazzi in giacca mimetica, a bordo di due *quad*. E c'era fango ovunque: sul ciglio della strada, dove gli zoccoli dei cavalli impazienti avevano ridotto il terreno a una poltiglia marrone, sugli stivali dei cavalieri e sulle zampe dei segugi, che gironzolavano dappertutto lanciando un latrato o un guaito di tanto in tanto. Più o meno erano in tre a vestire la giacca rosa e Thom le aveva detto, procurandole una certa delusione, che quel tizio con il viso solcato di vene e il naso a patata butterato era il Master.

Non era come nelle immagini che aveva visto a casa dei nonni, sulle tovagliette che ritraevano persone distinte in giacca rosa, circondate da una mandria di esili purosangue, o sui dipinti a olio appesi alle pareti. Non era nemmeno come al telegiornale, dove si vedevano gli animalisti con i dreadlock condurre la loro battaglia contro quella piccola nobiltà a cavallo a colpi di slogan e fischietti. Somigliava più che altro a un picchetto a cavallo, con un supplemento di cani e *quad*. E, se possibile, di sporcizia.

Sabine era un po' amareggiata. Malgrado nutrisse sentimenti contrastanti riguardo alla caccia, si era convinta che fosse giusto conoscerla, prima di condannarla. E, sotto sotto, non vedeva l'ora di mostrarsi a Thom in una veste diversa: non come la bimbetta di famiglia che se ne andava in giro indossando strati di maglioni e stivali di gomma, ma come un'apparizione in giacca blu e stivali di pelle lucida, un'elegante amazzone nella sua cornice mondana – ma talmente nervosa che doveva andare in bagno in continuazione.

A un certo punto, Thom le mise in mano un paio di barrette di Mars. «Prendi,» disse «più tardi ne avrai bisogno.» Si era calcato in testa il cappello e stava cercando di dominare Birdie, un giovane purosangue sovreccitato, alla sua seconda uscita sul campo di caccia. Il vento gli sollevava la coda e lui, con le narici spalancate, saltellava in ogni direzione, immerso in un vortice di foglie.

«Quell'idiota di Liam li ha agitati» disse, davanti allo sguardo preoccupato di Joy. «Ha avuto la brillante idea di mettersi a suonare il corno prima ancora di caricarli. Adesso questo giovanotto è completamente disorientato.»

L'effetto del corno sui cavalli di Kilcarrion era sconvolgente. Thom aveva dato una dimostrazione a Sabine qualche settimana prima, mentre tentava di convincerla che ai cavalli piaceva la caccia. Udendo quel suono, il Duca si era precipitato verso la porta della stalla, voltando l'enorme testa a destra e a sinistra e urinando per l'eccitazione.

«Come sai che non sono semplicemente spaventati?» aveva ribattuto Sabine. «Se avessi sentito un rumore simile, anch'io mi sarei messa a correre e me la sarei fatta sotto.»

«Lo capisci quando hanno paura. Abbassano le orecchie e iniziano a scalciare. E mostrano il bianco degli occhi. Non mi credi ancora? E va bene. Se ora aprissi questa porta, il caro Duca andrebbe ad aspettare accanto al van, pronto a partire.»

E, alla prova dei fatti, era andata proprio così.

Alla vista di quel vecchio cavallo che usciva con aria decisa per mettersi ad aspettare vicino alla rampa, Sabine era quasi scoppiata a ridere. E, mentre Thom lo riportava nella stalla dopo avergli dato una mentina, aveva dovuto prendere atto che, almeno in quella scuderia di quadrupedi, lei era l'unica a disprezzare la caccia.

Thom la aiutò a salire in groppa al cavallo grigio. L'animale, di solito così disciplinato, dovette percepire la sua tensione, perché iniziò a scalpitare e a stringere il morso con impazienza, mentre le sue orecchie guizzavano avanti e indietro come la leva di un cambio.

«Non superare il Master per nessuna ragione.» Joy, con un foulard avvolto intorno alla testa, le stringeva le cinghie delle staffe ripetendole le solite istruzioni almeno per la terza volta da quando erano partiti. «Non intralciare il percorso dei segugi e non creare alcun intoppo sugli ostacoli. Se gli altri sono allineati, resta indietro e aspetta che avanzino. Non galoppare in mezzo ai campi. E non sfinire questo giovanotto» disse, accarezzando il muso del cavallo con una mano umida. «Lascialo andare finché non sarà stanco, poi verremo a prenderti con il van. Non voglio che tu lo faccia correre fino a sera solo perché ti sei lasciata trasportare.»

Sabine, con lo stomaco sottosopra per la paura, pensò che lasciarsi trasportare sarebbe stato impossibile per lei. Se non in una bara. Gli altri erano tutti sorridenti, si scambiavano saluti e complimenti per i cavalli. Era davvero l'unica convinta di essere a un passo dalla morte?

«Non si preoccupi, signora Ballantyne» disse Thom, montando in sella. «Mi prenderò cura di lei.»

«Non lasciarla avanzare troppo» gli raccomandò Joy. «Il terreno è molto bagnato e ci sarà una ressa di maleducati subito dietro il Master.»

Seguendo lo sguardo della nonna, Sabine vide un gruppo di giovani che ridevano e stuzzicavano i cavalli con le fruste, facendoli imbizzarrire.

«Idioti» disse Thom, ma stava sorridendo. «Niente paura, signora Ballantyne. Manterrò le distanze.»

All'improvviso, dopo alcuni squilli di corno, si prepararono tutti alla partenza e un centinaio di zoccoli iniziarono a sferragliare sulla strada bagnata.

«Sorridi!» la esortò Thom. «Ti divertirai un sacco.»

Sabine non se la sentiva di svelargli i propri pensieri: la paura di finire ammazzata sotto gli zoccoli di quei forsennati, di non essere nemmeno in grado di saltare un marciapiede, figuriamoci un cancello a cinque sbarre, e la costante sensazione di essere sul punto di vomitare.

«Non voglio assistere a nessuna uccisione» disse, chinando la testa per proteggersi dal vento. «Non voglio essere nemmeno nei paraggi. E se qualcuno, Master compreso, prova a spalmarmi in faccia qualcosa per il battesimo del sangue, rischia la pelle.»

«Non ti sento» rispose Thom, puntando la frusta in avanti. «Stammi vicina, siamo diretti al prossimo campo.»

Da quel momento in poi, la giornata trascorse come in un sogno. Al primo contatto con l'erba umida, i cavalli si lanciarono lungo la collina paludosa e punteggiata di buche. Mentre tanti volti sorridenti e coperti di schizzi di fango la superavano al piccolo galoppo, Sabine sentì scemare la paura iniziale, rimpiazzata da un crescente senso di esaltazione. Quando raggiunsero la sommità della collina, lei si rese conto che stava sorridendo e dimenticò di cambiare espressione all'arrivo di Thom.

«Tutto bene?» le domandò sogghignando.

«Sì» rispose lei, senza fiato.

«Oggi infonderemo un po' di colorito a quelle guance» disse. E ripartirono.

La prima parte della battuta di caccia si svolse a una velocità sorprendente. In mezzo a quell'accozzaglia di cavalli e cavalieri, Sabine si affidò al suo cavallo grigio, chiudendo spesso gli occhi e aggrappandosi alla criniera in prossimità delle siepi e degli steccati, che il gruppo superava in massa come un corpo fluido. Non c'era tempo per la paura e presto, vedendo tutti quei bambini sui loro pony e quei ragazzini temerari in sella a pezzati malconci, comprese che lei e il suo cavallo, così grande e intrepido, avrebbero potuto affrontare qualunque situazione... o quasi.

Senza sapere dove andare o cosa fare, con gli occhi che bruciavano e la bocca piena di fango sollevato da chi la precedeva, spronava il suo cavallo con il cuore palpitante per l'eccitazione, nel tentativo di guadagnare terreno. Sebbene Thom facesse il possibile per restarle vicino, non sempre ci riusciva. A volte bisognava aspettare il proprio turno per avere accesso al campo successivo o a volte, semplicemente, il gruppo si divideva e bisognava attendere che lo squillo dei corni riunisse tutti.

Appena Sabine cominciava a prendere confidenza con il galoppo, il gruppo decideva di fare una sosta. Scoprì che la caccia ne prevedeva un numero incredibile, apparentemente al solo scopo di scambiare due chiacchiere, commentare le rispettive prestazioni o quelle dei cavalli e spettegolare su chi era sparito con chi, senza badare alla cascata di pioggia che inzuppava le giacche e ai cavalli sconsolati, con le code basse. Pur non conoscendo nessuno a parte Thom, Sabine non si sentì affatto esclusa: una paffuta signora di mezza età si era complimentata con lei per come se la stava cavando, e aveva anche affermato di conoscere sua madre; un uomo magro col naso aquilino, invece, conosceva il suo cavallo; e a quel bambino che voleva un pezzo di Mars aveva regalato tutta la barretta. Ma adesso era preoccupata, perché una ragazza dai lunghi riccioli biondi raccolti in una retina approfittava delle soste per girare intorno a Thom, chiacchierando e ridendo, pulendosi il naso sporco di fango con un gesto delicato o chiedendogli con un sorriso di farlo per lei. Thom le piaceva, era lampante. In pratica sbavava per lui. Ma quando Sabine glielo disse, nell'attesa che uno dei cavalieri più anziani rimontasse in sella, Thom assunse un'espressione inebetita, come se non si fosse accorto di nulla.

Anche quel giorno, pensò seccata, lui sembrava deciso a trattarla come una bambina. Smontò un paio di volte per controllare – almeno così disse – il sottopancia del suo cavallo e, dopo averle spostato la gamba e avere scostato la falda della sella, strinse le cinghie un altro po'. Ma non c'era malizia nei suoi gesti, nessun tentativo di sfiorarle inutilmente la coscia. E quando Sabine cercò di togliergli il fango dal plastron bianco, lui si allontanò ridendo per pulirsi da solo.

«Meglio che pensi per te» disse, picchiettandosi la testa con un gesto incomprensibile. «Cosa vuoi che sia un po' di fango sui vestiti? Potrebbe succedere molto di peggio.»

Erano fuori da quasi tre ore quando Sabine realizzò di non avere ancora visto una volpe e, a quel punto, si vergognò di aver dimenticato che era la caccia il vero scopo di quella giornata. Ma non c'erano segugi nei paraggi e per qualche ragione il suo cavallo, insieme ad altri tre o quattro, aveva abbandonato il gruppo principale per prendere una direzione diversa. Procedevano a passo tranquillo – «per far prendere fiato ai cavalli» spiegò il contadino rubicondo in testa alla piccola comitiva.

Aveva perso di vista Thom quando lui, insieme ad altre quattro persone, si era fermato in un bosco per aiutare un cavallo, che era rimasto intrappolato nel filo spinato con una zampa. Uno di loro aveva estratto un tronchese dalla giacca e, nel corso di quella delicata operazione, a Thom era spettato il compito di tenere ferma la testa dell'animale. «Tu vai avanti!» le aveva gridato. «Penso che ne avremo per un po'. Ti raggiungo dopo.» Evidentemente non era più preoccupato per lei. Ma la sua fiducia si rivelò subito mal riposta, perché dieci minuti dopo il cavallo grigio di Sabine scivolò su un'asse, disarcionandola.

«Tutto bene?» chiese uno dei ragazzi che era con lei, correndo immediatamente ad aiutarla mentre qualcun altro afferrava il cavallo.

«Sì» gli rispose, alzandosi dal terreno melmoso. «Sono solo un po' sporca.»

Evidentemente aveva minimizzato, pensò mortificata: una gamba dei suoi calzoni color crema adesso era completamente marrone, tanto che le sembrava di indossare un costume da giullare, mentre la bella giacca blu di Joy era tutta inzaccherata.

Il suo soccorritore prese dalla tasca un fazzoletto piuttosto sudicio e glielo porse. «Per il viso» disse. «Ne hai un bel po' intorno all'occhio.»

Sabine iniziò a pulirsi dalla parte sbagliata e lui glielo disse, ma alla fine prese il fazzoletto e la aiutò. A quel punto lei ebbe il tempo di osservarlo: occhi castani, pelle chiara, un ampio sorriso. Giovane.

Dal momento che il suo cavallo non aveva subito danni, il ragazzo la aiutò a rimontare in sella. «Tu non sei di queste parti. Non con quell'accento. Londra, giusto?»

«Già.» Forse era stata troppo sbrigativa. «Sto dai miei nonni» aggiunse.

«Dove?»

«A Kilcarrion, nel paesino di Ballymalnaugh.»

«Lo conosco. Chi sono i tuoi nonni?»

«I Ballantyne.»

«Ma certo» disse lui, poi si chinò per offrirle un sostegno. «Quell'anziana coppia di inglesi. Non sapevo che avessero parenti.»

Sabine lo guardò sogghignando. «Ah, perché tu conosci gli affari di tutti da queste parti, vero?»

Lui ricambiò il sorriso. Era davvero carino. «Ascolta, ragazza di Londra, da queste parti tutti conoscono gli affari di tutti.»

Da quel momento era rimasto a chiacchierare con lei e procedettero insieme lungo i viottoli umidi, seguendo il piccolo gruppo. Viveva a circa sei chilometri da lei, sperava di entrare all'università inglese di Durham come suo fratello e passava il tempo a gingillarsi nella fattoria dei genitori. Si chiamava Robert McAndrew, ma per tutti era Bobby, e Sabine credeva di non aver mai conosciuto nessuno con una parlantina simile.

«Esci spesso, Sabine?»

«Vuoi dire a Londra?»

«No, intendevo qui. Carina come sei, a Londra non ti mancheranno certo gli inviti.»

Sabine lo scrutò, sospettosa. Quel suo modo di farle i complimenti somigliava velatamente a una presa per i fondelli, ma lei era preparata. «Esco ogni tanto.»

«Pub e roba del genere?» le domandò Bobby, rallentando per restare al suo fianco.

«Più o meno» mentì lei. Non metteva piede in un pub da quando era arrivata. I suoi nonni non erano tipi da pub e Thom non aveva mai manifestato l'intenzione di invitarla.

«Ti va di uscire, qualche volta?»

Sabine avvampò. Le stava chiedendo un appuntamento! Si guardò le mani, in collera con se stessa per quella vampata di rossore. A volte era proprio un'imbranata. «Se vuoi» borbottò.

«Be', non sei certo costretta. Non ti torcerò un braccio o roba del genere» rispose Bobby, senza smettere di sorridere.

Sabine lo imitò. Una volta a casa, avrebbe avuto il tempo di riflettere su di lui e su cosa provava – oltre che su come avrebbe potuto dire ai nonni che forse aveva un appuntamento.

«D'accordo, allora» ribatté.

«Bene. Reggiti forte adesso, credo che prenderemo la scorciatoia per raggiungere gli altri» le disse lui, interrompendo le sue riflessioni.

Sabine si ritrovò a galoppare alle calcagna del cavallo baio di Bobby McAndrew. Si stava facendo buio e, mentre attraversavano un campo, si rese conto di essere dolorante e di aver perso sensibilità alle dita dei piedi. Tenendo gli occhi fissi sul cavallo che la precedeva, fu colta dall'improvviso desiderio di un bagno caldo e si augurò di non essere troppo lontana da casa. Non aveva idea di dove si trovasse Thom e non ricordava quale fosse il luogo dell'appuntamento con la nonna. Non l'aveva ascoltata quando glielo aveva detto, quella mattina.

Assorbita dal problema del ritorno, non udì subito le grida di Bobby. Si sforzava inutilmente di cogliere le sue parole nel vento, scuotendo il capo. Alla fine, lui tornò indietro. «C'è un Wexford Bank più avanti!» urlò. «È di quelli difficili. Punta bene i piedi e aggrappati forte alla criniera.»

Sabine guardò in quella direzione sgranando gli occhi. Davanti a loro riuscì a scorgere due cavalli che, con un balzo quasi verticale, raggiungevano la cima del terrapieno, per poi decollare un'altra volta, in un guazzabuglio di fango e zoccoli. Il suo cuore si fermò. «Non posso farcela!»

«Devi farcela!» gridò Bobby. «Non c'è altra via. Dovremo tornare indietro, altrimenti.» Quindi afferrò le redini, preparandosi a saltare.

Dopo aver decretato che una lunga passeggiata solitaria era preferibile a un mucchio di ossa rotte, Sabine tentò di fermarsi, ma il suo cavallo non ne voleva sapere. Deciso a rimanere con i suoi compagni, puntava dritto verso il terrapieno col collo proteso in avanti, incurante delle suppliche e degli strattoni di Sabine. Non c'era tempo per riflettere: poteva scegliere di gettarsi sul terreno bagnato o fidarsi del cavallo e fare il possibile per restare in sella. Davanti a lei si ergeva un terrapieno altissimo, preceduto da un fossato scuro come una tomba. Il cavallo di Bobby, dopo essersi preparato al balzo, si lanciò in avanti, scivolò un po' sulla cima e infine, incitato dalle grida del ragazzo, scomparve alla vista.

Sabine lasciò andare le redini, piantò bene i piedi nelle staffe e chiuse gli occhi. "Sto per morire" pensò. "Ti voglio bene, mamma." All'improvviso l'animale spiccò il salto, dandole uno scossone che la fece barcollare all'indietro. Nel breve istante in cui aprì gli occhi erano sul terrapieno e il cavallo, con il collo piegato, tentava di bilanciarsi. Poi ci fu un altro balzo verso il basso, lunghissimo. Lei ebbe giusto il tempo di chiudere gli occhi e strillare. Quando toccarono terra, cadde in avanti, coi piedi fuori dalle staffe e le braccia avvinghiate alla bell'e meglio intorno al collo dell'animale.

Bobby stava ridendo. «Prendi! Prendi!» le gridò, infilandole in mano una delle redini. «Ce l'hai fatta. Brava.» Sabine si raddrizzò tutta sorridente e, ancora incredula per quell'impresa, cominciò ad accarezzare il cavallino. «Bravo, bravo! È proprio in gamba il mio piccolo.» Dopo quell'infusione di adrenalina, avrebbe voluto mettersi a gridare, saltare un'altra volta quel maledetto terrapieno.

«Non ero sicuro di farcela nemmeno io. Sei stata grande a rimanere in sella» disse Bobby.

Sabine lo guardò e, con un sorriso aperto e spontaneo stampato in volto, pronunciò una frase totalmente incomprensibile per il figlio di un contadino che abitava a sei chilometri da lei: «Non ho aggirato l'ostacolo!».

Per qualche motivo le sembrava ingiusto che la ragazza che aveva appena saltato il terrapieno più alto del mondo dovesse perdere tutto quel tempo a strigliare le zampe coperte di fango di un cavallo, a pulire i finimenti e a lucidare stivali. E poi aveva male dappertutto, aveva il sedere dolorante come se l'avessero sculacciata con una spranga di ferro e le dita paralizzate dal freddo, molli e inutili come salsicce. Ma Joy era stata chiara: «Il tuo cavallo viene prima di tutto. Si è comportato molto bene oggi e si merita quantomeno una bella strigliata».

Dopo avere ripulito ogni minima traccia di fango – fango irlandese che, come aveva potuto constatare, aveva l'esasperante capacità di infilarsi *ovunque* – e avere quasi smaltito l'euforia, Sabine, rigida e infreddolita, sentiva di essere lei ad avere bisogno di una strigliata e di un buon pastone di crusca e melassa (il profumo era così invitante che l'aveva assaggiato: sapeva di sottotappeto). Purtroppo, proprio in quel momento Joy scese nella stanza degli stivali e, con quello che più si avvicinava a un tono di scuse, la informò che c'era un problema con l'acqua calda. In pratica, non ne avrebbe avuta a sufficienza per farsi un bagno.

«Stai scherzando?» le domandò Sabine, sull'orlo del pianto. Il pensiero di sfilarsi quegli indumenti bagnati in una stanza umida solo per indossare altri vestiti gelidi era troppo deprimente.

«Temo di no.» Dopo un attimo di pausa, Joy aggiunse: «Ma ho parlato con Annie. Non ha ospiti stasera e dice che puoi fare il bagno da lei». Poi andò a chiudere la porta, rivolgendole un mezzo sorriso. «Pensavi forse che ti avrei negato un bagno caldo dopo una giornata a caccia? Praticamente è la parte migliore.»

Sabine le sorrise a sua volta, sorpresa dal bizzarro senso dell'umorismo della nonna, quindi corse a prendere shampoo e asciugamano al piano di sopra. Un bagno da Annie! Acqua calda a volontà! Saponetta senza screpolature grigiastre! Niente corse infreddolite dal bagno alla camera da letto! La prospettiva di tanta comodità e tepore le infuse una tale energia, che in pratica Sabine fece la strada di corsa.

Quando aprì la porta, tuttavia, si rese conto immediatamente che l'atmosfera era gelida. Aveva fatto irruzione nel soggiorno con una voglia matta di raccontare a Annie tutta la sua giornata, di parlarle di Bobby – che le aveva chiesto di uscire –, di ringraziarla in anticipo per quel bagno, ma appena vide che lei e Patrick erano in piedi agli angoli opposti della stanza e non si guardavano nemmeno, le sue parole divennero pezzi di ghiaccio.

«Io... ecco... ciao a tutti» disse, fermandosi sulla soglia. Nella stanza regnava una quiete innaturale. Persino l'onnipresente schermo televisivo era spento. Ma era un silenzio spiacevole, gravato da parole appena pronunciate.

Vedendola, Patrick tentò di ricomporsi. «Sabine» disse.

Annie, con il collo del maglione oversize tirato su fino al mento, si comportò come se non esistesse. Incerta se andarsene o no, Sabine iniziò a spostare il peso da una gamba all'altra.

«Io... posso ancora fare il bagno?»

Patrick annuì, mentre Annie alzò la testa, perplessa. «Bagno?»

«Credevo che la nonna...»

«Hai appena detto che poteva venire qui a fare il bagno. L'hai detto alla signora Ballantyne al telefono. Ti ho sentita con le mie orecchie.» Patrick sembrava esasperato, come se quella fosse l'ennesima discussione di una lunga serie.

«Certo che puoi fare un bagno» disse Annie alzando le spalle. «Ogni volta che vuoi.»

Sabine la scrutò preoccupata. «Anche adesso? La nonna ha detto che non c'erano problemi.»

Seguì una breve pausa. «Ma certo che puoi» intervenne Patrick, incapace di reggere ulteriormente l'indecisione di Sabine. «Ti stavamo aspettando. Vai pure di sopra e chiama se ti serve qualcosa. Prenditi tutto il tempo che vuoi.»

Lei attraversò lentamente il soggiorno, diretta verso le scale. «Ho portato il mio asciugamano» mormorò, come se questo potesse giovare al morale di Annie.

Ma fu Patrick a rispondere. «Va bene. Goditi il bagno.»

Sabine restò nella vasca per un po', ma non perché fosse gradevole. Mentre l'acqua si raffreddava, era rimasta ad ascoltare perfettamente immobile i tipici suoni di una lite – le pause infinite, il tono distaccato delle voci, il brusio sommesso ed esasperato che caratterizza i bisticci fra adulti. Stavano discutendo, ovviamente, ma sembrava una cosa a senso unico, come se Annie si fosse sottratta allo scontro e Patrick stesse facendo tutto da solo. Di norma, trattandosi di una sua amica, Sabine sarebbe stata incline a prendere le sue difese: come si poteva maltrattare una donna che aveva perso sua figlia? Come si poteva discutere con una persona che non aveva ancora accettato il lutto? Eppure, pensandoci meglio, aveva la sensazione che fosse Patrick a soffrire di più.

Non le andava di scendere. Non voleva essere costretta ad attraversare nuovamente il campo di battaglia, tra sorrisi e chiacchiere di circostanza, per poi andarsene a letto e sentirsi a pezzi. "Se fossi voluta entrare in una zona di guerra, mi sarebbe bastato rimanere a casa" pensò, e la sua battuta le strappò un sorriso mesto. Ma non c'era nulla di divertente. Non voleva che Patrick e Annie si lasciassero. Era ovvio che lui la amava e che Annie amava la loro figlia. Avrebbero dovuto superare quella tragedia insieme sostenendosi a vicenda, e non allontanarsi. Era tutto così naturale ai suoi occhi. Sembrava impossibile che gli adulti riuscissero a complicare tanto le cose.

Eppure sembravano provarci gusto. Sua madre metteva sempre tutto in discussione, anche quando non c'erano problemi. Non riusciva mai ad accettare semplicemente le cose. E Sabine sapeva perfettamente come sarebbe andata dopo il trasloco di Justin a casa loro, posto che non fosse già avvenuto. Lui e Sabine avrebbero finito per litigare e Kate, dopo essersi illusa per mesi di avere una famiglia felice, si sarebbe ritrovata a piangere con la testa rovesciata sul tavolo della cucina, parlando di vite rovinate e chiedendole se credeva davvero che potessero stare meglio da sole: perché le interessava la sua opinione, davvero... E Sabine aveva già ben chiara la propria risposta – le piaceva immaginare i litigi con sua madre ed era sorprendente come a volte le cose si svolgessero esattamente secondo il copione: "Ah, quindi adesso ti interessa la mia opinione? E come mai non era così quando Geoff se ne stava andando? E quando se ne stava andando Jim? Eh?". Ecco cosa le avrebbe detto, mentre lei, abbattuta e mortificata, avrebbe rimpianto di non somigliare un po' di più a sua madre.

Immersa nell'acqua sempre più fredda, Sabine prese atto in silenzio dell'ingiustizia di essere una sedicenne senza alcuna autorità. Quando si accorse di avere le dita raggrinzite come prugne secche e che la temperatura dell'acqua aveva smesso di essere gradevole, uscì dalla vasca e si asciugò.

In soggiorno non c'era nessuno. Non sapeva se esserne sollevata. Ma, mentre percorreva a ritroso la strada bagnata verso Kilcarrion, qualcosa la costrinse a voltarsi. Dietro la finestra illuminata si stagliava la sagoma di Annie, che fissava il giardino. Non vide Sabine. Sembrava non vedere nulla. Sopra il maglione troppo spesso, si teneva lo stomaco con entrambe le mani.

«Stasera c'è un piatto speciale, Sabine.»

La nonna appoggiò la pentola fumante al centro della tavola splendidamente apparecchiata e sollevò il coperchio con un entusiasmo davvero inconsueto per lei. «La signora H l'ha preparato apposta per te. Stufato di verdure con ravioli vegetariani alle erbe e formaggio. Un bel piatto caldo è quel che ci vuole dopo una giornata di caccia.»

Inalando quell'aroma intenso, Sabine sentì lo stomaco contrarsi per la fame. Aveva rimpianto per quasi tutto il pomeriggio la barretta di Mars regalata a quel bambino, e solo i morsi del freddo erano riusciti a distrarla.

«Lo assaggio anch'io per farti compagnia.»

«Sembra buonissimo» disse, domandandosi se fosse inopportuno servirsi da sola senza aspettare.

«A mio parere, non c'è niente di meglio di uno stufato, per scaldarsi dopo una giornata sul campo da caccia» continuò Joy, mentre frugava nella credenza in cerca dei tovaglioli. «A me veniva sempre una fame incredibile. Mi portavo qualche sandwich, ma ogni volta mi scivolavano dalle tasche e finivano sotto gli zoccoli dei cavalli.»

"Fai presto, per favore" pensò Sabine. Stando alle regole, non poteva cominciare prima che sua nonna si fosse seduta. Il suo stomaco brontolò così forte che Bertie si voltò a guardarla incuriosito.

«Ma dove avrò messo quei portatovaglioli? Eppure erano in questo cassetto. Forse la signora H li ha portati in cucina.»

«Posso... posso...» L'aroma intenso del sugo le dava le vertigini.

«Vado a vedere. Non ti dispiace aspettare un istante, vero?»

«In realtà...»

Furono interrotte da un rumore metallico in lontananza, seguito da un tonfo dietro la porta della sala da pranzo. I cani uscirono di corsa da sotto il tavolo e iniziarono a guaire e a raspare davanti alla soglia.

La nonna, lasciando perdere i portatovaglioli, andò ad aprire in tutta fretta. «Edward! Che cosa stai facendo?»

Poi arretrò, e Sabine guardò suo nonno entrare nella stanza con passo incerto, ansimando e strascicando i piedi, chino su due bastoni come un quadrupede preistorico. «Cosa sto facendo, secondo te?» grugnì. Avanzava lentamente, senza mai alzare gli occhi dal pavimento. «Vengo a cena.»

Joy lanciò uno sguardo ansioso alla nipote che, per rispetto dei suoi sentimenti, si voltò dall'altra parte. Perché non era stata l'inaspettata comparsa del marito ad allarmare la nonna, ma il suo abbigliamento così fuori dall'ordinario. Indossava uno spesso pigiama di cotone, decorato con un motivo cachemire rosso abbinato alle pantofole, che lasciavano intravedere le caviglie dolorosamente gonfie e violacee. Sopra la casacca del pigiama, indossava una giacca bianca inamidata, con colletto alla coreana e spalline, che emanava un lieve ma inequivocabile odore di naftalina. Sabine ipotizzò che si trattasse di un'uniforme della marina. Al collo sfoggiava la sciarpa di cachemire di Joy, quella malva a fiori blu, come una specie di dandy infreddolito.

Mentre Sabine teneva gli occhi fissi sul piatto,

il nonno raggiunse il suo posto e si mise a sedere con cautela. Dopo essersi sistemato, posò i bastoni, sospirò e, chinandosi in avanti, scrutò attentamente la tavola preparata con gusto. «Mi manca il piatto» dichiarò.

Joy, in piedi accanto alla porta, corrugò la fronte. «Non ti aspettavo stasera. Mi avevi detto di non avere fame.»

«Be'... invece ce l'ho.»

C'era un breve scarto temporale tra le domande e le risposte, come se quei due stessero parlando al telefono su una linea internazionale. Joy aspettò un istante, strofinandosi senza motivo i pantaloni con le mani. Quando comprese che la decisione del marito era definitiva, si diresse in cucina, scacciando in malo modo i cani che le stavano tra i piedi. «Apparecchio anche per te.»

Soddisfatto, il nonno si appoggiò allo schienale e cominciò a guardarsi intorno, come se stesse tentando di localizzare qualcosa. Quando scorse Sabine, si fermò e picchiò la mano sul tavolo. «Ah, eccoti qui.»

Lei abbozzò un sorriso.

«Allora.» Prese fiato con un rantolo, poi, in tono piuttosto compiaciuto, aggiunse: «Ho saputo che sei uscita a caccia».

Prima che Sabine potesse replicare, Joy rientrò con piatti e posate, apparecchiando per il marito con rapidità e accuratezza. «Sì, ha trascorso una gran bella giornata.»

Edward alzò gli occhi verso la moglie. Il suo volto era impassibile, ma la sua voce tradiva una certa irritazione. «Sto parlando con mia nipote. Gradirei che non mi interrompessi.»

Joy inarcò un sopracciglio, ma decise di ignorarlo. Tornata al suo posto, cominciò a servire lo stufato.

«Ebbene...» riprese il nonno con cautela, e, nel suo sguardo, Sabine ebbe la netta sensazione di scorgere un'ombra di malizia. «È stata una bella giornata?»

Era stato divertente vedere la nonna beccarsi un rimprovero, ma adesso che si stava godendo il primo boccone, Sabine non aveva voglia di perdere tempo a parlare. «Sì» rispose, annuendo energicamente per evitare che il nonno le chiedesse di ripetere.

«Bene, bene...» disse lui con un sorriso, e tornò ad appoggiarsi allo schienale. «Che cavallo montavi? Il Duca?»

«No, Edward. Il Duca è zoppo. Lo sai.»

«Cosa?»

«Il Duca. È zoppo.» Joy versò un bicchierino di vino rosso e lo spinse verso Sabine.

«Ahhh. È zoppo?» A quel punto il nonno si interruppe e diede un'occhiata al piatto. «Mio Dio... E questo cos'è?»

«Stufato di verdure» rispose Joy ad alta voce. «Il preferito di Sabine.»

«Che carne è?» chiese ancora Edward, punzecchiando le verdure con la forchetta tremante. «Non ne hai messa nel mio piatto.»

«Non c'è carne. È solo verdura.»

Il nonno alzò lo sguardo, diffidente. «Ma la carne dov'è?»

Per un attimo Joy sembrò esasperata. «Non te l'ho data» disse alla fine. «Non ce n'era più.» Quindi lanciò una rapida occhiata a Sabine, facendole capire che aveva mentito di proposito e invitandola a stare al gioco.

«Ahhh…» disse Edward fissando il piatto. «C'è il mais?»

«Sì» rispose Joy, piluccando la sua porzione. «Devi scartarlo.»

«Non mi piace il mais.»

«Oggi Sabine ha saltato un Wexford Bank» annunciò decisa la nonna, alzando la voce. «Me l'ha detto Thom.»

«Hai saltato un terrapieno? Bravissima» le disse, con gli angoli della bocca che si curvavano in un sorriso. Sabine si sorprese a ricambiarlo. Gongolava al solo ricordo. «Sono proprio difficili quei terrapieni.»

«In realtà ha fatto tutto il cavallo» replicò Sabine modesta. «Io sono soltanto rimasta aggrappata.»

«A volte la cosa migliore è proprio lasciar fare al cavallo» intervenne Joy, pulendosi la bocca. «E il tuo è piuttosto in gamba.»

D'un tratto, guardando i nonni, Sabine si sentì parte di una grande famiglia e scoprì quanto fosse gradevole crogiolarsi nella loro approvazione. Non avrebbe mai creduto di poter essere tanto orgogliosa di sé. Aveva preso il diploma quell'estate, ma poi c'era stata quella faccenda di Geoff e Justin. Dentro di sé era soddisfatta, ma condividere la gioia del risultato con sua madre avrebbe comportato una forma di complicità che lei, dopo la rabbia di quei mesi, non era disposta a tollerare. Per qualche ragione, era più semplice con i nonni. "In fondo non è male stare qui" pensò. "Anzi, potrebbe addirittura piacermi."

«Allora… quante volte avete stanato?»

Sabine guardò prima lui, poi la nonna, ma si accorse che il suo posto era vuoto. Non aveva idea di cosa volesse dire quella parola. «Come?» chiese con un filo di voce, tendendo l'orecchio per cogliere i passi di Joy di ritorno dalla cucina.

Il nonno sembrò spazientirsi, come se fosse provato dalla fatica di dover ripetere qualcosa di tanto semplice. «Ho detto: quante volte avete *stanato*?»

Non aveva capito niente ma, per qualche incomprensibile ragione, faticava ad ammetterlo. La muta approvazione dei nonni era così rara e gradevole, che sarebbe stato un peccato spezzare l'incantesimo. Edward sarebbe rimasto deluso, considerandola una specie di imbrogliona, mentre Joy avrebbe assunto quell'espressione vacua ma lievemente indignata che, fino a poco tempo prima, aveva caratterizzato ogni loro conversazione. E lei sarebbe tornata a essere Sabine, l'intrusa di città.

«Sei.»

«Cosa?»

«Sei.» Quel numero le pareva una buona via di mezzo.

Il nonno spalancò gli occhi. «Sei volte?»

A quel punto rientrò la nonna con il pane.

«Hai sentito, Joy? Oggi hanno stanato *sei volte*.»

Joy le lanciò un'occhiata pungente e Sabine, consapevole di avere detto la cosa sbagliata, cercò in tutti i modi di giustificarsi con lo sguardo.

«È incredibile» disse il nonno, scuotendo il capo verso il piatto. «Che io sappia, una cosa simile è accaduta solo... nel '67, Joy? L'anno in cui invitammo i Pettigrew. Fu cinque o sei volte, giusto?»

«Non ricordo» tagliò corto Joy.

«Forse ho capito male» intervenne Sabine, disperata.

«Sei volte» ripeté il nonno, scuotendo il capo di nuovo. «Già, già… gran bella stagione quella del '67. E ottimi cavalli. Ricordi il puledro che comprammo a Tipperary, Joy? Come si chiamava?»

«Capitan Ridley.»

«Ma certo, Capitan Ridley. Andammo fino a Tipperary. E quel cavallo ci costò talmente tanto che non avanzammo nulla per l'hotel. Fummo costretti a dormire in una roulotte, vero, cara?»

«Proprio così.»

«Già. In una roulotte. Era gelida. Piena di spifferi.»

«Altroché.»

«Fu davvero divertente!» esclamò Edward e, lentamente, sul suo volto raggrinzito si aprì un faticoso sorriso. Anche l'espressione di Joy sembrava essersi addolcita.

«Già,» rispose Joy «proprio divertente.»

«Un vero spasso» borbottò Sabine, approfittandone per servirsi un altro raviolo.

«Sei volte… Non c'è suono migliore del verso dei segugi, sai?» Il nonno alzò la testa, come per assaporare una melodia lontana. «Non c'è suono migliore.»

Poi guardò Sabine dritta negli occhi e sembrò vederla realmente per la prima volta. «Non assomigli per nulla a tua madre, vero?» Detto questo, si accasciò e il suo viso finì nel piatto di stufato.

Per un breve, terribile istante, Sabine lo fissò con aria assente, chiedendosi se si trattasse di uno scherzo. Ma Joy balzò in piedi strillando e si precipitò verso il marito, sollevandogli la testa dal piatto e stringendola a sé. «Chiama il dottore!» gridò.

Risvegliata dal suo stato di trance, Sabine spinse indietro la sedia e schizzò fuori dalla stanza. Mentre rovistava nella rubrica e componeva il numero con mano tremante, la visione tremenda di suo nonno le si parò davanti agli occhi. Senz'altro quell'immagine l'avrebbe perseguitata a lungo, anche dopo il ritorno alla normalità. Aveva gli occhi socchiusi e la bocca semiaperta, e rivoli caldi di un liquido rosso pomodoro gli scorrevano sul viso, inzuppando la sciarpa a fiori, per poi sgocciolare come sangue diluito sulle spalle candide della giacca.

Kate si mise a sedere sul divano accanto a Justin e valutò se fosse il caso di appoggiarsi a lui e, magari, di passargli le dita tra i capelli. Oppure di prendergli la mano. Se non addirittura di appoggiargli le dita sulla coscia, con un gesto rilassato ma deciso. Gli lanciò un'occhiata furtiva, per decidere quale fosse la mossa più appropriata. Due mesi prima non si sarebbe preoccupata di quelle cose, ma allora si sentiva più disinibita con lui, certa che avrebbe reagito bene a qualsiasi approccio.

Perché il Justin di oggi, diversamente da quello di due mesi prima, non sembrava costantemente ansioso di toccarla, abbracciarla o accarezzarla. Spesso, la sera, non si preoccupava nemmeno di sedersi accanto a lei. E Kate, così desiderosa di colmare quella distanza, si scoprì tremendamente impacciata nel tentativo di ricreare un calore che, senza i suoi sforzi, sarebbe stato inesistente.

Alla fine si accontentò di avvicinarsi a lui e di lasciare che le loro gambe si sfiorassero.

«Ancora un po' di vino?»

«Volentieri» rispose Justin, senza distogliere lo sguardo dalla televisione.

«Adoro il Fleurie. È un regalo che mi piace concedermi qualche volta.»

Lui sbuffò per qualcosa che era accaduto sullo schermo, poi la guardò mentre gli riempiva il bicchiere. «Molto gentile.»

«Credo di non sapere qual è il tuo vino preferito.» Voleva che ricominciassero a parlare, che si dedicassero totalmente l'uno all'altra, spifferando segreti che non sapevano nemmeno di custodire, desiderosi di aprirsi, di mettersi a nudo: "Ecco, io sono così. Prendimi, se vuoi". All'inizio della loro relazione, Kate era stata folgorata da una nuova immagine di se stessa. Aveva capito di avere un certo potenziale. Justin sembrava scorgere infinite possibilità in lei e le aveva fatto credere che avrebbe potuto essere molto di più, che insieme avrebbero potuto essere molto di più. Adesso, invece, andava da lei solo per sedersi davanti alla TV e domandarle, telecomando alla mano, cosa ci fosse per cena.

«Si chiama relazione stabile» le aveva detto una sera, di fronte al suo tentativo di affrontare l'argomento. «Dimostra che sono a mio agio con te. La passione folle non può durare in eterno.»

"E allora perché ho lasciato Geoff per te?" avrebbe voluto urlargli. "Almeno con lui non dovevo cucinare e lavare i piatti. Almeno Geoff aveva voglia di chiacchierare la sera. E aveva voglia di fare l'amore, qualche volta."

«Allora, qual è il tuo vino preferito?»

«Scusa?»

«Il tuo vino preferito. Qual è?» ripeté, cogliendo un'inedita punta di acredine nella propria voce.

«Vino? Ehm… in realtà non ci ho mai pensato.» A quel punto Justin si interruppe, come se con mezzo cervello si stesse sforzando di trovare una risposta apparentemente necessaria. «Mi piacciono alcuni vini cileni.»

Kate aveva la sensazione che, insieme allo spettro di Geoff e al rischio di essere scoperti, fosse svanita anche l'eccitazione necessaria ad alimentare il desiderio di Justin. E lei si era ritrovata alle prese con un sentimento astioso, con il sospetto di avere assunto a poco a poco un altro ruolo, di essersi trasformata senza volerlo in una seconda madre, in grado di garantire pasti caldi, calore domestico e un rifugio sicuro a una persona che ormai sembrava avere dimenticato cosa fosse la passione.

«Si è sistemato piuttosto bene, direi» aveva commentato Maggie la settimana precedente, vedendo le borse con l'attrezzatura fotografica di Justin nell'atrio.

«In che senso?»

«Bella casa con cibo e sesso inclusi, un posto dove piazzare le sue macchine fotografiche e nessuna responsabilità, niente impegni, niente bollette.» Poi, arricciando le labbra, era andata con passo spedito in cucina, dove Kate stava preparando il tè.

«Perché dovrebbe pagare le bollette, dal momento che non abita qui?» Per quanto il tono di Maggie fosse irritante, Kate era consapevole del fatto che l'attrezzatura di Justin stava invadendo l'appartamento e temeva che Sabine non si sarebbe mostrata altrettanto disponibile.

«Non c'è alcuna ragione. Pensavo solo che dopo tutto questo tempo avesse voglia di trasferirsi qui.»

«Senti, Maggie, non tutti desiderano essere come te e Hamish. Justin è uno spirito libero. E, soprattutto, sono appena uscita da una relazione finita male. Sai bene quanto. L'ultima cosa che voglio è una persona che arrivi qui a mettere a soqquadro la mia vita senza darmi nemmeno il tempo di godermi un po' di solitudine.»

Era quasi riuscita a convincersi.

«Ah, non avevo capito che avessi rotto con Geoff per goderti *un po' di solitudine*. Scusami, cara, pensavo che avessi detto di voler stare *con Justin*. Che testa! Deve essere l'Alzheimer che avanza.» E, con un'occhiataccia maliziosa, Maggie aveva troncato la conversazione.

Aveva ragione, ovviamente, ma ammettere il proprio errore avrebbe significato riconoscere anche che tutto quel dolore, quella confusione, la frattura ancora più profonda nel rapporto già precario con sua figlia non erano serviti a niente. E avrebbe significato riconoscere che, a dispetto dei suoi trentacinque anni, di tutte quelle relazioni alle spalle e di tutta la sua convinzione, con Justin aveva preso un altro abbaglio. L'ennesimo.

Pensò con un certo disagio a sua figlia, che non sentiva da oltre una settimana. Era stata piuttosto affabile al telefono: niente rimproveri per le sue mancanze, niente brusche reazioni quando, per caso, aveva menzionato Justin. Ma al primo accenno sull'opportunità di tornare a casa, Sabine, con gentilezza, aveva cambiato argomento. Più che il suo rifiuto, erano stati i modi a turbarla. Sua figlia non aveva mai mostrato alcuna preoccupazione per i suoi sentimenti, anzi, la maggior parte delle volte faceva il possibile per risultare sgradevole. La nuova Sabine, così adulta, oltre a manifestarle una certa disapprovazione per il modo in cui conduceva la sua vita, se ne stava evidentemente creando una propria, il più lontano possibile da lei.

"Dovrò essere solo più insistente" pensò Kate con un nodo in gola, mentre fissava le gambe di Justin, avvolte nei pantaloni di fustagno e allungate di fronte a lei. "Le lascerò un po' di spazio. Poi comincerò a ricordarle tutto quello che le piaceva di Londra. Non sarò appiccicosa né patetica. Aspetterò che sia pronta a tornare da me. E non darò troppo peso al comportamento di Justin. È un brav'uomo e mi ama. Abbiamo ceduto alla routine un po' troppo presto, ecco tutto. Devo solo dare una scossa alla situazione."

Dopo aver fatto un sospiro profondo, gli passò una mano tra i capelli, scompigliandoli un po', poi gli posò la mano sulla gamba. «Allora,» disse «ti è piaciuta la cena?»

Gli aveva preparato il suo piatto preferito: bistecche di tonno. Stava diventando piuttosto brava in cucina.

«Era tutto buonissimo, te l'ho detto.»

Facendo scivolare la mano sulla coscia, gli sussurrò all'orecchio: «Forse ti andrebbe anche il dessert...».

Oddio, somigliava alla protagonista di un porno di serie B. Ma non doveva mollare. L'imbarazzo avrebbe rovinato tutto.

«Magari!» rispose lui, distogliendo gli occhi dallo schermo e voltandosi verso di lei. «Cosa c'è di buono?»

Kate si sforzò di conservare il suo sorriso seducente. «Be', non avevo proprio in mente il classico dessert.» Lui la scrutò con aria assente. «Ma sarà dolcissimo… credo…» "Non ci arrivi proprio?" avrebbe voluto gridargli. E invece, decisa ad andare fino in fondo, delegò alla sua mano il compito di fargli capire cosa intendeva.

Seguì un lungo silenzio.

Justin guardò Kate, poi la sua mano, poi ancora il suo viso. Alla fine sorrise e inarcò le sopracciglia. «Certo… è una bella idea. Ma a dire il vero, Kate, quasi quasi mi hai fatto venire voglia di un dolce. C'è qualcosa in casa?» A quel punto si interruppe. «Magari un pezzo di cioccolato? O un po' di gelato?»

Kate fermò la mano e lo fissò.

«Be', sei stata tu a mettermelo in testa» aggiunse, vagamente sulla difensiva. «Non ci stavo nemmeno pensando, ma adesso ne ho proprio voglia.»

Per assurdo, in un primo momento Kate dovette soffocare l'impulso di andare ad aprire il congelatore. Poi valutò se fosse il caso di prenderlo a schiaffi. Infine stabilì che sarebbe stato meglio uscire dalla stanza per decidere quale istinto assecondare. Ma Justin fu fortunato, perché proprio in quel momento il telefono squillò.

Lui allungò una mano verso il ricevitore, poi, cogliendo qualcosa di strano nella sua espressione, sprofondò nuovamente tra i cuscini del divano.

«Pronto?» Era consapevole che Justin la stava fissando, perplesso per la sua reazione.

«Kate?»

«Sì?»

«Sono tua madre.»

"È per Sabine" pensò disperata. "Ha avuto un incidente." Altrimenti non l'avrebbe mai chiamata. Non lo faceva da anni. «Cos'è successo?»

«Ho pensato che fosse il caso di avvisarti. Tuo padre... non sta affatto bene. Ha avuto un collasso stasera. È... è in ospedale.» A quel punto esitò, come se attendesse una risposta. La sua voce era tesa. Sentendo che Kate non reagiva, fece un sospiro profondo. «Come ti ho detto, ho pensato che fosse giusto avvisarti.» E riattaccò.

Kate si mise a sedere e posò il ricevitore, consapevole che, nonostante lo shock, il sollievo per Sabine stava prendendo il sopravvento. Sua figlia stava bene. Ma quel sollievo le aveva impedito di comprendere appieno le parole di Joy.

«Mio padre» disse infine, davanti all'espressione interrogativa di Justin. «Credo che stia morendo. Altrimenti mia madre non mi avrebbe mai telefonato.» Parlava con voce sorprendentemente ferma.

«Farai meglio ad andare, allora» osservò lui, posandole una mano sulla spalla. «Poveretta. Vuoi che ti prenoti un volo?»

Justin se ne era andato da un'ora quando Kate, telefonando alle varie compagnie aeree per scoprire, con un misto di frustrazione e sollievo, che tra i vari festival e congressi medici, e la definitiva rottura della sua auto, le ci sarebbero voluti almeno un paio di giorni per atterrare all'aeroporto di Waterford, realizzò che, pur essendosi dimostrato tanto comprensivo, non si era offerto nemmeno una volta di accompagnarla.

9

Christopher Ballantyne e sua moglie Julia si somigliavano a tal punto che, a detta della signora H, se si fossero sposati trent'anni prima avrebbero suscitato «molte chiacchiere» in paese. Avevano gli stessi capelli scuri e ondulati, di una tonalità identica, gonfi sulla testa troppo grossa, come la glassa sopra un pan di Spagna fuori misura. Avevano lo stesso naso aquilino, la stessa corporatura sottile, le stesse convinzioni sulla maggior parte degli argomenti – in particolare igiene e politica – e la stessa voce stridula e tonante, tanto che ogni frase suonava come se fosse soffiata fuori da un mantice.

Ed entrambi, notò Sabine con un certo risentimento, la trattavano con lo stesso indulgente distacco che avrebbero riservato a un'ospite qualunque. Ma, nel suo caso, sembrava una manovra volta a suggerirle che, malgrado i suoi legami di sangue, lei non faceva *davvero* parte della famiglia. Non come loro. E che, ovviamente, era colpa di Kate.

La sera in cui il nonno era finito con la faccia nel piatto, Christopher era arrivato di gran carriera e con atteggiamento da padrone, dicendo a Joy – piuttosto inutilmente, secondo il parere di Sabine – che poteva «stare tranquilla adesso». Lui e Julia si trovavano a un ballo di caccia a Kilkenny – «un colpo di fortuna», l'aveva definito senza troppo tatto. Quindi si erano precipitati laggiù e avevano sistemato le loro cose nella camera degli ospiti, vicino a quella della nonna. Fino ad allora Sabine non si era mai chiesta perché la stanza buona, con una bella moquette e una grossa cassettiera in noce, tutta scintillante, non fosse stata assegnata a lei. Ma quando lo accennò alla signora H, lei le rispose che Christopher «amava avere una camera tutta sua», e che lui e Julia andavano spesso a trovare i nonni. "In altre parole, non come me e la mamma" pensò Sabine, ma non disse nulla.

Se Joy aveva notato il risentimento di Sabine, non fece commenti. Ma sembrava molto frastornata, senza il marito da accudire. All'ospedale di Wexford avevano deciso di tenerlo in osservazione e, benché a Sabine non andasse di chiedere quale fosse il problema (non c'era granché da osservare, ormai), doveva trattarsi di una cosa grave. E non solo perché la nonna era pallida, tesa e stranamente taciturna, ma perché ogni volta, in sua assenza, Christopher controllava le etichette scritte a mano dietro i mobili e sotto i tappeti, in cerca di eventuali cambiamenti nella spartizione delle suppellettili iniziata da Joy qualche mese prima.

«Molto saggio, mamma» era stato il commento di Christopher. «A lungo andare, ci eviterà grattacapi.» Ma Sabine lo aveva sentito lamentarsi con Julia di quanto fosse ingiusto che l'orologio del nonno nell'atrio e il dipinto a olio con la cornice dorata nella saletta della colazione recassero un'etichetta con scritto "Katherine". «Non ha mai dimostrato il minimo interesse per questo posto, ti pare?» A quel punto lei era scivolata nell'ombra, decisa a controllare tutte le etichette per assicurarsi che Christopher non cominciasse a scambiarle.

Nel frattempo, Julia si era fissata col "dare una mano" in casa, e dimostrò una tale sollecitudine che l'espressione normalmente docile della signora H divenne man mano sempre più rigida, come se il suo viso fosse stato immerso nella gelatina. Julia aveva già "organizzato" la cucina in modo da poter contribuire alla preparazione dei pasti. Aveva passato in rassegna il frigorifero chiedendosi se fosse davvero necessario conservare tutti quegli avanzi e se non sarebbe stato più pratico comprare del "buon pane" in negozio, lasciando perdere quelle pagnotte così pesanti che la signora H preparava ogni giorno. Quando era uscita dalla stanza, Sabine aveva ribadito alla signora H che la considerava una rompiscatole impicciona. Ma lei, come sempre, aveva risposto che faceva tutto «a fin di bene» e che presto se ne sarebbero tornati a Dublino – una frase che ripeteva come fosse un mantra.

Considerando che Christopher e Julia erano i suoi unici zii, Sabine si sarebbe dovuta stupire di averli incontrati solo in rare occasioni. Il loro matrimonio a Parsons Green, per esempio, quando era molto piccola. Di quel giorno ricordava soltanto che lei aveva fatto da damigella e che il suo vestito, forse per un errore della sartoria, era leggermente diverso da quello delle altre bambine. E così aveva trascorso l'intera giornata in preda all'umiliazione per colpa delle sue maniche a sbuffo, mentre le altre piccole dee bionde, percependo la sua diversità, avevano finito per emarginarla. L'ultima occasione era stata invece una "festicciola" organizzata prima del loro trasferimento a Dublino. Essendo in vena di riunioni familiari, avevano invitato anche lei, sua madre e Geoff. C'erano solo avvocati e gente della City, quindi Sabine se l'era svignata quasi subito a guardare la televisione insieme ai gatti nella camera da letto degli zii, cercando di ignorare il ragazzino che, per quasi tutta la durata di *The Railway Children*, non aveva fatto altro che pomiciare con la sua fidanzatina tredicenne, e chiedendosi se fosse finalmente arrivata l'ora di tornare a casa. Qualche entità superiore doveva avere ascoltato le sue preghiere, perché Geoff e sua madre erano andati a salvarla un'ora dopo il loro arrivo o poco più. Durante il viaggio di ritorno, Geoff non aveva fatto che sbraitare contro i capitalisti, mentre sua madre, di tanto in tanto, interveniva in loro difesa con un «Sì, be', sono la mia famiglia», ma senza troppa convinzione.

Forse proprio a causa della sgradevole presenza di Christopher e Julia, Sabine iniziò a collaborare di buon grado alla cura del nonno, quando due giorni dopo tornò a casa debole, avvolto in una coperta e apparentemente costretto su una sedia a rotelle. Per rispetto dei sentimenti di Joy, il figlio e la nuora lasciavano che fosse lei a occuparsene («Una scusa per poter andare a cavallo» disse Sabine alla signora H), ma alla nonna sembrava far piacere che Sabine andasse a sedersi al capezzale di Edward o gli leggesse la rubrica della posta su «Horse and Hound». In genere il nonno sembrava non accorgersi della sua presenza, ma Sabine era convinta di scorgere un'espressione irritata sul suo volto quando l'infermiera giovane e sveglia, assunta da Christopher per gran parte della giornata, lo aiutava a sollevarsi dicendogli allegramente che era ora di «andare alla toilette». E di tanto in tanto, mentre gli raccontava della sua giornata a cavallo o gli riferiva qualche frase detta da Thom nelle scuderie, le pareva di cogliere un guizzo nei suoi occhi, un'ombra di interesse che passava sul suo viso come una nuvola.

Joy, dal canto suo, reagì al ritorno del marito lavorando come non mai. Nelle scuderie sembrava esserci sempre da fare, la casa era un disastro, e se Liam e John-John non si fossero decisi a pulire quei finimenti, avrebbero dovuto gettarli via. Non accennava mai alle parole dei medici o alla ragione per cui Edward sembrava aver smesso di mangiare o alla spaventosa schiera di apparecchiature mediche che, con il loro cicalio continuo, circondavano il suo letto preannunciando un imminente disastro. Si limitava a ripetere distrattamente a Sabine che stava facendo «un ottimo lavoro» e a sbirciare nella stanza di tanto in tanto per assicurarsi che Edward fosse ancora vivo. Per il resto, trascorreva ancora più tempo nelle scuderie, occupandosi del suo vecchio cavallo.

Un giorno, dopo che l'infermiera se ne fu andata, Sabine riprese il suo posto al capezzale del nonno, ben lieta di sfuggire ancora una volta alla frenesia che regnava al piano inferiore. «Va tutto bene» gli disse. «Rilassati pure. Sono andati tutti fuori dai piedi.»

Mentre gli copriva il torace infossato, si rese conto che il suo corpo fragile non le suscitava più alcuna ripugnanza. Era solo felice di vederlo tranquillo, vivo, senza sugo di pomodoro sul viso.

«E non pensare che sia stufa o roba del genere» gli mormorò all'orecchio, mentre si apprestava a leggergli un vecchio libro di Rudyard Kipling sulle partite di polo in India che aveva trovato in biblioteca. Era certa che potesse sentirla, sebbene l'infermiera, quando lei gli parlava, inarcasse sempre le sopracciglia, come se stesse perdendo tempo. «Volevo dirtelo l'altro giorno» aggiunse sottovoce, prima di cominciare. «A volte anche a me piace starmene seduta e limitarmi a esistere.»

In occasione del suo diciottesimo compleanno, Kate Ballantyne aveva ricevuto tre regali importanti. Il primo, da parte dei suoi genitori, era una sella di prima qualità in pelle di cinghiale marrone scuro: una vera delusione, visto che aveva chiesto espressamente dei soldi per comprare un reggiseno e un paio di pantaloni. Il secondo, sempre da parte dei suoi genitori, consisteva in un ritratto che immortalasse il suo passaggio all'età adulta. Anche questo non suscitò troppo entusiasmo: avevano scelto un artista locale che aveva appena terminato un grosso dipinto a olio raffigurante il nuovo castrato di Joy, Lancillotto. Il terzo regalo… be', il terzo regalo sarebbe giunto molto più tardi, come risultato indiretto del secondo.

Sedici anni dopo, sul sedile posteriore di un taxi che dall'aeroporto di Waterford la portava a Kilcarrion, Kate ripensò a tutto questo, respirando l'odore acre del profumatore per auto. Se ne era andata di casa proprio dopo avere compiuto diciotto anni e, da allora, era tornata solo tre volte: una per mostrare ai nonni la neonata Sabine, e le due successive insieme a Jim, nella speranza che i suoi genitori, vedendola inserita in una "famiglia", potessero mitigare la loro durezza nei suoi confronti. Ed erano trascorsi altri dieci anni. "Perché piove sempre da queste parti?" pensò distrattamente, asciugando la condensa sul finestrino. "Non ricordo questo posto senza pioggia."

Ci aveva messo quasi due giorni per trovare un volo per Waterford e, sebbene sua madre si fosse presa il disturbo di telefonare per informarla che Edward si era «stabilizzato», sapeva bene che quel ritardo sarebbe stato usato come un frustino contro di lei. Le pareva già di sentire il ritornello in sottofondo: "Non gliene importava abbastanza per arrivare prima", "Nemmeno con suo padre a un passo dalla morte", "Sarà stata troppo impegnata a spassarsela con l'ultima fiamma". Sospirò tra sé e sé, ripensando all'ironia dell'ultima conversazione con Justin. Sembrava più turbato per la sua richiesta di far sparire l'attrezzatura prima della sua partenza per l'Irlanda che per la brusca fine della loro relazione.

Non era nemmeno certa del motivo che l'aveva spinta ad andare lì: oltre al disperato bisogno di rivedere sua figlia, non aveva alcun legame emotivo con quel luogo. Suo padre non le rivolgeva una parola affettuosa o cordiale da quando aveva diciotto anni, suo fratello e la cognata l'avrebbero trattata con superiorità, rivendicando i propri diritti sulla casa a suon di frecciate, mentre da tempo sua madre sembrava preferire la compagnia dei cani. "Sono venuta perché mio padre sta morendo" scandì tra sé e sé, come per verificare che quelle parole, dopo tanto tempo, sapessero ancora trasmettere una certa solennità, un senso di perdita. Ma provava solo paura al pensiero di ritrovarsi in quella casa. L'unica cosa che la faceva sentire meglio era la prospettiva di vedere sua figlia.

"Mi fermerò un paio di giorni" pensò, mentre il taxi sostava ai margini di Ballymalnaugh. "Sono un'adulta. Posso andarmene quando voglio. Un paio di giorni si possono sopportare. E magari riuscirò anche a convincere Sabine a tornare a casa."

«Arriva da lontano?» Evidentemente il tassista, giunto quasi a destinazione, sentiva il bisogno di assicurarsi la mancia.

«Londra.»

Gli occhi dell'uomo, simili a due scarafaggi annidati tra i cespugli, incrociarono quelli di Kate nello specchietto retrovisore.

«Londra. Ho alcuni parenti a Willesden.» Poi, ammiccando, aggiunse: «Non si preoccupi, tesoro, non le chiederò se li conosce».

Kate abbozzò un sorriso. Dietro il finestrino, vide sfilare i consueti punti di riferimento: la casa della signora H, la chiesa di Blessed Peter, il campo di quaranta acri che i suoi avevano venduto a un contadino la prima volta che erano rimasti al verde.

«È già stata da queste parti? Non è una zona molto turistica. Di solito li porto a nord. O a ovest. Non può immaginare quanta gente sia diretta a ovest, di questi tempi.»

Fissando il muro di pietra che delimitava Kilcarrion House, Kate esitò.

«No, mai» rispose.

«Quindi è venuta a trovare degli amici.»

«Più o meno.»

"Sei venuta a prendere Sabine" disse a se stessa. "È a questo che devi pensare. Renderà tutto più sopportabile."

Non fu Sabine ad accoglierla alla porta, ma Julia. Indossava un paio di calzoni da equitazione, un soffice gilet rosso, di lana, e calze abbinate. Dopo averla sommersa di baci ed esclamazioni, la informò con una certa malizia di non avere «assolutamente idea» di dove fosse Sabine. «Sembra trascorrere la maggior parte del tempo nascosta nelle scuderie o rintanata nella stanza di Edward». Julia assumeva sempre un tono perplesso quando doveva descrivere i comportamenti altrui.

Kate cercò di celare l'irritazione per quell'atteggiamento troppo confidenziale nei confronti di suo padre. Doveva avere frainteso. Sabine non era tipo da stare sempre in mezzo ai cavalli e, tantomeno, «rintanata» col nonno.

«Ma che sto facendo?» esclamò Julia, prendendo una delle borse di Kate. «Accomodati! Dove sono finite le mie buone maniere?»

"Demolite dalla tua avidità" pensò Kate. Poi si rimproverò: non aveva il diritto di essere così caustica, se fosse stato per lei, negli ultimi sedici anni avrebbero potuto anche radere al suolo tutto quanto per far posto a un McDonald's. Quindi, sistemandosi gli occhiali sul naso (ovviamente aveva dimenticato le lenti a contatto), cercò di concentrarsi su quella casa che non le apparteneva più.

«Ti abbiamo sistemato nella camera italiana» cinguettò Julia, mentre la "accompagnava" al piano superiore. «Credo che non ci siano perdite al momento.»

Nel decennio trascorso dalla sua ultima visita, la casa sembrava invecchiata alla velocità con cui invecchiano i cani, pensò Kate, guardandosi intorno. Era sempre stata fredda e umida, ma non ricordava quelle macchie scure sulle pareti, simili ad antiche mappe di continenti remoti, né un arredamento così malandato, con tappeti persiani ridotti a chiazze grigiastre e irregolari di cotone intrecciato e mobili rigati e scheggiati, ormai ben oltre la soglia del restauro. Non ricordava l'onnipresente puzza di cane e cavallo, mescolata all'odore della muffa e dell'abbandono. E non ricordava il gelo: non era il freddo asciutto che aveva provato a casa sua dopo quel guasto alla caldaia, ma un freddo umido, penetrante, un freddo antico, che le era subito entrato nelle ossa. Guardò il gilet di lana pesante della cognata con occhi nuovi. Era senz'altro più caldo di tutti i suoi indumenti.

«Siamo riusciti a riscaldarla un po'» disse Julia, spalancando la porta della camera di Kate. «Non immagini quanto fosse gelida. Non c'è da stupirsi che Edward si sia ammalato, l'ho detto anche a Christopher.»

«Pensavo che avesse avuto un infarto» osservò Kate, con distacco.

«Sì, ha avuto un infarto, ma è vecchio e molto debole. E gli anziani hanno bisogno di certe comodità, giusto? Ho detto a Christopher che dovremmo portarlo con noi a Dublino, in una casa col riscaldamento. Abbiamo una camera già pronta. Ma tua madre non ce lo permette. Vuole tenerlo qui.»

Il tono con cui aveva pronunciato le ultime parole non lasciava dubbi su quale fosse la sua opinione in merito. Julia era convinta che Joy, trattenendo suo marito a Kilcarrion, lo stesse condannando a una morte prematura. Ma Kate si sentì improvvisamente dalla parte di sua madre: per lui sarebbe stato molto meglio restare in quella casa fredda e umida, piuttosto che morire nell'abbraccio soffocante dell'appartamento di Julia, col suo riscaldamento centralizzato e le tinte pastello.

«Detto tra noi, Kate, non vedo l'ora di tornare a casa» disse, aprendo un cassetto per verificare che fosse vuoto. Tendeva a elargire quelle finte "confidenze", parole senza alcun significato, ma che suggerivano una qualche forma di intimità da parte sua. «Questo posto è proprio deprimente, eppure Christopher lo adora. Il nostro vicino si sta occupando dei gatti, ma ormai saranno disperati, poveretti. Detestano essere lasciati soli.»

«Ah, i gatti» rispose educatamente Kate, ricordando la passione della cognata per quei due felini dall'aspetto arrogante. «Sono sempre gli stessi?»

Julia le posò una mano sul braccio. «Sei molto carina a chiedermelo, Kate, ma purtroppo no. Armand è ancora con noi, Mam'selle invece ci ha lasciati questa primavera.» Kate notò con una certa inquietudine che i suoi occhi si erano riempiti di lacrime. «Comunque, ha avuto una bella vita...» disse fra sé e sé, con un'espressione distante. «E poi abbiamo trovato una piccolina adorabile per tenere compagnia ad Armand: l'abbiamo chiamata Poubelle,» aggiunse con una risata entusiasta, ritrovando improvvisamente il buon umore «perché non esce mai dalla pattumiera della cucina, la signorina.»

Kate si sforzò di sorridere, chiedendosi quando sarebbe riuscita a liberarsi dalle grinfie di sua cognata, col suo profumo di fresia, per andare a cercare Sabine.

«Adesso ti lascio, non vedrai l'ora di disfare i bagagli» disse Julia. «Ma non dimenticare che il tè è alle quattro e mezzo in punto. Abbiamo convinto Joy a servirlo nella saletta della colazione, perché è un po' più facile da scaldare. Ci vediamo là.»

Quindi fece un rapido cenno con la mano e se ne andò.

Lasciandosi cadere sul letto, Kate contemplò quella stanza che non vedeva da dieci anni. Non era la sua camera. Julia le aveva detto che quella era occupata da Sabine, mentre lei e Christopher si erano sistemati nella vecchia stanza di suo fratello. Sua madre, invece, dormiva nell'altra camera degli ospiti, quella "asciutta". Nulla di sorprendente. Kate aveva sempre sospettato che i genitori dormissero in camere separate, anche quando viveva ancora con loro – suo padre russava, era la giustificazione poco convincente di Joy. In quella stanza non ritrovava nulla della sua infanzia o della sua adolescenza: era come se la casa fosse invecchiata più rapidamente di chiunque altro, eliminando man mano ogni tratto distintivo, ogni traccia familiare, e adesso, francamente, le sembrava del tutto estranea.

"Perché dovrebbe importarmene?" pensò, rianimandosi. "Non vivo qui da quando è nata Sabine. La mia vita è a Londra."

Eppure si ritrovò a fissare i quadri alle pareti, a sbirciare negli armadi, come se si aspettasse di riconoscere tutto all'improvviso o di provare una fitta di malinconia per una vita ormai lontana, meno complicata.

Stava scendendo le scale quando finalmente vide Sabine. Le voltava le spalle, era accovacciata e si stava togliendo gli stivali da equitazione, mentre Bella e Bertie la tormentavano strofinandole il muso contro il viso. Lei li rimproverava affettuosamente e Bertie, ormai in preda all'agitazione, la fece ruzzolare sul tappeto dell'atrio, sbavandole addosso. Sabine lo spinse via ridendo e cercando di asciugarsi la faccia.

Non somigliava nemmeno lontanamente a sua figlia. Davanti a quella spontanea manifestazione di affetto, Kate provò un sentimento di gioia, ma anche una certa amarezza al pensiero che quel posto, quel gelido deserto di emozioni, era riuscito dove lei aveva fallito.

Sabine avvertì una presenza dietro di sé e si voltò. Alla vista della madre sulle scale, ebbe un sussulto.

«Sabine» disse Kate istintivamente, allargando le braccia. Non era preparata allo scossone emotivo che avrebbe provato alla vista di sua figlia. Erano trascorse settimane.

Sul volto di Sabine passò un lampo di incertezza. «Oh... ehm, ciao, mamma» disse e, facendo un passo avanti, lasciò che Kate la stringesse a sé.

Quando ritenne che quell'abbraccio fosse durato abbastanza, si sottrasse lentamente.

«Ma guardati!» esclamò Kate. «Sembri… sembri… Be', stai benissimo.» "Sembri proprio una del posto" avrebbe voluto dirle. Ma le implicazioni di quella frase erano troppo rischiose, quindi le parole le morirono sulle labbra.

«Faccio schifo» ribatté Sabine, guardando i suoi jeans infangati e il maglione troppo largo e coperto di paglia. Poi abbassò la testa, si passò la mano sottile fra i capelli e, d'un tratto, tornò la solita Sabine, timida, ipercritica e diffidente davanti a qualsiasi complimento. «Hai gli occhiali» aggiunse, quasi in tono di accusa.

«Lo so. Stupidamente, nella confusione ho scordato le lenti.»

Sabine fissò sua madre in volto. «Dovresti cambiare montatura» commentò, e tornò a rivolgersi ai cani. Dopo un attimo di silenzio, si chinò a raccogliere gli stivali.

«Allora…» disse Kate. La sua voce era troppo acuta, troppo ansiosa, ne era consapevole. «Sei uscita a cavallo?»

Sabine annuì e posò gli stivali dietro la porta.

«Non avrei mai pensato che la nonna ti lasciasse cavalcare. Ti piace? Ti ha dato un cavallo?»

«Già, ne ho preso uno in prestito.»

«Bene… bene. È bello rispolverare le vecchie passioni, no? E cos'altro hai fatto?»

Sua figlia la guardò irritata. «Non molto.»

«Cosa? Hai cavalcato e basta?» La porta della saletta della colazione era aperta e Kate notò con un certo sollievo che non c'era ancora nessuno.

«No, ho dato una mano in giro.» Così dicendo, spedì i cani nella saletta della colazione e poi, con un gesto che sembrava il frutto di un'abitudine consolidata, mise un piede davanti alla stufa a petrolio.

«E… sei contenta? Va tutto bene? Ti… ti ho sentita pochissimo ultimamente. Mi chiedevo se stessi bene.»

«Sì, sto bene.»

Nel lungo silenzio che seguì, Sabine non distolse mai lo sguardo dalla finestra, scrutando il cielo sempre più scuro. «Di solito prendiamo il tè in soggiorno, non in questa stanza. Ma *Julia*…» scandì quel nome con un certo disprezzo «Julia dice che il fuoco a legna non riscalda abbastanza. Perciò adesso lo prendiamo qui.»

Kate si mise a sedere con esitazione, cercando di non lasciare trapelare il proprio dolore per l'indifferenza della figlia. «Di solito» aveva detto. «Di solito»… come se vivesse lì da sempre, come se quel posto le appartenesse.

«Allora,» disse allegramente «vuoi notizie di Goebbels?»

Sabine mise l'altro piede davanti alla stufa e la guardò. «Sta bene, no?»

«Sì, pensavo che volessi sapere che cosa fa.»

«È un *gatto*» la liquidò Sabine. «Cosa vuoi che faccia?»

"Dio mio," pensò Kate "non so dove gli adolescenti imparino a demolire le persone, ma Sabine ci riesce benissimo."

«Non ti interessa sapere cosa succede a casa? Come va il mio lavoro?»

Sabine la guardò accigliata, sforzandosi di capire cosa volesse da lei. Sembrava ansiosa di suscitarle una reazione, come se si fosse aspettata un'accoglienza festosa, di essere sommersa dalle domande o di vederla saltellare come in quei programmi televisivi in cui la gente si ritrovava dopo tanto tempo. E, forse, fino a un paio di settimane prima Sabine lo avrebbe anche fatto. Ma ormai aveva cambiato atteggiamento verso Kilcarrion, e l'incontro improvviso con sua madre... be', era seccante. La sua presenza aveva cancellato il desiderio di averla accanto. "È come con i ragazzi" rifletté. "Pensi a qualcuno tutta la settimana, hai una voglia matta di vederlo e, quando sei con lui, ti sembra tutto molto complicato e hai il dubbio che non ti interessi poi così tanto." Forse l'immaginazione era meglio della realtà.

Di nascosto scrutò sua madre, che si guardava pateticamente intorno con aria smarrita. Negli ultimi due mesi, Sabine aveva pensato solo agli aspetti migliori del loro rapporto, alla Kate premurosa e gentile, alle loro confidenze. Ma adesso il sentimento dominante era... qual era? L'irritazione? Una vaga sensazione di invadenza? Vederla le riportò alla mente l'affare Justin/Geoff, e ascoltarla le ricordò che sua madre non era in grado di rilassarsi e di lasciarla in pace, ma la metteva spesso a disagio, cercando di strapparle atteggiamenti che non erano i suoi. "Non potevi restare un po' più sulle tue?" avrebbe voluto dirle. "Non potevi semplicemente salutare e lasciare che fossi io ad avvicinarmi? Perché devi sempre farmi tante pressioni? Mi viene voglia di respingerti." Ma continuò a scaldarsi i piedi gelati davanti alla stufa, ricacciando indietro le proprie emozioni.

«Ah, Katherine» disse Christopher, entrando a passo deciso nella stanza. «Julia mi ha detto che eri qui.» Le diede un bacio svogliato, posandole una mano sulla spalla. «Hai fatto un buon viaggio? Sei venuta in traghetto, alla fine?»

«No, ho preso l'aereo. Non c'erano voli prima di questo» rispose Kate, rendendosi conto di essere già sulla difensiva.

«Ah, sì, sì. L'ho saputo. Non importa, sembra che il vecchio sia un po' migliorato.»

«No,» borbottò Sabine «sono rimasta con lui praticamente tutti i giorni e non è migliorato affatto.»

Christopher la ignorò e si mise a sedere al posto di suo padre. «Allora, quanto ti fermi?» chiese a sua sorella, guardandosi intorno come in attesa che Julia o la signora H entrassero col vassoio del tè. Kate non sapeva cosa rispondere. "Finché non muore" avrebbe voluto dire. "Pensavo che fossimo tutti qui per questo." Invece rispose: «Non lo so ancora».

«Noi probabilmente dovremo rientrare domani» annunciò Christopher. «Al lavoro stanno cominciando ad agitarsi e, onestamente, adesso la situazione sembra meno urgente rispetto a qualche giorno fa.»

"Quando io non c'ero" pensò Kate.

«Ma probabilmente farò un salto durante i fine settimana,» aggiunse «per controllare che se la cavino, per dare un'occhiata, per assicurarmi che stiano al caldo e cose del genere.»

«Il camino del nonno è acceso tutto il giorno» intervenne Sabine.

Christopher sembrò notarla a malapena. «Sì, sì, ma questa vecchia casa è tremendamente umida. Non gli farà certo bene. Allora, dov'è Julia? E la mamma? Pensavo che il tè fosse alle quattro e mezzo in punto.»

Come se lo avesse sentito, Joy si materializzò sulla porta. I suoi capelli, ribelli per natura, erano sfuggiti all'acconciatura morbida che li tratteneva e somigliavano a una paglietta consumata. Indossava un maglione blu scuro con le toppe ai gomiti, mentre le calze che spuntavano sotto i logori pantaloni di velluto a coste erano spaiate, oltre che di due colori non intonati.

«Katherine. Sì. Come stai?» Così dicendo si avvicinò e le diede un bacio sulla guancia. Kate, riprendendosi dall'odore familiare di lavanda e cavalli, notò sbigottita quanto fosse invecchiata sua madre dal loro ultimo incontro. La sua pelle, già segnata, adesso sembrava sciupata e riarsa dal sole e dal freddo, scolorita e coriacea, solcata da vene e rughe profonde. I capelli, prima di un grigio scuro, erano diventati argentei. Ma erano gli occhi a rivelare maggiormente il peso dell'età: un tempo vigili e inflessibili, adesso erano lievemente infossati e confusi. In qualche modo sembrava più piccola, meno robusta. Meno spaventosa.

«Hai fatto buon viaggio? Scusami, non sapevo che fossi arrivata. Ero nelle scuderie.»

«Non fa niente» rispose Kate. «Julia mi ha mostrato la mia camera.»

«E hai visto Sabine. Bene. Bene… Cara, il nonno prende il tè?»

«No, sta dormendo.» Sabine era seduta sul pavimento, circondata dai cani. «Posso riprovare fra mezz'ora.»

«Sì, brava. Allora, dov'è la signora H con il tè?» Così dicendo, Joy uscì dalla stanza e Kate rimase a fissare lo spazio vuoto. "Tutto qui?" pensò. "Non ci vediamo da dieci anni, mio padre sta morendo, ed è tutto qui?"

«Non è… ecco, non è del tutto in sé da quando papà si è ammalato» disse Christopher, mentre sua moglie entrava nella stanza.

«Decisamente non è più lei» aggiunse Julia. «È come se tutto questo avesse fatto ammalare anche lei.»

Sabine volle prendere le sue difese. «Sta bene,» disse «è solo un po' frastornata.»

«E smemorata» continuò Julia, scuotendo la testa. «Ho dovuto dirle due volte che torneremo sabato.»

«Penso che dovremmo assumere qualcuno per badare a loro. A entrambi.» Christopher si alzò e fece capolino nel corridoio, come per assicurarsi che non ci fossero orecchie indiscrete. «Temo che non possano restare soli.»

«Ed è difficilissimo aiutarli,» aggiunse Julia «radicati come sono nelle loro abitudini.»

«C'è già la signora H. E avete portato qui quell'infermiera. Odiano averla tra i piedi e non potrebbero sopportare nessun altro.»

Kate fissò la figlia, sbalordita per come aveva difeso i suoi nonni e il loro stile di vita, mentre Christopher guardò prima Sabine e poi Kate, come se volesse incolpare sua sorella per quell'improvvisa sfacciataggine. Ma Kate non avrebbe mai osato intromettersi nella discussione.

Sabine cominciò ad alzare la voce. «A loro non piace avere estranei in casa. La signora H pensa a tutto e ha detto che farà anche gli straordinari, se necessario. Non capisco perché non potete semplicemente lasciarli stare.»

«Sì, be', è un pensiero carino, Sabine, ma conosci i tuoi nonni da cinque minuti. Io e Julia diamo una mano da anni e sappiamo di cosa hanno bisogno.»

«Invece no!» inveì Sabine. «Non glielo avete mai chiesto. Siete arrivati qui e vi siete messi a comandare. Non avete mai chiesto alla nonna se voleva un'infermiera… l'avete piazzata qui e basta. E il nonno la odia. Inizia a gemere ogni volta che entra in camera.»

«Tuo nonno è molto malato, Sabine» rispose Julia gentilmente. «Ha bisogno di cure professionali.»

«Non ha bisogno di qualcuno che lo rimproveri perché non va al gabinetto come dovrebbe. Non ha bisogno di qualcuno che lo costringa a mangiare la verdura come se fosse un bambino e che parli di lui come se non esistesse.»

A quel punto, Christopher esaurì la pazienza. «Sabine, tu non hai la minima idea di quello che serve ai miei genitori. Tu e Katherine non avete avuto praticamente nulla a che fare con questa famiglia per anni, e se pensi di poter arrivare qui di punto in bianco e dettare legge sulla gestione di questa casa, ti sbagli di grosso.» Mentre parlava, si era fatto rosso in volto. «Ora, è un momento difficile per tutti noi e apprezzerei che non ficcassi il naso in faccende che non ti riguardano.»

«Me ne andrò solo quando mi diranno di andarmene!» gridò Sabine. «Non perché sei tu a volerlo. E comunque lo sappiamo tutti che a te interessano soltanto i loro pezzi di antiquariato. Ti ho visto controllare i mobili, cosa credi?» Si alzò dal pavimento e corse fuori dalla stanza con il viso in fiamme. «E guardate che non sono ancora morti!» sbraitò infine, sbattendo la porta.

Joy, che stava arrivando col vassoio, sobbalzò davanti alla brusca uscita della nipote. «Dove è andata Sabine?»

«Bizze da adolescente» tagliò corto Christopher. Kate si rese conto che era ancora più accalorato di sua figlia. In quella faccenda dei mobili doveva esserci un fondo di verità.

«Ah.» Joy guardò la porta per un attimo, valutando se fosse il caso di seguirla. Alla fine, però, decise a malincuore che il suo posto era lì. «Magari tornerà» disse, speranzosa, poi si chinò, armeggiò con la teiera e sistemò le tazze sui piattini. «Mi piace averla intorno.» Così dicendo, lanciò una timida occhiata a sua figlia. Davanti a quell'inedito sfoggio di emozioni – che a Kilcarrion equivaleva a spogliarsi dichiarando amore eterno da un altoparlante –, Kate provò un brivido inspiegabile.

Il rito del tè non fu affatto gradevole, senza Sabine. La sua assenza lasciò una specie di lacuna, come se da una foto di famiglia fosse stata tagliata alla bell'e meglio la testa di una persona. Joy, visibilmente in ansia per la nipote, non faceva che ripetere se non era il caso di metterle da parte un po' di torta alla frutta. Christopher teneva il broncio e Julia, nel tentativo di conservare una parvenza di allegria, blaterava di insulsaggini a voce troppo alta. Kate, dopo avere stabilito che quella visita si stava rivelando un incubo ancora peggiore del previsto, disse ben poco, limitandosi a rispondere a qualche domanda diplomatica sul suo lavoro e prendendo atto della maliziosa assenza di riferimenti alla sua vita amorosa, mentre soffocava l'istinto di rincorrere sua figlia. E lo avrebbe fatto, lo desiderava tanto, ma sentiva che Sabine l'avrebbe allontanata o le avrebbe detto che non poteva capire. Non poteva tollerare di essere respinta tante volte in un solo giorno.

Ma la faccenda non era ancora chiusa. Quando Joy uscì dalla stanza per andare a controllare Edward, come aveva annunciato rivolta alla sua tazza mezza piena, Christopher, ancora irritato per i commenti di Sabine, domandò caustico alla sorella se non fosse il momento di insegnare le buone maniere a sua figlia.

«Chris, ti prego, non cominciare» rispose stancamente Kate. «Sono esausta e non sono dell'umore.»

«Be', da qualcuno dovrà pure impararle, no? Ma non da te, evidentemente.»

«Cosa intendi?»

«Quello che ho detto. Non mi pare che tu stia facendo i salti mortali per insegnarle come ci si comporta.»

Kate lo fissò, mentre il sangue le pulsava nelle orecchie. Aveva ricominciato. Era arrivata da due ore e aveva già ricominciato, come se quei sedici anni non fossero mai trascorsi, come se vivessero ancora a casa dei genitori e lui avesse ripreso a criticarla per la sua "incapacità di comportarsi come si deve".

«Oh, per l'amor del cielo, Chris! Sono appena arrivata. Dacci un taglio.»

«Lasciamo perdere, caro.» Julia, che sembrava allergica a ogni minimo accenno di lite familiare, si era alzata in piedi come per andarsene.

«E perché dovrei? Si presenta qui quando il vecchio sta per morire, ma prima manda sua figlia ad abbindolare la mamma. Mi pare giusto, almeno, non risparmiarle qualche sgradevole verità.»

«Che cosa hai detto?» Benché fosse preparata all'astio del fratello, Kate faticava a credere alle proprie orecchie.

«Hai sentito bene. È chiarissimo quello che hai in mente, Katherine, e lasciamelo dire: lo trovo ignobile.»

«Credi che avessi intenzione di tornare qui? Credi che Sabine voglia vivere qui? Dio mio, ho sempre saputo che avevi una pessima opinione di me, ma questo è proprio il colmo.»

Christopher infilò le mani in tasca e si voltò verso il fuoco con espressione caparbia.

«Certo che così è comodo, vero? Te ne sei infischiata di loro per anni e, adesso che lui sta per morire, tu e tua figlia arrivate qui come due uccellacci del malaugurio.»

Kate si alzò. «Come *osi* insinuare una cosa simile?» ribatté, furiosa. «Non me ne importa un bel niente dei soldi di mamma e papà. Se provassi a superare quella tua dannata paranoia, ti ricorderesti che fino a questo momento me la sono cavata perfettamente con i miei mezzi. A differenza di qualcun altro.»

«Quei soldi erano un *prestito*.»

«Sì, un prestito che non hai ancora ripagato dopo... quanto? Undici anni? Anche se i tuoi genitori muoiono di freddo in una casa senza riscaldamento che sembra sul punto di cadere a pezzi. Davvero molto generoso.»

«Oh, no, vi prego...» intervenne Julia, guardando prima uno poi l'altra. Infine, rendendosi conto che nessuno dei due aveva intenzione di darle retta, uscì dalla stanza.

«E chi credi che stia pagando tutto questo?» Anche Christopher si era alzato e, gridando, incombeva su Kate, forte della sua statura. «Chi credi che stia pagando quella maledetta infermiera da quattrocento sterline alla settimana? Chi credi che stia pagando perché la mamma possa tenere i suoi vecchi cavalli e fingere che la sua vita sia quella di sempre? Chi credi stia versando denaro sul loro conto tutti i mesi, dicendo che è frutto dei loro investimenti perché lo accettino? Guardati intorno, Katherine. Apri gli occhi. Se ti fossi presa la briga di tornare da queste parti più di una volta ogni dieci anni, ti saresti accorta che i nostri genitori non hanno più il becco di un quattrino.»

Kate rimase a fissarlo.

«Certo che tu non ti sei mai interessata molto di quello che succedeva al di là del tuo naso, vero? O forse dovrei dire al di là della tua vagina. Adesso che sei qui, immagino che vorrai fare un salto da Alexander Fowler, visto che ti sei liberata dell'ultimo tizio, non è così? Credo che sarà ancora disponibile per una sveltina... l'unica cavalcata che ti è sempre piaciuta, se non ricordo male.»

A quel punto, Kate alzò un braccio di scatto e gli assestò un sonoro ceffone sulla guancia.

D'un tratto, l'atmosfera intorno a loro sembrò

cristallizzarsi. Immobile e ansimante, Kate si fissava la mano dolente per la violenza dell'impatto, sconvolta dal suo stesso gesto, mentre Christopher la guardava con un braccio a mezz'aria.

«Allora» disse con voce cupa e astiosa. «Lo sa già? Tua figlia è al corrente delle sue prestigiose origini?» Così dicendo la scrutò, in attesa di una reazione. «Ha conosciuto suo padre? O forse potresti far posare anche lei. Che adorabile ritratto familiare sarebbe.»

«Che tu possa marcire all'inferno» rispose Kate e, dopo avergli dato uno spintone, uscì dalla stanza.

Il padiglione estivo non era il genere di costruzione che quel soave appellativo poteva evocare. Intanto, non aveva nulla di estivo: invece di scintillare al sole, le finestre erano sempre state sudice e coperte di muffa, mentre all'interno, al posto di mobili in ferro battuto dai colori vivaci, si trovavano solo vecchie casse da imballaggio, barattoli di vernice secca ormai sigillati e creature che zampettavano veloci dietro a pezzi di legno non meglio identificati. Non aveva mai ospitato una festa o un buffet, né costituito il centro ornamentale di quello che restava dei giardini all'italiana di Kilcarrion. Ma per Kate non era mai stato quello lo scopo del padiglione. Da bambina lo usava come rifugio, un luogo in cui nascondersi e sognare una famiglia che, ovviamente, presto sarebbe venuta a reclamarla. Negli anni dell'adolescenza era stato il nascondiglio in cui fumare, ascoltare musica e sognare i ragazzi che non la degnavano di uno sguardo perché viveva in quella grande casa e non sapeva vestirsi. Tempo dopo, era diventato il luogo dove incontrarsi in segreto col suo innamorato, lontano dallo sguardo inorridito dei genitori.

Quel giorno era il posto in cui sfogarsi e gridare ciò che provava realmente per il fatto di trovarsi lì.

«'Fanculo, 'fanculo, 'fanculo tutto quanto!» singhiozzò, avventandosi contro la parete con una rabbia impotente e facendo tremare e sfarfallare la vecchia lampada. «Che vadano tutti affanculo, tutti! Quel maledetto stronzo di Christopher, quello stronzo di Justin, che vada tutto a farsi fottere!»

Era di nuovo la sedicenne incapace di accontentare la sua famiglia, inerme davanti alle loro certezze, alla loro unanime visione del mondo. In un lampo era stata spogliata della sua identità professionale, della sua autorità di madre, della sua autostima, e lasciata lì, a subire indifesa la collera di suo fratello maggiore, proprio come trent'anni prima, quando si sedeva su di lei e le bloccava la braccia con le ginocchia, lasciandole cadere gli insetti sulla faccia.

«Ho trentacinque fottuti anni» disse, rivolta ai ragni e alle vecchie scatole di diserbante. «Come possono farmi sentire così? Una bambina. Come accidenti ci riescono?» Tacque e la consapevolezza di sembrare una stupida la fece infuriare ancora di più. «Com'è possibile… com'è possibile che dopo appena due ore sia già qui a imprecare davanti a questo maledetto muro?»

«Vedo che sei contenta di essere a casa.»

Kate si voltò, sbiancando davanti a quel visitatore inaspettato, poi rimase immobile con la bocca aperta, come un'idiota. «T-Thom?» balbettò.

«Come va?» Quando l'uomo entrò nel padiglione, il suo volto divenne visibile sotto la luce della lampada. Stringeva due buste di fertilizzante sotto un braccio e una vecchia cassetta nell'altra mano. «Non volevo spaventarti» disse, senza smettere di fissarla. «Ero nel capanno e ho visto la luce. Credevo di averla dimenticata accesa.»

Aveva il viso più pieno, adesso... non scarno, quasi emaciato come allora. Ma a quei tempi si stava allenando per diventare fantino e stava molto attento al peso. Adesso aveva le spalle larghe, e il suo corpo appariva robusto e massiccio sotto il pesante maglione. Un corpo da uomo. L'ultima volta che si erano visti, invece, era ancora un ragazzo.

«Ti... ti trovo bene» gli disse.

«Anche tu sei in gran forma» rispose lui con un sorriso indolente e divertito. «Ma, a sentirti, non sembri più dolce come una volta.»

Kate avvampò e, inconsciamente, alzò una mano verso quegli occhiali che le donavano così poco. «Oh, Dio, mi dispiace. È solo che... be', lo sai come è fatta la mia famiglia. Di certo non sanno tirare fuori il meglio di me.»

Thom annuì. La stava ancora fissando, e Kate sentì il rossore estendersi lentamente dalle guance al collo.

«Cielo» mormorò. «Io... non mi aspettavo proprio di vederti.»

Lui non reagì.

«Non pensavo che lavorassi ancora qui.»

«Infatti. Sono tornato qualche anno fa.»

«Dove sei stato? Voglio dire, sapevo che eri partito per l'Inghilterra subito dopo di me. Ma non sapevo cosa facessi laggiù.»

«Per un po' ho lavorato in una scuderia di cavalli da corsa a Lambourn, poi in un'altra a Newmarket. Ho fatto un casino e alla fine ho deciso di tornare a casa.»

«Sei diventato un fantino? Scusa, ma non mi tengo informata sulle corse.»

«Per un po'. Ma onestamente non ero un granché. Poi ho avuto un incidente e sono finito a lavorare nella scuderia.»

In quel momento alzò il braccio e lei, notando la mano finta, sobbalzò: ecco perché era immobile. Percependo la sua reazione, lui abbassò lo sguardo e cominciò a spostare il peso da un piede all'altro. A quel punto Kate si rese conto di averlo messo in imbarazzo e si vergognò di se stessa.

Seguì un lungo silenzio.

«Che cosa ti è successo?»

Thom la guardò, rinfrancato dalla sua schiettezza.

«Sono rimasto impigliato al cavallo ai cancelli di partenza. Quando sono riusciti a liberarmi, non c'era più nulla da salvare.» Sollevò la mano, come se avesse voluto esaminarla lui stesso. «Va tutto bene. Ormai ci convivo senza problemi.»

Kate si sentì invadere dalla tristezza al pensiero che proprio a Thom, un uomo dotato di energia, grazia naturale e doti fisiche, fosse toccata una simile disgrazia. «Mi dispiace» disse.

«Non devi dispiacerti.» Si era indurito, adesso: evidentemente non desiderava la sua compassione.

Rimasero in silenzio per qualche istante. Kate

teneva gli occhi bassi, mentre Thom non smetteva di fissarla e, quando alla fine lo guardò, lui ebbe la sensazione di essere stato colto a fare qualcosa di inopportuno. «Meglio che vada» disse. «Non ho ancora finito coi cavalli.»

«Sì.» Senza rendersene conto, Kate si era tolta gli occhiali. In quel momento li teneva in mano e ci giocherellava.

«Ci vediamo.»

«Certo, io... probabilmente mi fermerò almeno qualche giorno.»

«Sempre che la tua famiglia non ti mandi fuori di testa, giusto?»

Lei rispose con una risata – breve, priva di allegria.

Uscendo, Thom chinò la testa sotto lo stipite della porta, poi si voltò all'improvviso. «Tua figlia Sabine» disse «è fantastica. Davvero. Hai fatto un ottimo lavoro.»

Kate si sorprese a fare un ampio sorriso, forse il primo da quando era arrivata. «Grazie» rispose. «Grazie mille.»

Poi Thom se ne andò, e la sua pallida figura scomparve nell'oscurità.

10

Il ritorno nei luoghi dell'infanzia non è mai semplice, soprattutto in presenza di una madre incapace di accettare il fatto che siamo cresciuti. Ma Joy, consapevole che poche cose filavano lisce nella vita, non si aspettava certo un incontro caloroso o spontaneo con sua madre.

Intanto non tornava a Hong Kong da sei anni – sei anni in cui aveva seguito Edward nelle sue varie destinazioni in giro per il mondo; sei anni in cui sapeva di essere cambiata, forse non completamente, ma senz'altro al punto di eclissare la vecchia Joy sul piano della sicurezza e delle aspettative; sei anni durante i quali aveva perso suo padre, mentre sua madre si era chiusa in se stessa, sviluppando un'amarezza sempre più profonda nei confronti della vita che le restava.

Joy si trovava a Portsmouth quando un telegramma la informò dell'infarto di suo padre. Aveva sofferto in silenzio, oppressa dal senso di colpa per non essergli stata accanto al momento della morte e dal sospetto che, se avesse potuto scegliere, avrebbe preferito perdere prima sua madre. «Oh, be', immagino che per lei vada bene così» aveva commentato con asprezza, suscitando lo stupore di Edward. «Almeno adesso può sposare qualcun altro, qualcuno che soddisfi le sue esigenze.»

Alice, invece, non era per nulla sollevata dalla morte del marito. Anzi, il defunto Graham Leonard era improvvisamente diventato il fulcro della sua esistenza, incrementando ulteriormente, se possibile, l'astio che già nutriva nei suoi confronti. "Ormai è tardi per me" scriveva nei suoi messaggi sempre più illeggibili, e, più che un contrito accenno al futuro, era un modo per sottintendere che non si sarebbe trovata in quel pasticcio, se il marito avesse avuto la decenza di andarsene per tempo – prima che il suo giro vita si allargasse, che la sua pelle cedesse, che il grigio prendesse il sopravvento tra i suoi capelli. Prima che Duncan Alleyne, spaventato dalla sua improvvisa disponibilità, deviasse la propria attenzione verso la più giovane Penelope Standish, il cui marito, per quanto assente, era comunque vivo e vegeto. Con il consueto tono da martire, in quelle stesse lettere riusciva sia a criticare l'assenza di Joy che a respingere seccata ogni accenno della figlia a tornare da lei. "Tu hai la tua vita ormai" era la frase più ricorrente quando Joy, con riluttanza, si offriva di ospitarla ovunque si trovasse. "Non vorrai farti carico di una donna anziana." (In quei momenti, Joy rifletteva sul fatto che, se cinque anni prima l'avesse definita "donna anziana," Alice le avrebbe risposto con parole più taglienti di un rasoio.)

"Cara mamma," si limitava a risponderle "come ti ho già detto, io e Edward saremmo lieti di averti con noi in qualsiasi momento." Ma sapeva di non correre rischi: Alice non avrebbe mai scambiato i pavimenti di parquet e la splendida vista della sua casa in Robinson Road (per quanto intempestiva, la morte di suo marito era coperta da una buona assicurazione) con la condizione di stretta vicinanza, a suo parere addirittura "immorale", a cui erano costrette le coppie in marina. Comunque, per sicurezza, Joy non faceva mai mancare nelle sue lettere almeno un accenno a infestazioni, domestici maleducati o vicini di casa con bambini chiassosi.

Non voleva tornare a Hong Kong. Nei sei anni trascorsi come moglie di un ufficiale di marina, si era lasciata alle spalle la vecchia Joy, la sua mancanza di autonomia, la sua goffaggine, la sua infelicità. E, per nulla attratta dall'idea di somigliare a qualcun altro, apprezzava la libertà di essere semplicemente se stessa. La sua sete di viaggiare era stata appagata dai continui trasferimenti, da Hong Kong a Southampton, a Singapore e infine a Portsmouth, dopo un breve periodo alle Bermuda. Una volta Edward le aveva detto di non aver mai conosciuto la moglie di un ufficiale che salutava la ricomparsa dei bagagli con un sorriso entusiasta invece che con un sospiro rassegnato. Ma Joy, senza figli a cui badare (di comune accordo, avevano deciso di aspettare qualche tempo) e senza alcun desiderio di sistemarsi, aveva apprezzato tutti i luoghi in cui Edward era stato trasferito, dai cieli grigi e salmastri dell'Inghilterra meridionale alle sabbie roventi dei Tropici. Vivere in posti sempre nuovi contribuiva ad ampliare i suoi orizzonti, come l'obiettivo panoramico di una macchina fotografica, e placava il timore di trovarsi rinchiusa, ristretta, vincolata a un'esistenza rigida e formale.

E, soprattutto, le consentiva di stare con Edward. Certo, suo marito aveva perso parte della sua aura divina, ma in termini di affetto e premure aveva superato di gran lunga le sue aspettative, tanto che per più di tre anni Joy non aveva mai smesso di recitare la sua quotidiana preghiera di ringraziamento. Era felice e non mancava di ripeterselo, come se quelle parole potessero erigere una sorta di barriera scaramantica a salvaguardia della sua felicità. Lei e Edward erano una squadra, due persone che procedevano in tandem e, a differenza dei suoi genitori e delle altre coppie che aveva conosciuto nel corso della sua vita, non erano gravati dal peso delle delusioni, dei doveri e delle speranze tradite. Joy non aveva dovuto rinunciare ai propri sogni: aveva appena iniziato a realizzarli.

Ma aveva dovuto accettare anche qualche sacrificio. La gestione domestica, per esempio – e, sorprendentemente, trovandosi alle prese con un personale "problematico", con caldaie sgangherate e con il tedioso e inesorabile dilemma di cosa preparare per cena, si era sentita vicina a sua madre. Essendo da sempre un tipo solitario, sopportava senza problemi le lunghe assenze del marito, ma si era dovuta abituare alla sua fame di attenzioni: nei primi anni di matrimonio provava addirittura un senso di claustrofobia quando lui tornava a casa e non faceva che seguirla in ogni stanza come un cagnolino in cerca di cibo. Inoltre, nella sua posizione, Edward era costretto a ricevere numerosi ospiti – nuovi colleghi, soci in affari, parigrado di altre navi –, costringendo Joy a diventare più socievole. Spettava a lei organizzare le cene, ideare i menu, dare disposizioni al personale e assicurarsi che il marito avesse un numero sufficiente di uniformi (bianche per il giorno, giacchetta in vita e uniforme di gala la sera) per presentarsi sempre nel migliore dei modi.

Ma non le pesava. Adesso che era sposata, ai ricevimenti le venivano risparmiate le infinite presentazioni di potenziali mariti e le sgradite pressioni di chi faceva di tutto per trovarle un partner. Difficilmente lo metteva a disagio all'epoca, anche quando esauriva gli argomenti. Lui diceva sempre di preferire comunque la sua compagnia a quella di chiunque altro. A volte gli altri uomini gli rimproveravano sorridendo di dedicare troppe premure alla moglie: evidentemente non era appropriato mostrare tanto interesse.

Quindi avevano elaborato un codice: se lei si grattava il naso, significava che il soggetto era particolarmente noioso, se si lisciava continuamente i capelli, voleva dire che aveva a che fare con un pallone gonfiato, e se si toccava l'orecchio sinistro, era una richiesta disperata di aiuto. E Edward accorreva sempre, presentandosi al suo fianco con un drink o una storiella, pronto a dirottare l'interlocutore molesto. C'era poi un altro segnale, che indicava il desiderio impellente di restare soli. Ogni volta, vedendolo, Joy arrossiva. Edward aveva sempre una gran voglia di restare solo con lei.

Ma sarebbe stato diverso a Hong Kong, ne era certa. Sarebbe tornata la solita Joy, imbranata, assillata da sua madre, nota per essere poco socievole e certo non una gran bellezza. La figlia del buon vecchio Graham. ("Che peccato, vero? Così giovane e tutto il resto.") Fortunata ad avere trovato un marito. Ma senza figli da troppo tempo. (Cosa Penserà La Gente?)

Avevano fatto ritorno alla colonia in una delle settimane più afose di tutti i tempi. Gli alloggi della marina sul Peak erano perennemente avvolti in una foschia grigiastra, mentre l'alto tasso di umidità rendeva ingovernabili i capelli di Joy e la costringeva a cambiarsi d'abito almeno tre volte al giorno per essere minimamente presentabile. Ma il palazzo era di nuova costruzione e Joy, impegnata a dirigere il personale cinese nel trasloco dei mobili, notò con entusiasmo che lo spazioso appartamento al terzo piano disponeva non solo di un enorme soggiorno luminoso affacciato sul porto di Aberdeen, di una sala da pranzo separata e di ben tre camere da letto, ma anche di un deumidificatore ultramoderno, certo un po' rumoroso, ma utile a contrastare la minaccia della muffa, tipica della stagione delle piogge.

Per le donne della colonia, quella contro la muffa era una guerra continua, da combattere con la stessa mesta risolutezza con cui i loro mariti avevano affrontato i giapponesi. Era inevitabile: se non si provvedeva a installare una stufetta elettrica nel guardaroba o ad asciugare continuamente le scarpe di pelle, nel giro di due settimane gli spazi chiusi, caldi e umidi degli appartamenti favorivano lo sviluppo di una patina verdastra, e gli abiti migliori si ornavano di un motivo filigranato della stessa tonalità. Il portasigarette richiedeva un'attenzione particolare (Joy non fumava, ma aveva scoperto l'importanza di averne sempre qualcuna da offrire): nulla era più imbarazzante di un ospite che tentava di accendere una sigaretta umida. Nell'aria, poi, aleggiava costantemente un odore stantio e sgradevole, che segnalava la presenza di spore invisibili. Joy aveva azionato il deumidificatore ancor prima della fine del trasloco e, insieme ai tre cinesi, annuì soddisfatta quando l'apparecchio, con un cupo brontolio, iniziò a fare il suo lavoro.

Erano stati fortunati ad avere quell'appartamento, le aveva detto una delle altre mogli, mentre le spiegava la tecnica migliore per calare la cesta con la fune al fischio del postino (era una tale seccatura scendere ogni volta!). Dopo l'ascesa al potere dei comunisti, un immenso numero di cinesi si era rifugiato a Hong Kong, scatenando la crisi degli alloggi. E tutto appariva più caotico e affollato, con le baraccopoli che sorgevano sulle colline e il porto brulicante di *sampan* carichi di profughi. Inoltre, la colonia era diventata un nodo commerciale ancora più importante e attirava gente di ogni tipo, che si accaparrava le case migliori facendo lievitare gli affitti.

C'erano stati anche dei miglioramenti. Nella nuova catena Dairy Farm, non solo le *amah* riuscivano a trovare più facilmente prodotti freschi, ma era anche possibile acquistare speciali prelibatezze per i ricevimenti, come le ostriche importate da Sydney. Erano aumentati i negozi e adesso era più semplice reperire riviste e libri, mentre, grazie all'afflusso di giovani infermiere e insegnanti, non era più un problema fare numero a cena. Joy scoprì che le infermiere erano tipi piuttosto allegri, che erano temprate, ma spiritose riguardo alle loro esperienze con le truppe, e molto popolari tra i giovani ufficiali (più delle maestre, meno vivaci e, soprattutto, nettamente più anziane). Spesso, inoltre, erano abbastanza audaci da accompagnare gli uomini nella scintillante vita notturna di Wan Chai, dove, approfittando della presenza di truppe esterne e commercianti solitari e della loro voglia di divertirsi fuori orario, spuntavano locali come lo Smoky Joe e il Pink Pussycat. Joy era piuttosto incuriosita da quei posti e le sarebbe piaciuto scoprire cosa avessero di tanto scandaloso, ma Edward non sembrava interessato e, comunque, non erano luoghi adatti a una donna rispettabile, soprattutto di notte.

Sua madre, nel frattempo, si lagnava del baccano incessante dei cantieri e della graduale scomparsa dei panorami, oscurati dai nuovi palazzi che continuavano a espandersi verso il litorale. Diceva di non riuscire più a vedere il mare dalle finestre rivolte a ovest, a causa degli uffici che stavano sorgendo intorno alla zona di Central e di Des Voeux Road, e che prendere il tram era diventata un'impresa alquanto sgradevole. Di conseguenza, era molto colpita dall'auto – una Morris 10 bianca – con la quale Joy andava a prendere quotidianamente suo marito al porto.

Un giorno, mentre usciva in retromarcia dal garage, Joy vide l'espressione sbigottita di sua madre. «Ti accompagno allo Stanley Market, se vuoi» le disse. Alice trovava sorprendente l'indipendenza della figlia. «Insolita» era il termine che usava con lei. «Un po' troppo mascolina, per i miei gusti» diceva invece alla madre di Stella. Poteva permettersi commenti simili con la signora Hanniford: era risaputo, infatti, che Stella aveva lasciato il marito pilota, quindi la sua famiglia non era nella posizione di giudicare.

«Non voglio crearti problemi» rispose Alice, stringendo a sé la borsa con entrambe le mani.

«Guarda che non c'è nessun problema, mamma. Devo comprare una tovaglia nuova e potresti aiutarmi a sceglierla. Avanti, faremo un bel giretto.»

Alice esitava. «Ci penserò» rispose.

Se, dopo il ritorno a Hong Kong, i timori di Joy riguardo alla propria inadeguatezza sociale e alla probabile regressione a uno stadio adolescenziale non si erano avverati, le previsioni sulle difficoltà che avrebbe avuto con sua madre si erano dimostrate penosamente azzeccate. Se l'invadenza non era un problema (anzi, Joy era costretta a insistere per accompagnarla in qualunque posto), Alice aveva conservato il suo atteggiamento sdegnoso e quella mortificante espressione delusa, ai quali si erano aggiunte un'aria da martire e un'acuta punta di gelosia. Se Edward, di ritorno dal cantiere navale, azzardava un gesto appena più affettuoso di un bacetto sulla guancia, Alice distoglieva ostentatamente lo sguardo. Se la invitava a cena (Joy era grata al marito per la sua pazienza straordinaria, anche se, come sapevano entrambi, la presenza di Alice non aveva grosse ripercussioni sulla sua vita), lei accettava di malavoglia e solo dopo aver ripetuto più volte di non voler essere invadente. Se lui proponeva alla moglie di andare a cavallo nei Nuovi Territori, Alice alzava di scatto le sopracciglia, come se Edward avesse appena chiesto a sua figlia di esibirsi pubblicamente in un qualche gioco erotico.

Joy cercava di essere comprensiva, ma, come aveva confidato al marito, era piuttosto irritante dover nascondere la propria felicità per non rovinare l'umore di sua madre.

«Lo so,» disse, di ritorno dalla sua visita solitaria allo Stanley Market, mentre sua madre esaminava la nuova tovaglia con un malcelato sguardo di disapprovazione «forse potresti aiutarmi a trovare un'*amah*.»

«Che genere di *amah*?»

«Non saprei» disse lei, esausta. «Una che mi dia una mano. Che si occupi del bucato. È incredibile quante camicie debba cambiare Edward con questa umidità.»

«Ma chi cucina?»

«Io» rispose Joy, quasi scusandosi. «Quando non abbiamo ospiti, intendo. Mi piace cucinare per lui.»

«Ti servono un'*amah* che si occupi della lavanderia e un'altra che cucini» sentenziò Alice, ringalluzzendosi davanti all'incompetenza della figlia sul fronte domestico «e che si occupi dei bambini, quando ne avrete.»

Non sembrò notare l'occhiata penetrante di Joy.

«Dunque,» continuò, sfogliando la piccola rubrica rilegata in pelle «per la lavanderia conosco una donna che cerca lavoro. Si chiama Mary, abita a Causeway Bay. Mi sono permessa di chiederle il numero perché Bei-Lin sta diventando insopportabile e, anche se è con me da molto tempo, è bene che sappia di non essere insostituibile. Non è più la stessa, da quando tuo padre se ne è andato. È decisamente troppo burbera. E mi pare proprio che Judy Beresdorf conosca l'*amah* di una famiglia che sta per andare oltreoceano. La chiamerò per sapere se è ancora disponibile. Ti farà molto comodo.» A quel punto si interruppe e guardò la figlia con diffidenza, aggrottando per un attimo le sopracciglia. «Ma non voglio essere invadente» concluse.

«Bene per le camicie» osservò Edward a cena. «Hai molte qualità, mia cara, ma il bucato non è il tuo forte. Stavo cominciando a pensare di lavarmi i panni da solo. Ma a cosa ci serve un'altra domestica, se non abbiamo figli?»

Joy alzò gli occhi dal piatto.

Edward incrociò il suo sguardo, poi fissò a lungo il tavolo davanti a lei. «Come mai non bevi?» le domandò.

In piedi nel corridoio, Kate osservava nonna e nipote da dietro la porta. Erano sedute una accanto all'altra e parlavano fitto fitto di una fotografia color seppia che Joy stringeva tra le mani callose. Sabine era piegata in avanti e stava dicendo, tutta entusiasta, quanto fosse «pazzesca» quella vecchia auto bianca, mentre Joy ricordava con una risata la paura di guidare in mezzo al traffico già caotico di Hong Kong. «Avevo appena imparato» stava dicendo. «Mi insegnò tuo nonno perché gli istruttori erano carissimi. Ma doveva stringere i denti e, alla fine, ci fermavamo sempre a bere un goccio.»

Era salita a cercare Sabine, che, quando non era

a cavallo, se ne stava rintanata con uno dei nonni – anche adesso che Christopher e Julia erano tornati a Dublino, e la minaccia era svanita, passava il tempo a leggere per il nonno oppure a tempestare la nonna di domande sulla vita «di una volta», come la definiva lei. E così, negli ultimi giorni, Kate si era ritrovata a vagare tristemente per casa e nei dintorni, senza nulla da fare e chiedendo a tutti con aria patetica se avessero visto sua figlia, grata per ogni momento che Sabine decideva di concederle.

Ma sua figlia dimostrava di voler trascorrere con lei il minor tempo possibile. Non era questo, tuttavia, a sconcertarla (Sabine faticava a stare in sua compagnia da quando aveva compiuto tredici anni), quanto la sua passione per tutto ciò che era irlandese. Aveva subito dimostrato ai nonni un affetto spontaneo, scoperto un improbabile amore per il cavallino grigio nel campo sul retro e, fatto ancora più sorprendente, rinunciato a quella necessità tutta cittadina di essere "giusta" a ogni costo. Non gliene importava nemmeno delle scarpe da ginnastica tutte infangate. Ma la sua irritazione diventava lampante ogni volta che Kate cercava di aiutarla, offrendosi di portarle il vassoio col pranzo del nonno o di darle il cambio mentre leggeva per lui. «È molto possessiva nei suoi confronti» osservò con affetto la signora H. «Non ci avrei scommesso, visto come si comportava all'inizio.»

La signora H era la voce più equilibrata della casa. Le aveva dato il benvenuto più caloroso (definire l'accoglienza di tutti gli altri come un benvenuto sarebbe stata un'esagerazione, pensò amaramente Kate) e l'aveva rassicurata dicendole che l'entusiasmo di Sabine per Kilcarrion era un fatto piuttosto recente. Ma il modo in cui sua figlia chiacchierava con la signora H la faceva sentire ancora più esclusa e inadeguata.

L'unico accenno di disgelo tra loro era arrivato la sera in cui Kate aveva deciso di comunicare a Sabine la sua rottura con Justin. Sentiva il dovere di dirglielo e, una volta in camera sua, lo aveva fatto con delicatezza, nel timore che potesse interpretarlo come l'ennesimo stravolgimento della sua vita (oltretutto, avrebbe rischiato di scoppiare a piangere, se non avesse riferito i fatti nel modo più conciso e impersonale possibile). Ma sua figlia era rimasta ad ascoltare nel più assoluto silenzio, come se si aspettasse quel discorso da molto tempo, e alla fine aveva commentato soddisfatta di non essere «affatto sorpresa».

«Quindi non ti dispiace?»

«Perché dovrebbe dispiacermi? Era un coglione.»

Kate aveva represso un sussulto davanti a quel giudizio così schietto. Aveva dimenticato la diplomazia di sua figlia. «Quindi, secondo te ho fatto bene?»

«Perché dovrebbe riguardarmi? È la tua vita.» Così dicendo, Sabine aveva distolto lo sguardo, come se fosse impaziente di tornare al suo libro. «Comunque me l'aspettavo» aggiunse, continuando a fissare la pagina.

Kate era rimasta seduta a scrutare il volto di sua figlia.

«Non sei mai riuscita a far durare le tue relazioni, vero? Finiscono sempre. Non come quella tra il nonno e la nonna.»

Quelle parole appena sussurrate erano state come una fucilata per Kate, che era uscita dalla stanza indietreggiando, ferita. Da quel momento Sabine le era sembrata più affettuosa, forse perché si era resa conto di essere stata troppo dura, ma dimostrava comunque di preferire la compagnia di altre persone alla sua.

Quella mattina non riusciva proprio a trovarla, ma ecco chiarito il mistero.

Vedendo Sabine e Joy sedute l'una accanto all'altra, rilassate, più a loro agio tra loro di quanto lo fossero mai state con lei, Kate avvertì un enorme nodo alla gola e l'infantile sensazione di essere stata esclusa. Quindi si voltò e, chiudendosi adagio la porta alle spalle, tornò al piano di sotto.

Se Sabine avesse saputo quante lacrime Kate aveva versato in sua assenza, forse si sarebbe sentita un po' in colpa o avrebbe provato il minimo desiderio di consolarla. Ma una sedicenne ha cose più importanti a cui pensare, per esempio se uscire o no con Bobby McAndrew.

Aveva chiamato due giorni dopo la caccia (entusiasta ma non soffocante, pensò Sabine soddisfatta) per invitarla al pub o al cinema o ovunque volesse. Era impallidita quando Joy aveva risposto al telefono, ma la nonna si era limitata a porgerle la cornetta dicendo che era uno dei suoi «amichetti». Lui, sentendo quelle parole, l'aveva salutata con una risata: «Sono il tuo amichetto, Bobby». Ormai il ghiaccio era rotto e a Sabine non sembrava più tanto assurdo uscire con un ragazzo irlandese.

Ma via via che il sabato si avvicinava, la sua determinazione iniziò a vacillare. Sarebbe stato facile sgattaiolare fuori casa (in quei giorni nessuno sembrava badare molto a lei), ma in fondo non era sicura di voler trascorrere una serata con Bobby. Tanto per cominciare, non riusciva a ricordare quanto le piacesse: il suo volto le appariva sfocato, ormai, ma senz'altro mancava delle caratteristiche tipiche del suo "ragazzo ideale", ovvero capelli scuri e pelle olivastra – almeno, era quello che aveva stabilito dopo un'attenta lettura delle riviste della signora H. E, probabilmente, a fine serata avrebbe tentato di saltarle addosso, soprattutto se fossero andati al cinema. Inoltre, ammesso che Bobby le piacesse, non aveva ancora stabilito se uscendo con lui sarebbe stata infedele a Thom. In effetti, Thom non aveva ancora mostrato l'intenzione di baciarla, ma lei avrebbe preferito tenersi aperto uno spiraglio. Forse era solo timido.

Annie non le fu di alcun aiuto. Certo, aveva ascoltato tutti i suoi dubbi, ma a modo suo, ossia guardando fuori dalla finestra, tormentandosi continuamente le mani, cambiando canale un paio di volte e vagando per la stanza come se fosse in cerca di qualcosa che aveva perso (se solo fosse riuscita a ricordare cosa).

«Dovresti uscirci» le disse distrattamente. «È un bene che tu ti faccia degli amici.»

«Non mi servono altri amici.»

«Be', comunque ti farà bene uscire di casa. Stai passando un sacco di tempo con tuo nonno.»

«E se lui volesse più dell'amicizia?»

«Vorrà dire che avrai un ragazzo.»

«Il problema è che non so se lo voglio un ragazzo.»

A quel punto Annie sembrava esausta, le disse che non sapeva, che era stanchissima e che magari poteva tornare più tardi, così intanto avrebbe fatto un pisolino. Per quanto fosse frustrante, in quel periodo le conversazioni con Annie si svolgevano più o meno sempre in quel modo. Sabine avrebbe voluto chiedere un consiglio a sua madre e, magari, convincerla a comprarle qualcosa di nuovo da indossare. Ma lei avrebbe reagito andando in fibrillazione per "l'appuntamento" di sua figlia e insistendo per accompagnarla, oppure mostrandosi offesa per la sua voglia di farsi una vita in Irlanda. L'amore di Sabine per quel posto le seccava parecchio. "Ma non è colpa mia!" avrebbe voluto gridarle, vedendola aggirarsi per casa con quella che la signora H avrebbe definito una faccia da funerale. "Sei stata tu a buttare all'aria le nostre vite. Sei stata tu a mandarmi qui."

Sebbene non glielo avesse detto, era stata felice della rottura con Justin. Ma, ovviamente, era stato lui a scaricare sua madre, non il contrario, e questo non alimentava certo la stima che nutriva nei suoi confronti.

Alla fine decise di rivolgersi al nonno. Era piuttosto facile parlargli, adesso che non le urlava più di alzare la voce e che aveva smesso di arrabbiarsi se arrivava in ritardo a tavola. Per farlo contento, era sufficiente sedersi accanto lui a chiacchierare. Sabine lo capiva dal modo in cui il suo volto si rilassava, simile a burro sotto l'effetto del calore, e di tanto in tanto, quando finiva il suo discorso, prendendogli la mano (la sua pelle non aveva nulla di raccapricciante, ma era morbida e sottile come carta), percepiva una debole stretta, come se avesse capito.

«Penso che ti piacerebbe,» gli disse, appoggiando i piedi sul letto accanto a lui «perché va a caccia e cavalca piuttosto bene. Quando salta un ostacolo, non si aggrappa alla criniera o a qualcos'altro. Forse conosci anche la sua famiglia, i McAndrew.»

A quel punto ebbe la netta sensazione di avvertire una stretta.

«Ma non è un appuntamento serio. Voglio dire, non ho intenzione di sposarlo o avere figli con lui. È solo per farmi qualche amico.»

Dall'angolo della bocca del nonno era sgorgato un filo di saliva, come un rigagnolo lungo il fianco di una montagna. Sabine prese il fazzoletto dal comodino e lo asciugò delicatamente. «Una volta è successo anche a me in metropolitana» disse sogghignando. «La sera prima avevo fatto tardi, molto tardi, anche se la mamma non lo sa perché stavo da un'amica. Mi sono addormentata addosso all'uomo che sedeva di fianco a me e, al risveglio, ho notato una macchia umida sulla sua spalla. Gli avevo sbavato addosso. Sarei voluta *morire*.»

Tacque un attimo e lo fissò.

«Insomma, ero imbarazzatissima. Però non è male, come trucco. Se Bobby McAndrew non dovesse piacermi, posso sempre sbavargli addosso al cinema. Dovrebbe bastare a farlo sparire.»

Quindi saltò giù dal letto, perché di lì a poco l'infermiera sarebbe rientrata dalla pausa pranzo. «Ti farò sapere come è andata» concluse allegramente, stampandogli un bacio sulla fronte. «In gamba.»

Alle sue spalle, sepolto sotto strati di trapunte e circondato dalle sentinelle col loro cicalio, il nonno chiuse la bocca.

Kate aveva scritto quattro opzioni su altrettanti foglietti: tornare a Londra, tornare a Londra di lì a una settimana, trasferirsi in albergo e fregarsene del prezzo, non permettere a quegli stronzi di farla a pezzi. Maggie diceva sempre di piegare i foglietti e gettarli in aria, afferrarne uno e lasciare decidere al Fato (o forse era Freud, non se lo ricordava bene). Con quel metodo, la risposta sbagliata era garantita. Mentre ogni cellula del suo corpo la spingeva a imbarcarsi per Fishguard, il foglietto le consigliava la terza opzione, che lei sapeva di non potersi permettere e che era anche la meno risolutiva.

Ecco a cosa si era ridotta dopo una settimana a casa dei suoi, pensò, mentre attraversava i campi fangosi lungo il fiume, in preda alla rabbia. A giochetti da ragazzine e superstizioni. A un cupo risentimento verso i genitori. All'incapacità di parlare senza dire la cosa sbagliata. All'emotività di una quindicenne.

Non era così che aveva immaginato il suo ritorno. Avrebbe voluto presentarsi con un atteggiamento sereno e cordiale, fare un ingresso in grande stile, da scrittrice di successo, magari con un paio di libri al suo attivo, un compagno bello e intelligente e una figlia serena e amorevole. E con una naturale padronanza che li avrebbe costretti a darle ragione, a riconoscere la validità di stili di vita alternativi al loro. "È per questo che sono carini con te," voleva gridare a sua figlia "perché stai facendo tutto a modo loro. È facile essere gentili con chi si comporta come vuoi tu. I problemi nascono quando qualcuno decide di fare di testa propria."

Ovviamente, però, nella vita le cose non andavano mai come si voleva. Quello di Kate era stato un ritorno, se non proprio da pecora nera, quantomeno da pecora scialba, maltrattata e pronta al macello. Era la solita asociale, la solita eccentrica, incapace di andare a cavallo, di tenersi un lavoro vero o una relazione decente. E quell'immagine tutt'altro che rosea era arrivata a contagiare addirittura la sua stessa figlia. Oltretutto, proprio perché priva di un lavoro ben pagato o di un uomo decente, non poteva nemmeno permettersi una gita, una fuga al pub o un semplice film, come qualsiasi adulto normale. L'unica via di scampo dagli orrori della casa paterna era una scarpinata in mezzo a quei campi bagnati.

La campagna di Ballymalnaugh, poi, non era neanche particolarmente piacevole: solo file e file di anonimi campi collinari, che sotto il cielo perennemente grigio apparivano marroni e non verde smeraldo, fiancheggiati da sterpi e solcati da desolate stradine battute dal vento. Non possedeva il fascino sinuoso delle colline del Sussex, né la bellezza selvaggia e indomita dei Peaks. Lì c'erano solo pecore bagnate, pensò stizzita, scheletri di alberi gocciolanti e fango.

Naturalmente aveva cominciato a piovere. Perché tutta la sua vita rientrava in una specie di gigantesco scherzo cosmico. E, naturalmente, essendo una stupida donna di città, non aveva pensato di portarsi né un impermeabile né un ombrello. Mentre l'acqua le scorreva senza sosta nel colletto, Kate alzò gli occhi verso il cielo minaccioso, sempre più scuro perché stava calando la sera. L'opzione numero uno diventava sempre più invitante. "Vattene e basta" pensò. "Tornatene a Londra. Papà sembra essersi stabilizzato, potrebbe andare avanti per mesi." Non potevano certo aspettarsi che mettesse in pausa la propria esistenza in attesa che accadesse qualcosa, no? Ma restava il problema di Sabine: Kate nutriva l'inquietante sospetto che, con una fuga a Londra, sarebbe svanita ogni possibilità di riportare a casa sua figlia.

Come a voler sottolineare il suo stato d'animo, la pioggia si fece più intensa, trasformandosi da rovescio brumoso in uno scroscio vitreo e battente. Mentre si inoltrava in un boschetto, Kate si rese conto di vederci a malapena. Il panorama grigio e invernale le appariva indistinto e sfocato. "Perché non inventano i tergicristalli per gli occhiali?" pensò stizzita e tremante nella sua giacca di lana fradicia, cercando riparo tra gli alberi.

Proprio in quel momento sentì un rumore: un battito sordo, irregolare, inframmezzato da un lontano tintinnio. Strizzando le palpebre, scrutò tra gli alberi in quella direzione. Malgrado non vedesse granché con le lenti appannate, poco alla volta riuscì a mettere a fuoco la sagoma di un cavallo che si avvicinava attraverso il bosco. Era grigio ed enorme e sbuffava spaventosamente, avvolto nella nube di vapore che il suo stesso corpo emanava, proprio come il destriero di un corriere medievale di ritorno da qualche terribile battaglia. Kate arretrò tra gli alberi.

Ma l'animale l'aveva vista e si mosse verso di lei adagio, abbassando la testa. Fu a quel punto che lo vide. In groppa al cavallo, seminascosto da un grosso impermeabile marrone e da un cappello a tesa larga, c'era Thom. La guardò un paio di volte, come per accertarsi che si trattasse di lei, quindi si fermò. «Stai bene?»

Impietrita da quell'apparizione improvvisa, Kate cercò di rianimarsi. Quando finalmente riuscì a parlare, lo fece in tono sciolto e sicuro, per non tradire i suoi veri sentimenti. «Niente che un ombrello, un cambio di vestiti e una nuova vita non possano curare.» Poi si scostò i capelli dal viso. «Sto aspettando che si calmi la pioggia per tornare a casa.»

«Sembri fradicia» osservò Thom, spostandosi un po' sulla sella. «Vuoi salire? Questo giovanotto è buono come il pane. Ti riporterà indietro in un lampo.»

Kate scrutò il grosso animale che, impaziente di sfuggire alla pioggia, agitava gli zoccoli grossi come piatti troppo vicino ai suoi piedi e muoveva su e giù l'enorme testa. Gli occhi roteavano mostrando lampi di bianco, mentre il fiato usciva in sbuffi caldi di vapore. Sembrava un drago.

«Grazie, ma preferisco aspettare.»

Thom restò immobile. Kate ne percepiva lo sguardo su di sé, sentendosi molto piccola. Si strofinò gli occhiali. «Davvero, sto bene.»

«Non puoi restare qui. La pioggia non passerà, si sta stabilizzando. Rischi di dover aspettare tutta la notte.»

«Thom, per favore.»

Ma lui smontò da cavallo, chinandosi in avanti e sollevando la gamba oltre la sella. Camminò verso di lei reggendo le redini, con gli stivali che affondavano nella terra bagnata, e si tolse il cappello.

«Ecco, prendi questo.» Si passò una mano tra i capelli scuri e corti, che si rizzarono come aculei.

«E anche questo.» Si tolse l'impermeabile e glielo porse. Kate lo prese senza dire una parola. Le prime gocce che avevano oltrepassato la rada volta di rami stavano già imperlando il maglione di lana di Thom. Era impossibile accorgersi del braccio, pensò lei, se non si guardava la mano. «Avanti, mettitelo. Ti accompagno a casa.»

«Ma ti inzupperai.»

«Non ci vorrà molto. E se rimani qui con quell'affare,» disse, indicando con aria sprezzante la sua giacca adatta soltanto al clima di Londra «ti beccherai una polmonite. Andiamo, questa pioggia invita a starsene in casa.»

«Io non… Io…»

«Tu hai freddo e sei fradicia. Avanti. Prima ti decidi, prima torniamo a casa.»

Indossò l'impermeabile. Era molto lungo, studiato per coprire sella e cavaliere, e le arrivava quasi alle caviglie, frusciando tra gli stinchi. Quando si mise il cappello, Thom sogghignò.

«Torna a casa a cavallo» lo implorò. «Così ti bagnerai un po' meno. Io sono a posto, con tutta questa roba addosso.»

«Ti accompagno» sentenziò lui, e Kate smise di insistere.

Seguirono il corso del torrente. Il silenzio era inframmezzato soltanto dallo scalpiccio degli zoccoli del cavallo e dal tintinnio occasionale del morso contro i denti. La foschia era calata così fitta oltre la siepe, che i camini di Kilcarrion avevano lasciato il posto a un nulla grigio e silenzioso. Suo malgrado, Kate rabbrividì.

«C'è un motivo per cui sei uscita da sola?» Il rumore della pioggia li costringeva a parlare a voce molto alta, quasi a urlare.

«Intendi invece che a cavallo?»

Thom rise. «Sai cosa intendo.»

Lei si guardò gli stivali. Arrancava nel fango, con passo pesante e irregolare. «Non è facile» disse alla fine. «Tornare a casa, voglio dire.»

«Questo è certo.»

«E tu perché l'hai fatto?» gli domandò, fermandosi a guardarlo. «Perché sei tornato?»

Thom abbassò la testa, poi la guardò strizzando gli occhi e si voltò dall'altra parte. «Ah, è una storia lunga.»

«Abbiamo almeno mezz'ora. A meno che non passi un taxi.»

«È vero. Ma comincia tu.»

«Be', sono tornata perché mio padre sta morendo. O almeno credo che stia morendo. Ma di questo ne saprai più di me.» Lui alzò le spalle, come per smentirla. In preda al senso di colpa, Kate notò che il suo maglione si stava allungando sotto il peso dell'acqua.

«E volevo vedere Sabine. Ma sembra che le sia

accaduto qualcosa da quando è qui, sembra...» alzò la testa, in modo da non fargli sentire che aveva un nodo in gola «che non voglia tornare.»

Ecco. L'aveva ammesso. Lo guardò, in attesa di una reazione, di una parvenza di giudizio, ma lui proseguì a testa bassa.

Kate sospirò. «Non posso darle torto. C'è stato... be', c'è stato parecchio subbuglio da noi. Ho lasciato il mio compagno per un altro, che poi si è rivelato... insomma, si è rivelato diverso da come mi aspettavo. Perciò sono rimasta sola.» Incespicò e guardò Thom, sforzandosi di sorridere. «Immagino che la cosa non ti sorprenda.»

Ma lui continuava a camminare. Kate esitò un'altra volta. La voglia di piangere era sempre più pressante e doveva fare il possibile per trattenersi.

«Eppure credevo che le avrebbe fatto piacere. Che sarebbe stata felice di tornare a casa, con me e basta. Perché nessuno dei miei partner le è mai piaciuto veramente. E credevo che avrebbe odiato questo posto, con tutte le sue regole e quegli stupidi orari per mettersi a tavola. E la caccia, sempre la caccia. Vedi, ho voluto che crescesse libera da tutto questo, dal rigore, dai formalismi, dall'idea che sia tutto o bianco o nero. Volevo solo che fosse felice, che fossimo amiche. Ma...» A quel punto infilò un dito sotto le lenti per asciugarsi gli occhi. Per fortuna era nascosta dalla tesa del cappello e poteva dare la colpa alla pioggia. «Sembra che le piaccia stare qui. Più che insieme a me, di fatto. Quindi, onestamente, la ragione per cui sono qui fuori sotto la pioggia è che mi sento un po' come un pezzo di ricambio. Non so proprio cosa fare, e credo che da queste parti non lo sappia nessuno.» Infine tirò un lungo sospiro tremante. «Sono proprio un disastro» concluse, mortificata.

Thom aveva posato un braccio sul collo piegato del cavallo e sembrava immerso nei suoi pensieri, incurante dei rivoli d'acqua che, dai capelli, gli colavano lungo la mascella e gocciolavano sul colletto.

Proseguirono in silenzio finché raggiunsero un cancello a cinque sbarre, che Thom aprì senza perdere tempo, trattenendo il cavallo per farla passare.

«Sono davvero una sciocca.» Adesso che il diluvio era finito, sentiva il bisogno di colmare il silenzio. Non immaginava che la campagna potesse essere così taciturna. «Eccomi qui: trentacinque anni e nessuna capacità di mettere in ordine la mia vita. Dovrei esserci riuscita, ormai. Come mio fratello. O la maggior parte dei miei amici. A volte credo di essere l'unica persona a cui non abbiano spiegato le regole… per crescere nel modo giusto, intendo.»

Si rese conto di aver alzato la voce. E di avere cominciato a parlare a vanvera.

«Non vuoi dire niente?» gli domandò, quando ebbe chiuso il cancello alle loro spalle.

Thom la guardò. I suoi occhi, con le ciglia scure e bagnate, erano di un azzurro incredibile. O forse era tutto il resto ad apparire così tremendamente grigio.

«Cosa vuoi che ti dica?» Per assurdo, sembrava una domanda sincera.

Circa mezzo chilometro più in là, in una stanza meno umida, ma non troppo, Sabine e Joy stavano sfogliando alcuni album di fotografie. Sorprendentemente, era stata un'idea di Joy. D'altronde, in quel periodo la nonna non faceva che sorprenderla. Per esempio, accettando senza battere ciglio che uscisse con un ragazzo, decidendo di punto in bianco di lasciare dormire i cani sul suo letto, con loro evidente piacere, o dimostrando di voler fare qualsiasi cosa pur di non stare al capezzale di suo marito.

Che adorava.

Sabine osservò la fotografia che li ritraeva solennemente nel sesto anniversario del loro matrimonio. La nonna, seduta su uno sgabello, indossava un lungo abito scuro abbottonato e con un ampio colletto a righe. Da come sorrideva, si capiva che si stava sforzando di non ridere. Il nonno, ancora in bianco, era in piedi dietro di lei. Le stringeva la mano, in un naturale gesto di affetto, e teneva l'altra appoggiata sulla sua spalla. Guardava in basso, verso la testa di Joy, e anche lui sembrava impegnato a trattenere una risata.

«Era un fotografo davvero terrificante» disse Joy con dolcezza, togliendo un inesistente velo di polvere dalla pagina. «Un cinese, una persona adorabile. Ma, parlando in inglese, usava espressioni orribili. Dovevano avergliele insegnate i soldati, mentendo sul loro vero significato. Perciò, quando voleva dire "avvicinatevi", se ne usciva con cose come...» Si interruppe, lanciando un'occhiata a Sabine. «Comunque, io e il nonno facevamo una fatica tremenda a restare seri. Se ricordo bene, dopo scoppiammo in una sonora risata.»

Guardando la foto, Sabine cercò di far rivivere nella propria memoria le risate complici dei due innamorati, che riemergevano strizzando gli occhi alla luce del sole, abbandonandosi insieme a quell'emozione. Sembravano protetti da uno scudo invisibile, come se nella loro felicità non ci fosse spazio per nessun altro. "Voglio un uomo che mi guardi così" pensò Sabine. "Voglio sentirmi amata in questo modo."

«Tu e il nonno non avete mai litigato?»

Joy risistemò la velina sulla pagina. «Ma certo. Non litigi veri e propri, più che altro divergenze di opinione.» Quindi alzò la testa e guardò fuori dalla finestra. «Credo che fosse un po' più facile per la nostra generazione, Sabine. Avevamo ruoli ben definiti. Non c'era tutta la confusione di oggi riguardo a chi dovesse fare cosa.»

«E poi avevate i domestici. Non c'erano lamentele su chi doveva lavare i piatti.»

«È vero. Anche quello aiutava.»

«Ma ti avrà pure fatta arrabbiare qualche volta. Vi sarete stati sulle scatole. Nessuno è perfetto.»

«Non mi è mai stato sulle scatole, per usare la tua espressione così delicata.»

«Avrete bisticciato. Tutti bisticciano» si corresse Sabine. Poi disse fra sé e sé: "Ti prego, fa che non succeda solo a mia madre".

Joy serrò le labbra, pesando attentamente ogni parola. «C'è stato un giorno, uno solo, in cui tuo nonno mi ha fatto soffrire davvero.»

Sabine aspettò di sapere cosa avesse fatto di così orribile, ma la spiegazione non arrivò.

La nonna fece un grande sospiro e proseguì. «Dopo ero talmente infelice che mi domandai: "Perché dovrei restare? Perché dovrei tirare avanti? È troppo difficile". Poi mi ricordai quella ridicola frase… quella della cerimonia dell'Incoronazione. Vedi, da giovani eravamo piuttosto fissati con l'Incoronazione. All'epoca la intesi come un invito a tenere duro per poi essere ricompensati. Aveva a che fare con il dovere. E l'onore. E pensai all'entusiasmo di tutti verso quella giovane donna, che rinunciava alla propria vita col suo baldanzoso marito per adempiere ai suoi doveri – per reggere il suo "regno temporale", come recita la formula. Allora compresi che nella vita non conta solo la nostra felicità. È importante non deludere gli altri, non infrangere i loro sogni.»

Guardò fuori dalla finestra, in lontananza, prigioniera per un istante dei suoi ricordi. «Quindi decisi di stringere i denti. E tutte le persone che altrimenti sarebbero rimaste deluse… Be', in quel modo credo di averle rese felici.»

"Sì, ma quanto a *te*?" avrebbe voluto chiedere Sabine, ma all'improvviso la nonna assunse un atteggiamento sbrigativo. «Buon Dio, guarda come piove! Non me ne ero accorta. Forza, bisogna andare a prendere i cavalli nel campo a valle. Puoi darmi una mano prima di uscire?»

11

All'età di diciannove anni Thomas Keneally era partito dall'Irlanda alla volta di Lambourn, in Inghilterra, senza denaro né prospettive. I suoi colleghi gli avevano assicurato che laggiù un tipo con la sua abilità, e soprattutto coi suoi attributi, avrebbe trovato lavoro come fantino da ostacoli. Si era lasciato alle spalle un buon impiego, almeno un paio di offerte da parte di noti addestratori irlandesi e due genitori disperati. Sua madre e suo padre, pur consapevoli che il destino dei figli è quello di andarsene di casa, avevano sempre dato per scontato che sarebbe toccato prima al fratello maggiore, Kieron. Almeno così sperava suo padre. Kieron aveva già distrutto due volte la sua auto e, diversamente da Thom, non aveva mai portato a casa parte dello stipendio. I suoi genitori non gli avevano chiesto il motivo di quella decisione, ma ci aveva pensato zia Ellen, che lavorava nella casa grande, a informarli: in qualche modo, aveva detto, doveva "avere a che fare con la figlia dei padroni". Ragione per cui la madre di Thom, fino alla sua morte, avvenuta nove anni dopo, aveva covato un segreto rancore nei confronti di Kate Ballantyne, malgrado non ci avesse parlato più di un paio di volte, suo figlio non l'avesse mai nominata e la stessa Kate avesse lasciato Ballymalnaugh in malo modo qualche mese prima di suo figlio. E poi c'era la bambina. Ma, quando gli aveva domandato se lui fosse in qualche modo coinvolto, Thom l'aveva praticamente aggredita. Nemmeno allora era saggio fargli pressione per ottenere delle risposte.

Come previsto, aveva trovato subito lavoro nella fornita scuderia di una famosa addestratrice. La donna riuniva in sé la brillante capacità di civettare con chiunque – persone e animali –, la fibra (e la stazza) di un cavallo da tiro e un temperamento tanto bruciante da lasciare il segno. E Thom le piaceva: era schietto, bravo con i cavalli e, soprattutto, non era intimidito da lei. Gli altri ragazzi, invidiosi, insinuavano che le piacesse per ben altre ragioni, ma Thom era talmente ambizioso e infaticabile, che chiunque avesse modo di vederlo all'opera nelle sue svariate vesti non avrebbe creduto a una parola.

Con i colleghi non era certo un compagnone. Il venerdì sera non si rintanava al pub a dilapidare in birra la misera paga, né portava le ragazze del posto in una delle case mobili anguste e mal riscaldate in cui vivevano per un chiassoso drink fuori orario, mentre la mattina, dopo il lavoro nelle stalle, non lo si vedeva mai seduto con in mano una tazza di caffè dolcificato a lamentarsi dello stipendio da fame e degli orari massacranti che toccavano in sorte agli apprendisti fantini. Thom lavorava, studiava, cavalcava a ogni occasione e mandava a casa quello che poteva. In seguito, lui stesso avrebbe definito la sua condotta uno schifo.

Per questi motivi, quando quattro anni dopo un cavallo giovane e dal pessimo carattere che si chiamava Mai di Domenica era andato fuori di testa nelle stalle e, saltando fuori, aveva schiacciato con violenza il braccio di Thom, lasciandolo attaccato al corpo solo con due tendini e fratturandogli un osso, gli unici veramente dispiaciuti erano stati l'addestratrice (addolorata anche per se stessa: da quando era in affari, non aveva mai avuto un lavoratore come lui) e i bookmaker, che da tempo apprezzavano la sua prodigiosa capacità di piazzarsi sempre al secondo posto. Gli altri ragazzi, seppure solidali (dopotutto sarebbe potuto toccare a chiunque di loro), covavano una sorta di maligna soddisfazione, a conferma del fatto che essere il cocco dell'insegnante non portava da nessuna parte.

Thom aveva trascorso quasi tutto l'anno successivo in ospedale, dapprima per stroncare l'infezione provocata dall'amputazione, e in seguito per l'adattamento della protesi. In effetti, Thom non aveva accettato facilmente il nuovo handicap, sebbene l'addestratrice, accantonando per una volta il suo senso pratico (e costringendo lo stesso Thom a interrogarsi sulla reale natura dei suoi sentimenti per lui), gli avesse garantito comunque un lavoro alla scuderia.

Ma quando lui iniziò a bere, l'offerta divenne sempre meno convinta, e fu ritrattata in modo definitivo quella volta che – dopo dodici pinte di birra australiana e un veloce e frenetico interludio con una cameriera che si vantava di saper indovinare certe misure dal numero di scarpe – finì in un fossato con la Range Rover dell'istruttrice alle prime luci dell'alba, rendendola inservibile. Tornò a casa a piedi, incurante sia della ferita alla testa, sia dell'antifurto che stava dando la sveglia a mezza contea del Berkshire, ed era ancora semiaddormentato nella sua casa mobile, tra le lenzuola zuppe di sangue, quando l'addestratrice gli chiese (o più che altro gli intimò) di fare i bagagli.

In seguito trovò lavoro presso altre scuderie meno rinomate, dove si tendeva a sorvolare sulla sua crescente fama di bevitore e donnaiolo, dando la priorità a quella – ormai decadente – di lavoratore infaticabile e bravo con i cavalli. Di solito riusciva a deludere tutti nell'arco di sei mesi: era sempre bravo con i cavalli, ma difficile nei rapporti con gli altri ragazzi, lunatico e, soprattutto, maleducato con i proprietari. L'ultimo che aveva fatto una battuta sul suo braccio finto si era ritrovato appeso a testa in giù a un gancio per le briglie, con un uncino nettapiedi infilato in qualche posto – aneddoto che nei paraggi era presto diventato leggenda.

Questa spirale discendente raggiunse il punto più basso presso un addestratore, a sua volta irlandese, che con i suoi metodi e la sua gestione aveva sempre suscitato una certa perplessità negli ambienti a cui un tempo era abituato Thom. Ma ormai, sfavorito più per la sua reputazione che per il suo handicap e deciso a ignorare l'invito dei suoi genitori a tornare a casa, finì per accettare senza indugio la proposta di JC Kermode.

JC era un ex fantino dalla corporatura minuta, la mente aguzza come i denti di una striglia e una parlantina melliflua come grasso per gli zoccoli. Thom non ci impiegò molto a realizzare che queste due qualità, essenziali per ogni addestratore, potevano risultare meno apprezzabili se accompagnate all'abilità di piegare la realtà come faceva Uri Geller con un vecchio cucchiaio.

La dote principale di JC non risiedeva nell'addestramento dei cavalli (i suoi risultati erano orrendi), ma nella capacità di persuadere nuovi proprietari creduloni non solo ad affidargli i loro animali, ma a comprarne di nuovi, ignorando le cifre sempre più consistenti che riusciva a estorcergli per le "procedure speciali di addestramento". Il caso più estremo fu quello di Dean e Dolores, una coppia di arrivisti di Solihull, entrambi divorziati, vicini di posto di JC su un aereo da Dublino. Prima dell'atterraggio, era riuscito a convincerli che sarebbe stato "uno spasso" andare insieme all'ippodromo di Uttoexter e che, volendo, aveva giusto la puledra adatta a loro. Dean era un uomo grasso e odioso, amministratore delegato di un'azienda di utensili da cucina, e non era mai stato troppo difficile fargli credere quanto fosse gradevole la sua compagnia. La sua nuova moglie, Dolores, che dopo il divorzio non aveva ancora accettato l'esclusione da quella che definiva la *crème de la crème* di Solihull, era totalmente preda dei modi accattivanti di JC e della sua esplicita ammirazione verso il fiuto per gli affari del marito. Prima dell'invito delle hostess ad allacciare le cinture per l'atterraggio, la coppia si stava già figurando nel recinto dei vincitori ad Ascot (nel caso di Dolores, con tanto di sorrisi smaglianti rivolti alle telecamere e, di conseguenza, a tutte quelle stronze di Solihull che si erano schierate col suo ex marito), mentre JC si vedeva in procinto di vendere quella cavalla di tre anni particolarmente difficile, Il Tesoro di Charlie, con il collo incavato e il vizio di sgroppare all'improvviso.

Ma quella specie di «gallina dalle uova d'oro», come JC usava definire la coppia parlando con Thom, si sarebbe rivelata la sua rovina. Se inizialmente i due furono sedotti dal mondo delle corse e dall'immagine di se stessi come proprietari (alimentata anche dalla vittoria completamente inaspettata del Tesoro di Charlie nella corsa a vendere a Doncaster e dalla costante presenza di Thom, che a Dolores piaceva molto), poco alla volta, visti i costi sempre più esorbitanti dei quattro cavalli, Dean cominciò a ritrovarsi con ben più di un semplice mal di stomaco dopo le "belle giornate" in pista. Era sicuro, confidò a una Dolores incredula, che JC stesse «tramando qualcosa». Sua moglie, che per le corse aveva preparato un guardaroba perfettamente intonato ai loro "colori di scuderia", gli rispose di non essere ridicolo. Ma appena Thom si stancò di flirtare (lo faceva sentire un idiota, disse caparbio a JC), lei stessa cominciò a mettere in discussione la buona fede del loro nuovo amico.

A quel punto si materializzò una vecchia conoscenza irlandese di JC, Kenny Hanlon. Questi, noto più che altro come equivoco noleggiatore di slot-machine (girava voce che in quasi tutte le sue macchinette mancasse una prugna), venuto a conoscenza della fortuna che quei due creduloni stavano fruttando all'amico, aveva deciso di accaparrarsene una quota. Iniziò quindi a partecipare alle riunioni ippiche, dove, rivolto un saluto gioviale all'amico, occupava il posto lasciato recentemente libero da Thom e cominciava a sommergere di complimenti una Dolores sempre più perplessa, incurante della collera silenziosa di JC dall'altra parte del tavolo (per essere un uomo con le "orecchie a cavolfiore", ci sapeva davvero fare con l'altro sesso). Dopo qualche settimana, come un novello Iago, cominciò a sussurrare qualche velata insinuazione all'orecchio della donna: JC non stava gonfiando le fatture, vero? Perché era famoso per questo, avrebbe dovuto saperlo. Ed era sicura che stesse procurando loro i cavalli migliori e non solo vecchi ronzini? In fondo, non avevano conseguito grossi risultati di recente. Le interessava forse trasferire i cavalli altrove? Conosceva lui il posto giusto – e le garantiva che i costi del cibo e delle cure veterinarie sarebbero calati di almeno un terzo. E le avevano mai detto quanto le donasse quella tonalità malva?

Una mattina, al risveglio, Thom e JC trovarono un van pronto a trasferire i quattro cavalli in una nuova scuderia a Newmarket – una aperta da poco, secondo quanto riferito dall'implacabile autista a un JC rosso di collera, appartenente a un tizio di nome Kenny Hanlon. A quel punto la situazione precipitò. JC prese un forcone per forare le gomme del van e l'autista chiamò la polizia. Seguirono una serie di incursioni notturne tra le due scuderie, con un bottino di selle, coperte, addirittura un forno a microonde, come forma di risarcimento per entrambe le parti. Ma quando Kenny Hanlon fu denunciato dalle autorità per presunta evasione fiscale sull'attività di noleggio delle slot-machine – un'accusa che sfociò in una condanna a quattro anni e nell'incendio doloso della scuderia di JC –, Thom decise che ne aveva avuto abbastanza. Smise di bere e tornò a casa.

Aveva raccontato quella storia a Kate – omettendo la parte relativa ai sentimenti di sua madre verso di lei – durante il lento tragitto di ritorno a Kilcarrion. Prima di arrivare al cancello, Thom aveva suggerito di sostare brevemente sotto la pensilina di una fermata d'autobus e l'uscita si era prolungata ulteriormente. E su quei sedili, Thom le aveva descritto gli ultimi sedici anni della sua vita, senza lasciarsi sopraffare dall'emozione quanto lei e allungando di tanto in tanto una mentina al grosso cavallo grigio che sonnecchiava accanto a loro.

E quando Kate aveva commentato quanto fosse strano ritrovarsi entrambi laggiù, lui era rimasto a fissarla per un tempo così lungo da risultare imbarazzante, facendola arrossire e mandandola in confusione per un attimo. Ma la stessa confusione si ripresentò molto spesso in seguito, scatenata, per esempio, dalla sua incapacità di aprir bocca quando si imbatteva in lui (senza contare quel paio di occasioni in cui era addirittura arrossita), o da quel suo modo di guardarla fissa mentre le parlava, che le impediva di concentrarsi sulle sue parole. E, infine, dal fatto che la notte, da sola nella sua stanza impropriamente definita "italiana" ("a meno che non avessero in mente Venezia" pensò, osservando le dilaganti chiazze di umidità), si scopriva a pensare non al volto di Justin, ma a quello di Thom.

Era sempre stato così attraente? O l'esperienza del dolore proiettava ombre nuove e affascinanti sul suo viso? (Maggie l'aveva spesso accusata di avere lo spirito morboso della crocerossina.) Era sempre stato un così bravo ascoltatore? L'aveva sempre fissata così intensamente? Chissà. Il Thom che conosceva a diciannove anni era molto diverso, meno sicuro di sé. Mentre la Kate di un tempo era molto più ottimista, energica e impulsiva, assolutamente certa che il futuro avesse in serbo grandi cose per lei.

"Sciocca che non sei altro" disse a se stessa un pomeriggio, mentre se ne stava sdraiata a letto a riflettere su certe questioni come un'adolescente. "Ovunque ti trovi devi sempre inventarti un flirt di qualche tipo. Ed è proprio per questo che ti sei cacciata nei guai l'ultima volta. È proprio questo che Maggie ti rimprovera continuamente."

Quindi decise di evitare Thom e, a tale scopo, rimase in camera sua a lavorare a vecchi progetti che aveva portato con sé, esplorò i dintorni prendendo in prestito l'auto di sua madre e, soprattutto, si tenne alla larga dal padiglione estivo, dai campi retrostanti e dalle scuderie – tutti i luoghi in cui avrebbe potuto rischiare anche solo lontanamente di incontrarlo.

Dapprima lui sembrò non badarci, ma una mattina, mentre Kate stava sgattaiolando verso l'auto attraverso il vialetto, si materializzò accanto a lei, facendola sobbalzare. «Mi stai evitando?»

Kate negò, balbettando che ovviamente si sbagliava, che era molto occupata, che doveva fare un salto in città e che aveva un sacco di lavoro. Lui annuì con aria perplessa, lasciandole intendere di aver capito tutto e, di conseguenza, convincendola ancora di più della necessità di stargli lontana. Di stare lontana dai guai.

E così, quando Thom la invitò a cena, lei accettò.

La porta di Annie non era mai chiusa a chiave, ma prima di entrare Joy bussò due volte con circospezione. Non sapeva cosa aspettarsi dopo gli ultimi avvenimenti. Ma non ottenne risposta e decise di entrare, fermandosi un attimo sulla soglia per dare agli occhi il tempo di abituarsi alla penombra. Il soggiorno, oltre che trascurato, sembrava reduce dal passaggio di una tromba d'aria, con foglie e libri sparpagliati su ogni superficie disponibile. Le tende chiuse avvolgevano la stanza nell'oscurità, tranne per poche, sottili schegge di luce che, filtrando al suo interno, catturavano i granelli di polvere sollevati dall'ingresso di Joy. Sembrava la scena di un crimine efferato, tranquillamente adagiata su un giaciglio di tumultuosi segreti.

«Annie?» disse, stringendosi al petto la scatola di biscotti.

Ultimamente, con tutto il daffare che c'era in casa e con Sabine che la stava aiutando a sistemare tutte quelle vecchie carte, Joy non aveva avuto molte occasioni per andare in paese. Ma, soprattutto, non voleva sfidare il destino allontanandosi troppo. Adesso c'era sua nipote insieme a Edward. L'aveva lasciata a rovistare tra alcuni vecchi souvenir che il marito le portava abitualmente di ritorno dai suoi viaggi. Edward sembrava gradire la presenza di Sabine e, grazie a lei, Joy poteva sbrigare le faccende fuori casa. Era tutto molto più semplice in quel modo.

«Ci sei?»

In risposta, si udì un fruscio proveniente dalla cucina.

«Annie?»

«Chi è?» domandò una voce maschile. Dalla porta sbucò la testa di un uomo sulla quarantina, con lineamenti spigolosi e capelli corti e ordinati. «Non c'era nessuno,» disse in tono di scuse «quindi ho pensato di prepararmi la colazione. Spero che non sia un problema.»

«Oh, credo proprio di no. Lei è un ospite, giusto?»

«Anthony Fleming» rispose, porgendole la mano. Indossava una giacca a vento e i calzoncini più attillati che avesse mai visto: coloratissimi e di un nylon traslucido, erano così fascianti da mettere in risalto le parti migliori della sua anatomia. Se Joy fosse stata il tipo, avrebbe rischiato di arrossire. Invece sbatté le palpebre e distolse lo sguardo. «Joy Ballantyne» disse, rispondendo alla stretta con un gesto un po' meno deciso. «Abito dall'altra parte della strada. C'è Annie?»

«Non la vedo da ieri sera» rispose l'uomo, tornando alla sua scodella di cereali. «Mi ha fatto entrare e ha trovato un posto per la mia bicicletta – sto facendo il giro dell'Irlanda –, ma stamattina non l'ho vista. Onestamente sono un po' seccato. L'ho aspettata per un sacco di tempo. Oltretutto, corn-flakes e latte quasi scaduto non sono esattamente la mia idea di Bed & Breakfast.»

«Ah» disse Joy. Non sapeva proprio come rimediare. «Temo di non poterle essere d'aiuto.»

Seguì un breve silenzio.

«Annie...» aggiunse tentennando. «Annie ha

avuto qualche problema ultimamente. Di solito è più organizzata.» Si rese conto di quanto dovessero suonare assurde quelle parole, circondati com'erano dal caos e dalla sporcizia.

«Sarà,» disse Anthony Fleming, sciacquando la ciotola sotto il rubinetto e sistemandosi le scarpe da ciclista «ma dubito che ci tornerò. Non è questa la mia idea di ospitalità irlandese. Era tutta un'altra cosa nell'ultimo posto in cui sono stato, a Enniscorthy – il White Horse, o House, non ricordo. Lo conosce?»

Joy non lo conosceva, ma l'uomo sembrava soddisfatto dopo lo sfogo. Quindi uscì a prendere la bicicletta in un capanno e ripartì, dopo averle cortesemente lasciato la somma dovuta per il pernottamento.

Dopo che si fu allontanato lungo la strada, Joy tornò in cucina e la osservò attentamente per la prima volta. Non era granché come spettacolo: piatti impilati nel lavello semisommersi da un'acqua unta e maleodorante; una forma mezza mangiata di pane raffermo, capovolta su un tagliere di plastica; una vasta scelta di cartoni per cibi pronti accatastati in torri traballanti; e, sulle superfici ancora disponibili, incarti di cioccolata, briciole stantie o bottiglie di latte scaduto – gli indizi biologici di una vita in disfacimento.

Nulla di sorprendente. La signora H le aveva confidato che alla fine Patrick, il marito di Annie, si era stancato di una moglie che non sembrava nemmeno accorgersi della sua presenza, che non voleva condividere più nulla con lui, che non aveva più voglia di parlare, nemmeno di litigare, e così se ne era andato. «È un brav'uomo, non posso fargliene una colpa.» Joy era ammutolita e un po' a disagio davanti a quelle confidenze spontanee. «Ultimamente si aggira come se si trovasse in un altro mondo. Farebbe perdere la pazienza anche a un santo. Non vuole parlare di Niamh, non vuole ammettere che è stata quella la causa. Non vuole parlare con suo marito e, il più delle volte, neanche con me.»

Era stata proprio quell'insolita manifestazione di dolore da parte della signora H a spingere Joy a farle visita: nell'ultima settimana era talmente peggiorata, da non aprire più la porta nemmeno a sua madre. E così, quando Joy si era offerta di passare a trovarla con una scatola di biscotti, la signora H aveva accettato con gratitudine. «Non si aspetta una sua visita, forse la farà entrare.»

"E adesso come faccio a dirle di tutto questo?" pensò Joy, guardandosi intorno. Non voleva essere invadente, non era il tipo. La gente deve essere lasciata in pace, se è questo che vuole.

Ma non fino a quel punto.

«Annie?» chiamò, uscendo nel giardino sul retro. L'orticello, dei cui frutti Annie era sempre andata tanto fiera, sembrava spoglio e improduttivo. L'erba traboccava disordinatamente dentro le aiuole, dove i resti secchi e scuri della vegetazione estiva spuntavano serpeggianti dal terreno.

Joy tornò in casa, chiudendosi la porta alle spalle. Il ripostiglio, un tempo stipato di carta igienica, rotoloni da cucina, sacchi di patate, adesso era freddo e semivuoto. La sala da pranzo era ricoperta da un sottile velo di polvere.

«Annie?» gridò sulle scale. «Sei lì?»

La camera di Niamh fu l'ultima in cui entrò. Chiunque conoscesse Annie sarebbe entrato di malavoglia, non per qualche forma di superstizione, ma per la consapevolezza di quanto fosse profondo e fragile il dolore della madre. Secondo un detto popolare, chi ha perso un figlio deve poterlo piangere nel modo che preferisce. Perché si tratta di un dolore così tremendo e inimmaginabile, che a differenza di altri eventi – come matrimoni, battesimi, coniugi scomparsi – nessuno può pretendere di conoscere il modo giusto per affrontarlo.

«Annie?»

Annie era seduta di spalle sul letto impeccabile della bambina, con una bambola di plastica nella mano destra. Sentendosi chiamare, non si voltò, ma continuò a fissare i campi scuri oltre la finestra come se niente fosse.

Joy rimase sulla porta a contemplare i giocattoli, le tende dai colori vivaci, i poster che si arricciavano sulle pareti, incerta sul da farsi. «Stai bene?» le domandò esitante.

La sua testa si voltò leggermente verso destra, come per osservare la bambola. Quindi Annie la sollevò e le fece scorrere un dito sul volto. «Mi riprometto sempre di dare una spolverata» disse. «È un disastro qui dentro.»

Quindi si voltò verso di lei con un sorriso strano, desolato. «I lavori di casa, eh? Finiamo sempre per dimenticarcene.»

Sembrava pallida e stanca, aveva i capelli schiacciati sul viso e i suoi gesti erano lenti e precisi, come se il solo fatto di muoversi le costasse fatica.

Sedeva rigida, avvolta nei consueti strati di vestiti, quasi a volersi isolare ulteriormente dal mondo circostante. Joy, che in pratica non l'aveva più vista dopo la lite con Sabine, si domandò col cuore straziato come il dolore avesse potuto trasformare la giovane madre vivace e frizzante di tre anni prima in quella specie di automa narcotizzato. Le venne in mente anche Edward, ma scacciò il pensiero.

«Ti... ti ho portato dei biscotti.»

Quella frase suonava davvero ridicola, ma Annie non sembrò minimamente sorpresa. «Pasta frolla. Che buoni.»

«Volevo sapere come stavi. Non ci vediamo da un po'.»

Nella lunga pausa che seguì, Annie non fece che scrutare attentamente il volto della bambola, come alla ricerca di eventuali difetti.

«Mi chiedevo se ti servisse una mano. Per la spesa, magari. Oppure...» preferì non parlare dei lavori domestici, viste le circostanze «se desiderassi un po' di compagnia. Sabine è sempre molto contenta di vederti. Posso dirle di passare di qui più tardi.» Quindi si ricordò del denaro che teneva in mano. «Ah, e il signor Fleming, il tuo ospite, ha lasciato questi per te» aggiunse, porgendole la somma. Ma poiché l'altra non reagì, la posò sulla specchiera.

«Come sta il signor Ballantyne?» chiese Annie d'un tratto.

Joy fece un sospiro profondo. «Bene, grazie. Un po' meglio.»

«Ottimo.» Quindi posò delicatamente la bambola sul letto e si voltò di nuovo verso la finestra.

Incerta se interpretarlo come un gesto di congedo, Joy fece un passo avanti e posò i biscotti sul letto. Quella poveretta aveva la mente altrove e lei non poteva farci granché. Avrebbe riferito alla signora H che Annie aveva bisogno di aiuto, magari di un periodo a casa dei genitori o di un po' di – come la chiamavano oggi? – terapia.

Quindi accennò ad andarsene, lentamente, i passi attutiti dalla spessa moquette.

D'un tratto udì la sua voce. «Patrick mi ha lasciata.»

Si voltò, ma Annie era ancora di schiena e non riuscì a vedere la sua espressione.

«Volevo solo informarla» concluse.

Sabato sera, due persone uscirono da Kilcarrion House per un appuntamento, ma nessuna di loro avrebbe voluto sentirlo definire in quel modo. Sabine aveva deciso di accettare l'invito al cinema di Bobby McAndrew, lo aveva aiutato a scegliere il film dal giornale locale e aveva trascorso i giorni successivi a domandarsi preoccupata se lui avrebbe cercato di sedersi in ultima fila e di infilarle la mano nella maglietta. Non ne era sicura, ma credeva di aver perso nuovamente interesse nei suoi confronti.

«Indosserò il maglione nero, quello con il collo alto, così non si metterà in testa strane idee,» aveva detto a suo nonno «e i jeans, così non darò l'impressione di aver perso tempo a studiare cosa mettermi.»

Gli occhi del nonno si erano spostati su di lei. Gli apparecchi tecnologici alle sue spalle, racchiusi nei loro gusci di plastica, emettevano suoni regolari.

«Non guardarmi così» lo aveva rimproverato. «È un abbigliamento perfetto oggigiorno. Non come voi, abituati a uscire in giacca e cravatta.»

Quindi il nonno si era voltato nuovamente. «Oltretutto,» aveva aggiunto con un sogghigno, posando la mano sul copriletto «se lui fosse un disastro, voglio apparire al mio peggio.»

Ma Bobby McAndrew non era affatto un disastro. Indossava pantaloni verde scuro, stivali marroni dalla suola massiccia e un dolcevita di lana nero che le strappò un sorriso: forse temeva che lei potesse saltargli addosso. E poi aveva una sua auto – solo una piccola Vauxhall, ma di un colore molto carino. E lei, che non era mai uscita con un ragazzo con la patente (non che fosse uscita con chissà quanti ragazzi, in realtà), apprezzò l'impressione di maturità che le trasmetteva. Apprezzò anche la cavalleria con cui le raccomandò di allacciarsi la cintura (mentre quando era sua madre a farlo, la considerava una scocciatrice). Quando Sabine si chinò in avanti per accendere l'autoradio, l'abitacolo fu invaso dalla voce di una nota artista, che cantava di amore perduto e notti insonni. A quel punto, si rese conto di soprassalto di non ascoltare musica pop da oltre un mese. Era una delle sue cantanti preferite, ma adesso quelle strofe le sembravano quasi estranee, oltre che un po' sciocche e compiaciute. Quindi si chinò un'altra volta per spegnerla.

«Non ti piace la musica?» le chiese Bobby, lanciandole un'occhiata. Il suo dopobarba non era poi così male.

«Non sono molto in vena» rispose, guardando

fuori dal finestrino con aria indifferente, soddisfatta dell'effetto di quelle parole.

Il film cominciò presto e fu abbastanza divertente da riuscire a distrarla. Bobby, inoltre, evitò di mettere in imbarazzo entrambi cercando di prenderle la mano nell'oscurità (per quasi tutto il primo tempo, Sabine era rimasta seduta all'erta sull'orlo della poltrona). E così, quando le domandò se le andava una pizza, lei rispose di sì. Nessuno le aveva fissato un orario per il rientro e, a Kilcarrion, simili occasioni andavano colte al volo. E poi fu costretta ad ammettere che non le dispiaceva affatto restare ancora un po' insieme a Bobby: era bello trovarsi con un coetaneo dopo tanto tempo. Malgrado avesse dimenticato quanto potessero essere irritanti i ragazzi di quell'età.

«Quindi sei vegetariana?» disse, esaminando gli ingredienti della sua pizza sul menù.

«Sì. E allora?»

«E vai a caccia?»

Con un sospiro, Sabine diede un'occhiata al ristorante affollato. La cameriera l'aveva guardata come se fosse troppo giovane per trovarsi lì.

«Ci sono andata una volta per provare. E non abbiamo catturato niente, no?»

«Indossi scarpe di pelle?» Così dicendo si chinò, sbirciando sotto il tavolo.

«Sì, non ho molta scelta, finché non impareranno a farle decenti in gomma.»

«Mangi le caramelle gommose? Usano le mucche. Per la gelatina.»

Sabine fece una smorfia, sperando che cambiasse argomento. Quell'interrogatorio continuava da quando erano usciti dal cinema, una specie di battaglia a punti, scherzosa e divertente all'inizio, ma che adesso stava diventando esasperante.

«Ma vuoi piantarla?» gli disse, sorridendo per non risultare offensiva.

«Piantarla?»

«Non mangio carne e basta. Non ho voglia di farci la guerra.»

«Afferrato.»

Bobby la guardò di sottecchi, con un'ombra di imbarazzo. La cameriera alle sue spalle, truccatissima e con scarpe alte, posò senza troppo riguardo un bicchiere di Coca-Cola sul tavolo, davanti a lui. «Allora, come sta il vecchio? So che è messo male.»

«Tutto a posto» rispose lei, stranamente sulla difensiva. «E, comunque, perché ti interessa tanto la mia famiglia?»

«Te l'ho detto, ragazza di Londra. Da queste parti vogliamo sapere tutto di tutti.»

«Siete dei ficcanaso.»

«No, solo abili raccoglitori di informazioni. Sapere è potere.»

«I soldi, piuttosto.»

Bobby fece scorrere un dito lungo il bordo del piatto. «A dire il vero, te l'ho chiesto per sapere quando tornerai in Inghilterra.»

Sabine si fermò con la forchetta a mezz'aria.

«Ecco, è ovvio che se lui... be', se sei qui per aiutare ad assisterlo e lui... insomma... ho sentito dire che probabilmente te ne andrai presto.»

"E a te cosa importa?" avrebbe voluto chiedergli. Ma le pareva troppo insolente. «Non sta morendo, se è questo che intendi.»

«Quindi resterai qui ancora un po'. Cioè, tua madre non ti trascinerà a casa.»

«Mia madre non decide per me» rispose con superbia, infilzando un pezzo di fungo. «Potrei restare qui per sempre, se volessi.»

«Londra non ti manca poi così tanto, allora.»

Sabine ci pensò su per un attimo. «In realtà, a parte un paio di amiche, non mi manca per niente.»

Da quel momento fu tutto più semplice. Quando l'ossessione di Bobby per lo scontro verbale si placò, la loro divenne una normale chiacchierata tra amici. Lui continuava a fare smorfie e vocine ed era piuttosto "su di giri", come avrebbe detto la signora H, ma aveva un modo carino di guardarla. Perciò, mentre la riaccompagnava a casa, Sabine decise che, se avesse cercato di infilarle la lingua in bocca, forse avrebbe evitato di prenderlo a schiaffi. O, almeno, non troppo forte.

«E tuo padre dov'è?» Fino a quel momento avevano cantato con una delle sue cassette, che adesso stava cambiando senso.

«Il mio vero padre? Non lo vedo mai.»

«Cosa? Proprio mai?»

«No.»

«Lui e tua madre hanno rotto o cosa?»

«Non esattamente.» Sabine iniziò a scrivere le proprie iniziali sulla condensa del finestrino. «Credo che non stessero insieme da molto quando sono nata. Penso che lui non avesse voglia di diventare padre e che lei, comunque, non lo volesse tra i piedi. Oltretutto, mia madre voleva vivere in Inghilterra.» Era la versione ufficiale, quella che Kate le aveva raccontato pochi anni prima, nel breve periodo in cui Sabine aveva dimostrato interesse per le proprie origini.

«E non ti dispiace?» le domandò Bobby con espressione incredula.

«Perché dovrebbe? Non l'ho mai conosciuto. Se uno non vuole essere mio padre, non mi metterò certo a corrergli dietro, ti pare?»

«Sai chi è?»

«Non so come si chiama. Credo che mia madre me l'abbia detto, ma l'ho dimenticato. Comunque, mi pare che fosse un artista.»

Non voleva fare la misteriosa: semplicemente, l'identità di suo padre non era un problema. A Londra, moltissimi suoi coetanei non avevano alcun tipo di rapporto coi loro padri. Solo da bambina aveva sofferto un po', chiedendosi perché la sua famiglia non fosse come quelle sui libri. Da quando era arrivata in Irlanda, aveva pensato a lui qualche volta – piuttosto ovvio, sapendo che viveva nei paraggi. Ma le cose stavano esattamente così: era troppo orgogliosa per correre dietro a una persona che non aveva mai mostrato alcun interesse nei suoi confronti. E poi, come dimostravano i talk show, quei ricongiungimenti non funzionavano mai.

Sabine, tuttavia, aveva omesso una parte della storia – quella che sua madre le aveva raccontato una sera in cui era un po' brilla –, e cioè che erano stati insieme mentre lei gli faceva da modella. Una volta l'aveva confidato a un ragazzo e lui aveva preso ad agitarsi, a blaterare di foto a seno nudo e a chiederle se sua madre fosse «una che ci stava». Probabilmente con Bobby non sarebbe successo, ma non lo conosceva abbastanza per esserne certa.

Bobby tacque per un attimo e, dopo un'occhiata negli specchietti, mise la freccia e svoltò per Ballymalnaugh. L'orologio del cruscotto segnava le undici meno un quarto e Sabine si augurò di non avere problemi una volta a casa.

«Comunque i padri sono una rottura» le disse, guardando dritto davanti a sé. «Forse stai meglio tu. Il mio mi sta sempre addosso. Una vera palla, capisci?»

Sabine annuì, fingendo di capire. Ovviamente voleva essere gentile perché gli dispiaceva per lei. Ma andava bene così.

L'altro appuntamento non stava filando altrettanto liscio – anzi, non filava per niente. Dopo tre quarti d'ora trascorsi in piedi davanti allo specchio, Kate aveva deciso che non poteva uscire a cena con Thom. Il primo problema era Christopher, che sarebbe arrivato quella sera stessa. Senz'altro, una volta appresi i suoi progetti, si sarebbe abbandonato a osservazioni pungenti, dichiarando enfaticamente a sua moglie che non ci si poteva aspettare altro da lei. E poi c'era sua madre: quella sua "discesa nella scala sociale" avrebbe inasprito ulteriormente i loro rapporti. Non gradiva il suo rapporto con Thom nemmeno da ragazzina, certo non lo avrebbe gradito ora. E, in ogni caso, uscire con un uomo con suo padre in quelle condizioni non era forse la mossa più appropriata. Avrebbe dovuto trascorrere tutto il tempo al suo capezzale con aria afflitta. Ma in quel modo avrebbe scalzato Sabine, che era sempre con lui e sembrava infastidita ogni volta che si offriva di aiutarla. In cuor suo, tuttavia, provava sollievo all'idea che nessuno si aspettasse nulla di simile da lei: in pratica non si parlavano da quando se ne era andata di casa e lui le aveva lasciato intendere che non sarebbe mai cambiato niente.

Ma oltre a essere inopportuno sotto molti aspetti, quell'appuntamento non faceva che confermare tutte le peggiori convinzioni che Kate nutriva riguardo a se stessa: la sua incapacità di vivere senza un uomo, il vizio di fare scelte inappropriate, di lasciarsi trascinare come un relitto nel grande, turbolento oceano dell'amore. "È ora che prenda in mano la situazione" disse a se stessa, guardandosi allo specchio. La pelle stava cominciando a screpolarsi per il freddo. "È ora che impari a vivere la mia vita. A dare la precedenza a mia figlia. A essere un'adulta responsabile, qualunque cosa significhi."

"Cosa farebbe Maggie?" si interrogò (era una domanda che si faceva spesso e che aveva contribuito alla precoce rottura con Justin – non che la fine della loro storia lo avesse devastato, comunque). "Annullerebbe l'appuntamento" concluse, cercando di ignorare la punta di delusione suscitata dalla sentenza di quella Maggie virtuale. "Sì, senz'altro lo avrebbe annullato." Di fatto, era l'unico verdetto possibile. Lo sapeva per esperienza. E così, con un sospiro profondo, si infilò un altro maglione e uscì a cercare Thom nelle scuderie.

«Non posso venire.» Era stata un po' più esplicita di quanto avrebbe voluto.

Thom stava appendendo una rete per il fieno in una delle stalle, sotto la luce pallida e sfarfallante di una lampadina. Alle sue spalle, il grosso cavallo grigio che aveva visto quel giorno nel boschetto infilò il muso umido nel secchio, in cerca di avanzi di cibo.

«Perché?» chiese senza voltarsi.

«Perché... è un po' complicato. Devo occuparmi di Sabine.»

«Sabine è uscita con un ragazzo.»

Una volta appesa la rete, le diede un paio di strattoni e infine, dopo aver dato una pacca sul sedere del cavallo, uscì dalla stalla chiudendo il doppio chiavistello della porta. I suoi passi riecheggiavano nelle scuderie ormai buie e quasi deserte.

Kate rimase impietrita, a bocca aperta.

«Non lo sapevi? Uno dei fratelli McAndrew. È un bravo ragazzo. Non preoccuparti.»

Le parve di essere stata travolta da un'auto in corsa. Il dolore, la collera e l'umiliazione fecero scempio della sua sicurezza, della padronanza di sé. Sua figlia non le aveva minimamente accennato a quel ragazzo, eppure tutta la casa era al corrente del suo appuntamento. Che figura ci faceva? Lei, sua madre, era l'ultima persona a saperlo. Perché Sabine la feriva in quel modo? Cosa le aveva fatto?

Perdere la faccia, come diceva Maggie. Una cosa molto importante nel mondo orientale. Dopo il comportamento di Sabine, Kate non aveva più alcuna faccia da perdere.

Anzi, era anche stata smascherata come bugiarda.

Thom passò alla stalla successiva e lei, per quanto spiazzata, fu costretta a seguirlo. Dopo una sbirciata dietro la porta, tirò fuori un secchio d'acqua semivuoto. «Allora, per quale altro motivo non puoi venire?» le chiese, mentre col braccio buono gettava l'acqua nel canale di scolo.

Kate lo scrutò, cercando di capire se ci fosse rabbia nella sua voce. Apparentemente no. «È troppo complicato» tagliò corto.

Thom rimise il secchio nella stalla e si fermò per un istante, appoggiandosi alla protezione di metallo che correva lungo la parte superiore. «Perché...?»

Aveva uno sguardo dolce, leggermente divertito, e i capelli scuri cosparsi di paglia, come la pelliccia di un animale. Kate teneva le mani sprofondate nelle tasche, ma avrebbe tanto voluto strofinargli la testa. "No, ti prego," lo implorò in silenzio "non costringermi a elencarti le ragioni."

«Thom...»

«Guarda, non è niente di che. Era solo per uscire a mangiare un boccone. Ho avuto l'impressione che non ne potessi più e so che la tua famiglia non è delle più facili. Era giusto per distrarti un po'. Non fa niente.» Quindi proseguì verso la stalla successiva, lasciandola indietro. «Un'altra volta, okay?» le gridò oltre la spalla. In tono allegro.

Kate si sentì tremendamente stupida. Aveva frainteso: lui le stava offrendo solo una serata amichevole lontano dalla sua famiglia. Lo diceva sempre suo fratello: perché dava per scontato che il mondo girasse intorno a lei? Spostò il peso del corpo da un piede all'altro: aveva le dita sempre più intirizzite, ma non le andava di rintanarsi in casa.

"Avanti" disse una voce dentro di lei.

"Non osare" ribatté la Maggie virtuale.

«Thom?»

«Sì?» Era nel deposito dei finimenti ora e, quando Kate si avvicinò, fece capolino dalla porta. Aveva un'espressione serena, cordiale.

«Però potremmo farci un drink.»

Lui la guardò fisso in volto, disorientandola come sempre. «Va bene.»

«Usciamo allora? Solo per bere qualcosa?»

«Ti aspetto al Black Hen, ti ricordi dov'è?»

La stava prendendo in giro: era l'unico pub del paese.

«Facciamo alle...» disse, guardando l'orologio «sette e mezzo. Ci vediamo là.»

Percorrendo la strada buia diretta al pub, Kate continuò a giocherellare con gli occhiali che teneva in tasca, a inforcarli e a sfilarseli subito dopo, una specie di replica più dinamica della scena avvenuta un'ora prima davanti alla specchiera. Mentre tentava di domarsi i capelli, truccandosi e struccandosi in continuazione, si domandò se per caso quello di Thom non fosse stato uno scaltro raggiro. Era riuscito a convincerla che il fatto di uscire insieme oppure no lo lasciasse davvero indifferente. Quindi il loro non era un appuntamento vero e proprio. Malgrado questo, però, nero su bianco non avrebbe fatto una gran bella impressione: "Madre separata di recente va a trovare il padre sul letto di morte ed esce con un uomo attraente a soli dieci giorni dal suo arrivo". Chiunque lo avrebbe considerato un appuntamento.

Kate sapeva che non era così, eppure non le andava proprio di uscire con quei brutti occhiali sul naso.

"Basta, niente occhiali." Appuntamento o no, la sciatteria non era giustificata. Dopo il fiasco con

Justin, le serviva una forte iniezione di autostima. "Meglio con gli occhiali" pensò, ritrovandosi dentro una siepe. "Niente occhiali" decretò, raggiunta la porta del Black Hen. Porta che, peraltro, continuò a spingere dal lato sbagliato, finché qualcuno non uscì.

Proprio perché debole di vista, Kate era dotata di un udito fine e capace di cogliere il momentaneo silenzio che, al suo ingresso, scese nell'atmosfera calda e viziata del pub. Ma le poche diottrie avevano anche il vantaggio di schermare dalle opinioni altrui. Incapace di distinguere le espressioni curiose di tutti quei volti, che spesso culminavano in un mormorio di riconoscimento, Kate attraversò la sala fino al séparé con una sicurezza difficilmente riscontrabile nella maggior parte delle donne in una situazione simile (e al Black Hen non c'era poi molta concorrenza).

Ma c'era anche qualche svantaggio, come la tendenza a inciampare nei gradini non segnalati, a travolgere chi stava cautamente trasferendo la propria ordinazione dal bancone al tavolo, o l'incapacità di individuare una persona nella penombra del locale. Il dilemma, quindi, era se ammettere pubblicamente la propria sconfitta, oltre che la propria vanità, ed estrarre gli occhiali, oppure proseguire imperterrita, strizzando gli occhi nel tentativo di distinguere le sagome sfocate di tavoli e persone.

«Mi dispiace» disse, afferrando il gomito di un uomo dopo avergli fatto rovesciare mezza birra sui piedi. «Lasci che ne ordini un'altra.»

«No, ci penso io» disse una voce e, tra il fumo

e la penombra, Kate riconobbe sollevata la sagoma di Thom.

«Mi sono seduto qui» disse, accompagnandola al tavolo. «Accomodati, ti prendo da bere.»

Kate valutò se estrarre gli occhiali dalla tasca. Il locale era così buio, che i consueti sforzi per vederci risultavano ancora più duri. Ma quegli occhiali non le donavano per niente. Non riusciva a togliersi dalla testa l'espressione sarcastica di Sabine.

Thom le posò davanti un bicchiere di vino bianco. «Non garantisco sulla qualità» disse, portandosi alle labbra il suo succo d'arancia. «Qui hanno solo bottiglie col tappo a vite. Se sa di aceto, ti prendo qualcos'altro.»

«Tu cosa bevi?»

«Oh, succo d'arancia.»

Lei lo scrutò con aria interrogativa.

«Non bevo dai tempi delle corse. Ho scoperto di essere una di quelle persone... Come si chiamano? Quelle che non riescono a bere un bicchiere senza poi berne altri dieci.»

«A rischio dipendenza»

«Più o meno.»

«Non mi sembri il tipo. Sei così misurato.»

Riuscì a malapena a distinguere un sorriso.

«Ah, Kate Ballantyne! Dici così perché non ci vediamo da mezza vita.»

Il vino sapeva proprio di aceto e Kate non riuscì a trattenere una smorfia, come se stesse succhiando del rabarbaro. Thom si mise a ridere e le portò una pinta di Guinness. «Dicono che sia speciale qui» osservò Kate, colta dall'irrazionale necessità di mantenere la conversazione sul vago.

«Ma non essendo una bevitrice di Guinness, non so giudicare.»

La mano di Thom era appoggiata di fronte a lei. Era ferma, grande, con le dita larghe, scurita dalla vita all'aria aperta. A differenza di quella di Justin, la mano di Thom non passava continuamente dalle chiavi dell'auto al pacchetto di sigarette, non tamburellava insistentemente con le dita sul tavolo. Si domandò se il lavoro avesse reso la sua pelle ruvida al tatto e dovette soffocare l'istinto di toccarla.

«Allora, hai sistemato le cose con Sabine?»

Kate fu colta dalla solita fitta di dolore. «A dire il vero no. Insomma, non si arrabbia con me come accadeva a Londra, ma si comporta come se la infastidissi. O come se non contassi nulla.»

«Sembra più felice» disse lui.

Kate alzò la testa di scatto. «Rispetto a quando?»

«Rispetto a quando è arrivata.»

Lei si irrigidì.

«Non volevo insinuare nulla.»

«Mi dispiace. Temo di essere ipersensibile su questo argomento.»

Bevve una sorsata di Guinness. Aveva un sapore ferrigno, intenso e rassicurante.

«Mi piace, te l'ho detto. La trovo fantastica.»

«Anche tu le piaci. Credo che parli più con te che con me.»

«Ti stai compatendo?»

Kate sorrise, rilassandosi per la prima volta. Si rese conto di avere le spalle rigide per la tensione. «Credo di essere soltanto gelosa. Di te. Di mia madre. Di chiunque riesca a renderla serena e felice, cosa che evidentemente io non sono in grado di fare.»

«È un'adolescente. Cambierà.»

Restarono seduti in silenzio, assorti nei loro pensieri, con il vocio degli altri clienti in sottofondo.

«Ti somiglia» le disse.

Kate alzò gli occhi. Avrebbe tanto desiderato poter vedere la sua espressione.

«Sei Kate? Kate Ballantyne?»

Voltandosi di scatto, riuscì a distinguere una giovane donna, leggermente chinata verso di lei.

«Sono Geraldine – Geraldine Leach. Andavamo a cavallo insieme.»

Le tornò in mente l'immagine di una ragazza grassottella, con trecce così strette da lasciarle segni rossi sopra le orecchie. Nient'altro. E, con profondo imbarazzo, adesso non riusciva a distinguere il suo viso. «Ciao...» disse, porgendole la mano. «È un piacere vederti.»

«Anche per me. Sei tornata per sempre o è solo una visita?»

«No, è solo una visita.»

«Abiti a Londra, vero? Oh, quanto mi piacerebbe vivere a Londra! Io abito a Roscarney. È a circa sei chilometri da qui. Passa a trovarmi, se ti capita.»

«Grazie.» Kate si sforzò di apparire riconoscente pur restando sulle sue.

«C'è un po' di confusione. Ho tre figli adesso. E Ryan, mio marito, quello laggiù, è il più bambinone di tutti. Ma sei comunque la benvenuta. Sarebbe bello, in nome dei vecchi tempi. Non ci vediamo da... da quanto? Saranno vent'anni. Dio... non ti fa sentire vecchia?»

Kate sorrise: non voleva sentirsi proprio così vecchia.

«Non sei cambiata affatto. Con i tuoi bei capelli rossi. Da ragazza avrei fatto di tutto per averli così, lo sai? Anzi, lo farei ancora. Guarda questo grigio che avanza! E tu hai figli?»

«Uno solo» rispose, consapevole del silenzio di Thom.

«Ah, bene. Maschio o femmina?»

«Femmina.»

Geraldine non sembrava intenzionata a cambiare argomento. «Mi piacerebbe una femmina. Com'è che si dice? Un figlio è tuo fino al matrimonio, ma una figlia è per sempre. Farei qualsiasi cosa per avere una figlia. Stai certa che i miei ragazzi resteranno con me fino a trent'anni, comodi come sono. Colpa mia. Non ho mai educato il loro padre come si deve.»

A quel punto si chinò verso di lei e Kate percepì una ventata di profumo. «È insopportabile quando le cose non vanno come vuole lui. Dico sempre che è un guastafeste. Non è un caso che sia finito a lavorare per il fisco...»

Ormai Kate aveva il sorriso stampato in faccia.

«Be', non vi disturberò oltre» disse Geraldine, dando un'occhiata a Thom. «Senz'altro avrete molto tempo da recuperare. Vieni a trovarmi, mi raccomando. Abito al numero 15 di Black Common Drive. Sono sull'elenco. Ci divertiremo.»

«Grazie» disse Kate, mentre Geraldine se ne andava. «Sei molto gentile.» Quindi bevve una sorsata di birra, cercando di non voltarsi per controllare che Geraldine Leach avesse ripreso posto al bancone.

«Posso andarmene ora» disse Thom con un sogghigno.

Kate alzò gli occhi verso di lui. «Non osare.»

Risero entrambi.

«Dove eravamo rimasti?»

«Stavamo parlando di Sabine, mi pare» rispose lei, guardando il bicchiere.

«Allora parliamo di te.»

C'era qualcosa nel suo sguardo che la faceva sentire trasparente. «Non credo di averne voglia. Non sono un argomento molto interessante, ora come ora.»

Thom non rispose.

«Quando parlo della mia vita, ho la sensazione di ripetere sempre la stessa sfilza di disastri. È una cosa noiosissima.»

«Sei felice?»

«Felice?» Sembrava una cosa straordinaria da chiedere. Kate ci pensò un istante. «A volte, credo. Quando Sabine è felice. Quando mi sento... oh, non so. Quand'è che ci si sente felici? Tu sei felice?»

«Più di prima. Sono soddisfatto, direi.»

«Anche di essere tornato qui?»

«Soprattutto di essere tornato qui.» Dal bianco dei suoi denti, intuì che le stava sorridendo di nuovo. «Che tu ci creda o no, Kate, questo posto è stato la mia salvezza.»

Kate fece una risata amara. «E mia madre, l'angelo custode» disse.

«Tua madre è a posto. Avete solo due diverse visioni del mondo, tutto qui.»

«Per te è facile parlare.»

«Intanto Sabine ce l'ha fatta. E lei e sua nonna erano cane e gatto.»

A volte era sconvolgente pensare a quante cose non sapeva di sua figlia. Rimpiangeva quella bambina che si precipitava tra le sue braccia al ritorno da scuola, incespicando con le parole nella frenesia di raccontarle tutto quel che aveva fatto, tutte le persone che aveva visto. Sentiva ancora il peso del suo corpo rannicchiato su di lei, mentre se ne stavano sedute sul divano a guardare programmi per bambini e a commentare la giornata.

«Possiamo evitare di parlare della mia famiglia? Credevo che lo scopo di stasera fosse quello di tirarmi su il morale.» "Non devi permettere che rovinino tutto quanto," pensò "che invadano ogni angolo della tua vita." Comprese di volere Thom tutto per sé.

Lui sollevò il bicchiere, come per valutare se gli sarebbe bastato fino alla fine della sua Guinness. «Okay. Non possiamo parlare di te. Non possiamo parlare della tua famiglia. E se parlassimo di religione? È sempre un argomento molto caldo. O di cosa è cambiato a Ballymalnaugh da quando te ne sei andata? Ce n'è abbastanza per... be', qualche minuto.»

Kate rise, grata perché le aveva ravvivato l'umore. Aveva sempre la capacità di abbellire le situazioni.

«Kate?»

Ruotando sullo sgabello, vide un uomo di mezza età pesantemente chino su di lei. In mano stringeva una pinta.

«Stephen Spillane. Non so se ti ricordi di me. Lavoravo nella casa grande. Tutto bene, Thom?»

«Tutto bene, Stevie.»

Kate strizzò gli occhi nel tentativo di mettere a fuoco i lineamenti di quel volto ampio e rubizzo.

«Ti ho vista da laggiù in fondo, dall'altra parte del bancone, e mi sono detto: "Quella sembra proprio la figlia di Joy Ballantyne". Ma non ne ero sicuro finché non mi sono avvicinato. Sono passati... quanti anni? Dieci?»

«Quasi diciassette» intervenne Thom.

«Quasi diciassette anni. Be', e rieccoti qua. Ti trattieni a lungo?»

«No, io...»

«È la giovane Kate Ballantyne?» Alle sue spalle era arrivato un altro uomo, che Kate non riconobbe. «Mi pareva un volto familiare. Questa sì che è una sorpresa. Non ti vediamo da un sacco di tempo.»

«Kate, ti ricordi di padre Andrew?»

Lei sorrise e annuì, fingendo di ricordare.

«Non che tu avessi una gran passione per la messa domenicale.»

«I giovani hanno altro a cui pensare, padre.»

«E non solo i giovani, eh, Stevie?»

«Ti sei trasferita a Londra?» Stephen Spillane aveva appoggiato una sedia accanto a lei. Il suo odore era un curioso miscuglio di tabacco e candeggina. «Vivi nei paraggi di Finsbury Park? Ti ricordi di mio figlio, Dylan? Abita a Finsbury Park. Dovrei darti il suo numero.»

«Chissà quante cose saranno cambiate dalla tua ultima visita, vero Kate?»

«Dylan sarebbe ben contento di portarti fuori. Ha una vera passione per le belle ragazze. Sei sposata?»

«Oh, guarda, c'è Jackie! Jackie, ti ricordi di Kate

Ballantyne? La figlia di Edward Ballantyne. Arriva dall'Inghilterra. Jackie, portaci qualcosa da bere, ti va?»

Un po' a causa delle continue interruzioni, un po' per l'incapacità di distinguere i volti dei suoi interlocutori (o un po' per il desiderio di restare sola con Thom), Kate trovò estenuanti tutte quelle chiacchiere. No, disse, non sarebbe rimasta a lungo. E sì, era bello essere di nuovo a casa. Sì, avrebbe senz'altro fatto gli auguri di pronta guarigione a suo padre. Sì, senz'altro le battute di caccia non erano più le stesse da quando non era più lui il Master. E – adesso veniva il peggio – sì, sarebbe stato magnifico salutare alcune persone che non vedeva da diciassette anni e che la ricordavano quando era ragazzina. Ah, erano proprio laggiù oltre il bancone? Ma certo che potevano unirsi a loro. Che altro poteva dire?

«Peccato che dobbiamo rientrare, Kate» disse Thom all'improvviso. «Tua madre ti ha chiesto di rincasare presto per darle una mano, ricordi?»

Kate aggrottò le sopracciglia.

«Le hai promesso che saresti stata di ritorno per le otto e mezzo.»

Alla fine capì. «Ah, già, l'avevo scordato» disse, guardando i volti sfocati e bendisposti che la circondavano. «Mi dispiace. Magari faremo quattro chiacchiere la prossima volta, va bene? Sarebbe bellissimo.» Quindi fece un ampio sorriso. Ora che stava fiutando la fuga, poteva permettersi di apparire cordiale.

«Oh, ma che peccato! Avevamo appena cominciato.»

«È proprio in forma, non è vero? La grande città ti dona, ragazza mia.»

«Ma è ovvio che Thom ha altri progetti, vero? Non vogliamo certo intrometterci.» Kate non era abbastanza cieca da non notare l'esasperato occhiolino di Stephen Spillane.

«E adesso che facciamo?» disse sotto voce, mentre Thom la trascinava verso la porta.

«Aspettami fuori, torno fra un secondo.»

Poco dopo emerse dal pub con un paio di lattine di Guinness e due di succo d'arancia infilate sotto il braccio finto (persino lei riusciva a distinguerlo: era una serata mite e, con le maniche del maglione tirate su, l'avambraccio di plastica risplendeva alla luce delle finestre).

«Si dà il caso che conosca un posticino nei paraggi dove poter bere in santa pace» disse.

La luce del padiglione estivo non era visibile da nessuna stanza della casa. Stranamente, le due finestre della costruzione, per quanto ampie, non guardavano verso l'abitazione, ma da un lato proiettavano un lieve bagliore su un terreno incolto e dall'altro su ciò che restava di un cortiletto. Crescendo, Kate si era spesso interrogata su chi l'avesse costruito e se fosse stato appositamente progettato per nascondersi dagli occhi curiosi. Oggi, invece, si domandava se quella lampadina spoglia gettasse ombre spietate sul suo volto e se valesse la pena uscire dal suo raggio, correndo il rischio di non vederci più.

Thom aprì una lattina e gliela porse. «Mi dispiace, non è certo il Ritz.»

«Ma al Ritz la fornitura di latte di vernice è sempre stata piuttosto carente» disse, sedendosi su una coperta per i cavalli che Thom aveva steso sulle casse. «E anche quella di diserbante.»

«Per non parlare della fauna.» Così dicendo, allungò la mano e le tolse una ragnatela dalla testa. Quindi si pulì nei pantaloni e andò a sedersi su un'altra cassa, un po' distante da lei, aprendosi un succo d'arancia.

Kate si rese conto che quella distanza non la lasciava indifferente. Erano scappati dal pub a braccetto e lei aveva riso come una pazza, come una scolaretta, inebriata dalla sensazione della fuga. Percepiva ancora la strana impressione di quel braccio rigido accanto al suo.

«Saremmo potuti restare al pub,» disse lui mortificato «ma sai come sono fatti... non ti avrebbero lasciata in pace per tutta la sera.»

«Non ce la facevo più.»

«Ho pensato che fosse meglio andare a parlare altrove.»

«Potevamo semplicemente andare da te» rispose senza pensarci.

«Se te l'avessi proposto, saresti tornata a casa.»

Kate scorse il suo sorriso, mentre sentiva il proprio scemare lentamente. Aveva ragione. L'avrebbe giudicata una situazione troppo intima, troppo pericolosa. Tuttavia, cosa c'era di più intimo di questo? Nascosti insieme nella loro vecchia tana, piena di ricordi, dove perfino il legno stesso era intriso del profumo agrodolce del passato.

Osservando il vecchio padiglione abbandonato, Kate si sentì improvvisamente a disagio, come se fosse stata colta a fare qualcosa di sconveniente. Inaspettatamente pensò a Justin. Poi a Geoff. "Cosa ci faccio qui insieme a un uomo?" pensò. "È assurdo." La Maggie virtuale incombeva su di lei, agitando un indice con le labbra contratte in segno di disapprovazione.

«Sai che ti dico? Devo andare» mormorò. Adesso era lieta di non vedere la sua espressione.

Thom posò la lattina e si alzò in piedi, rendendole tutto più difficile.

«Devo andare sul serio.»

«Di cosa hai paura?»

Seguì un attimo di silenzio. Kate cercò il suo viso, ma era uscito dal cono di luce e non riusciva a vedere altro che il riflesso accecante della lampadina su una latta di vernice capovolta. Mentre strizzava inutilmente gli occhi, avvertì il peso dei suoi passi sulle assi del pavimento. Non era altro che un'ombra monocolore che avanzava minacciosa verso di lei. Quindi percepì il suo profumo: sapone, mescolato a un sentore terroso di cavallo, il tutto sovrastato dal più recente odore di fumo e birra.

Paralizzata, sobbalzò quando sentì la mano di Thom sprofondare adagio nella sua tasca. Dopo aver recuperato gli occhiali, glieli sistemò delicatamente sul naso. Per un attimo, la plastica fredda della protesi le sfiorò la guancia.

Si accovacciò davanti a lei, in modo da poterla guardare negli occhi. «Di cosa hai paura?» ripeté adagio.

Adesso riusciva a distinguere le singole ciglia. «Di te.»

«No.»

Per la prima volta, riuscì a scorgere chiaramente le pieghe che gli si formavano agli angoli degli occhi e il modo in cui chiudeva le labbra respirando, la piccola cicatrice chiara sotto il sopracciglio. "Non voglio vederti così chiaramente" pensò. "Era tutto più semplice quando eri sfocato."

«No» ripeté con espressione severa. «Non ne hai motivo. Non ti farei mai del male.»

Lei continuò a fissarlo. «Allora ho paura di me.»

Thom le prese la mano. La sua era screpolata, segnata dalla vita all'aria aperta. Ma aveva un tocco delicato. Kate si chiese distrattamente come fosse l'altra.

«Rovino sempre tutto, Thom. Sbaglio in continuazione. E con te sarà lo stesso.»

«No» disse ancora.

I suoi occhi non la abbandonavano e lei, sentendosi sciogliere, dovette rammentare a se stessa di respirare. Inspiegabilmente le salirono le lacrime agli occhi. «Non posso permettere che accada. Tu non mi conosci, Thom. Non sai come sono fatta. Non mi fido di ciò che provo, capisci? Non sono affidabile. Credo di essere innamorata e, dopo qualche mese, scopro che in fondo mi sbagliavo. E faccio del male a tutti. A me. A Sabine.»

Sentiva la pressione della sua mano. Si sarebbe voluta sottrarre a quella presa. Avrebbe voluto premersela contro le labbra, esserne inghiottita, sentirla sulla pelle.

Gli occhi di Thom sembravano ardere nei suoi. Kate distolse lo sguardo e, voltandosi verso la finestra, iniziò a parlare al vuoto. «Non capisci? Sta succedendo tutto perché sono qui, sola, bisognosa, perché ho appena rotto con un uomo. So perfettamente cosa sta accadendo. Io non sono una persona autonoma. Non sono come te e Sabine. Voi bastate a voi stessi. Io ho bisogno di intimità, di attenzioni. E siccome non riesco ad avere queste cose da loro, le cerco da te.»

Stava parlando troppo in fretta ora, con voce troppo stridula. «Se fossi un cavallo, mi considereresti un brocco. Ecco cosa sono, un brocco. In nome del cielo, Thom, non ricordi? Non ricordi cosa ti ho fatto diciassette anni fa? Tutta quella sofferenza? Non te ne importa?»

Thom abbassò lo sguardo sulla propria mano. Poi la fissò di nuovo. «Se tu fossi un cavallo,» disse «penserei che sei capitata nelle mani sbagliate.»

Kate riusciva a percepire il calore del suo respiro sulla pelle, tanto era vicino.

«Sarei un disastro» ribatté, mentre pesanti lacrime le scivolavano lungo le guance. «Sarei un maledetto disastro.» Poi, quando la sua mano sana e quella finta le strinsero il volto bagnato, Kate si chinò in avanti e posò le labbra sulle sue.

12

Il Duca era in piedi in un angolo della stalla, con la testa bassa e la coda fra le zampe, come se fosse in attesa di essere picchiato. Le ossa dei fianchi sporgevano come assi piallate e il manto, un tempo splendente di vigorosa salute, era opaco e arruffato come un tappeto da due soldi. Gli occhi erano due cavità infossate con le palpebre semichiuse, come sipari pronti a calare.

Il veterinario, un uomo alto e magro dall'aspetto severo, gli accarezzò il collo con la mano, gli diede un colpetto e, infine, avanzò sul fitto letto di paglia verso Joy, che lo attendeva vicino alla porta. «Temo che sia messo male, signora Ballantyne.»

Joy sbatté le palpebre e abbassò lo sguardo, come per digerire una notizia che, comunque, si aspettava da tempo. «Di cosa si tratta?»

«Il problema principale è l'osteoartrite. Oltre agli antidolorifici che gli abbiamo somministrato» rispose l'uomo, accigliandosi. «Il fenilbutazone non funziona più. Anzi, penso che gli abbia fatto più male che bene. Potrebbe aver sviluppato un'ulcera. Succede spesso ai cavalli trattati con questo farmaco. Ma sono subentrate anche la dissenteria e la perdita di peso, e non è un buon segno in un cavallo della sua età. Porterò a esaminare questi campioni di sangue, ma scommetterei sull'ipoproteinemia – la riduzione delle proteine nel sangue.» A quel punto si interruppe. «È stanco, ha il cuore affaticato. Credo che stia cedendo, poveretto.»

Il volto di Joy era severo e immobile, i lineamenti rigidi. Solo un osservatore molto acuto avrebbe notato un lieve tremore, unico indizio delle emozioni che si sforzava di controllare.

«Gli ho provocato io l'ulcera?» chiese. «Ho esagerato con il medicinale?»

«Assolutamente no. È una reazione normale nei cavalli costretti ad assumerlo per un certo periodo. Ma con un animale della sua età, non avevamo molte alternative. E se l'è cavata per un tempo straordinariamente lungo. Quanti anni ha ormai? Ventisette? Ventotto?»

«Esiste qualcos'altro? Un medicinale diverso?» Joy parlava con le mani giunte davanti a sé, in un gesto di supplica.

Il veterinario si accovacciò, ripose gli strumenti nella valigetta e la chiuse con uno schiocco deciso. Fuori, il cielo era luminoso e terso, in netto contrasto con l'atmosfera nefasta che regnava all'interno. «Mi dispiace, signora Ballantyne. Ha avuto una vita lunga e felice, ma non potremo tirare avanti ancora per molto. Non sarebbe giusto, almeno.»

Pronunciò l'ultima frase guardandola di sottecchi. Quel cavallo era importante per lei, lo sapeva, ma stavano rimandando l'inevitabile da mesi.

Joy si avvicinò al Duca e gli tirò delicatamente le orecchie con un gesto sbadato, affettuoso. Gli sollevò il ciuffo, come per guardarlo in faccia, poi gli grattò il naso. Il cavallo spinse la testa enorme verso di lei, poi, con gli occhi semichiusi, le appoggiò il mento sulla spalla coperta dal piumino, facendola vacillare. Il veterinario rimase ad aspettare sulla porta. Conosceva abbastanza bene la sua cliente da non metterle fretta.

«Venga pure domani» disse alla fine, con voce bassa e ferma. «Domani mattina, se per lei va bene.»

Il veterinario annuì.

«Nel frattempo, vorrei chiederle un favore.»

Lui la guardò negli occhi.

«Gli dia qualcosa. Qualcosa per il dolore. Che non gli faccia male allo stomaco.» A quel punto sollevò la testa con atteggiamento deciso. «Deve pur esistere.»

«A dire il vero,» rispose lui irrequieto «non c'è molto...»

«Qualunque cosa» lo interruppe Joy.

Il veterinario fece un sospiro profondo e sbuffò lentamente con le guance gonfie, fissando pensieroso il pavimento coperto di paglia. «Ci sarebbe una possibilità» disse infine.

Joy attese fiduciosa.

«È un farmaco sperimentale, nulla che normalmente prescriverei a un cavallo come il suo. Senz'altro non dovrei. Però sì, eliminerà il dolore. Alle gambe e allo stomaco.»

«Glielo dia, allora.»

«Sarebbe meglio di no, sul serio. Potrebbe costarmi la licenza.»

«Solo per un giorno» disse Joy. «Le pagherò qualunque cifra.»

«Non è necessario.» Così dicendo, il veterinario inclinò il capo, guardò fuori dalla stalla e sospirò un'altra volta. «Però apprezzerei che non ne parlasse in giro. A nessuno.»

Joy si voltò di nuovo verso il cavallo e gli mormorò qualche parola gentile. Aveva un'espressione più rilassata ora, come se stesse pregustando il proprio sollievo.

«Lo porti oggi» disse, senza voltarsi. Aveva ripreso a coccolare il cavallo. Le sue vecchie mani gli accarezzavano il naso, le ossa, con gesti carichi di familiarità.

Il veterinario scosse lievemente il capo. Era stato troppo buono. Il suo socio si sarebbe infuriato, se lo avesse saputo. «Ho un'altra visita stamattina. Tornerò dopo.» Si voltò. «A proposito, come sta il signor Ballantyne?»

Joy rispose senza guardarlo. «Bene, grazie.»

A diversi chilometri di distanza, Kate ammirava il faro di Hook Head oltre il parabrezza della Land Rover, un monolite stagliato contro l'azzurro scintillante del porto di Waterford. Era la prima giornata limpida da settimane e il gigantesco faro, con le casette che lo circondavano, si ergeva sbiadito ed eroso dagli elementi nel pallido sole invernale, mentre le onde spumeggianti si infrangevano incessantemente sull'antica pietra calcarea.

Con i polmoni ancora abituati alla fuligginosa atmosfera cittadina, Kate, come un'esperta intenta ad assaporare un vino pregiato, inalò l'aria salmastra e pungente che saliva dal litorale sottostante, ascoltando le grida infantili dei gabbiani e delle urie che volteggiavano su correnti invisibili. Anche a quella distanza, di tanto in tanto le goccioline schizzavano sulle lenti degli occhiali, scintillanti come schegge di diamanti nella luce spoglia.

Thom era seduto accanto a lei. «Non vuoi sapere granché, vero?» gli disse, senza voltarsi. «Della mia vita, intendo. Di Justin... il mio ultimo compagno... o di Geoff.»

Thom la guardò. «Preferiresti, forse?»

Le nuvole scivolavano all'orizzonte, sferzate da venti invisibili.

«Pensavo solo che ti interessasse. Per la maggior parte degli uomini è così. Vogliono conoscere il tuo passato.»

«So già tutto quello che mi serve.» Si voltò ancora verso il mare, bevendo un sorso di caffè da un bicchiere di plastica. «A volte si fanno troppe domande.»

«Ma tu non ne fai nessuna. Non vuoi nemmeno sapere cosa ne penso di tutta questa situazione, se la considero una cosa positiva.»

«Come ho detto, a volte si fanno troppe domande» ripeté, sorridendo fra sé e sé. «Soprattutto con una come te.»

Sedevano lì da quasi mezz'ora, godendosi in tutta tranquillità quella breve fuga da Kilcarrion e dai problemi dei suoi abitanti. Avevano trascorso metà del tempo ad abbracciarsi e baciarsi pigramente, scrutandosi inebriati e colmi di aspettative inespresse. Era ovvio che non sarebbe accaduto quel giorno. Ma era bello anche stare lì insieme, abbracciati, soli.

Da quella sera al padiglione estivo, la paura e il

senso di colpa di Kate erano stati segretamente rimpiazzati dal disperato bisogno di stare con Thom, di vederlo sorridere, di averlo tutto per sé. Il giorno seguente si era svegliata in preda al panico, e ai sentimenti della sera prima si era aggiunto il terrore di un nuovo coinvolgimento. Quindi lo aveva raggiunto nelle scuderie per dirgli con fermezza (e con una punta di isteria nella voce) che era stato un terribile errore e che le dispiaceva averlo illuso, ma che ora come ora avrebbe fatto bene a stare da sola. Thom si era limitato ad annuire, dicendo di comprendere e conservando la stessa imperturbabilità anche nelle altre tre occasioni in cui, quello stesso giorno, Kate lo aveva rintracciato per ribadirgli le sue motivazioni, per dirgli di aver capito, dopo svariati ragionamenti, quanto fossero incompatibili e quanto ci tenesse a lui, troppo per rovinargli la vita.

Poi era tornata nella sua stanza a piangere, furiosa con se stessa e totalmente confusa. Tanto che il mattino successivo, quando Thom era stranamente entrato nella saletta della colazione per annunciare a Joy che era diretto al negozio di finimenti giù in città, Kate gli aveva domandato con noncuranza se poteva darle un passaggio. Doveva sbrigare qualche commissione. Christopher – col suo fiuto da segugio per le manovre della sorella – era già partito, Sabine non c'era e Joy non si era accorta di nulla. Di fatto, in quel periodo, sua madre sembrava preoccuparsi solo della cattiva salute del suo cavallo e dell'improvvisa ondata di lavori urgenti in casa e nelle scuderie. I due, quindi, se l'erano svignata a bordo della Land Rover con la vivacità di due scolaretti che stavano marinando la scuola. Kate, colta da un impellente desiderio di toccarlo, aveva posato una mano sulla sua e, trovando la dura plastica invece della carne, aveva dovuto combattere l'impulso di ritrarsi.

Lui sembrava divertito. «Ti ci abituerai. Anch'io mi spaventavo, un tempo, quando durante il sonno mi grattavo il naso. O peggio» le aveva detto, guardandola di sottecchi con un sorriso malizioso sulle labbra.

Kate era avvampata – per l'imbarazzo, forse, ma senza dubbio anche per un'emozione più piacevole. Per qualche minuto, l'immagine evocata dalle parole di Thom aveva fatto calare il silenzio.

«E tu, invece?»

Thom finì la sua tazza di caffè e la appoggiò sul cruscotto, vicino ai vecchi guanti di lana, al nastro da imballaggio e a una copia ingiallita del «Racing Post».

«Io?»

«Be', ci sarà pure stata una persona. Sono passati diciassette anni, dopotutto.»

«Non sono stato un santo» rispose lui, alzando le spalle. «Ma nessuna storia speciale.»

Kate era incredula. «In tutto questo tempo?» chiese, con un'ombra di paura nella voce. L'idea che avesse sviluppato un'ossessione nei suoi confronti non era per nulla allettante. «Ci sarà pure stata una donna. Non hai mai pensato di sposarti? Non hai mai convissuto?»

«Ci sono state un paio di ragazze a cui tenevo.» La guardò, prendendole la mano. «Ma io e te siamo diversi. Non sono così portato per i legami. Preferisco stare solo, piuttosto che con una donna che non sia...» La sua voce scemò.

Kate provò a concludere quella frase nella sua mente. "Adatta? Perfetta? La sola e unica?" L'ultima ipotesi le provocò i sudori freddi. Era troppo presto per parlare in quel modo. Forse non era stata una buona idea spingersi fino a quel punto. Ma dalle sue parole era emerso un altro aspetto sgradevole: un critica implicita. "Io e te siamo diversi... Preferisco stare da solo, piuttosto che..." Che essere come lei? La stava forse accusando di non essere troppo selettiva nelle proprie scelte?

Bevve un sorso di caffè, mentre formulava e scartava le varie ipotesi, ma non gli chiese spiegazioni. Come aveva detto lui stesso, a volte si fanno troppe domande.

Due uomini, figure minuscole come insetti, si davano un gran daffare intorno a una barchetta. Uno di loro indicava qualcosa e gesticolava. Un'altra persona avanzava faticosamente lungo il litorale, raccogliendo qualcosa qua e là.

«Eri arrabbiato con me?» gli chiese infine.

«All'inizio.»

I suoi occhi azzurri riflettevano un cielo straordinariamente sereno ed erano fissi su un punto lontano, forse persi nel passato. «È difficile provare rancore per qualcuno troppo a lungo. Qualcuno a cui tieni.»

Kate si morse un labbro. «Mi dispiace.»

«Non serve. Eravamo giovani. Era destino che mandassimo tutto all'aria in un modo o nell'altro.»

«Ma sono stata io a mandare tutto all'aria.»

«Mi hai solo battuto sul tempo.»

«Sei tremendamente zen in questo periodo.»

Thom sorrise. «Zen? È così che si dice? No...» Lentamente, il suo volto si schiuse in un lungo sorriso. «Ho solo imparato a non prendermela troppo per quello che non posso cambiare.»

Kate esitò. Ma non riuscì a trattenersi. «Come il tuo braccio?»

«Già.» Abbassò lo sguardo verso la mano sinistra, che giaceva leggera sulla coscia. «Non è stato male come esordio. Non puoi prendertela con un arto mancante... Non puoi prendertela con qualcosa che non c'è più.»

Restarono seduti in silenzio a guardare i gabbiani che volteggiavano sulla baia. La barchetta era stata spinta in acqua e una delle minuscole sagome stava salutando gli altri due uomini saliti a bordo. All'inizio sobbalzò sulle onde, come un salmone che risale la corrente.

Kate valutò come interpretare quel «qualcosa che non c'è più». C'erano cose che avrebbe voluto sentirsi dire da lui, ma delle quali aveva paura, parole tanto essenziali quanto dure da ascoltare. "Ancora contraddizioni" disse la Maggie virtuale. "Ancora ossessionata dall'amore e dalle sue possibilità. Ancora incapace di camminare sulle tue gambe."

"Oh, al diavolo" le rispose Kate.

«Solo una cosa mi ha dato il tormento» continuò, sempre guardando altrove.

Kate, che stava sfiorando con un dito il palmo della sua mano, si interruppe.

«Ti sembrerà strano, ma mi ha ossessionato per molto tempo... Ecco... volevo chiederti... perché proprio lui?»

Colta di sorpresa, Kate batté vistosamente le palpebre.

«Insomma, lo conoscevi a malapena. So che non stavamo insieme da tanto, ma non ho mai capito perché hai voluto concedere a lui una cosa così speciale. Non ho mai capito... perché non a me?»

Per la prima volta Thom le apparve turbato, insicuro. Continuava ad aprire e chiudere la bocca, come se stesse lottando contro emozioni inconsuete. «Guardando Sabine,» dichiarò infine «non riesco a non pensare... che avrebbe potuto essere mia.»

Kate ripensò ad Alexander Fowler, al ritratto di compleanno, alla rabbiosa e perversa determinazione che l'aveva indotta ad aprirsi spontaneamente la cerniera dell'abito rétro in velluto e alla mescolanza di stupore e opportunismo che si era scatenata sul volto dell'uomo davanti all'improvvisa nudità di quel giovane corpo. Si ricordò di una stanza calda, pervasa dall'odore di acquaragia e di colori a olio e circondata da ritratti incompiuti di persone estranee. Ricordò di essersi rivestita subito dopo, mentre lui spariva in casa sua a caccia di sigarette. E ricordò di aver provato la sensazione che quei volti, a quel punto, la conoscessero un po' di più.

«Con te avrebbe avuto un significato» rispose adagio. «E forse era proprio quello che non volevo.» Lui aveva usato quell'espressione... «a caval donato...», facendola rabbrividire per il disgusto.

Thom la fissava con sguardo vacuo, ancora confuso. Alle sue spalle, un gabbiano solitario volteggiò lanciando un grido.

«Se al suo posto ci fossi stato tu, Thom,» gli disse, stringendogli la mano più forte «sarei stata costretta a rimanere.»

Seduta vicino alla finestra del piano di sopra, Sabine guardò la Land Rover svoltare nel vialetto e scaricare sua madre davanti a casa. Aveva in mano un giornale e qualcos'altro avvolto in un sacchetto di carta marrone: niente che non avrebbe potuto comprare in città più tardi insieme alla nonna, pensò. Inoltre, continuava a passarsi una mano tra i capelli e quel gesto, aveva letto su una rivista, era un chiaro indizio del fatto che ci si sentiva attratti dal proprio interlocutore. Se avesse potuto vederla da vicino, senza dubbio avrebbe notato anche che aveva le pupille dilatate.

A quel punto Sabine si allontanò dalla finestra e, lasciando cadere il pesante tendaggio, si avvicinò al letto del nonno. Stava dormendo. "Troppo occupata a correre dietro agli uomini per stare con suo padre" pensò con amarezza. Le volte in cui era salita a trovarlo si potevano contare sulle dita di una mano. Si era fatta vedere talmente poco, che il nonno non sembrava nemmeno essersi accorto della sua presenza. Del resto, a parte l'infermiera, Sabine era l'unica a occuparsi di lui. La nonna era sempre impegnatissima. Oppure tutta presa dal Duca, che, come le aveva detto John-John con evidente sollievo, era in partenza per la grande fabbrica di cibo per gatti lassù in cielo.

Sabine si mise a sedere delicatamente sul bordo del letto, attenta a non disturbare il nonno. Negli ultimi giorni, sembrava più sereno quando era addormentato. Da sveglio si agitava molto e faceva una tale fatica a respirare, da provocare anche a lei un senso di oppressione al petto. In quei momenti gli teneva la mano, cercando di non cedere al panico quando la sua presa si faceva più stretta, simile al *rigor mortis*.

«È andato un'altra volta?» domandò Lynda, l'infermiera, entrando spedita in camera con una brocca di acqua fresca. «Meglio per lui.»

Al termine di quell'incarico, Lynda (l'aggiunta della "y" al proprio nome era stata un'idea sua, aveva confessato a Sabine) avrebbe smesso di fare l'infermiera per dedicarsi all'aromaterapia. Non aveva mai specificato cosa intendesse per "termine" dell'incarico, ma era sottinteso per entrambe.

«Già» rispose Sabine.

«Perché non esci? Vai a divertirti un po'. Io lo farei al tuo posto. Passi troppo tempo qui dentro.» Sabine aspettò che aggiungesse che non era "salutare", un'altra delle sue espressioni preferite, ma non lo fece.

«Vai. Resterò qui a guardare le mie soap opera per una mezz'oretta, quindi puoi andare. Sì, terrò il volume basso, non serve che tu me lo dica.»

Sabine obbedì e si rintanò nello studio per esaminare quel foglio ormai stanziale nella sua tasca. Erano già trascorsi due giorni da quando aveva ricevuto la lettera in cui Geoff la informava del suo matrimonio con quella donna indiana, e lei non sapeva ancora cosa fare. Inizialmente aveva dato per scontato che sua madre avesse ricevuto una lettera simile, ma il suo comportamento non confermava tale ipotesi. Anzi, era addirittura più allegra.

A turbarla non era tanto la notizia che anche Geoff si fosse creato una nuova famiglia, proprio come Jim, quanto il significato di quella scelta. Perché non l'aveva mai chiesto a sua madre? Erano stati insieme per sei anni e lui era tipo da impegnarsi. Aveva addirittura accennato a definirsi «padre surrogato». La risposta, quindi era una sola: Kate non era un tipo da sposare. Non come la nonna, che era riuscita a farselo chiedere dopo un solo giorno. Lei era un tipo usa e getta e permetteva che accadesse continuamente. Non c'era alcun rimedio per la sua mancanza di amor proprio, per quell'espressione esaltata che aveva costantemente stampata sul volto in presenza di un uomo, come se gli fosse grata per ogni briciola di emozione che riusciva a ottenere. Sabine rilesse quella lettera ormai familiare, che esprimeva il desiderio sincero di "mantenere i contatti", la promessa di "esserci sempre". In realtà non aveva mai sperato che sua madre sposasse Geoff, ma il fatto che lui non glielo avesse mai chiesto la rendeva ancora più insopportabile ai suoi occhi. Sembrava l'ennesimo fallimento.

Guardò le fotografie ancora da sistemare: quelle di Christopher e Kate da bambini, in abiti color granata con i bordi dorati (lui sembrava borioso anche allora, sentenziò Sabine), e quelle di Kate insieme al bambino cinese. Avrebbe voluto saperne di più su quel bambino, ma l'ultima volta Joy, con i modi sbrigativi dell'inizio, le aveva detto di avere altro da fare e di sbrigarsela pure come voleva.

"A quanto pare, questo era l'unico tizio che ti girava intorno" pensò Sabine, facendo scorrere tra le dita la fotografia dei due bambini, che ridevano mostrando i denti sotto i loro cappelli. "Qualunque fossero le tue qualità, mamma, le hai perse per strada."

«Sabine?»

Sobbalzò. Kate era sulla porta.

«Volevo chiederti se ti andava di pranzare. La nonna ha detto che non ha fame e il nonno dorme, quindi potremmo mangiare qualcosa insieme.»

«Non l'avrai svegliato, spero» disse, infilandosi in tasca la lettera.

«No, cara, sta dormendo. Me l'ha detto l'infermiera.»

«E non ti sei preoccupata di controllare, immagino.»

Kate si sforzò di continuare a sorridere. Niente avrebbe potuto rovinarle quella giornata, né i modi bruschi con cui sua madre aveva liquidato la sua proposta di preparare il pranzo (la signora H era andata a consultare un medico per Annie a Wexford), né l'irritazione con cui sua figlia sembrava accogliere ogni offerta di aiuto. Fece un piccolo passo avanti nella stanza.

«Pensavo a una zuppa. Con pane e burro. La signora H è stata così gentile da preparare una forma di pane.»

«Per me va bene tutto» disse Sabine, tornando alle fotografie.

Ma lei non se ne andò. «Cosa stai facendo?»

"Secondo te?" pensò Sabine. «Sistemo queste vecchie foto» rispose con distacco. «La nonna mi ha dato il permesso.»

Lo sguardo di Kate cadde sulla fotografia con

il bambino cinese. «Quella sono io?» disse, avvicinandosi. Quindi si chinò e la prese fra le dita. «Mio Dio!» esclamò, sistemandosi gli occhiali. «Non le vedevo da anni.»

Sabine non disse una parola.

«È Tung-Li. Il figlio della mia *amah*. Giocavamo sempre insieme... finché...» A quel punto si interruppe. «Era un tesoro. Timidissimo. Forse il mio primo amico d'infanzia. Avevamo solo qualche mese di differenza.»

Suo malgrado, Sabine divenne curiosa.

«C'era una piscina sul retro dell'edificio. A Hong Kong. E quando non c'erano le altre famiglie, io e lui giocavamo ai draghi acquatici. Oppure giravamo sul bordo con la mia bicicletta rossa. Finimmo in acqua un paio di volte, se non ricordo male. La mia *amah* era furiosa» disse, ridendo. «Durante la stagione delle piogge era un'impresa far asciugare la roba, quindi era inammissibile finire in acqua con le scarpe buone ai piedi.»

«Quanti anni avevi qui?»

Kate aggrottò la fronte. «Se non sbaglio, ci trasferimmo nella casa con la piscina quando avevo circa quattro anni, perciò... forse cinque. O sei.»

«E lui che fine ha fatto?»

D'un tratto Kate si incupì. «Be', in pratica ho dovuto smettere di giocare con lui.»

«Perché?»

«Perché le cose andavano così allora. Tua... tua nonna aveva idee molto precise su ciò che era opportuno. Evidentemente, giocare con Tung-Li non lo era. Non per una bambina come me.»

«Anche se eravate amici da tanto tempo?»

«Già.» Kate tornò con la mente al passato, rabbuiandosi al ricordo di quell'ingiustizia.

«Non me lo sarei aspettato dalla nonna» disse Sabine, osservando la fotografia.

Kate non riuscì a trattenersi e sollevò la testa di scatto. «Non si direbbe, vero?»

«Si è sempre comportata bene con me.»

«Be', tesoro, un giorno scoprirai che quella dolce vecchietta sa essere dura come il marmo.»

Sabine guardò sua madre: era sconvolta dall'asprezza di quelle parole e, allo stesso tempo, provava il desiderio di smentirle.

«Ti pare giusto separare due bambini solo per il colore della loro pelle?»

Sabine si rese conto di essere stata messa all'angolo. «No,» rispose «ma una volta le cose erano diverse, giusto? Le persone avevano altre opinioni. Venivano educate in quel modo.»

«Quindi, se ti avessi costretta a mangiare carne perché io sono stata educata così, tu lo avresti ritenuto giusto? Perché è così che andavano le cose. Se mi fossi rifiutata di mangiare carne, mi avrebbero detto: "O patate o niente".»

«No, certo che no.»

«E allora, Sabine, come mai tutto quello che fa la nonna è giusto o comunque scusabile? Mentre io, con tutte le mie buone intenzioni, mi vedo rinfacciare ogni cosa che faccio?»

Kate non riusciva a spiegarsi la propria reazione, ma quella fotografia aveva riportato in superficie antichi rancori, mandandola in bestia. Era stufa di prendersi la colpa per tutto il male del mondo, stufa di incassare di buon grado le bordate di Sabine, di sentirsi perennemente in colpa per aver rovinato la vita di tutti e di dover tirare avanti con quel fardello sulle spalle senza mai protestare.

«Che tu ci creda o no, Sabine, a volte tua madre viene trattata ingiustamente. Ogni tanto, solo ogni tanto, ha ragione anche lei.»

Ma Kate non aveva tenuto conto dell'innata testardaggine di sua figlia, né della straordinaria forza delle convinzioni di una sedicenne.

«Non puoi pensare di avere sempre ragione» la aggredì Sabine. «Non dopo il modo in cui ti sei comportata.»

«Cosa?»

«D'accordo, la nonna ha messo il naso nelle tue amicizie quando vivevate ai Tropici. Ma forse lo faceva soltanto per il tuo bene, per evitare che la gente parlasse male di te, visti i tempi.»

Incredula, Kate iniziò a scuotere lentamente il capo.

«Mi ha raccontato molte cose di quell'epoca, delle sue regole e tutto il resto, dei pettegolezzi che si scatenavano quando una persona non si comportava nel modo giusto. Forse in quel caso avevi ragione, ma più tardi le cose sono andate diversamente, mi pare. Di certo l'altruismo non è il tuo forte. Insomma, non ti preoccupi nemmeno di restare un po' con tuo padre. Eppure sei venuta qui perché pensavi che stesse morendo. Sei troppo impegnata a provarci con tutti quelli che incontri, così potrai aggiungere un'altra relazione fallita alla tua dannata lista.»

«Sabine!»

«Be', è la verità.» Stava superando il limite, lo sapeva, ma era troppo arrabbiata per badarci. Che diritto aveva sua madre di giudicare gli altri? «Cambi gli uomini come il nonno cambia i fazzoletti. Non te ne importa niente dell'impressione che dai. Avresti potuto fare come i nonni: aspettare la persona giusta. Impegnarti in una relazione, anima e corpo. L'amore vero, hai presente? Ma tu passi da un uomo all'altro come se niente fosse. Insomma, guarda com'è andata con Justin! Quanto è durata? E con Geoff? Cristo, non ti importa nemmeno del fatto che stia per sposarsi.»

Kate, che era sul punto di risponderle a tono, si raggelò.

Seguì un breve silenzio.

«Cosa hai detto?»

«Geoff. Sta per sposarsi.» Sabine fece un sospiro profondo, rendendosi improvvisamente conto che sua madre doveva essere all'oscuro di tutto. «Pensavo che lo sapessi.»

Kate abbassò lo sguardo e si appoggiò a uno scaffale per non perdere l'equilibrio. «No,» disse esitante «non lo sapevo. Quando te l'ha detto?»

Senza dire una parola, Sabine estrasse il foglio accartocciato dalla tasca e lo porse a sua madre. Kate lo lesse in silenzio, restando appoggiata alla scrivania. «Be',» osservò infine «non ha perso tempo, direi.»

"Oddio" pensò Sabine. Aveva gli occhi pieni di lacrime. «Pensavo che lo sapessi» ripeté.

«No, non lo sapevo. Può darsi che mi abbia scritto a casa.»

Calò di nuovo il silenzio. Fuori, qualcuno lasciò cadere un secchio d'acqua e lo schianto riecheggiò nelle scuderie. Una voce maschile gridò a un cavallo di stare fermo. Kate non trasalì nemmeno: si alzò in piedi e, come una sonnambula, si trascinò lentamente verso la porta.

«Preparo la zuppa, allora» disse, scostandosi i capelli dal viso. «Col pane.»

Seduta sul pavimento, Sabine aveva una gran voglia di piangere. «Mi dispiace, mamma.»

Kate le sorrise – un sorriso stentato, triste. «Non è colpa tua, cara» disse. «Non è colpa tua.»

Fu un pranzo silenzioso. Sabine, consumata dal senso di colpa per la bomba scagliata involontariamente contro sua madre, tentò di fare conversazione, mentre Kate annuiva, sorridendo, grata alla figlia per quelle insolite premure. Alla fine, tuttavia, furono entrambe contente di separarsi e prendere le distanze da quell'argomento che incombeva su di loro come una nube minacciosa. Sabine cavalcò fino a Manor Farm, dove aveva avuto il permesso di esercitarsi con gli ostacoli, mentre Kate, per la prima volta dal suo arrivo, decise di trascorrere un po' di tempo al capezzale di suo padre.

Restò seduta per quasi un'ora accanto a lui, mentre Lynda compariva di tanto in tanto per controllare i monitor, i cateteri e per offrirle una tazza di tè. Ce l'avevano messa tutta per rendere la stanza più allegra, ma Kate, osservando nel silenzio quasi assoluto il volto un tempo espressivo di suo padre, l'uomo che l'aveva cullata tra le braccia, che le faceva il solletico fino a farla sciogliere, si sentì invadere dal dolore. Non era stata all'altezza delle sue aspettative e lui sarebbe morto prima che avessero potuto colmare l'abisso che li separava. «Io ce la metto tutta» gli disse. «Cerco di far funzionare le cose, di essere altruista, ma tu e la mamma siete un duo difficile da accontentare. Vorrei tanto che lo capissi. Vorrei che lo dicessi a Sabine.»

Lui non rispose, ovviamente. Kate rimase seduta al suo fianco, cercando di trasmettergli i propri pensieri e sfogliando i libri che Sabine aveva lasciato sul comodino.

Era quasi buio quando andò da Thom per chiedergli di vedersi nel padiglione estivo. Scrutando attentamente la sua espressione, si era accorto che lei non lo guardava negli occhi, ma non disse nulla.

Quando arrivò fischiettando attraverso il giardino incolto, non la baciò, ma si appoggiò con noncuranza allo stipite della porta e sorrise. Kate era seduta sulle casse dove lui aveva steso la coperta la volta precedente. Aveva le braccia intorno alle ginocchia in atteggiamento difensivo, come una bambina, e il viso seminascosto dai capelli.

«Dobbiamo finirla. Adesso.»

Thom inclinò la testa per cercare il suo sguardo. «Finché non cambierai idea un'altra volta?» Parlava in tono rilassato, divertito. «Devo concederti una mezz'oretta?»

Kate alzò la testa. Aveva gli occhi gonfi e arrossati dietro le lenti. «No, non ho intenzione di cambiare idea. Torno a casa.»

«Non capisco.»

«Non mi aspetto che tu capisca.»

«Cosa dovrebbe significare?»

«Quello che ho detto. Torno a casa. A Londra.»

«Cosa?»

Non l'aveva mai visto in collera prima di allora. Guardandolo, scorse un'espressione ferita, confusa.

«Senti, Kate, io ti conosco. So che cambi idea come una banderuola. Ma che diavolo significa tutto questo?»

Lei si voltò dall'altra parte. «Lo faccio per il bene di tutti» disse con calma.

«Ma che vuol dire?»

«Quello che ho detto. È meglio per tutti.»

«Cazzate.»

«Tu... tu non capisci.»

«Allora spiegami.»

Kate serrò le palpebre il più possibile. Avrebbe desiderato essere ovunque tranne che lì. «È per una cosa che ho saputo oggi. Me l'ha detta Sabine. E mi ha fatto capire che, in qualunque modo io la pensi riguardo a noi, per quanto appaia tutto giusto adesso, non sto facendo altro che ripetere gli stessi errori di sempre.» A quel punto si interruppe, asciugandosi il naso con la manica. «Non ci ho riflettuto abbastanza, Thom. Non mi sono domandata se questa storia potesse avere qualche possibilità. Non ho pensato alle persone che resterebbero ferite se dovesse andare male. E andrà male, capisci? Noi due non abbiamo niente in comune. Viviamo in Paesi diversi. A parte l'attrazione fisica, non sappiamo nulla l'uno dell'altra. Quindi è praticamente certo che rovinerò tutto in qualche modo. E ogni volta che accade, perdo un po' del rispetto di mia figlia. E, peggio ancora, anche di quello che nutro per me stessa.» Aveva il viso sprofondato tra le braccia e cercava di non singhiozzare. «Comunque,» proseguì con voce attutita «oggi ci ho riflettuto e ho deciso di tornare a casa. È la cosa migliore per tutti. Prenderò il traghetto domani. A papà non mancherò... non si è nemmeno accorto della mia presenza. Quanto a Sabine...» a quel punto emise un lungo sospiro tremante «ho deciso che può restare. È molto più felice qui di quanto non lo sia mai stata a Londra. L'hai notato persino tu, che la conosci solo da un paio di mesi. Tornerà se e quando ne avrà voglia. Oppure per iniziare l'università. Non la costringerò a fare niente. Ma era giusto che lo sapessi.»

Si accorse di avere le scarpe ancora sporche di paglia da quando era andata nelle scuderie a cercare sua madre.

«Quindi è finita?» A quelle parole, Kate alzò la testa. Thom ansimava, strofinandosi la nuca con la mano. «Addio un'altra volta, Thom, scusa se ti ho illuso, ma ho deciso io quello che è meglio per tutti e tu devi solo inghiottire il rospo.»

Lei rimase a fissarlo.

«Stronzate, Kate. Tutte stronzate. Non ti permetterò di farlo un'altra volta. Non spetta a te dettare le regole di una relazione. E non credere di poter decidere per me.»

Camminava avanti e indietro in quello spazio angusto, inciampando nelle latte di vernice senza nemmeno badarci. L'atmosfera era carica di rancore.

«Sto seduto qui da giorni a sentirti ragionare su cosa sia giusto e sbagliato nella nostra relazione. E, conoscendoti, ho pensato che la cosa migliore fosse starmene seduto buono e lasciarti sfogare. Ma il fatto che tu abbia deciso che una cosa è sbagliata non significa che lo sia, okay? Ti sei ritrovata con i piedi a mollo? Ebbene, questo non ti dà il diritto di staccare la spina e buonanotte.» Strinse le mascelle nel tentativo di placare il suo affanno, quindi si lasciò cadere su un secchio capovolto. «Senti, Kate, sono innamorato di te da tanto tempo. Troppo. E sono uscito con ragazze di ogni genere, belle ragazze, sorridenti e di cuore. Anche più belle di te, che tu ci creda o no. E più le frequentavo, più mi rendevo conto che quando manca quel qualcosa... quel... quella dannata certezza, allora non ha senso. Chiaro? E poi sei tornata, inaspettatamente. E l'ho capito subito. L'ho capito la prima volta che ti ho vista qui dentro a imprecare contro i muri e a piangere come una ragazzina. Ho sentito una voce qui dentro,» disse picchiandosi sul petto «che mi ha detto: "Ecco!". E ho capito.»

Kate lo guardò turbata, con le labbra imbronciate. Non l'aveva mai visto così furioso. Non immaginava che potesse dire tutte quelle cose in una sola volta. Per poco non si ritrasse quando si alzò dal secchio per andarsi a sedere accanto a lei.

«Forse tu ancora non lo sai, Kate, ma io sì. E non mi importa di tutti gli idioti con cui sei stata. E non mi importa se viviamo in due posti diversi. O se non ci piacciono le stesse cose. Perché sono solo dettagli, capisci? Sono solo dettagli.»

Le strinse una mano fra le sue. «E so di non essere perfetto. Sono troppo abituato a stare da solo e vado in bestia per le cose più stupide e... e mi manca un maledetto braccio. So di non essere più quello di un tempo.»

Kate scosse la testa: non doveva neanche dirlo,

non doveva nemmeno insinuare che potesse c'entrare qualcosa.

La guardò e il suo tono divenne improvvisamente più pacato. «Ma credimi, Kate, credimi... sbagli ad andartene adesso. Sbagli sul serio. Perché sei tu quella menomata, non io.» Poi, di punto in bianco, si portò la mano di Kate alle labbra, come per zittirsi, e restò così, con gli occhi chiusi.

Incurante delle lacrime che ormai le scorrevano sulle guance, Kate gli accarezzò la guancia con l'altra mano. «Ma come possiamo saperlo, Thom?» chiese. «Come posso saperlo?»

«Perché te lo dico io» rispose lui, aprendo gli occhi. «E, almeno per una volta, dovrai fidarti di me.»

Uscirono dal padiglione insieme, come due viandanti che lasciano guardinghi il loro rifugio dopo una violenta tempesta, senza nemmeno preoccuparsi di essere visti. Thom disse che doveva controllare i cavalli e Kate si offrì di accompagnarlo. Sperava di trovare Sabine. Voleva tranquillizzarla, dirle che non c'erano problemi per la faccenda di Geoff. Ma non se la sentiva ancora di spiegarle il perché.

Seduto su una balla di fieno davanti al deposito dei finimenti, Liam stava lucidando le briglie con un panno morbido e, intanto, fischiettava una canzone trasmessa alla radio. Li guardò avvicinarsi con un'occhiata maliziosa, ma non disse nulla.

«I cavalli del campo a valle sono rientrati?» chiese Thom, controllando i chiavistelli sulla porta di una stalla.

«Sì.»

«Sabine è tornata?»

«Ha appena portato il cavallo grigio nella stalla. L'abbiamo spostato in quella più in fondo, perché il tetto di quella centrale ha ricominciato a perdere.»

Thom alzò gli occhi verso le tegole mancanti e imprecò sottovoce. «Dovrò coprirlo con un altro telone. Non ci è rimasta qualche tegola da incastrare, vero?»

«Le abbiamo usate mesi fa» rispose Liam. «Dove siete stati di bello?» domandò poi, scrutando Kate dalla testa ai piedi. Lei si sentì avvampare e avvertì una specie di formicolio sulla pelle.

«Abbiamo solo sistemato un po' di scartoffie» rispose Thom. «Non avevi detto che i cavalli erano rientrati?»

Liam si voltò verso di lui e seguì il suo sguardo oltre il fienile, verso i campi a valle. «Infatti.»

«Allora quello chi è?»

Liam si fece schermo con una mano, scrutando in lontananza nel tramonto color pesca. «Sembra il Duca» disse, aggrottando le sopracciglia. «Ma lui è zoppo da mesi. Quel cavallo invece no.»

Thom rimase in silenzio, il volto impassibile.

Liam spostò la mano per vedere più chiaramente. «E chi lo monta? C'è qualcuno in sella.»

A quel punto arrivò Sabine con in mano una sella. «Che succede?» Guardò sua madre, domandandosi cosa ci facesse nelle scuderie.

«Non ci vedo» disse Kate. «Non arrivo così lontano.»

«È la signora Ballan…»

Thom afferrò il braccio di Liam, interrompendolo. «Avanti» disse con calma. «Lasciamoli soli.»

«Cosa?» esclamò Sabine. «È la nonna? E che cavallo sta montando?»

Liam alzò la voce sconcertato. «Per la miseria! Non cavalca da anni.»

«Avanti» ripeté Thom, spingendoli verso casa. «Entriamo.»

Mentre si allontanavano, si voltò per osservare le sagome regali della vecchia signora e del suo vecchio cavallo irrigidito stagliate in lontananza contro il sole al tramonto. L'animale, un tempo così fiero, teneva la testa alta, muovendo le orecchie avanti e indietro per ascoltare la voce della padrona, mentre si addentravano lentamente nei boschi.

13

Dopo che il Duca fu abbattuto, Joy rimase chiusa in camera per due giorni. La signora H disse che non l'aveva mai vista cedere davanti a nulla prima di allora, meno che mai al dolore. Si era alzata all'alba e aveva trascorso le prime due ore della mattina nel box del Duca, a strigliarlo e a parlargli, tanto che il veterinario, al suo arrivo, non aveva trovato un animale malconcio a un passo dalla morte, ma un cavallo dall'aspetto energico e col manto tirato a lucido. Durante i preparativi, Joy era rimasta immobile accanto al Duca, tenendogli una mano sul muso. Il cavallo, col mento appoggiato sulla spalla della padrona, era talmente rilassato che, quando era caduto, per poco non l'aveva schiacciata sotto il suo peso. Era stato Thom ad allontanarla in tempo. Per qualche minuto erano rimasti tutti in silenzio a guardare quel corpo immobile sul fitto strato di paglia. Infine, dopo aver ringraziato educatamente il medico, Joy si era diretta verso casa a passo deciso, con le braccia rigide lungo i fianchi e il mento sollevato. Senza mai voltarsi indietro.

«Certo che è strano» disse la signora H tra sé

e sé. «Premurarsi di dare a quel vecchio cavallo un addio dignitoso. Dedicargli tutto quel tempo.»

"Non come fa con suo marito" pensò Sabine, sapendo che era quello che pensavano tutti.

Quando il respiro di Edward divenne più affannoso, Joy era chiusa in camera da due giorni, rifiutandosi di mangiare e pregando tutti di "lasciarla in pace". Fu Lynda a premurarsi di chiamare il medico, nel timore che il signor Ballantyne potesse morire prima che sua moglie si fosse degnata di riemergere.

Sabine era rimasta al capezzale del nonno, pallida e vigile, tenendogli la mano mentre il medico, con lo stetoscopio premuto sul vecchio petto ossuto, gli misurava i battiti e confabulava sottovoce con Lynda. «Può dire a me,» disse a un certo punto in tono seccato «sono la nipote.»

Lui la ignorò. «Dov'è la signora Ballantyne?» chiese.

«Non uscirà dalla sua stanza oggi, quindi dovrà parlare con me.»

Il medico e Lynda si scambiarono un'occhiata.

«È morto il suo cavallo» disse l'infermiera alzando le sopracciglia, e parve piuttosto delusa quando lui sembrò annuire comprensivo.

«C'è Christopher?»

«No.»

«Tua madre?»

«Sì, ma lei non c'entra niente con il nonno.» Parlava lentamente, scandendo le parole, come al cospetto di due idioti.

«È quel genere di famiglia» osservò Lynda. Da qualche tempo aveva cominciato a esprimere piuttosto liberamente le sue opinioni.

«Senta, perché non parla con me e basta? Riferirò tutto a mia nonna appena si farà vedere.»

Il dottore si fermò per un istante a riflettere, poi guardò Sabine stringendo le labbra. «Temo che non sia possibile aspettare così tanto.»

A quel punto fu Kate a prendere in mano la situazione. Forte della nuova sicurezza che le derivava dal sentirsi amata, attraversò il corridoio a passo deciso, bussò energicamente alla porta di sua madre e, ignorando le sue rauche proteste, fece irruzione nella stanza spoglia per dirle che il medico aveva bisogno di parlarle con urgenza.

«Non posso venire adesso» le rispose senza voltarsi. Era sdraiata sul letto con la schiena verso la porta e le gambe lunghe e sottili, avvolte nei pantaloni di velluto liso, raccolte in posizione fetale. «Digli che lo chiamo più tardi.»

Sorpresa di vederla così vulnerabile (il solo fatto di trovarla sdraiata durante il giorno era di per sé assurdo), Kate cercò di mantenere un tono deciso, di apparire determinata. «Temo che voglia parlarti proprio adesso. Papà non sta affatto bene.»

Joy restò immobile.

Dopo un minuto buono di attesa, Kate aggiunse: «Mi dispiace per il Duca, mamma, ma devi proprio alzarti. C'è bisogno di te».

In quel momento sentì i passi felpati di Sabine lungo il corridoio. Piagnucolava afflitta, diretta in camera sua. Dopo aver compreso la gravità delle condizioni del nonno, era scoppiata in un pianto dirotto, un pianto infantile, impotente, coi pugni premuti sugli occhi e fiumi di muco e saliva che si contendevano lo spazio di discesa lungo il mento. Era stato proprio quello sfogo emotivo a sorprendere Kate e a spingerla ad agire. Sua madre doveva pur decidersi a parlarle prima o poi. Finora aveva scaricato tutto su Sabine, ma in quei momenti doveva ricordare che sua nipote aveva soltanto sedici anni.

«Mamma...»

«Vattene, per favore.» Così dicendo, sollevò leggermente la testa, mostrandole gli occhi rossi e i capelli appiattiti e ingarbugliati. «Voglio restare sola.»

In corridoio, Kate sentì chiudersi la porta di Sabine. Abbassò la voce. «Sai cosa ti dico? Non sarebbe male se mi dessi retta. Almeno una volta.»

Joy si voltò, guardando fuori dalla finestra.

«Puoi pensare di me quello che vuoi, mamma, ma sono pur sempre vostra figlia. E sono qui. Christopher non c'è. Non è giusto che Sabine debba affrontare tutto questo da sola. Qualcuno deve decidere se portare papà all'ospedale o no» disse, grattandosi una macchia sulla gamba dei pantaloni. «Bene. Se non scendi tra cinque minuti, deciderò *io* insieme al dottore.» Fece un sospiro profondo e uscì dalla camera, chiudendosi la porta alle spalle con decisione.

Joy entrò in salotto proprio mentre il medico stava finendo la sua tazza di tè. Aveva i capelli spazzolati all'indietro e le palpebre così gonfie da coprire gli occhi. «Sono davvero spiacente di averla fatta aspettare» disse.

Seduta di fronte a lui su una poltrona vicino al fuoco, Kate non sapeva se ridere o piangere.

«È come se avesse voglia di fare qualunque cosa, tranne che parlare con me» disse più tardi a Thom nel deposito dei finimenti, giocherellando distrattamente con una cinghia di cuoio di cui non conosceva l'utilizzo.

Era sprofondata in una vecchia poltrona e teneva le gambe distese vicino alla stufetta elettrica che, pur brillando luminosa, poteva ben poco contro il freddo. L'aria, rigida e limpida, si condensava in nuvolette di vapore davanti alla sua bocca. «Insomma, in un momento come questo una famiglia dovrebbe stare unita. Anche una famiglia come la nostra. E invece lei non sta mai ferma, si inventa un impegno dopo l'altro, gira alla larga da papà, ma non vuole parlarmi per decidere cosa fare con lui. Christopher è bloccato a Ginevra per una conferenza e Sabine è troppo giovane per certe decisioni, quindi non ha nessun altro con cui parlare, no?»

Thom stava pulendo delle briglie con una spugnetta umida, slacciando e aprendo agevolmente le fibbie con la mano destra.

«Sono proprio tanto inutile? È davvero così inconcepibile che io sia in grado di aiutarla?»

Lui scosse la testa.

«Non sei tu il problema, è lei.»

«Cosa intendi?»

«Per tua madre è più facile piangere il cavallo che suo marito. È una persona chiusa, abituata a tenersi tutto dentro. Credo che non sappia come gestire la situazione.»

Kate rifletté per un istante. «Non sono d'accordo. Si è sempre arrabbiata con molta facilità. Credo di essere io il problema. Non vuole darmi la soddisfazione di aiutarla.» Si alzò, voltandosi verso la porta. «Non è mai stata fiera di me. Sono sempre stata un fallimento ai suoi occhi. E vuole che le cose restino così.»

«Sei molto dura con lei.»

«Lei lo è stata con me. Senti, Thom, chi era a non volermi in casa quando aspettavo Sabine? Eh? Credi che questo non mi abbia ferita? Avevo diciotto anni, per l'amor del cielo!» Kate aveva iniziato a camminare avanti e indietro, sfiorando con una mano la fila di portasella lungo la parete della stanzetta.

«Credevo che te ne fossi andata per scelta.»

«Infatti, ma la scelta è dipesa anche dal loro comportamento.»

Thom sollevò le briglie verso la luce per cercare altro sporco, quindi se le appoggiò su un ginocchio. «È stato tanto tempo fa. Dovresti lasciarti certe cose alle spalle. Noi due lo abbiamo fatto.»

Kate lo guardò con espressione imbronciata: se sua nonna Alice avesse potuto vederla, l'avrebbe giudicata identica a quella di Joy. «Non posso lasciarmi niente alle spalle, Thom, finché non la smetterà di criticarmi su tutto. Finché non mi accetterà per quella che sono.» Parlava tenendo le braccia incrociate, con lo sguardo torvo e i capelli che le ricadevano sul viso.

Deposte le briglie, Thom si alzò e la strinse forte, finché non sentì il suo corpo sciogliersi e rilassarsi. «Lascia perdere.»

«Non ci riesco.»

«Solo per un po'. Faremo qualcosa per distrarti.» Parlava con dolcezza e Kate gli sfiorò le labbra con un dito. Quello inferiore era un po' screpolato per il freddo.

«A cosa stai pensando?» mormorò. «La casa è piena di gente, lo sai.»

Lui sogghignò, alzando gli occhi con espressione maliziosa.

«Credo che per te sia il momento di montare a cavallo.»

Kate lo fissò per un istante, poi si ritrasse. «Oh no! Con Sabine ci sarai anche riuscito, ma con me non attacca. Da vent'anni ringrazio il Signore per non dover più salire su un maledetto cavallo. Non se ne parla.»

Lui le si avvicinò lentamente. Stava ancora sorridendo. «Potremmo cavalcare per chilometri, è una bellissima giornata.»

«Ho detto di no.»

«Andremo al passo, adagio, fino al bosco. Dove nessuno può vederci.»

Kate scosse il capo. Teneva la bocca serrata, come chi cerca di evitare un bacio sgradito. «Io non cavalco, Thom. E sono ben lieta di non farlo. I cavalli mi terrorizzano.»

Thom le mise una mano dietro la nuca, attirandola a sé. Profumava di sapone. E di fieno. Un aroma dolce e muschiato. «Non dovrai cavalcare da sola. Puoi montare sul mio cavallo. Ti terrò stretta per tutto il tempo.»

Stordita, inebriata dalla sua vicinanza, Kate gli mise le braccia al collo. Sarebbe voluta sprofondare dentro di lui. Avrebbe voluto che sprofondasse dentro di lei. Chiuse gli occhi e lasciò cadere la testa di lato. Sentiva il calore del suo respiro sul collo.

«Voglio stare solo con te» sussurrò e le vibrazioni della sua voce le fecero rizzare i peli sulla nuca.

All'improvviso fece un balzo all'indietro. Aveva sentito sbattere la porta di una stalla.

Seguì un rumore di passi, finché sull'uscio non comparve Liam. Teneva una coperta sotto il braccio e il suo volto magro e segnato si stagliava contro la luce proveniente dall'esterno. Il suo sguardo passò da Thom, di nuovo seduto con in mano le briglie, a Kate, appoggiata con noncuranza a una delle selle. «Bella giornata» disse. Parlava con Thom, ma stava ancora guardando Kate. «Pensavo di togliere le coperte al puledro baio. Non è poi così delicato.»

Thom annuì. «Buona idea. Potremmo anche farlo uscire, visto che il tempo sta migliorando.» Poi, con fare indagatore, lanciò un'occhiata fugace a Kate. «Quindi resterai nei paraggi tutto il giorno, Liam?»

Sabine scese nelle scuderie con le mani sprofondate nelle tasche dei jeans e il mento nascosto nel collo del maglione. Dall'orlo spuntavano solo gli occhi e il naso, entrambi arrossati. Il nonno stava morendo: era questo che intendeva il medico con il suo discorso condito di «prognosi» e «complicazioni». Il nonno stava morendo, la nonna sembrava ammattita dopo la perdita del suo cavallo e Annie non rispondeva alle sue telefonate da un pezzo. Ormai stava andando tutto a rotoli. L'unica vera famiglia che avesse mai avuto stava andando a rotoli.

Si mise a sedere sulla panchina di legno accanto al recinto, con Bertie ai suoi piedi, e si asciugò il naso in una manica, invasa dal sospetto sempre crescente, per quanto sciocco, di esserne in qualche modo responsabile. Le due famiglie che aveva avuto a Londra, con Jim e con Geoff, erano fallite. E adesso la famiglia irlandese, così solida e normale al suo arrivo – be', forse non proprio normale –, si stava disintegrando, frantumando, stava svanendo intorno a lei. Nulla era più lo stesso. Nulla. E se lei non c'entrava, allora cos'era successo?

Udendo il suo lungo sospiro tremante, Bertie alzò la testa con aria interrogativa, per poi appoggiare nuovamente il muso tra le zampe. Aveva esposto la sua teoria a Bobby e lui, al telefono, l'aveva esortata a non essere ridicola. «I vecchi muoiono. Persone e cavalli. Tutto qui. Solo che non ti eri mai trovata in questa situazione.» Era stato carino, non aveva fatto battute, come se avesse capito che le serviva davvero qualcuno con cui parlare. Si sarebbe voluta rivolgere a Thom, pensò con amarezza, ma anche lui era sparito negli ultimi giorni. Non le chiedeva di uscire a cavallo da un pezzo e, quando erano soli nelle scuderie, si rivolgeva a lei con lo stesso tono scherzoso e cordiale che usava con John-John o con qualunque estraneo.

Improvvisamente colta dal freddo, si alzò strofinandosi i gomiti e, raggiunte le stalle, fece capolino sopra ogni porta per vedere quali fossero occupate. Aveva accarezzato l'idea di parlare con sua madre. Da un paio di giorni andavano d'accordo, dopo la faccenda della lettera. Ma qualunque conversazione su Kilcarrion sarebbe comunque risultata difficilissima, sia a causa dei problemi tra Kate e Joy, sia per la diversità delle loro intenzioni: mentre Kate non vedeva l'ora di andarsene, Sabine sarebbe tanto voluta restare.

Perché era quello il nodo della faccenda: lei non voleva partire, nemmeno se il nonno fosse morto. Si era abituata a quel posto, ai suoi ritmi, alla sua organizzazione, alla prevedibilità degli eventi. Nella maggior parte dei casi, almeno. Le piacevano i cavalli. La grande casa. La gente. Non si immaginava più a ciondolare senza meta nel quartiere di Keir Hardie, dove le uniche cose importanti erano chi indossava cosa e chi piaceva a chi. Se si fosse messa a parlare di cavalli o di caccia, l'avrebbero sfottuta dandole della snob. L'avrebbero fatta sentire diversa – ancora di più. In qualche modo, quella non le sembrava più casa sua. E se sua madre lo avesse saputo, pensò sentendosi in colpa, le si sarebbe spezzato il cuore un'altra volta.

Aprì la porta della stalla ed entrò senza far rumore per abbracciare il cavallo grigio. Questi, tutto preso dalla sua rete per il fieno, la ignorò. Dopo qualche minuto uscì, chiuse accuratamente la porta e si diresse verso il deposito dei finimenti. Niente di meglio di una bella cavalcata per scacciare i cattivi pensieri. La nonna diceva sempre così.

Nel deposito c'era Liam, intento a pulire una coperta con una spazzola che, in realtà, era più intasata di peli del tessuto stesso.

«Volevo portare fuori il cavallo grigio» disse, prendendo le sue briglie.

Lui sogghignò. «È la giornata giusta» disse. «Ricorda: è sempre la giornata giusta.»

«Ah-ah» rispose Sabine, cercando di restare seria. Non le andava di incoraggiarlo.

«Esci da sola?»

«Sì. Perché?»

«Niente.»
«Continua.»
Liam alzò le spalle. «Pensavo che preferissi avere compagnia, che volessi uscire con Thom.»
Lei sollevò a fatica la sella dalla rastrelliera, ben decisa a non arrossire. «Be', non so dove sia. E oggi non c'è proprio nessuno in giro.»
«Allora avrai una sorpresa, forse.»
Sabine lo guardò.
«Credo che Thom sia andato verso il bosco. Ha preso il cavallo grande.» Così dicendo, gettò la spazzola in una scatola sul pavimento e diede una scrollata alla coperta. «Non ricordo se c'era qualcuno con lui.» Quindi, con un sorrisetto sulle labbra, passò alla coperta successiva. «Divertiti.»
Dopo un'occhiata accigliata, Sabine uscì dalle scuderie trascinandosi dietro le redini. Liam era proprio strano a volte.

Quella che gli abitanti del luogo chiamavano "foresta dei cinghiali" non era esattamente una foresta e nessuno vi aveva mai visto un cinghiale. Quest'area, larga circa mezzo chilometro, si estendeva lungo un fiumiciattolo che scorreva dietro a due tenute, forniva trote in stagione di pesca e un nascondiglio per gli adolescenti in estate. Seguiva il fiume sinuoso per oltre due chilometri, offrendo, a chi la desiderava, l'illusione di potersi estraniare dalla civiltà e rifugiarsi nel silenzio degli alberi e degli arbusti.
A metà di questo tragitto lungo il fiume, Thom fermò il grosso baio da caccia e, sollevata la gamba destra, balzò con agilità sul soffice terreno tor-

boso. Quindi avvolse le redini sul braccio sinistro e allungò la mano per aiutare Kate, che scivolò giù con movenze molto meno aggraziate. Poi, dopo essersi trascinata fino a un tronco reclinato, si mise a sedere con cautela sulla sua superficie muscosa.

«Domani non sarò in grado di muovermi» disse, strofinandosi il didietro con una smorfia.

«È il giorno successivo quello più micidiale.»

«Non devi essere per forza così compiaciuto.»

Thom accarezzò il muso del cavallo e lo condusse verso un altro albero. Sciolse la longia dal collo dell'animale e la agganciò al morso, assicurandolo a un ramo con un nodo lento. Quindi andò a sedersi accanto a lei e, scostandole i capelli dal viso, le baciò il naso. «È stato così orribile?»

Con un sorriso mesto, Kate abbassò lo sguardo, come se potesse scorgere i lividi che si stavano formando sotto i vestiti. «Non l'avrei fatto per nessun altro.»

«Me lo auguro. Eravamo così vicini da rischiare di essere accusati di oltraggio al pudore.»

«Oh, non mi è sembrato che ti dispiacesse granché.»

Si baciarono a lungo e, inalando i profumi umidi e misteriosi del bosco, gli aromi muschiati delle foglie in decomposizione e l'odore penetrante della nuova vegetazione mescolati a quelli più sottili dell'uomo accanto a lei, Kate si rese conto di essere felice.

«Ti amo, lo sai» le disse, quando si allontanarono.

«Lo so. Ti amo anch'io.»

Era stato tutto molto naturale. Nessun esame di coscienza. Nessun trauma.

Il sole filtrava in raggi intensi attraverso la volta di rami sopra le loro teste, proiettando chiazze animate e baluginanti sul terreno circostante. La brezza accarezzava il sottobosco come una mano invisibile, facendolo stormire. Si baciarono ancora. Thom, con le mani tra i suoi capelli, la adagiò sull'ampia superficie del tronco e Kate sentì il suo peso su di sé. Languida di desiderio, si aggrappò a lui. Voleva stringerlo forte, sempre più forte.

Il tempo rallentò, per poi fermarsi, dissolto nella sensazione sprigionata dal contatto tra i loro corpi, dalla mescolanza dei loro respiri, dal tocco delle sue labbra sulla pelle di lei.

«Oh, Thom» gli mormorò all'orecchio. «Ti voglio.»

Lui si fermò, la guancia ruvida contro la sua. Poi, appoggiandosi al braccio buono, si sollevò per guardarla negli occhi. «Ti voglio anch'io» disse, e si chinò a baciarle il viso – un bacio elargito come una benedizione.

Kate allungò le braccia per tirarlo a sé, percependo come infinita la distanza che li separava. Ma, all'improvviso, Thom sembrò opporre resistenza.

«No» disse.

«Cosa?» Kate strizzò le palpebre, mentre un raggio di sole squarciava la copertura sopra le loro teste, accecandola per un istante. "Oddio," pensò "è colpa degli occhiali. Non avrei dovuto metterli."

«Non voglio farlo qui. In questo modo.» Si alzò del tutto, col respiro ancora affannato. «Non voglio che sia… squallido.»

«Come potrebbe essere squallido?» domandò Kate, alzandosi a sua volta e facendo il possibile per mascherare l'impazienza.

«No, squallido è la parola sbagliata» si corresse, prendendole la mano. «Voglio solo che sia perfetto. Io… non so… ho aspettato così a lungo… È perché sei tu, significhi troppo per me.»

Kate fissò il palmo della propria mano. Sentì l'eccitazione scemare lentamente, rimpiazzata da una diversa forma di tenerezza, da una forza di altro genere. «Non sarà perfetto, Thom.»

Lui la guardò con le sue splendide iridi azzurre cerchiate di nero.

«Non puoi pretendere che lo sia. Creando troppe aspettative, resteremo delusi entrambi. Credimi.» "Parlo per esperienza" aggiunse fra sé e sé.

Thom abbassò gli occhi, contemplando la mano di Kate.

«Abbiamo aspettato tanto, è vero, ma questo non significa che dobbiamo attribuirgli più importanza di quello che ha» continuò. «Probabilmente sarà un po' strano all'inizio. Voglio dire, dovremo abituarci l'uno all'altra.» Inconsciamente, Thom lanciò un'occhiata al suo braccio.

«Siamo cambiati entrambi, Thom. Dobbiamo ricominciare tutto daccapo. Credo che sarà perfetto… alla fine. E credo che la cosa più importante sia cominciare.» Quindi sorrise, guardandosi intorno. «Magari non qui. E magari non nei prossimi due giorni. Perché, francamente, non credo che sarò in grado di muovere le gambe.»

L'atmosfera si alleggerì, si distese. Guardandola, Thom sospirò – un sospiro breve, una mezza risata. Poi, senza smettere di fissarla, le sollevò la mano e le mordicchiò l'interno del polso. Al contatto di quelle labbra, Kate avvertì un'ondata di calore lungo la schiena e, anche dietro le lenti, la sua vista si appannò. Deglutì rumorosamente.

Lo sguardo di Thom ardeva di passione. «Hai ragione» le disse, tenendo le labbra appoggiate al polso. «Non dobbiamo ingigantire troppo la cosa.»

Quindi sorrise, posandole la mano in grembo. «Ma su una cosa ti sbagli. Sarà perfetto.»

Sabine svoltò verso casa, sollevando con acquisita sicurezza la gamba sinistra e allentando un po' il sottopancia per dare al cavallo un po' di tregua. Gli aveva fatto fare una bella cavalcata quel pomeriggio. Si era concentrata solo sulle sensazioni che quel fisico vigoroso era in grado di trasmetterle mentre rimbalzava ritmicamente sul terreno erboso, sull'emozione magnifica e coinvolgente di quel corpo che si sollevava, si allungava per saltare, ansioso di superare qualunque ostacolo gli si profilasse davanti.

Aveva deciso di non tornare a Londra. Doveva solo dirlo a sua madre, spiegarle che sarebbe andata a trovarla, che le avrebbe telefonato tutte le settimane, ma che aveva intenzione di vivere lì. Dove la nonna aveva bisogno di lei. Dove si sentiva felice. "Meglio tralasciare quest'ultima parte" pensò, allentando le redini. Il cavallo fu ben lieto di poter chinare la testa. Era troppo crudele, persino per sua madre.

La luce rossastra del tramonto diffondeva un silenzioso bagliore scandinavo sui campi deserti, tingendo di rosa quelli più a monte, ancora ricoperti di brina. Bertie trotterellava svogliato ed esausto dietro di lei, tenendosi a debita distanza dagli zoccoli del cavallo e facendo ticchettare le zampe sull'asfalto. Al limite, se sua madre fosse stata proprio disperata, sarebbe potuta tornare a casa un fine settimana sì e uno no. Non amava stare da sola, lo sapeva. Ma doveva capire che in parte era anche colpa sua. In fondo era stata lei a mandarla laggiù. E non poteva farci niente se, diversamente da lei, andava d'amore e d'accordo coi nonni.

«Forse mi permetteranno anche di tenerti» disse al cavallo, che raddrizzò le orecchie. «Uno in più non farà poi una grossa differenza, no?»

Ma Sabine non pensava solo a se stessa. La nonna era sempre tanto presa e lei, restando a Kilcarrion, avrebbe potuto aiutarla a occuparsi del nonno. Oltretutto, senza più bisogno di Lynda, avrebbero risparmiato. E se Annie fosse andata in terapia, la signora H avrebbe dovuto trascorrere più tempo con lei. In quel caso, qualcuno si sarebbe dovuto occupare del pranzo. Avrebbe potuto pensarci lei, a patto che la signora H continuasse a preparare il pane. Nel frattempo sarebbe andata a cavallo ogni giorno. E avrebbe rallegrato un po' l'atmosfera. Tenuto d'occhio Christopher e Julia. E, magari, avrebbe continuato a vedere Bobby. Era certa di volerlo come amico – quanto al resto, doveva pensarci.

Proprio mentre stava svoltando dietro la chiesa di Blessed Peter, il cavallo si fermò, raddrizzando all'improvviso la testa e le orecchie e dilatando le narici, come se stesse fiutando qualcosa. Quindi emise un nitrito di saluto cupo e prolungato. Bertie li superò e alzò la testa a sua volta.

Strappata alle sue fantasticherie, Sabine si guardò intorno per capire cosa lo avesse messo in guardia. Seguendo lo sguardo degli animali, in lontananza, lungo la siepe che costeggiava il campo da venti acri, riconobbe il baio. Avanzava dritto verso di lei e, sul momento, le parve che in sella ci fosse soltanto Thom. Mentre valutava se lanciargli un grido di saluto, il baio svoltò leggermente a sinistra, rivelando una seconda persona. Seduta dietro a Thom c'era sua madre. Riusciva a distinguere il rosso brillante dei suoi capelli contro il marrone spento del campo arato. Gli cingeva la vita con le braccia e teneva la testa appoggiata sulla sua spalla.

Sabine sbatté le palpebre, incredula. Poi, rendendosi conto che quella scena era reale, con tutto ciò che ne derivava, rimase come impietrita.

Sua madre aveva il terrore dei cavalli. Quindi aveva un'unica ragione per trovarsi lì.

All'improvviso le vennero in mente le parole di Liam.

Il suo cavallo scalpitava, ma lei lo ignorò. Li guardò passare con un'espressione raggelata come il resto del corpo. Infine, quando si fu assicurata di non essere visibile, si lasciò condurre verso casa.

Kate era sdraiata nella vasca da bagno con la schiuma fino al mento. Dalla parte opposta, le dita dei piedi sbucavano dall'acqua fumante come una fila di salsicciotti rosa sotto i rubinetti incrostati di calcare. Come previsto, stava già cominciando ad avvertire i primi dolori, ma il suo corpo era infuso da una tale sensazione di sollievo e benessere, che non gliene importava nulla. Thom la amava. La amava sul serio. Il resto era secondario.

Chiudendo gli occhi, ripensò al suo respiro su di

lei, a quelle braccia che la cingevano, alla passeggiata a cavallo, al contatto erotico tra i loro corpi, al silenzio accompagnato soltanto dal rumore sordo degli zoccoli. Ripensò alla chiacchierata sul tronco d'albero. Quando aveva chiesto a Thom di mostrarle il funzionamento del suo braccio, lui si era sfilato il maglione e sbottonato la camicia. All'inizio le era parso un po' a disagio e in seguito quasi spavaldo, forse proprio per mascherare l'imbarazzo. Aveva uno sguardo vigile, attento a ogni sua singola reazione. In realtà non faceva alcuna differenza, avrebbe voluto dirgli. La sua era semplice curiosità. Non conosceva ancora quella parte di lui e adesso, al punto in cui si trovavano, voleva sapere tutto.

Le aveva spiegato che la mano era fatta di silicone. Riusciva ad afferrare qualcosa, ma non molto. (Una protesi a pinza gli avrebbe garantito una presa maggiore, «ma mi sentivo come Capitan Uncino. Non dimenticherò mai il modo in cui sporgeva».) Il polso era rivestito in plastica e poco alla volta il braccio si trasformava in un sistema di cavi metallici e tubi semicilindrici, saldato alla spalla grazie a un intricato sistema di fissaggio.

«Perché non ti sei fatto installare uno di quegli strani congegni elettronici?» gli domandò, sfiorandolo con un dito. «Quelli che reagiscono ai nervi o qualcosa del genere. Sono più realistici, no?»

«Non sono adatti a chi vuol fare il mio lavoro» rispose. «Questo non teme l'umidità, né la polvere del fieno. Non ha troppe parti da fissare. E poi me la cavo quasi sempre con la mano destra.» Spesso, le disse, le persone che avevano perso un braccio decidevano addirittura di lasciar perdere. Troppe seccature. Ed era scomodo all'inizio. Lui si era intestardito solo per evitare di avere sempre gli occhi addosso. E la gente ha questa pessima abitudine, non può farne a meno.

A quel punto, Kate gli aveva baciato la mano finta e Thom, a sua volta, l'aveva stretta a sé, baciandole i capelli. Da allora se ne era dimenticata: svelato il mistero, la curiosità non aveva più ragione di esistere. Adesso riusciva a pensare soltanto alla loro vita insieme, a come sarebbe stato trovarsi davanti quei luminosi occhi azzurri al risveglio, rannicchiarsi distrattamente sul suo ampio torace, rafforzato dal duro lavoro. «Da cosa lo capisci?» aveva chiesto una volta a sua madre, quando riuscivano ancora a parlare di cose come l'amore. «Lo capisci e basta» era stata la risposta secca di Joy – una risposta che all'epoca Kate non aveva trovato affatto soddisfacente. "Ma forse aveva ragione" pensò meravigliata. Forse, ma solo forse, era la volta buona. Era qualcosa di diverso. Non somigliava all'amore ansiogeno e tutto alti e bassi che credeva di aver provato per Justin, né all'amore riconoscente e discreto che aveva provato per Geoff. Era un sentimento fatto di passione, certo, ma anche solido, incrollabile, resistente a ogni possibile tentativo di alterarlo. Ineluttabile. Sorridendo tra sé e sé, Kate piegò le ginocchia e sprofondò, lasciandosi inondare dal calore dell'acqua.

Kate trascorreva così tanto tempo da sola, che aveva perso l'abitudine di chiudere a chiave la porta del bagno: non avrebbe avuto senso. Per questo fu una specie di shock aprire gli occhi e trovarsi davanti sua figlia.

«Sabine?» disse, sputacchiando e togliendosi la schiuma dal viso. «Tutto bene? Che c'è?»

«Non potevi proprio farne a meno, vero?» tuonò, con le mani sui fianchi e il viso alterato dalla collera. «Non puoi resistere senza un uomo nemmeno cinque minuti?»

Kate cercò di alzarsi, soffocando l'istinto di nascondere la propria nudità allo sguardo bieco della figlia.

«Cosa...?»

«Fai schifo! Lo sai? Mi fai schifo! Sei una puttana!»

«No, un attimo...» Annaspando, Kate cercò di afferrare l'asciugamano dalla parte opposta del bagno, scagliando un'ondata d'acqua sul pavimento. «Aspetta solo...»

«E pensare che ero dispiaciuta per te! Ti rendi conto?» Sabine stava scuotendo il capo adesso. I capelli, dopo essere stati schiacciati dal berretto da equitazione, le spuntavano dalla testa in pieghe improbabili. «Per la storia di Geoff! Sono stata malissimo dopo avertelo detto. E per tutto il tempo tu... tu stavi...» balbettava, lottando con le parole «scopando con Thom. Gli stavi saltando addosso. Dio, mi fai *vomitare*!»

«Non sono andata a letto con Thom.» Kate si alzò in piedi e uscì dalla vasca, aggrappandosi al termosifone. «Non sono andata a letto con nessuno.»

«Ti ho *visto*! Vi ho visti cavalcare insieme! Con i miei stessi occhi!»

Kate era ammutolita, annientata dall'odio che

scorgeva sul volto di sua figlia. «Sabine, non è come credi...»

«Cosa? Non avete una storia?»

Kate sospirò. «No, non sto dicendo questo.»

«Non mentirmi, allora. Non cercare di nasconderlo. Cristo, mamma, quando sono arrivata qui mi dispiaceva davvero per te, lo sai? Perché eri stata costretta a crescere qui. Perché pensavo che fossero tutti insopportabili.» Stava piangendo, adesso. Aveva il respiro corto e affannoso e gli occhi serrati per arrestare le lacrime. «E adesso, adesso, penso solo... che vorrei tanto essere cresciuta qui al posto tuo. Con persone che si amano seriamente, anche se non sempre lo danno a vedere. Persone che si sostengono a vicenda. Che non saltano nel letto del primo che passa. Non potevi somigliare un po' di più a loro, eh? Perché devi essere così... così *troia*?» L'ultima parola trafisse l'aria umida come una lama gelata.

«Non sono andata a letto con lui» disse adagio Kate, stringendosi nell'asciugamano. Aveva le guance rigate di lacrime, adesso. Ma Sabine non c'era più.

Era fuggita senza una meta precisa. La sua mente era un'accozzaglia di pensieri contrastanti, che si riflettevano l'un l'altro senza alcun senso, come frammenti di uno specchio. D'istinto era finita nelle scuderie, preferendo la semplice compagnia di cavalli e cani a quella degli esseri umani. "Come ha potuto?" pensò, abbracciando il collo del cavallo grigio, che la guardava imperturbabile, e appoggiando le guance bagnate sulla sua pelliccia. Come si era potuta gettare proprio tra le braccia di Thom?

L'unica persona che, fin dal suo arrivo, l'aveva capita sul serio? Non era proprio in grado di controllarsi? Perché doveva sempre rovinare tutto?

Sabine allentò la stretta e si lasciò cadere sul pavimento in un angolo della stalla, cercando di ripensare alle parole di sua madre. Diceva di non essere andata a letto con lui. Ma ovviamente stava per farlo. Chiudendo gli occhi, rivedeva ancora quella scena: Thom che conduceva lentamente il cavallo verso casa e sua madre stretta a lui. Persino da quella distanza era riuscita a distinguere l'espressione soddisfatta, compiaciuta di chi si gode un sentimento di intimità. La stessa espressione con cui guardava Justin, convinta che lei non la vedesse. Si stropicciò gli occhi nella stalla sempre più buia, cercando di scacciare l'immagine di loro due insieme. Perché le era toccata una madre simile? Un tempo si era sentita vicina a lei. Aveva capito che, sebbene non fosse facile con Geoff, lei stava cercando di tenere in piedi una specie di famiglia, anche se non convenzionale. Ma adesso non la riconosceva più. Dopo Justin era diventata un'altra persona. Una persona senza il senso del limite. E questo non solo la faceva arrabbiare: le dava anche un senso di instabilità, come chi si trova in mezzo alle sabbie mobili.

Si alzò e, dopo aver immerso le mani nel secchio d'acqua del cavallo, se le posò intirizzite e bagnate sul viso per far sbollire i pensieri convulsi. L'acqua gelida le diede sollievo. Fu proprio in quel momento, mentre se ne stava lì coi palmi premuti sulla faccia, che lo sentì: stava rimproverando con dolcezza il cavallo nella stalla accanto. Si udì il rumore sordo di una pacca sulla sua groppa muscolosa, seguito da uno sferragliamento e dal tonfo prodotto dall'animale che arretrava maldestramente verso il muro. Sabine restò immobile per diversi minuti, come assorta nei suoi pensieri.

Solo che non stava affatto pensando.

A un certo punto si sistemò i capelli, si asciugò gli occhi e allentò il colletto della camicia. Infine ebbe un ripensamento. Si tolse faticosamente il maglione e lo appese alla porta della stalla. Quindi si infilò nel box adiacente, chiudendosi la porta alle spalle.

Thom era voltato verso il muro e aveva la schiena coperta di fili di paglia. Le lanciò una rapida occhiata e per un attimo il suo viso fu illuminato dalla luce giallastra della lampadina. «Ehilà,» disse, sollevando la rete per il fieno e assicurandola all'anello con un nodo «sei venuta a darmi una mano?»

Sabine si appoggiò alla parete della stalla, tenendo gli occhi fissi su di lui.

«Ho appena tolto un sasso grosso come un uovo dallo zoccolo di questo qui» disse, continuando ad armeggiare. «Avresti dovuto vederlo. Ecco perché ieri zoppicava.»

Sabine gli si avvicinò lentamente, strisciando contro il muro.

«Colpa mia, non me ne sono accorto» borbottò, dando un ultimo giro alla rete. «Incredibile fare un errore del genere dopo vent'anni, vero? Allora, dove sei stata?» Quando finalmente si voltò, dovette arretrare leggermente. Era più vicina di quanto si aspettasse.

«In nessun posto in particolare» rispose, sollevando un ginocchio e piegandolo sotto di sé. «Ho portato fuori il cavallo grigio.»

Lui sorrise. «Sembra proprio adatto a te. Siete in sintonia.»

Sabine lo guardò di sottecchi. «E con te?»

«Oh, è troppo piccolo per me. Ma sì, mi piace. Un tipetto coraggioso e leale. Senza tante pretese.»

«Non parlavo del cavallo.»

Thom si fermò, piegando la testa da un lato. «Io e te? Siamo in sintonia?»

Parlava con voce bassa, melliflua. La stalla sembrava diventare sempre più silenziosa, amplificando il grossolano rumore delle ganasce del cavallo.

«Andiamo d'accordo» rispose lui, aggrottando le sopracciglia. Non riusciva a capire dove volesse arrivare.

«Quindi ti piaccio» disse Sabine, fissandolo negli occhi.

«Ma certo. Mi sei piaciuta fin dal primo giorno.»

Sabine fece un passo verso di lui. Il suo cuore batteva così forte che senz'altro Thom sarebbe stato in grado di percepirlo. «Anche tu mi sei piaciuto subito» mormorò. «E mi piaci ancora.»

Così dicendo, si inumidì le labbra con la punta della lingua.

Senza cambiare espressione, Thom si voltò per prendere la scopa appoggiata alla mangiatoia. Rimase fermo per un attimo, grattandosi la nuca come se stesse riflettendo, quindi si chinò a raccogliere il secchio semivuoto, che invece cadde a terra con un fracasso che fece sobbalzare il cavallo.

Sabine era in piedi a poca distanza da lui, con la camicia aperta fino alla vita.

E sotto non indossava nulla.

«Sabine...» Così dicendo, fece un passo avanti con l'intenzione di coprirla, ma lei lo anticipò. Gli posò una mano sul torace, appoggiando delicatamente il suo corpo sottile contro quello di lui.

Quindi gli afferrò la mano destra e, abbassando gli occhi per un istante, la posò sul seno sinistro con un gesto lento ma deciso.

«Shh» disse. Aveva gli occhi spalancati, persi in quelli di lui.

La pelle fremeva sotto la sua mano.

Anche Thom sgranò gli occhi, ansimando per lo shock. «Sabine...» ripeté, ma lei gli afferrò la testa con le mani e posò le labbra sulle sue.

Dopo un terribile attimo di silenzio, lui arretrò di scatto, scuotendo il capo. «Sabine, no. No, mi dispiace... mi dispiace... ma...» balbettò, aggrappandosi alla porta. Quindi afferrò il secchio con la mano finta, mentre con l'altra si strofinava gli occhi e il viso, come per cancellarla dalla sua vista. Nel deposito dei finimenti si accese una luce, proiettando una striscia fluorescente sull'acciottolato. Fuori, nel cortile, Bertie cominciò ad abbaiare.

«Sabine, non posso... sei splendida, davvero, ma...»

In piedi di fronte a lui, nella semioscurità, Sabine era scossa dai fremiti. Si stringeva nella camicia e il suo labbro inferiore tremava. Sembrava molto fragile. E giovanissima.

Con espressione preoccupata, Thom fece un passo verso di lei. «Oddio, Sabine, vieni qui...»

Ma lei gli diede uno spintone e, con un singhiozzo soffocato, fuggì nel buio.

Kate trovò Joy nello studio – una crocchia disordinata di capelli grigi in cima a una schiena rigida coperta da una trapunta verde. Seduta alla scrivania che un tempo era stata di Edward, rovistava dentro una scatola di scartoffie e, se alcune erano impilate con ordine davanti a lei, la maggior parte finivano nel cestino di metallo ai suoi piedi. I singoli fogli non subivano valutazioni troppo accurate, solo una rapida occhiata e poi il verdetto: scrivania o cestino. Alla sua sinistra, la scatola di fotografie in cui Sabine stava rovistando due giorni prima sembrava la prossima vittima di quella spietata e sistematica riorganizzazione.

Dopo aver fatto le scale di corsa, Kate tirò il fiato e, sebbene fosse già nella stanza, bussò alla porta.

Voltandosi, sua madre sembrò sorpresa di vederla e diede un'occhiata alle sue spalle, come se si aspettasse l'arrivo di qualcun altro.

«Bene. Sarai contenta di sapere che hai ottenuto quello che volevi.» Kate avanzò facendo scorrere il dito lungo lo scaffale. Parlava con voce bassa, tranquilla.

Joy aggrottò le sopracciglia.

«Davvero, mamma. Sapevo di non avere la tua approvazione, ma quanto ci hai messo? Due mesi e mezzo? Be'. È impressionante. Anche per i tuoi standard.»

A quel punto Joy si voltò completamente. «Scusa, ma non credo di capire.»

«Parlo di Sabine. Ci hai messo qualche settimana, ma adesso mi disprezza quanto te.»

Madre e figlia si fissarono negli occhi nella vecchia stanza polverosa. Era il contatto più lungo che avessero avuto da quando era arrivata.

Joy si alzò. Kate non ricordava che si muovesse così lentamente e con tanta fatica.

«Katherine, qualunque cosa sia accaduta tra te e Sabine non ha nulla a che fare con me.» Girò intorno alla sedia per guardare in faccia sua figlia, stringendo lo schienale con una mano. «Non so di cosa parli. Quindi, se vuoi scusarmi, ho da fare al piano di sotto.»

«Oh, sai che novità.»

L'altra alzò la testa di scatto.

«C'è sempre qualcosa da fare al piano di sotto, vero? Sempre qualcosa da fare, pur di non parlare con me, con tua figlia.»

«Stai diventando isterica.» Kate era proprio davanti a lei ora, ma Joy si rifiutò di guardarla.

«No, mamma. Non sono isterica. Sono perfettamente calma. Penso solo che sia arrivato il momento di una chiacchierata. Sono *stanca*.» A questo punto non poté fare a meno di alzare la voce. «Stanca di essere gentilmente ignorata come se emanassi un cattivo odore. Voglio parlare con te. E vorrei farlo adesso.»

Joy lanciò un'occhiata alla porta, poi guardò il pavimento, quasi completamente sgombro delle scatole che lo avevano occupato per anni. Al loro posto, adesso, sui vecchi tappeti c'erano scure impronte di polvere.

«Be', cerchiamo di fare un po' alla svelta. Non mi va di lasciare solo tuo padre troppo a lungo.»

Kate sentì la furia montarle alla gola, come un accesso di bile. «Cosa hai detto di me a Sabine?»

«Prego?»

«Cosa le hai detto? Andava tutto bene quando è

partita da Londra, mentre adesso disprezza tutto ciò che faccio. Tutto ciò che sono. E sai cosa ti dico, mamma? Alcune sue parole... be', sembrano uscite direttamente dalla tua bocca.»

Joy si irrigidì, rinvigorendosi. «Non so cosa intendi. Non le ho mai parlato di te.»

Kate rise – una risata finta, amara. «Oh, magari non avrai detto niente di specifico, ma ti conosco, mamma. So come sei fatta. Non ti serve parlare, perché le parole non dette possono essere altrettanto velenose. E, credimi, deve essere successo qualcosa. Perché mia figlia ti vede come una specie di incarnazione del vero amore. Mentre tutto quello che faccio io è diventato improvvisamente inadeguato.»

«Io non c'entro niente.» Il volto di Joy era impassibile. «E non ho tempo per queste cose, sul serio.»

Ma Kate non aveva alcuna intenzione di lasciar perdere. «Sai cosa ti dico? Mi dispiace di non essere come te e papà, okay? Mi dispiace di non avere mai celebrato un matrimonio come si conviene. Mi dispiace di non avere sposato il mio fidanzatino d'infanzia. Ma i tempi cambiano, che tu ci creda o no, e nella mia generazione nessuno lo fa.»

Joy strinse la sedia ancora più forte.

«Non sono alla tua altezza, okay? Non sono all'altezza tua e di papà e della vostra dannata, impareggiabile storia d'amore, okay? Ma questo non fa di me una cattiva persona. Non ti consente di giudicarmi per ogni minima cosa.»

«Non ti ho mai giudicata.»

«Oh, *ti prego*, mamma! Non hai fatto che criticarmi per tutta la vita. Mi hai criticata per Sabine, per

Jim. Hai lasciato intendere chiaramente di non apprezzare Geoff, anche se era un fottuto medico.»

«Non ti criticavo. Volevo solo che fossi felice.»

«Oh, stronzate! Stronzate! Da bambina non ero nemmeno libera di scegliermi gli amici! Guarda!» Così dicendo, allungò una mano per afferrare la fotografia di Tung-Li. «Te lo ricordi? Scommetto di no.»

Joy diede un'occhiata alla foto e poi distolse lo sguardo. «Me lo ricordo perfettamente, ti ringrazio.»

«Già, Tung-Li, il mio migliore amico. L'amico con cui mi proibisti di giocare, perché non era opportuno che una bambina altolocata come me passasse il tempo con il figlio di un'*amah*.»

Joy sembrò all'improvviso esausta. Fece un passo indietro e tornò a sedersi. «Non è così, Katherine. Hai frainteso.»

«Ah, davvero? Mi pare di ricordare una posizione abbastanza esplicita all'epoca. "Sconveniente": lo definisti proprio così. Ricordi? Perché io me lo ricordo bene. Pensa a quanto mi ferì. "Sconveniente."»

«Non è andata così.» Joy parlava con calma adesso.

«Non andava bene per te. Proprio come qualunque cosa io abbia mai fatto. Il mio modo di vivere, gli uomini di cui mi sono innamorata, l'educazione di mia figlia. No, nemmeno i miei amici. A soli sei anni! Maledettamente sconveniente!»

«Hai frainteso.»

«E come? Come ho fatto a fraintendere? Avevo sei anni!»

«Te l'ho detto, non è andata così.»

«Allora spiegami come è andata!»

«Va bene! Va bene. Te lo dico.» Joy fece un sospiro profondo e chiuse gli occhi. «Non potevo lasciarti giocare con Tung-Li perché...»

Sospirò un'altra volta. Fuori, uno dei cani raspava contro la porta, guaendo per entrare.

«Non potevo lasciarti giocare con Tung-Li perché... non lo sopportavo. Era troppo doloroso.»

Quindi sollevò le palpebre e fissò sua figlia con gli occhi lucidi di lacrime. «Perché era tuo fratello.»

14

Joy Ballantyne soffriva così tanto di nausee mattutine, raccontò in seguito sua madre alle amiche, che suo marito aveva licenziato una dopo l'altra due cuoche, convinto che stessero cercando di avvelenarla. Nel caso della prima *amah*, Alice se l'era presa particolarmente, visto che si era fatta in quattro per accaparrarsela – strappandola nientemeno che a un membro della famiglia Jardine –, ma lei stessa fu costretta ad ammettere che il frequente malessere di sua figlia e l'incapacità di alzarsi dal divano per settimane non erano normali in una gravidanza sana.

Perché da quando aveva annunciato a Edward l'imminente paternità, ovvero da poco più di sei settimane, Joy era stata sempre peggio, aveva assunto un colorito pallido, con una singolare sfumatura grigio giallognola, e i suoi capelli, di solito voluminosi, erano diventati opachi e spenti, malgrado Alice tentasse continuamente di sistemarglieli. Le risultava difficile muoversi per colpa delle nausee, altrettanto faticoso parlare e quasi impossibile socializzare, data la violenza e l'imprevedibilità delle scariche di vomito. E il fatto di vivere in quel palazzo affollato non le era d'aiuto, le faceva notare sua madre: «Con tutte quelle cuoche che non fanno che friggere aglio e Dio sa cosa per tutto il giorno, intestini di maiale appesi fuori a essiccare, frittelle di rapa, quel frutto disgustoso che odora di marcio».

«Sì, mamma, grazie» aveva risposto Joy, per poi liberarsi nel catino.

Da quando Alice aveva scoperto che sarebbe diventata nonna (nelle sue condizioni, Joy non aveva potuto mantenere a lungo il segreto), il suo umore era decisamente migliorato e si era calata con spudorata soddisfazione nel ruolo di matriarca del numero 14 di Sunny Garden Towers. Aveva rimpiazzato l'ultima *amah* con Wai-Yip, una ragazza di Guangdong, più giovane della norma, ma con la fama di conoscere la cucina inglese e, come la stessa Alice aveva sottolineato, con più energie da dedicare ai bambini. «Perché, Joy, i figli non solo ti rovinano fisicamente, ma ti sfiniscono del tutto. Avrai davvero bisogno di qualcuno che te li levi di torno.» Aveva scelto anche l'*amah* addetta alla lavanderia, Mary, di Causeway Bay, e non perdeva occasione per far notare a Edward la perfezione delle sue camicie inamidate.

Nel frattempo, Joy piangeva in segreto lacrime amare, sdegnata per la presenza di quel parassita dentro di lei e frustrata per la propria indisposizione. In particolare, malediceva quell'indesiderato usurpatore per essersi intromesso nella relazione tra lei e Edward, perché le impediva di accompagnarlo ai consueti ricevimenti, perché l'aveva resa poco gradevole ai suoi occhi – anche se lui, ovviamente, non diceva nulla – e perché in qualche modo era già riuscito a separarli: ormai non era più una compagna, ma una futura madre, coccolata e protetta dalle donne e dai medici, a cui era preclusa qualunque attività che fino a quel momento avevano svolto insieme, come il tennis o l'equitazione. Lui la guardava già in modo diverso, ne era consapevole. Lo capiva dalla prudenza con cui le si avvicinava dopo il lavoro, per stamparle un bacio cavalleresco sulla guancia invece di stringerla a sé con il consueto trasporto. Era evidente da come la guardava trascinarsi da una stanza all'altra, cercando di darsi un tono, mentre sua madre rimarcava allegramente di non aver «mai visto una persona così pallida». Ma il peggio si era presentato a metà del terzo mese, quando Edward, chiaramente frustrato dalla loro mancanza di intimità (dopotutto erano abituati ad avere rapporti quattro o cinque volte alla settimana), le si era avvicinato per accarezzarla dolcemente e darle un bacio.

Lei, già mezza addormentata, si era svegliata in preda al panico. Non gli aveva confidato la cosa peggiore, ovvero che adesso il semplice odore della sua pelle la faceva star male. Finché si trattava di bacetti sulla guancia, riusciva a mascherare il problema dietro un sorriso forzato. Ma, adesso, il movimento ritmico della sua mano e il contatto con le sue labbra le davano la nausea. "Oh, no, ti prego Signore, non farlo" aveva implorato in silenzio, chiudendo gli occhi per soffocare i conati mentre Edward saliva sopra di lei. Alla fine, però, era stata costretta a spingerlo via in malo modo per correre in bagno e vomitare a lungo e rumorosamente.

Era stato quello l'inizio di tutto: lui si era ritirato in silenzio nella stanza degli ospiti, senza ascoltare le sue lacrimose spiegazioni, sprigionando ondate di amarezza. Il mattino seguente non aveva voluto parlarne, nemmeno in assenza della servitù. Ma due sere dopo, quando l'aveva aspettato sveglia domandandosi per quale ragione fosse tornato così tardi dal cantiere navale, lui aveva borbottato due parole: «Wan Chai». E il terrore si era impadronito di lei.

Dopo quell'episodio, Joy non aveva mai più chiesto al marito dove sparisse tre o quattro volte alla settimana. Tuttavia, malgrado la spossatezza, restava sveglia nel letto matrimoniale in attesa di sentire il rumore della porta d'ingresso e i passi di Edward che si trascinava, spesso ubriaco, nella stanza degli ospiti (salvo nelle notti in cui era davvero sbronzo e, senza riflettere, tornava nel loro letto, costringendo Joy ad alzarsi per sfuggire nauseata ai fumi dell'alcol). La mattina non parlavano: era il momento in cui lei stava peggio e, oltretutto, non sapeva cosa dire, mentre Edward, vittima dei postumi, sembrava perennemente ansioso di correre al lavoro. Joy non aveva nessuno con cui parlare. Non voleva concedere a sua madre la soddisfazione – perché avrebbe provato proprio questo: soddisfazione – di vederli ridotti a quella solitaria infelicità così evidente nelle altre coppie. E con Stella in Inghilterra, non aveva altri amici. Era sempre stato Edward il suo migliore amico. Non avrebbe mai pensato di avere bisogno di qualcun altro.

Quindi cominciò a dimagrire, in un momento in cui secondo il medico avrebbe dovuto guadagnare peso, e a diventare sempre più triste. Sapeva che per Edward era più semplice uscire, piuttosto che restare in casa a subire la sua espressione di rimprovero.

Poi, alla sedicesima settimana, si svegliò rendendosi conto di stare bene, di riuscire a pensare al cibo senza ripugnanza, di avere quasi voglia di una passeggiata, senza più il timore di odori improvvisi e rivoltanti. Guardandosi allo specchio, vide che le sue guance avevano ripreso colore, che gli occhi erano un po' più luminosi. «Ecco,» disse sua madre, con voce intaccata solo da un velo di disappunto «stai fiorendo. Adesso puoi metterti un po' in ghingheri, essere un po' più brillante con gli altri.»

Ma a Joy interessava un'unica persona. Quella sera, al rientro di Edward, si fece trovare non solo sveglia, ma con indosso il suo abito preferito e una goccia di quel profumo che le aveva comprato per Natale. Un po' esitante, ma temendo ancora di più quel che sarebbe potuto accadere se non lo avesse fatto, gli andò incontro immediatamente, abbracciandolo e posando le labbra sulle sue. «Ti prego, non uscire stasera. Resta con me.» Lui la guardò con un'espressione improvvisamente carica di tristezza e di sollievo, stringendola a sé talmente forte da farle credere di soffocare. E rimasero lì, insieme, in silenzio, abbracciati, fino a dissolvere completamente la tensione delle settimane precedenti.

«Sembrate tutti e due più vispi stamattina» disse Alice il giorno successivo, trovandoli insieme a tavola a godersi la colazione. Ma cambiò subito espressione quando ne intuì il motivo.

Christopher Graham Ballantyne nacque cinque mesi e mezzo dopo all'ospedale militare. Fu un travaglio rapido e sbrigativo, dovuto non tanto alla voglia del bambino di venire al mondo, scherzò Edward in seguito, quanto a quella della madre di tornare a cavalcare. Era un neonato grosso e tranquillo e i genitori, per quanto lo adorassero, erano ben lieti di aver riconquistato il corpo di Joy e fecero in modo che il suo arrivo non interferisse troppo sulla loro vita sociale e sulle loro cavalcate. La cosa non turbò affatto Alice, sia perché non era normale per i genitori trascorrere troppo tempo con i loro figli, ma soprattutto perché questo le consentiva di dedicarsi al nipote, coccolarlo, agghindarlo con vestitini dai colori chiari e dai bottoni rivestiti di seta e sfoggiarlo nella sua Silver Cross d'importazione in mezzo alle altre carrozzine della colonia, vantando l'eccellenza del suo aspetto e del suo carattere. Joy osservava l'adorazione di Alice per suo figlio con un misto di materna soddisfazione e perplessità: non era mai stata in grado di dimostrare un amore così assoluto nei suoi confronti. Non ricordava quelle coccole continue, quel linguaggio infantile e tutte le attenzioni così spontanee con Christopher. «Non preoccuparti» le diceva Edward, ben felice di aver recuperato l'interesse della moglie. «Sono felici entrambi, no?»

E per i due anni successivi lo furono tutti. Edward con la sua attività di supervisione dei lavori di ingegneria al cantiere navale, Alice nel suo ruolo di baby-sitter ufficiosa e Joy, per quanto madre devota, ancora al fianco del marito, ben decisa a impedire che tra di loro potesse ancora aprirsi un simile abisso. Edward era anche più affettuoso, più premuroso, forse grato a sua moglie per non essersi trasformata nella madre apprensiva, agitata e maniaca che temeva. A differenza di altri ufficiali, non scalpitava dalla voglia di imbarcarsi. Amava stare con la sua famiglia. Con sua moglie. Non parlava mai del periodo di Wan Chai, come Joy lo definiva tra sé e sé, e lei non gli chiese mai alcuna spiegazione: conosceva troppo bene quella parte della città per non nutrire brutti sospetti. "Non svegliare il can che dorme": era questo il suo motto. Erano tutti felici, più di quanto si potesse aspettare dopo gli eventi che avevano preceduto la nascita di Christopher.

Ragione per cui, quando una mattina si svegliò con quel terribile senso di nausea che ben conosceva, sentì nel petto la morsa stringente della paura.

«I suoi sospetti sono fondati, signora Ballantyne» disse il medico della marina, lavandosi le mani nel piccolo lavabo ovale. «Direi che sta entrando nella settima settimana. È il secondo, vero? Congratulazioni.»

L'improvviso pianto a dirotto di Joy lo lasciò di stucco. Sedeva col viso tra le mani, incapace di credere che stesse accadendo di nuovo.

«Mi dispiace,» le disse, posandole una mano sulla spalla. «Credevo che fosse una gravidanza pianificata. Avevamo parlato di... precauzioni dopo la nascita del suo primo figlio.»

«A mio marito non piacciono» rispose Joy, asciugandosi il viso. «Dice che rovinano tutto.» Poi ricominciò a piangere. «Pensavamo di aver fatto attenzione.»

Dopo qualche minuto il medico assunse un atteggiamento un po' meno consolatorio. Tornato alla sua scrivania, alzò il telefono e, in tono sbrigativo, informò la sua assistente che avrebbe ricevuto il prossimo paziente «tra un attimo».

Joy iniziò a frugare nella borsa in cerca di un fazzoletto inesistente. «Mi scusi, un secondo e starò meglio.»

«Un bambino è una benedizione, signora Ballantyne» disse il medico. Aveva uno sguardo acuto dietro gli occhiali a mezzaluna. «Moltissime donne sarebbero felici di veder crescere la propria famiglia. E, come lei sa bene, la nausea è un sintomo di salute del bambino.»

Joy si alzò per andarsene, zittita dall'ammonizione implicita in quelle parole. "Lo so," pensò "ma noi non volevamo un altro bambino. Non eravamo neanche certi di volere il primo."

«Forse non starai così male questa volta» osservò Alice, entusiasta all'idea di un secondo nipotino. Sembrava associare la fertilità della figlia a un incremento della sua posizione. Almeno aveva un ruolo, adesso, cosa che non accadeva da quando Joy era cresciuta. «Per molte donne è così.»

Ma Joy, già infastidita dagli odori impercettibili della colonia, dai cibi forti degli ambulanti, dai fumi del traffico, già paralizzata alla vista delle carcasse sui camion dell'immondizia, sapeva bene ciò che l'aspettava. E, all'idea, si sentiva come un animaletto nel cono di luce di un'automobile, che attende raggelato e impotente il colpo di grazia.

Se possibile, quella volta fu anche peggio. Nel tentativo di contenere il vomito, Joy veniva imboccata ogni due ore con cucchiaiate di riso bollito, l'unica cosa che riusciva a ingerire. Vomitava se aveva fame, vomitava se mangiava. Vomitava se si muoveva e, spesso, vomitava mentre se ne stava semplicemente immobile sotto la ventola, spesso desiderando che un grosso camion la travolgesse ponendo fine alle sue sofferenze. E a Christopher, che le sgambettava intorno mentre era sdraiata, aggrappandosi a lei, non poteva che mormorare qualche parolina dolce (come spiegargli che l'odore dei suoi capelli le dava il voltastomaco?). Poi, di lì a poco, peggiorò fino a smettere di preoccuparsi anche dell'opinione di Edward. Desiderava solo morire. Era impossibile stare peggio di così.

Cominciò a preoccuparsi persino Alice, e il medico, convocato di frequente, prescriveva farmaci che Joy si rifiutava di prendere, sempre più allarmato da quel repentino calo di peso. «Se continua a disidratarsi, dovremo farle una flebo» disse. Ma i suoi modi lasciavano intendere che, per quanto fosse spiacevole quella situazione, Joy avrebbe dovuto tollerarla. Faceva parte dell'essere donna. «Perché non si trucca?» le suggerì prima di andarsene, tamponandosi la fronte sudata con un fazzoletto piegato. «Cerchi di ravvivarsi un po'.»

Edward fu molto solidale all'inizio (le accarezzava i capelli dicendole, senza risultare troppo convincente, che si sarebbe rimessa in piedi da un momento all'altro), ma si stancò presto del ruolo di infermiere e, pur sforzandosi di essere paziente e comprensivo, non riusciva a celare il sospetto che sua moglie stesse esagerando la situazione. «Di solito è così forte» gli sentì dire a un collega una sera, mentre sedeva sul balcone scacciando le zanzare. «Non capisco perché continui a piangere.» Non tentò nemmeno una volta di fare l'amore con lei, ma si limitò a traslocare senza storie nella stanza degli osp..i. E questo la fece piangere ancora di più.

A nulla servivano i racconti delle altre giovani mogli e madri che la andavano a trovare. Alcune dicevano allegramente di aver vissuto la gravidanza come una passeggiata, di non essere state male «per nulla», come se questo avesse potuto confortarla. Altre, le peggiori, pretendevano di capirla, mentre Joy sapeva che non era affatto così, e le suggerivano rimedi infallibili per rimettersi in piedi in un baleno – tè leggero, zenzero macinato, banana schiacciata. Joy li sperimentò tutti diligentemente, per poi espellerli con immutata energia.

Le giornate si susseguivano indistinte, stemperandosi nella stagione delle piogge. In quei giorni silenziosi e umidi, seguiti da notti interminabili e zuppe di sudore, era ancora più difficile far credere a suo figlio che la mamma stava bene o a suo marito che presto sarebbe migliorata (glielo aveva ripetuto come un mantra, sperando di dissuaderlo dal rifugiarsi a Wan Chai). Debilitata e profondamente depressa, smise anche di contare i giorni che la separavano dal ritorno alla normalità, ma si limitò a giacere nella penombra, ascoltando pigramente il proprio respiro e cercando di non vomitare l'acqua fresca che Wai-Yip le portava ogni ora.

Alla sedicesima settimana, in assenza di miglioramenti significativi delle sue condizioni, il medico decise che tutto sommato un ricovero sarebbe stato la cosa migliore. Era completamente disidratata ormai e stava mettendo a rischio la salute del Bebè – il Bebè, così lo chiamavano tutti, era al centro delle loro preoccupazioni. A Joy, invece, non importava un bel niente del Bebè, della sua vita o della sua morte. Ma questo valeva anche per sé. Quindi accettò la decisione di sua madre e si ricoverò senza fare questioni.

«Mi occuperò io di Christopher» disse Alice, con il volto contratto per la preoccupazione. «Tu pensa solo a rimetterti.» Sebbene ultimamente la vita le passasse accanto avvolta in un nauseabondo alone di indifferenza, davanti all'espressione ansiosa di sua madre, Joy volle incoraggiarla stringendole la mano.

«Stai tranquilla» aggiunse Alice. «Io e Wai-Yip penseremo a tutto.» Joy chiuse semplicemente gli occhi mentre veniva caricata sull'ambulanza, lieta di non doversi più preoccupare di nulla.

Rimase in ospedale per quasi un mese, finché la nausea non si fu placata abbastanza da permetterle di ingerire almeno i cibi più leggeri e di percorrere da sola l'intero reparto femminile. Era rimasta attaccata alla flebo per due settimane, flebo che, fu costretta ad ammettere, l'aveva fatta sentire immediatamente meglio. Ma il cibo era ancora un azzardo, associato a improvvise scariche di vomito. A volte bastava un nonnulla a scatenarle, come un crostino di pane, mentre nelle giornate migliori riusciva addirittura a ingerire senza problemi un boccone di pesce bollito. Mangiare in bianco, le aveva raccomandato il medico, e il più scondito possibile. Quindi Alice, in occasione delle sue visite quotidiane senza Christopher, la cui presenza, con grande disappunto delle due donne, era stata giudicata dal personale medico «troppo spossante per la mamma», portava focaccine appena sfornate, banane e addirittura meringhe, qualunque cosa lei e Wai-Yip riuscissero a escogitare.

«Devo dire che è molto brava.» Alice, nel suo elegante completo blu con nastro al collo, sedeva accanto al letto di Joy piluccando una focaccina. «Parla poco, ma lavora sodo, anche quando sembra francamente sfinita. Credo che le ragazze del continente siano diverse da quelle di Hong Kong, sai? Meno piene di sé. Quella Bei-Lin, l'ho già avvisata. Vedrai che finirò per rimpiazzarla con una di Guangdong.»

In seguito, Joy avrebbe realizzato che non erano mai state così vicine: Alice, gravata dalla responsabilità di figlia e nipotino, affrontava i suoi doveri molto seriamente, senza mai farlo pesare. Il fatto che Joy fosse afflitta da "problemi femminili" rappresentava una sorta di conferma per lei. Dimostrava a entrambe la sua utilità, ma anche il fatto che quella figlia così difficile e anticonformista alla fine aveva messo la testa a posto. Non stava forse soffrendo per dare un altro figlio a suo marito?

Joy, dal canto suo, aveva perso la sua battaglia. Durante la permanenza all'ospedale, arresasi ai suoi malanni e all'assistenza cortese ma inflessibile del personale medico, aveva cominciato ad accettare passivamente ogni genere di cura e qualunque precetto dei medici, grata dell'aiuto di sua madre e schiava della routine ospedaliera. Desiderava soltanto che fosse qualcun altro a occuparsi di tutto. Lì poteva starsene tranquillamente sdraiata sotto il ventilatore, tra lenzuola bianche fresche di stiratura, ad ascoltare il passo strascicato delle infermiere sul linoleum, il fruscio delle loro gonne inamidate e il mormorio delle voci dall'altro capo del reparto, lontano dal rumore, dalla fatica, dagli odori della vita reale. E quel lieve senso di nostalgia che provava per il suo bambino era attenuato dal sollievo di non dover più gestire le sue pretese incessanti, il suo bisogno di vicinanza.

Lo stesso valeva per suo marito.

Ma, trascorso un altro mese, cominciò a riprendersi e a sentire il bisogno di rivedere la sua famiglia. Alice le portò Christopher due volte, nei giorni in cui avevano libero accesso ai giardini rigogliosi, e al termine dell'orario di visita, quando glielo strappò di dosso in lacrime, si sentì morire. Ma era preoccupata soprattutto per Edward, per la sporadicità con cui si faceva vedere.

Le era sembrato in imbarazzo le ultime due volte. Al suo arrivo non le aveva nemmeno dato un bacio sulla guancia e aveva continuato a passeggiare intorno al letto guardando fuori dalla finestra, come in attesa di un disastro imminente, tanto che alla fine era stata Joy a dirgli di sedersi. Lui aveva borbottato qualcosa sugli ospedali: non gli piacevano, lo mettevano a disagio. Joy era certa che si riferisse al reparto femminile. E lo capiva, perché quegli ambienti di sole donne mettevano a disagio anche lei. Ma, quando gli aveva chiesto se andava tutto bene, lui era sbottato, dicendole di smetterla di agitarsi. E più tardi, sola nella sua stanza, Joy aveva pianto a lungo sul cuscino.

«Edward è… è uscito spesso, che tu sappia?»

chiese in seguito a sua madre. Alice passava molto tempo a casa loro, temendo che Wai-Yip non fosse in grado di dare al piccolo Christopher tutto il conforto di cui aveva bisogno.

«Uscito? Direi proprio di no. Ah, la settimana scorsa è stato a un ricevimento a casa del comandante. E giovedì è andato all'ippodromo di Happy Valley. È questo che volevi sapere?»

«Proprio così» rispose Joy, appoggiandosi ai cuscini con malcelato sollievo. «Il ricevimento dal comandante. Volevo assicurarmi che non se ne fosse dimenticato.»

Edward non usciva quasi mai, disse Alice. Anzi, era stata lei a suggerirgli di farlo, di godersi «quel poco di libertà» (piuttosto assurdo, pensò Joy, detto da una donna che una volta colpì suo marito in testa con un frullino perché aveva fatto le ore piccole). Ma Edward consumava in camera la cena che gli preparava Wai-Yip, quindi passava da Christopher a dargli la buonanotte e si rintanava a lavorare nel suo studio. Di tanto in tanto faceva una capatina a Happy Valley o una passeggiata notturna sul Peak.

«Voglio tornare a casa» disse Joy.

«Tu devi pensare al Bebè» rispose Alice, incipriandosi il viso. «Non vedo perché dovresti precipitarti a casa quando ce la caviamo perfettamente senza di te.»

Alla ventiduesima settimana, Joy fu finalmente dimessa. Prima, però, le fecero promettere di riposarsi, evitare gli sforzi e bere almeno un litro d'acqua al giorno fino alla fine della stagione delle piogge. Edward andò a prenderla con la Morris

10, in maniche di camicia e pantaloni sportivi, e la salutò con un abbraccio calorosissimo. Allora Joy si rilassò, convinta che da quel momento tutto sarebbe andato per il meglio. Dopo un attimo di esitazione, Christopher andò ad aggrapparsi alle gambe di sua madre e, in segno di protesta per tutto quel subbuglio, per la prima settimana si svegliò ogni notte tre o quattro volte. Quanto a Alice, sembrava a un tempo sollevata e dispiaciuta per il fatto che sua figlia non fosse più un'inferma bisognosa. «Passerò di qui comunque per una settimana o due» disse, mentre Joy apriva la porta del suo appartamento sentendosi un'estranea in casa propria. «Tu avrai bisogno d'aiuto. E Christopher deve mantenere il suo trantran. È un buon trantran il nostro.»

Joy si guardò intorno. Osservò gli impeccabili pavimenti in parquet e i perfetti mobili in teak, cercando di sentirsi di nuovo a casa. Le sembrava un luogo remoto, diverso da quello a cui apparteneva. Wai-Yip, che aveva portato un vassoio di bibite fredde, la guardò, fece un rapido cenno di saluto e se ne andò. "Anche lei non è più abituata alla mia presenza" pensò. "Probabilmente sta cercando di ricordare chi sono." Si avvicinò alla mensola del caminetto e, per un attimo, osservò il cavallo azzurro su sfondo bianco. Era montato su una cornice dorata, adesso. Poi si voltò verso Edward. Anche lui la stava fissando, come per abituarsi nuovamente alla sua presenza.

«È bello essere a casa» disse.

«Ci sei mancata» rispose lui, guardandola negli occhi. «Mi sei mancata.»

All'improvviso, senza curarsi dell'espressione sdegnosa di sua madre, Joy attraversò rapidamente la stanza per andare ad abbracciare il marito e, sprofondando il viso nel suo petto, ne percepì il vigore e ricordò il profumo che amava. Edward la strinse a sé e chinò il capo, fino ad appoggiare la guancia sui suoi capelli.

Alice distolse lo sguardo con fare ostentato, finché Christopher rientrò nella stanza e cercò di infilarsi nel piccolo spazio tra i genitori, tendendo le braccia paffute e strillando: «In brac-cio, in brac-cio!».

Come per la prima gravidanza, Joy e Edward si riavvicinarono dopo la scomparsa delle nausee mattutine. Lui la colmava di attenzioni, molto più del solito, le regalava fiori e scatole di cioccolatini svizzeri barattati con gli ufficiali delle navi in arrivo, ed era talmente affettuoso che un giorno Alice, chiaramente seccata, arrivò a dirgli: «Lasciala stare. Non è bene che Christopher assista a certe scene». Aveva rispolverato anche la vecchia abitudine di seguirla in tutte le stanze, costringendola di tanto in tanto a chiudersi in bagno per sfuggire ai due maschi della famiglia. D'altro canto, Edward aveva perso un po' del suo senso dell'umorismo e assunto un atteggiamento piuttosto guardingo, ma Joy imputò questi cambiamenti a problemi di lavoro. Suo marito era sotto pressione al cantiere, lo sapeva. Glielo avevano riferito alcuni suoi colleghi durante una cena. «Quel noioso di Edward» dicevano. «Prende tutto troppo sul serio. Ultimamente non è capace di divertirsi.»

Katherine Alexandra Ballantyne nacque con una settimana di anticipo nello stesso ospedale in cui Joy aveva trascorso quasi tutta l'estate. Il travaglio, disse il medico, fu scandalosamente rapido. «Questa non resterà certo indietro ai cancelli di partenza» osservò scherzando con Edward, che finalmente era stato ammesso in camera e adesso ammirava estasiato sua figlia. Anche il medico aveva la passione per le corse e ogni tanto, la sera, i due si incontravano a Happy Valley.

Joy, sprofondata tra i cuscini, provava un'euforia mista a un enorme sollievo per la fine di quell'incubo.

«Come ti senti, cara?» le chiese Edward, chinandosi a baciarle la fronte.

«Un po' stanca. Ma non vedo l'ora di tornare a casa» rispose con un debole sorriso. «E mi raccomando: chiedi a Foghill di prepararmi il cavallo.»

Lui rispose con un risolino di approvazione.

Ma questa volta, almeno per i primi mesi, le cavalcate dovettero aspettare. Katherine, come osservava spesso Alice, era una «bambina difficile», lenta a placarsi, soggetta a coliche frequenti e con la tendenza a svegliarsi diverse volte durante la notte. Presto riuscì a esaurire le energie di sua madre, di Alice e di Wai-Yip, demolendo in un batter d'occhio le teorie e i rimedi "tradizionali" cinesi.

Stranamente, era Edward a mostrare la pazienza maggiore nei confronti della figlia. Spesso, al ritorno dal lavoro, si occupava di lei per un'oretta, rinunciando al suo abituale gin tonic per farle fare una tranquilla passeggiata intorno al Peak (o almeno sarebbe stata tranquilla, se Katherine avesse smesso per un attimo di strillare). Era dolce con lei quando Joy era ormai sfinita e vinta dall'esasperazione e la bambina, a sua volta, sembrava comportarsi meglio con lui. Lo guardava con quei suoi occhietti lattiginosi, sbattendo le palpebre in segno di istintivo apprezzamento.

«È una cocca di papà» osservò Alice, onestamente lieta di potersi dedicare completamente al piccolo Christopher. «Tu eri proprio come lei.» Ma col suo tono, lo faceva apparire quasi morboso.

«Che sia la cocca di chi vuole, basta che smetta di piangere» rispose Joy. Non dormiva bene da quasi due mesi. La notte spettava a Wai-Yip occuparsi della bambina, ma il suo pianto svegliava anche Joy, innescando una qualche specie di istinto primordiale. E anche Wai-Yip doveva essere esausta, perché spesso le capitava di trovarla profondamente addormentata nella sua branda.

Joy non era mai stata tanto stanca in vita sua. Aveva gli occhi perennemente secchi e arrossati, come una persona che avesse sbagliato trucco, e la vista appannata. A volte era talmente sfinita da convincersi di aver controllato Katherine quando in realtà non lo aveva fatto, finché non arrivava Christopher a svegliarla e, tutto serio, le diceva che la sorellina stava piangendo «*di nuovo*». Con Edward, Joy cercava di minimizzare la situazione, ansiosa di ritrovare il legame che condividevano prima della nascita di Katherine. I medici avevano acconsentito alla ripresa dei rapporti sessuali e Joy aveva stabilito di non negarsi mai, malgrado la stanchezza. «Tornerò come prima quando la bambina comincerà a dormire» gli diceva in tono di scuse, consapevole di avere la sensualità di una coperta vecchia.

«Non c'è problema. Voglio solo sentirti vicina» le rispondeva mentre stava sopra di lei, facendola quasi piangere dalla gratitudine.

Questa volta, però, Edward aveva accettato di fare ricorso alle "precauzioni" dei medici.

Totalmente assorbita dalle esigenze familiari, Joy si era resa conto a malapena di quanto fosse sfinita la sua giovane *amah*. Per ben due volte l'aveva sorpresa a dormire di giorno, un fatto scandaloso per sua madre, mentre lei, vittima a sua volta di un perenne stato di torpore, rinunciò a punirla per solidarietà. «Ha fatto tanto per noi quando ero in ospedale» disse a Alice, mentre Wai-Yip si trascinava in cucina per preparare il pranzo. «In genere è molto brava.»

Parlando, dondolava Katherine sulle ginocchia, nel tentativo di ritardare la successiva crisi di pianto. Il medico le aveva detto che a tre mesi le coliche sarebbero migliorate e Joy non vedeva l'ora che accadesse, ma la bambina sembrava ancora spaventosamente incline alle lacrime.

Wai-Yip apparecchiò la tavola per due e uscì dalla stanza con un inchino. Alice alzò lo sguardo dalla rivista che stava sfogliando. «Quella ragazza comincia a non piacermi» disse, serrando le labbra in atteggiamento severo. «Credo che ti stia imbrogliando. E non c'è niente di peggio del personale disonesto.»

In quel momento Katherine, incapace di trattenersi ulteriormente, lanciò un grido assordante e

Joy la fece saltellare sulle ginocchia sperando che non disturbasse il sonnellino del fratello. «Cosa vuoi dire?»

«Non l'hai guardata di recente? Non hai visto quanto è ingrassata? Era uno stecchino all'inizio. Ti starà svuotando la dispensa.»

Ma Joy non aveva intenzione di prendersela per qualche ciotola di pasta. Se il personale era buono, valeva la pena sorvolare su qualche debolezza. Erano in molti a tentare di raggranellare qualcosa. Leonora Pargiter, del secondo piano, le aveva detto che la sua *amah* approfittava della sua assenza per noleggiare ad altri il suo tritatutto nuovo di zecca. Pare che avesse guadagnato una fortuna. «Lascerò perdere per questa volta. Probabilmente faceva la fame in Cina» disse, appoggiando Katherine su una spalla e dandole dei colpetti talmente energici da farle strabuzzare gli occhi. «Saranno i primi pasti decenti della sua vita.»

Un mese dopo, però, non si dimostrò altrettanto comprensiva. Lei e sua madre si stavano godendo un breve momento di relax sul balcone, approfittando del pisolino dei bambini, quando Wai-Yip le si avvicinò in lacrime. Doveva tornare in Cina, le comunicò.

«Cosa? E fino a quando?» esclamò Joy, terrorizzata all'idea di perderla. Katherine stava giusto cominciando ad affezionarsi a lei e le due sere precedenti aveva potuto lasciargliela per uscire con Edward.

«Non so, signora.» La ragazza abbassò lo sguardo e due lacrime caddero senza rumore sul pavimento di legno.

«Lo sapevo. Te l'avevo detto che se ne stava

approfittando» disse Alice, sorseggiando il suo sherry.

«Wai-Yip, va tutto bene?» Guardando quella figura curva, Joy si sentì improvvisamente in colpa per non aver dato peso alla sua spossatezza. «Sei malata?»

«No, signora.»

«Ma certo che no. Con tutti i soldi che le hai dato può permettersi una vacanza. Magari una di quelle nuove crociere.»

«Insomma, Wai-Yip, cosa succede?»

«Non posso parlare, signora. Devo andare, tornare a casa» rispose, senza alzare gli occhi.

Alice distolse lo sguardo dal panorama e iniziò a scrutare la giovane con sguardo attento e severo. Quindi si spostò sulla sedia, come per esaminarla da diverse angolature. «Si è messa nei guai» dichiarò infine. «Ma certo, si è messa nei guai!» ripeté, in tono trionfale questa volta. «Ecco perché è ingrassata. Si è fatta mettere incinta. Che svergognata! Devi andartene, è fuori questione.»

A quel punto Wai-Yip cominciò a singhiozzare e Joy fu costretta ad ammettere che, sotto quelle spalle curve, il suo corpo si era ingrossato notevolmente, anche se nascosto dagli ampi vestiti di cotone.

«È vero, Wai-Yip?» la incalzò gentilmente.

«Io dispiace tanto, signora» rispose con le spalle tremanti e il volto sprofondato tra le mani segnate dal lavoro.

«Non devi scusarti con me. Sei tu ad avere un problema. Immagino che tu non sia sposata.»

Wai-Yip alzò gli occhi per un attimo, come se non avesse capito, poi scosse la testa.

«Ovvio che non è sposata. Si sarà data da fare con qualche soldato americano. Cercano tutte la stessa cosa: un passaporto per gli Stati Uniti.»

«Che cosa farai?»

«Per favore, signora, voglio tornare al lavoro. Lavoro tanto.»

Alice, a braccia conserte, fece un sospiro sprezzante. «E che intenzioni ha con il bambino?»

«Non so, signora... Forse mia madre...» Quindi scoppiò a piangere un'altra volta.

Joy valutò la prospettiva di un altro bambino per casa. Di certo Edward non ne sarebbe stato felice. Desiderava che le loro vite recuperassero un minimo di normalità, e questo includeva lui, lei e il minor numero di interferenze possibile. Ma le dispiaceva per Wai-Yip. Lei stessa era poco più che una bambina (con una punta di vergogna, Joy si rese conto di non averle mai chiesto l'età). E lavorava sodo.

«Permettile di portare un bambino in casa e sarà solo l'inizio» la ammonì Alice.

«Devo parlarne con mio marito, Wai-Yip. Capisci?»

La ragazza annuì, poi chinò il capo e sgattaiolò via. La sentirono piangere lungo il corridoio.

«Te ne pentirai» disse Alice.

Secondo una leggenda cinese, un tempo c'erano dieci soli in cielo e il loro calore ardeva la terra. Quando un arciere di nome Hou Yi era riuscito ad abbatterne nove, il Re della Terra gli aveva donato una pozione che lo avrebbe reso immortale. La bella moglie dell'arciere, Chang Er, aveva bevuto la pozione ignorando che fosse magica e aveva cominciato a librarsi nel cielo notturno fino alla luna.

Ma l'arciere aveva nostalgia della moglie, la Signora della Luna, e aveva chiesto al Re della Terra di aiutarlo a raggiungerla. Il Re gli aveva concesso di volare fino al sole. Da quel momento, però, si sarebbe potuto avvicinare a sua moglie solo durante il plenilunio, quando la luna era tonda.

"Proprio come la gravidanza" pensò Joy distrattamente. "Diventare grasse e tonde come la luna fa crollare tutte quante alla fine."

Era la sera della Festa della Luna, quando le famiglie cinesi della colonia marciavano lentamente in strada con le lanterne e si scambiavano biscotti e torte di forma circolare come portafortuna. Joy vi assisteva dal balcone come ogni anno, affascinata dalle migliaia di luci che avanzavano lente verso il porto, nero come l'inchiostro, prima dello spettacolo dei fuochi d'artificio. Le lanterne si riflettevano nel cielo sereno e le due costellazioni ammiccavano l'una all'altra dal cielo e dalla terra. Persino Alice, che in passato non aveva mai mostrato alcun interesse per le festività locali (il fatto che celebrassero il capodanno in una data diversa rispetto al resto del mondo era, a parer suo, un ulteriore sintomo di «stramberia»), aveva addirittura dato a Christopher una piccola lanterna di carta, e il bambino si era messo a correre da una stanza all'altra chiedendo di spegnere le luci per poter vedere il suo bagliore, un faro piccolo e fragile nell'oscurità.

Edward era insolitamente allegro al ritorno dal lavoro e non si limitò a baciare Joy, ma la fece piroettare nel corridoio, inducendo Christopher a unirsi a loro e Alice a dichiarare severamente che per lei era venuto il momento di congedarsi. Aveva portato con sé una scatola riccamente decorata di biscotti della luna, avuta in dono da un ingegnere cinese, ed era ansioso di riferire a Joy i progetti per i cantieri navali che, in caso di successo, avrebbero potuto fruttargli una promozione. «Saresti comunque assegnato qui?» gli domandò mentre si sedevano a tavola, cercando di soffocare il tono apprensivo.

«Ma certo, non implica un trasferimento. Ma forse potremmo avere un alloggio migliore – una bella casa invece di un appartamento. Non ti piacerebbe, tesoro? Una casa? Con un piccolo giardino, magari? Sarebbe bello per i bambini.»

«Immagino di sì» rispose Joy, che aveva cominciato ad apprezzare la vita in appartamento.

«Non siamo obbligati, comunque. Pensavo solo che avresti gradito un po' di spazio in più adesso che siamo in tanti.»

Non poteva dargli torto. Sua madre diceva sempre quanto sarebbe stato comodo poter spingere la carrozzina di Katherine in fondo a un giardino e dimenticarsela lì per un po'.

Joy sorrise. «La tua promozione è una notizia meravigliosa. Sei davvero in gamba.»

Dall'altra parte del tavolo, Edward prese la mano della moglie e la strinse con affetto. «Le cose miglioreranno, vedrai.»

Mentre lo guardava mangiare, divorare il cibo in quel suo modo così mascolino, con la testa dai capelli lisci e rossicci chinata verso di lei, fu invasa da un sentimento di tenerezza simile a quello che provava per i suoi figli. Edward era così premuroso, così sollecito. Sapeva di essere fortunata, soprattutto pensando a quel che erano costrette a tollerare le altre mogli. E adesso che aveva deciso di dare retta al medico, potevano andare avanti così: senza altri figli, sempre più legati, sempre più felici…

Rendendosi conto di essersi persa in fantasticherie, Joy si raddrizzò sulla sedia per cominciare a mangiare a sua volta. Lo stufato di pollo non era all'altezza della cucina di Wai-Yip, pensò, masticando con aria assorta. Ma forse non c'era da stupirsi.

«Non puoi immaginare cosa abbiamo scoperto oggi» disse, portandosi la forchetta alla bocca. «Wai-Yip sta per avere un bambino. Ammetto di essere caduta dalle nuvole. Non sapevo nemmeno che avesse un ragazzo.»

Edward alzò la testa di scatto e i suoi occhi azzurri, dopo un iniziale sbigottimento, scrutarono con discrezione quelli della moglie. In un appartamento vicino, qualcuno fece cadere un oggetto metallico sul pavimento di legno e il frastuono riecheggiò lungo il corridoio. Ma lui sembrò non accorgersene.

Joy rimase con la forchetta a mezz'aria, si chinò in avanti e lo fissò, studiando la sua nuova espressione. Le guance, così accese di solito, erano impallidite.

«Lo sapevi?»

Edward la fissò sbattendo le palpebre per qualche istante, poi, stranamente, distolse lo sguardo. Sembrava in procinto di dire qualcosa, ma alla fine prese un'altra forchettata di pollo e se la portò alla bocca.

Nel breve silenzio che seguì, Joy continuò a fissarlo.

«Edward» disse, con un'improvvisa nota di terrore nella voce. «Edward, per favore...»

A quel punto lui sembrò riprendersi. Inghiottì il boccone apparentemente senza fatica, poi, con calma, si portò il tovagliolo alle labbra e le pulì accuratamente. «Tua madre aveva ragione su di lei. È diventata inaffidabile. Deve andarsene.» Dopo una pausa, aggiunse: «Le darò il preavviso la settimana prossima». Parlava senza guardarla, con gli occhi fissi sul piatto.

Dall'altra parte del tavolo, ancora raggelata dall'atteggiamento del marito, Joy cominciò a tremare – solo un lieve fremito all'inizio, che divenne sempre più violento. Era ancora in quelle condizioni quando Edward si alzò e, con voce strozzata nel tentativo di non guardarla, affermò di volersi ritirare nel suo studio.

Joy trascorse la notte nella camera degli ospiti, senza la minima protesta da parte di suo marito. Continuò a tremare finché non si infilò completamente sotto il lenzuolo bianco ricamato. Poi, raggomitolata sotto il grosso ventilatore nel bagliore azzurro della luna piena che filtrava attraverso le persiane, cominciò a gemere. Il suo corpo era interamente scosso da singhiozzi, come uno sciame sismico. Anche Edward era sveglio nella stanza accanto e, verso le tre di notte, andò da lei mormorandole le sue scuse più accalorate e cercando di abbracciarla. Ma lei reagì con ferocia, scacciandolo con i pugni, colpendolo con violenza alla testa, sulle spalle, ovunque riuscisse ad arrivare e costringendolo ad arretrare in lacrime.

Rimase a letto immobile fino all'alba.
A ricordare.
A pensare.

Sua madre lo capì, ovviamente. Lo capì appena Wai-Yip portò a casa il bambino. Non era difficile: a dispetto dei lineamenti schiacciati tipici dei neonati, Tung-Li mostrava un insolito naso aquilino e un'evidente sfumatura rossiccia tra i capelli. Tuttavia, ebbe la decenza di non dire nulla. Forse, dal tono brusco con cui Joy annunciò che la loro *amah* li avrebbe seguiti nella nuova casa, aveva intuito che qualsiasi commento sugli uomini – che erano tutti uguali – o sulle donne cinesi – che mettevano le loro grinfie su chiunque – rischiava di non essere bene accetto. Dinanzi al contegno severo della figlia, sorvolò anche sulle future chiacchiere dei vicini, sebbene dal canto suo nutrisse infinite riserve. Cosa Penserà La Gente? Ma a Joy sembrava non importare.

Dopo tre lunghe notti, Joy raggiunse Edward a colazione per metterlo al corrente dei suoi piani. Ben pettinata, con una camicetta azzurra a manica corta e pantaloni bianchi, si versò il tè senza degnarlo di uno sguardo.

«Ho detto a Wai-Yip che non dovrà tornare in Cina» disse con voce bassa e misurata. Non gli aveva più parlato fino a quel momento.

Edward, che si stava portando alla bocca un pezzo di pane tostato, si bloccò alzando gli occhi. «Cosa?»

«Ho parlato con un paio di persone. In Cina verrebbe ripudiata. Lei e il bambino. Nessuno la farà lavorare e suo figlio verrà emarginato per via... per via del suo aspetto. Per come stanno le cose ora, coi comunisti e tutto il resto, rischierebbero di morire di fame.»

Lui restò immobile.

«Ho deciso... che è una nostra responsabilità. Una tua responsabilità. E non voglio quel bambino sulla coscienza. Dovrai accertarti che la nuova casa sia abbastanza grande... da non costringerci a vederlo. Penso che non ti sarà difficile.»

Dopo una lunga pausa, Edward si alzò da tavola e andò a inginocchiarsi accanto a lei, le prese la mano dal grembo e vi sprofondò il viso.

«Pensavo... pensavo che volessi lasciarmi» disse con voce rotta.

Joy non rispose e, con la mascella tremante, mantenne lo sguardo fisso verso la finestra. Sentiva il calore delle sue lacrime sulla pelle.

«Dio mio, Joy. Ti amo tanto. Non... non sai quanto mi dispiace. Mi sentivo così solo e...»

Lei si voltò di scatto e ritirò la mano. «Non voglio parlarne» disse. «Mai più.»

15

Sabine sedeva tremante su una cassa capovolta nel padiglione estivo, con una coperta tarlata sulle spalle e la camicia stretta sul petto. Era rimasta lì per quasi mezz'ora ad ascoltare, fra i singhiozzi, la voce di Thom che la chiamava dalle stalle e a guardare il crepuscolo lasciare posto alla sera e nascondere tutto sotto un manto di oscurità. Aveva pianto in silenzio nell'atmosfera viziata di quel rifugio, paralizzata dallo shock e dal dolore, tanto che le sue dita tremanti non riuscivano nemmeno ad abbottonarsi la camicetta ormai sgualcita.

Era scappata via senza sapere dove andare, seguendo l'impulso incontenibile di allontanarsi da Thom, dal sapore amaro dell'umiliazione. Dopo essersi diretta verso i campi a valle, aveva percorso in preda alla disperazione la strada secondaria che portava in paese, per poi rifugiarsi nel padiglione estivo. E adesso non sapeva cosa fare: se fosse tornata a casa, avrebbe dovuto raccontare tutto a sua madre; se fosse rimasta lì, senza il maglione che aveva lasciato sulla porta della stalla, avrebbe rischiato l'assideramento. L'unica cosa certa era che doveva andarsene da Kilcarrion

– non poteva assolutamente restare, dopo quello che era successo.

Si asciugò il naso col dorso della mano, per poi sciogliersi di nuovo in lacrime ripensando a quello che aveva fatto, allo sguardo terrorizzato di Thom quando gli aveva preso la mano per posarla sul suo seno. Chissà che idea si era fatto di lei. Era proprio come sua madre, nient'altro che una puttana. Cosa l'aveva spinta a farlo? Aveva rovinato tutto. Ma un altro pensiero cominciò a dilagare nella sua mente: era davvero così orrenda? Gli sarebbe costato tanto darle un bacio?

Sabine aveva lasciato la luce spenta per non rischiare di essere individuata, ma riuscì comunque a distinguere le lancette dell'orologio: erano quasi le cinque e mezzo. Giù nelle scuderie si udiva lo sferragliare dei secchi e delle porte: era l'ora del pasto serale dei cavalli. In quel momento, probabilmente, la nonna stava spazzolando i cani o forse si stava consultando con la signora H sul modo migliore per organizzare il congelatore. Dentro casa, Lynda aspettava la fine della giornata: di lì a mezz'ora avrebbe potuto infilarsi nella sua automobilina rossa fiammante e rincasare. Probabilmente stava guardando una delle sue soap. Le attività della giornata erano interamente scandite dalla loro programmazione, compresa la frequenza con cui somministrava le varie medicine al nonno.

Quando le venne in mente il nonno, si asciugò gli occhi con maggiore convinzione. Probabilmente si stava chiedendo dove fosse finita. In pratica non si era fatta vedere oggi. Forse pensava che fosse diventata come sua madre: menefreghista e insensibile. Egoista. Ma non poteva rientrare. Non aveva un posto dove andare – perlomeno non un posto con qualcuno su cui fare affidamento. Restò seduta a prendere a calci una pila di vecchi vasi da fiori, mandandoli in frantumi senza badarci e, con quegli occhi gonfi di pianto, quasi senza vederli. Quindi alzò la testa, come un segugio che fiuta l'aria.

Annie. Poteva andare da Annie. Lei avrebbe capito. E se fosse stata in una delle sue giornate no, le avrebbe semplicemente chiesto di usare il telefono per farsi venire a prendere da Bobby. Non era necessario raccontargli proprio tutto, in fondo.

Si liberò della coperta e, dopo aver verificato attentamente che non ci fosse nessuno nei paraggi, sgattaiolò nei giardini deserti, fino al cancello sul retro, cercando di non farsi rallentare dal singhiozzo e dal tremore che seguivano inevitabilmente il pianto.

Per qualche motivo, i tre lampioni lungo la via principale di Ballymalnaugh erano spenti quella sera, e Sabine fu lieta del cielo sereno mentre procedeva veloce, stringendosi nelle spalle e accompagnata soltanto dal rumore dei suoi passi sull'asfalto. Le uniche luci provenivano dalle finestre con le tende ancora aperte, mostrando quadretti di vita familiare: la giovane coppia sprofondata sul divano davanti alla televisione, col bambino che giocava sul pavimento; la vecchietta sola intenta a leggere il giornale; la tavola apparecchiata per la cena davanti a un televisore acceso, che proiettava un'aurora boreale di ombre in movimento nell'angolo di una stanza vuota. Sabine vide tutto questo lungo il tragitto, sentendosi più sola che mai. "Non avrò mai una vera famiglia" pensò, ricominciando a piangere. "Sarò sempre una spettatrice."

Vicino a casa di Annie rallentò per prendere fiato e asciugarsi gli occhi. Non voleva spaventarla o farle credere che fosse morto qualcuno. Aveva già combinato abbastanza guai per oggi.

Al pianoterra c'erano le luci accese e le tende chiuse, proprio come le ultime volte che era passata a cavallo. Davanti al vialetto esitò, abbottonandosi finalmente la camicetta e chiedendosi per un attimo se fosse il caso di entrare, dopo quel che aveva detto la signora H a proposito della necessità di andare in terapia.

Ma, mentre indugiava sui gradini, la porta si aprì all'improvviso, proiettando in giardino un luminoso fascio arancione. Sull'uscio si stagliava la sagoma di un uomo alto e magro, con i capelli scuri e un paio di calzoncini lucidi da ciclista. Stava per oltrepassarla di corsa, ma a un certo punto la vide e la afferrò per le spalle. «Grazie a Dio!» esclamò senza fiato. «Oh, grazie a Dio! Serve un'ambulanza.»

Sabine restò impietrita.

«Un'ambulanza! Hai un cellulare?»

Vedendola lì a bocca aperta, l'uomo scosse il capo esasperato. «Senti, io sono un cliente, Anthony Fleming. Sono tornato stasera – idiota che sono… e ho trovato la signora Connolly… insomma, le serve un'ambulanza. Subito. Hai un telefono? Il suo sembra staccato.»

Il cuore di Sabine si fermò mentre guardava la casa illuminata alle spalle dell'uomo. Sapeva che Annie era depressa, ma non avrebbe mai pensato che... Rabbrividì. All'improvviso le sovvenne l'immagine di una ragazza che si era tagliata i polsi nei bagni della scuola per colpa di qualche prepotente. Un tizio del quinto anno le aveva detto che il sangue era schizzato fino al soffitto.

«Lei è... è...?» balbettò.

«Non sono un esperto, ma credo che non ne abbia ancora per molto. Non c'è tempo da perdere. Dov'è un telefono?»

Incurante delle proteste dell'uomo, Sabine entrò in casa di forza, badando a malapena al caos dell'ingresso, all'odore di sporco e di cibo andato a male che la investì. Doveva vedere Annie. Avanzò decisa mentre una morsa di terrore le stringeva il petto, cercando di ignorare i suoni sinistri provenienti dalla cucina. Non si aspettava quel rumore: non rientrava mai nelle scene dei film.

Ma non c'era sangue – non sul soffitto, almeno –, solo una specie di liquido scolorito sul linoleum azzurro della cucina. Seduta nel mezzo, Annie era aggrappata con entrambe le mani alla porta di un armadietto, come nel tentativo di trascinarsi.

«Annie?»

«Oh, *Diiiiioooo*...!» Annie emise un lungo gemito cupo. Sembrava concentrata su qualcosa che Sabine non riusciva a vedere. Il suo viso era viola per lo sforzo e non aveva l'aspetto di una persona a un passo dalla morte.

«Non sta per morire» disse all'uomo che era ricomparso alle sue spalle.

«Morire? Certo che no» rispose con impazienza, agitando le mani come per asciugarsele. «Sta per partorire. Ma io sono un impiegato, mi occupo di prestiti, non sono un medico. E ti ripeto che ci serve *un'ambulanza*!»

Confusa, Sabine fissò Annie nel tentativo di comprendere le parole dell'uomo. «Resti con lei» disse infine. «Vado a cercare aiuto.» E, col sangue che le pompava nelle orecchie, tornò di corsa verso Kilcarrion.

China sulla scrivania, con in mano la fotografia color seppia, Kate osservava il sorriso ampio, aperto, ignaro di quella bambina e il viso lunare di Tung-Li, che ricambiava il suo sguardo. Oggi, il suo atteggiamento imbarazzato davanti all'obiettivo si colmava di nuovi significati. Ed ecco spiegati quegli strani lineamenti – perché di fatto erano strani, a guardarli bene.

«Perché non me lo hai detto?» domandò infine con voce malferma.

Joy, che sedeva accanto a lei con la testa reclinata, sollevò stancamente lo sguardo. «Cosa avrei dovuto dirti?»

«Non so, qualcosa. Qualcosa che forse avrebbe spiegato… Oh, non so» concluse, scuotendo la testa. «Dio mio, mamma… Tutto questo tempo…»

Fuori era buio e le due applique proiettavano ombre tetre sui muri, illuminando le file di scaffali ormai vuoti e le poche scatole rimaste da smistare. Una vecchia mappa incorniciata del Sudest asiatico si era staccata dalla parete e adesso era appoggiata a terra con il vetro in frantumi.

«Che ne è stato di lui?» domandò Kate, continuando a fissare la fotografia. «E di sua madre?»

«Non sono tornati in Cina. Quando rientrammo in Irlanda, trovai a Wai-Yip un buon posto presso una famiglia scozzese nei Nuovi Territori. Una sistemazione di gran lunga migliore per lei. Era più vicina alla sua famiglia. E rendeva le cose...» Joy fece un respiro profondo «più semplici.»

Kate diede un'ultima occhiata alla fotografia, quindi la depositò con delicatezza nella scatola, ma non ritrasse subito la mano: non sapeva se capovolgerla oppure no, ma alla fine decise di lasciarla così. «Non posso crederci...» Più che altro stava parlando con se stessa. «Non posso credere che papà... Pensavo che foste perfetti. Pensavo davvero che il vostro fosse un amore perfetto.»

«Nessuno è perfetto, Katherine.»

Sedute l'una accanto all'altra ad angolo retto, le due donne ascoltavano senza parlare i rumori provenienti dalle stalle, e Kate notò che, per una volta, sua madre non aveva cominciato a scalpitare.

«Perché non te ne sei andata? Erano gli anni Sessanta ormai, giusto? La gente avrebbe capito. Noi avremmo capito.»

Joy si accigliò. Aveva una mano sui capelli. «Ci ho pensato. Ma era ancora una specie di disonore all'epoca. E, malgrado tutto, decisi che era la cosa giusta. Pensai che in quel modo tu e Christopher sareste cresciuti in una famiglia normale, senza dover subire i pettegolezzi della gente o essere additati... E avevamo costruito una vita insieme. Amavamo le stesse cose...»

Quando si voltò verso Kate, la sua espressione si addolcì. «Vi volevamo molto bene. La vostra felicità era tutto per noi. E anche se tuo padre mi aveva ferita terribilmente,» aggiunse con un lieve sussulto – e Kate si rese conto, sconvolta, di quanto il dolore per quel tradimento fosse ancora fresco – «decisi che in fondo non erano i miei sentimenti la cosa più importante.»

Durante il lungo silenzio che seguì, Kate, seduta nel freddo di quella stanza che non amava, cercò di rivedere le sue vecchie convinzioni alla luce della nuova realtà. Per un attimo provò un moto di rabbia irrazionale, come se tutte le loro incomprensioni fossero dipese da quella scelta di tenerla all'oscuro.

«Christopher lo sa?»

«Certo che no. E non deve saperlo. Nessuno di voi due avrebbe dovuto saperlo.» Per un attimo, Joy sembrò recuperare i suoi modi bruschi. «Non dirgli niente. Neanche a Sabine. Oggigiorno si dicono un mucchio di fesserie sulla necessità di far sapere tutto a tutti.» La ferocia del suo tono celava qualcos'altro, una nota dolorosa.

Kate si alzò in piedi e guardò Joy per qualche istante, prendendo atto poco alla volta che non aveva capito niente di quella storia d'amore. Quindi fece un passo avanti e, per la prima volta da quando non era più una bambina, abbracciò sua madre, delicatamente, attendendo con pazienza che la sua consueta rigidità si sciogliesse un po'. L'odore dei cavalli e dei cani si mescolava a un profumo dolce, un profumo di lavanda. Dopo qualche istante, Joy ricambiò con qualche pacca distratta sulla spalla della figlia, come se stesse consolando un animale.

«Tutti questi anni» disse Kate con voce rotta e con il viso sprofondato nella sua giacca trapuntata. «Tutti questi anni in cui non mi sono mai sentita alla tua altezza.»

«Mi dispiace, cara. Non volevo che ti sentissi così.»

«No, non è questo che intendevo. Tutti questi anni all'oscuro del tuo dolore, di tutto quello che avevi dovuto sopportare.»

Joy si ritrasse per asciugarsi gli occhi. «Cerca di non esagerare adesso» disse con fermezza, raddrizzando le spalle. «Tuo padre è un brav'uomo. Non ho dovuto sopportare granché, come dici tu. A modo suo mi ha amata.» Guardò Kate con un'espressione vagamente provocatoria, come sulla difensiva. «È solo che lui… lui non…»

«Non poteva farne a meno?»

Joy si voltò verso la finestra, mentre Kate, lanciando un'occhiata verso la stanza in cui suo padre giaceva, sprofondato in un sonno artificiale, provò un freddo moto di collera. Quell'uomo aveva tradito sua madre, l'unica persona che Kate credeva amasse incondizionatamente. «E tu non gliel'hai mai fatta pagare» osservò con asprezza.

Joy seguì lo sguardo della figlia, quindi le prese la mano. La sua era ruvida, sciupata da anni di strenuo lavoro. «Non devi dirgli niente. Non devi turbarlo. Tuo padre ha pagato, Kate» disse, e la sua voce era intrisa di un'amara certezza. «Abbiamo pagato entrambi.»

Non c'era nessuno in cucina, né in salotto, quindi Sabine, ormai stordita dall'adrenalina, iniziò a correre per casa sbattendo le porte e chiamando a gran voce la signora H, inseguita dai cani che abbaiavano e strisciavano le zampe sul pavimento. «Dove diavolo siete tutti?» gridò, aprendo e richiudendo con forza la porta della dispensa e della stanza degli stivali. La casa sembrava immobile, guardinga. Anche il salottino e la sala della colazione erano deserti e, nel silenzio, il suo veloce ingresso riecheggiò tra i mobili.

Con i polmoni ormai svuotati, Sabine salì le scale due gradini alla volta, inciampando con gli stivali nella passatoia consunta, scivolando e incespicando, tanto da doversi aggrappare al corrimano due volte per non cadere. Per tutto il tempo fu perseguitata dall'immagine di Annie, piegata dalla sofferenza e con il solito sguardo perso. Ma questa volta, c'era qualcosa di un po' più lucido nella sua espressione, qualcosa di primordiale.

Dov'era la signora H? Annie aveva bisogno di sua madre. Era evidente. Aveva bisogno di qualcuno che non fosse quell'Anthony Qualcosa. Sabine si fermò un istante sul pianerottolo in cerca dell'aspirapolvere o di qualche indizio della presenza della signora H. Poi le venne un'idea.

Lynda.

Come aveva fatto a non pensarci prima?

Lei avrebbe saputo cosa fare. Ci avrebbe pensato lei. Sabine spalancò la porta della camera del nonno con la bocca aperta, pronta a comunicare quel messaggio così urgente, ma si trovò davanti solo lo schermo vuoto della televisione e una fila di bicchieri di plastica e flaconi di pillole, segno che l'infermiera se ne era già andata. Il profilo scheletrico del nonno spiccava tra strati di coperte e cuscini, ignaro della confusione e immerso nel suo sonno artificiale.

Non si preoccupò nemmeno di chiudere. Imprecando per l'esasperazione, si precipitò lungo il corridoio, spalancando ogni porta e chiamando la signora H, sua madre, la nonna, tutti, cercando di reprimere a ogni passo il panico crescente per la situazione che si era lasciata alle spalle. E se quell'uomo se ne fosse andato? Sembrava averne una voglia pazza. E se in casa non ci fosse stato nessuno? Avrebbe potuto chiamare un'ambulanza, ma lei non sapeva come essere d'aiuto. E, nel profondo, non se la sentiva di tornare laggiù da sola, con tutto quel rumore e quel sangue.

Le trovò nello studio. Quando aprì la porta, convinta che non ci fosse nessuno, si fermò ansimando davanti all'immagine delle due donne strette in un abbraccio.

Sul momento rimase sconcertata da quella scena apparentemente incredibile, poi, memore degli eventi della giornata, distolse lo sguardo da sua madre. «Dov'è la signora H?» domandò infine.

La nonna si sciolse dall'abbraccio e rispose, rassettandosi i capelli: «È andata in città. A parlare con qualcuno per via di Annie, credo». Sembrava quasi in imbarazzo per essere stata colta in quella situazione così intima.

«Devo parlarle.»

«Be', stasera non tornerà. È partita presto. Penso che sia venuto a prenderla Mack.» Sotto lo sguardo delle due donne, Sabine saltellava agitata da una gamba all'altra. «Che diamine è successo?»

«Dobbiamo rintracciarla. È per Annie... Lei... Credo che stia per avere un bambino.»

Il silenzio che seguì fu brevissimo.

«*Cosa?*»

«Un bambino? Sei sicura?»

Fuori dalla porta un cane iniziò ad abbaiare, contagiato da tutta quella frenesia.

«Annie non può avere figli» disse Joy con scetticismo.

«Sabine, ne sei certa?»

«Avanti, sbrigatevi! Non me lo sono inventato» disse, afferrando la nonna per la manica. «È a casa. Con uno dei suoi ospiti. C'è della roba sul pavimento e lui non è un dottore, ma lei non ne ha per molto e dobbiamo chiamare un'ambulanza e il telefono di Annie non funziona.»

Joy e Kate si scambiarono un'occhiata.

«È là da solo» continuò Sabine, con le lacrime agli occhi davanti alle loro stupide facce impietrite. «Annie ha bisogno di aiuto. Dovete venire *subito*!»

Joy si fermò a riflettere con una mano sul viso, quindi raggiunse la porta a passo deciso. «Kate... tu corri laggiù insieme a Sabine. Io chiamo l'ambulanza e preparo un po' di roba. Oh, santo cielo! Proverò a rintracciare anche Mack. Sono certa di avere il numero di uno di quei telefoni cellulari da qualche parte. Ci penserà Thom.»

«Fammi strada» disse Kate, seguendo sua figlia giù per le scale e rischiando di inciampare nei cani. «Oh, quella poveretta!» esclamò, dando qualche colpetto sulla spalla di Sabine. «Meno male che l'hai trovata.»

Sui gradini davanti a casa di Annie, Anthony Fleming stava danzando una strana giga facendo oscillare le braccia, come un ballerino di moresca che seguisse impacciato un qualche ritmo nella sua testa. Quella, almeno, era l'impressione che dava a vederlo da lontano. Quando madre e figlia si avvicinarono, sudate e ansimanti per la corsa, si rivelò invece una disperata agitazione, un'annaspante richiesta di aiuto, e, appena Kate salì i gradini, due braccia la afferrarono immediatamente per il bavero.

«Lei è un medico?» chiese, pallido e stravolto.

«Il medico sta arrivando» rispose Kate. «Dov'è?»

«Oddio!... Oddio!...» esclamò Anthony Fleming, torcendosi le mani.

«Ho chiesto: dov'è?»

Ignorando tutti quanti, Kate fece irruzione in soggiorno e, una volta in cucina, si accovacciò accanto a Annie, che era aggrappata a uno sgabello e si dondolava avanti e indietro, emettendo gemiti così strazianti che a Sabine si rizzarono i capelli.

«È tutto a posto, Annie. È tutto a posto» le ripeteva Kate, stringendola a sé e accarezzandole i capelli. «Sei bravissima. Andrà tutto bene.»

Guardandosi intorno, Sabine vide la gonna lunga di Annie, zuppa e abbandonata nell'angolo accanto al lavello, e un brandello macchiato di stoffa rosa che dovevano essere le sue mutandine. C'era sangue ovunque – un sangue chiaro, annacquato, che le ricordò la sera in cui il nonno era svenuto nello stufato di verdura.

«Non ci capisco niente di bambini» continuava a ripetere Anthony Fleming, torcendosi le mani. «Io mi occupo di prestiti. Sono tornato qui solo perché c'era un posto sicuro per la bicicletta.»

Sabine, tutta presa dalla scena, non fu in grado di rispondergli. Annie, sempre persa nel suo mondo, era aggrappata a sua madre, e di tanto in tanto contraeva il viso in una smorfia e lanciava una sorta di muggito. Kate si voltò e, davanti all'espressione sconvolta della figlia, si sforzò di sorridere: «Va tutto bene, tesoro. Davvero. Sembra peggio di quello che è. Perché non esci ad aspettare l'ambulanza?».

Ma Anthony Fleming la anticipò. «Vado io» disse. «Aspetto io l'ambulanza. Esco.»

Kate lanciò un'occhiataccia all'uomo che se ne andava. Controllava l'orologio in continuazione, misurando l'intervallo di tempo tra le grida angoscianti di Annie.

«Okay. Okay... ehm, Sabine, vai a cercare qualche asciugamano. E un paio di forbici. Poi fai bollire dell'acqua e sterilizzale, capito?»

«Non vorrai tagliarla, vero?» Sabine, ancora paralizzata sulla porta della cucina, sentì nel petto la morsa della paura. Non era sicura di poter sopportare la vista di altro sangue.

«No, tesoro. È per il cordone, nel caso il bambino arrivi prima dell'ambulanza. Vai, non abbiamo molto tempo.»

Si voltò verso Annie. Le accarezzava i capelli, mormorandole parole di incoraggiamento, senza curarsi del fatto che anche lei, ormai, era tutta sporca di quel liquido sanguinolento.

«Devo spingere» disse Annie. Aveva i capelli sudatissimi, divisi in ciocche incollate al viso. Erano le prime parole che Sabine le sentiva dire. «Mio Dio, devo spingere.»

«Sabine, *vai*!»

Uscendo dalla stanza in tutta fretta, senza sapere dove cercare le forbici – a casa di Annie nulla era dove ci si aspettava di trovarlo –, Sabine si imbatté nella nonna, giunta in quel momento con una pila di asciugamani. «L'ambulanza dovrebbe arrivare tra poco» disse. «Thom sta cercando di rintracciare la signora H. Dove sono?»

«Hai un paio di forbici?»

«Sì, sì...» Joy seguì il lamento cupo e prolungato che, questa volta, sfociò in un suono spettrale, quasi in un urlo. «Abbiamo tutto. Sono in cucina, giusto?»

Ancora quel lamento orribile, raggelante come gli ululati dei cani nella notte. Sembrava che Annie stesse per morire. Il volto di Sabine si contorse.

Vedendo l'espressione impaurita della nipote, Joy si addolcì e le prese la mano per confortarla. «Va tutto bene, Sabine. Davvero. Il parto è una cosa brutale.»

«Morirà? Non voglio che muoia.»

La nonna le strinse il braccio con un sorriso, prima di dirigersi in cucina. «Certo che no. Dopo un minuto dalla nascita, non ricorderà più nulla di tutto questo.»

Restando dietro la porta, Sabine la guardò accovacciarsi vicino a Kate, porgerle gli asciugamani e aiutarla a sistemare Annie sul pavimento, mentre le massaggiava le gambe sussurrando parole di conforto. Kate disse qualcosa a proposito della «transizione» e le due donne si lanciarono un'occhiata. Sui loro volti, oltre all'apprensione e alla reciproca intesa, era visibile anche una parvenza di gioia imminente, come se fossero consapevoli di qualcosa di inconfessabile al momento. Vedendole, le venne da piangere un'altra volta. Ma non perché si sentisse esclusa... no, si sentiva rincuorata.

Kate era tra le gambe di Annie, adesso. «Okay,» disse «pronta a spingere. Avvisami quando arriva la prossima.»

Lei si guardò i piedi con gli occhi sgranati e poi,

con il mento sul petto, emise un lungo ruggito a denti stretti. Ma quando spalancò la bocca, Sabine, che stava sbirciando da dietro la porta, si ritrovò inconsciamente a fare lo stesso.

Mentre Joy, col viso contratto e paonazzo per la fatica, reggeva il torso di Annie, Kate le sollevò le ginocchia e le asciugò il viso con un panno umido. Stava piangendo ora. «Ci sei quasi, Annie. Riesco a sentire la testa. Ci sei quasi.»

Annie aprì gli occhi per guardarla – aveva uno sguardo esausto, frastornato.

«Respiri profondi, Annie. Tieni giù il mento e presto sarà tutto finito.»

«Dov'è Patrick?» chiese lei confusamente.

«Patrick sta arrivando» rispose Joy con decisione. Teneva il viso premuto contro quello di Annie, reggendola sotto le ascelle. «Sta arrivando. E stanno arrivando anche i tuoi genitori e l'ambulanza. Quindi non devi preoccuparti. Pensa solo al tuo bel bambino.»

«Voglio Patrick» disse lei, piangendo. Ma fu interrotta dall'arrivo di un'altra contrazione, che trasformò nuovamente i singhiozzi in un ruggito. Si aggrappò alle braccia di Joy con tanta violenza, che Sabine vide il volto della nonna contorcersi in una smorfia, mentre Kate, con parole di incoraggiamento, le stringeva le caviglie per non farle abbassare le ginocchia.

«Sta uscendo, Annie. Avanti, spingi. Sta uscendo davvero. Vedo la testa.» Aveva la voce stridula per l'emozione e guardava Annie con un sorriso radioso.

Annie crollò sfinita tra le braccia di Joy. «Non ce la faccio» disse.

«Ce la fai. Ci sei quasi» risposero le due donne, quasi all'unisono.

«Respira forte» disse Kate. «Respira per un minuto.» Poi guardò sua madre e aggiunse con calma: «Giusto, mamma?».

Joy annuì e si scambiarono un altro mezzo sorriso.

«Okay, un'altra spinta» disse Kate. A quel punto Annie cominciò a gridare, una lunga nota tremula e strozzata. E gridò anche Kate. E anche Joy, col viso ancora contratto per il dolore provocato dalla stretta di Annie. Sabine, senza rendersene conto, iniziò a piangere, perché, nel momento esatto in cui aveva pensato di non farcela più, si udirono un guizzo bagnato e uno strillo di gioia in un lago di sangue, e subito dopo sua madre aveva in mano questo esserino – un esserino con due braccine viola sollevate in aria, come un tifoso di football –, e Joy rideva, baciando Annie, mentre Kate lo avvolgeva delicatamente in un asciugamano e glielo porgeva e si abbracciavano tutte, adesso. E, in mezzo a quel trambusto, Sabine non smetteva di guardare il volto di Annie, col suo misto di gioia, di dolore, di sollievo, dimentica del sangue, dimentica del chiasso e anche della presenza di Anthony Fleming che, in piedi sulla porta e balbettando qualche scusa, annunciava l'arrivo dell'ambulanza.

Poi Kate, come se si fosse improvvisamente ricordata di sua figlia, alzò gli occhi e la chiamò a sé. Sabine andò a inginocchiarsi accanto a loro e guardò quella piccola creatura che odorava di sudore e ferro, coperta di sangue e avvolta in un asciugamano da spiaggia. E, abbassando gli occhi, non vide le pozze di sangue, le salviette zuppe, le mutandine, il modo in cui erano ridotti i suoi stessi pantaloni: vide solo due occhietti scuri e lattiginosi, il loro sguardo antico, che sembrava custodire tutti i segreti del mondo. Da quella boccuccia vellutata uscivano parole mute, capaci di spiegarle tutto ciò che aveva sempre ignorato sul vero significato della vita. Quindi, in un lampo di lucidità, si rese conto di non avere mai visto nulla di più bello.

«È una femminuccia» disse Kate con gli occhi bagnati di lacrime, stringendo le spalle di sua figlia.

Sabine allungò una mano con esitazione. «È perfetta.»

Annie la fissava incredula. «La mia bambina. La mia bambina.» Quindi, senza preavviso, cominciò a singhiozzare. Il suo corpo era attraversato da violenti scossoni che la percuotevano con tutta la forza del dolore represso e che sembravano non finire mai, costringendo Kate a toglierle momentaneamente la bambina per proteggerla dalla sua sofferenza. Allora Joy si chinò verso di lei e le afferrò la testa, piangendo. «Lo so, lo so» diceva, e, quando le lacrime di Annie finalmente si placarono, le mormorò qualcosa che Sabine udì a malapena sotto le voci agitate della gente che stava entrando. «Va tutto bene, adesso, Annie. Va tutto bene. È finita.»

Con mani tremanti, Kate aiutò Sabine ad alzarsi e, abbracciate l'una all'altra, uscirono nella notte sgomente e silenziose. Fuori, gli uomini dell'ambulanza, con le divise scintillanti sotto la luce blu della sirena, stavano scaricando la barella, accompagnati dal sibilo della radio.

16

Sebbene la vita non le riservasse più molte sorprese, la nascita della sua nipotina era un fatto davvero sconcertante. La signora H lo ribadiva continuamente, a chiunque, eppure ogni volta gli occhi le si riempivano di lacrime. E alle persone non importava di sentire sempre le stesse parole: la nascita della piccola Roisin Connolly era una buona notizia e, in quanto tale, sopportava bene il peso della ripetitività.

Patrick era tornato da Annie la sera del parto e, insieme all'euforia per la nuova arrivata, aveva provato anche un immenso sollievo: finalmente si spiegava il comportamento sempre più strano della moglie negli ultimi mesi. Secondo i medici, Annie, che non aveva mai accettato la morte della figlia, aveva reagito ignorando la nuova gravidanza e allontanandosi da chi le voleva bene. Evidentemente, non era poi una reazione così insolita. Eppure la signora H sembrava piuttosto imbarazzata per non aver notato che la figlia era incinta e tendeva a incolpare se stessa per il trauma della nascita di Roisin, mentre Mack, Thom e tutti quanti le ripetevano di non essere sciocca. Se era stata in grado di nasconderlo anche a suo marito, le fece notare in seguito la stessa Annie, quante possibilità aveva lei di accorgersene? Questo sembrò tranquillizzare la signora H. Spesso, però, la si vedeva girare intorno alle donne del posto ed esaminare il loro girovita nell'ansioso tentativo di indovinare per prima ogni gravidanza – e recando diverse offese con le sue domande.

Annie rimase in ospedale per alcune settimane, sia perché Roisin, nata prematura di oltre un mese, aveva bisogno dell'incubatrice, sia per adattarsi al nuovo ruolo materno sotto lo sguardo vigile dell'autorità sanitaria. Dopo una fase di lutto ritardato per Niamh (a detta di tutti, le due bambine si somigliavano in modo straziante), si era ripresa con sorprendente rapidità, senza nemmeno accusare i sintomi della depressione post partum prevista dai medici per un caso come il suo. Ed era stata anche in terapia, sebbene la signora H fosse convinta che una bambina tra le braccia e suo marito accanto fossero l'unica terapia veramente utile. Ormai riusciva a parlare anche di Niamh. Constatava la somiglianza tra le due bambine nel modo di poppare o di fare i ruttini e le differenze nella forma delle unghiette o nel colore dei capelli. E a volte, quando i parenti in visita piangevano ascoltando quelle parole, lei arrivava addirittura a rimproverarli: non avrebbe mai dimenticato la sua prima figlia, diceva, ma Roisin non doveva crescere all'ombra di Niamh.

Sabine andava a trovarla spesso e, prendendo in braccio la bambina con molta cautela, si stupiva della velocità con cui quella creaturina dall'aspetto malconcio e sanguinolento avesse lasciato il posto a un essere umano vigile, roseo e profumato. Però non voleva figli suoi, disse a Annie. A meno che non trovassero il modo di farli partorire ai ragazzi. A quel punto Annie (che, come previsto da Joy, sembrava aver dimenticato sangue e dolore) si era messa a ridere. Rideva spesso, in quel periodo. I suoi occhi scintillavano di malizia mentre stuzzicava Sabine riguardo a Bobby McAndrew e di felicità quando la sua bambina faceva qualcosa di apparentemente straordinario, come starnutire o agitare in aria la mano a forma di stella marina. In realtà, Sabine pensava che Roisin fosse ancora uno sgorbio, ma lo tenne per sé. Annie le aveva chiesto di farle da madrina e quello non era certo un pensiero adatto al ruolo.

Patrick era quasi sempre in ospedale – «a rompere le scatole» dicevano scherzando le infermiere. Se ne stava seduto ad ammirare sua figlia con un bagliore di soddisfazione sul viso scuro e le mani intrecciate a quelle della moglie, non più in frenetico movimento per consolarla o accarezzarla. Non lavorava da settimane, ormai, disse la signora H, ma in fondo non si poteva avere tutto.

Al suo arrivo, Patrick aveva ringraziato in lacrime Sabine, Joy e Kate, tanto che Sabine aveva provato imbarazzo per lui. Kate, invece, lo aveva abbracciato, piangendo a sua volta e ripetendo di essere «tanto, tanto felice», come se fosse stata lei a partorire. Joy, ancora un po' scossa, aveva detto alla nipote che un bambino era il dono più grande che si potesse ricevere. Un giorno avrebbe compreso. Ma, dentro di sé, Sabine pensava di averlo già capito. Non aveva mai visto nulla di simile all'espressione di Annie quando aveva posato gli occhi su sua figlia, quella miscela esplosiva di gioia, dolore e sollievo. Si commuoveva al solo pensiero. Ma non lo avrebbe detto di sicuro: c'era già abbastanza sentimentalismo nell'aria, in quel periodo.

Thom non parlò mai a Kate del fallito tentativo di seduzione di Sabine. O forse, semplicemente, sua madre aveva deciso di fare finta di niente. Per Sabine andava bene in entrambi i casi, anche se avrebbe preferito sapere a chi indirizzare la propria gratitudine.

L'aveva rivisto la prima volta dopo la nascita di Roisin. Mentre lei e sua madre, appena uscite di casa, aspettavano vicino all'ambulanza senza sapere cosa fare, Thom era arrivato di corsa, fermandosi di scatto davanti a loro e posando una mano su entrambe, mentre lo sguardo correva dall'una all'altra. «Tutto a posto? Annie sta bene? Tu stai bene?» Pronunciò quell'ultima frase fissandola intensamente. Lei annuì, troppo presa dal clamore di quella nascita per provare umiliazione. Sembrava trascorso moltissimo tempo dall'accaduto, quasi uno scenario irreale a cui era estranea. Pensava che Thom avrebbe baciato sua madre, che l'avrebbe abbracciata o qualcosa del genere, ma non lo fece. Si limitarono a guardarsi. Quindi Kate gli mormorò di andare da Annie. Mentre accompagnava a casa Sabine, le disse: «Non so tu, tesoro, ma io ho proprio bisogno di un drink».

E poi l'aveva rivisto il giorno seguente. Lui l'aveva aspettata nelle scuderie per chiederle di uscire insieme a cavallo. Solo loro due. Nella sua stalla, il cavallo grigio era già spazzolato e sellato. In pratica non aveva scelta. Sabine si sentiva molto a disagio, sebbene Thom non desse l'impressione di volerle fare delle avance o altro: il pensiero che potesse accennare agli eventi del giorno prima era ancora più angosciante.

Ma lui si comportò come se non fosse successo niente. Fecero una lunga cavalcata tortuosa attraverso i campi, chiacchierando di cavalli, di Annie, della nascita della bambina che aveva lasciato tutti di sasso. Thom la incoraggiò a saltare un paio di fossati che non avrebbe mai affrontato da sola e rise davanti al rifiuto categorico di cimentarsi con un Wexford Bank. Sì, disse lei, cercando di non ridere a sua volta, sapeva di averlo già fatto, ma a sangue freddo era diverso. Thom annuì, ammettendo che non aveva tutti i torti, come se in quelle parole ci fosse più saggezza di quanto credesse.

Non era successo niente di speciale durante la cavalcata, eppure, al ritorno, Sabine aveva riacquistato la sua serenità. Sentiva di avere nuovamente Thom tutto per sé – perlomeno come amico. Inoltre, dopo un'attenta analisi svolta mentre lui era distratto, aveva stabilito che dopotutto non le piaceva poi così tanto. In fondo, avrebbe potuto essere suo padre. Dopo una scoperta del genere, era d'obbligo guardare una persona con occhi diversi.

Com'era prevedibile, non fu altrettanto semplice per sua madre. Il giorno successivo al parto, Kate, ancora scossa e tremante, disse che non riusciva a mandare giù nulla, persa in fantasticherie che le colmavano gli occhi di lacrime. Al tavolo della colazione arrivò addirittura ad abbracciare Joy, anche se piuttosto goffamente. Un gesto eccessivo, secondo Sabine, mentre la signora H, in seguito, giudicò «meraviglioso» che dopo tanto tempo regnasse finalmente l'armonia (in realtà, sembrava che per lei fosse tutto "meraviglioso" in quel periodo – lo disse anche della multa per divieto di sosta che Lynda aveva preso a New Ross). Sabine, in crescente imbarazzo per la paura che aveva provato durante il parto e per tutta quella complicità, scelse di assumere un atteggiamento distaccato. In fondo era solo una bambina, diceva, quando la mamma e la nonna esageravano. E trovava piuttosto irritante quel loro scambio di sguardi e sorrisetti, come se, legate da una sorta di empatia, sapessero perfettamente quello che le passava per la testa.

Ma questa volta Kate riuscì a fare una mossa giusta. Qualche giorno dopo andò in camera di sua figlia, si mise a sedere sul letto mentre si cambiava e le chiese senza mezzi termini se preferisse restare in Irlanda o tornare in Inghilterra. Sabine, con la testa ancora infilata per metà nel maglione blu, rispose che l'Irlanda le piaceva (lieta di non poter vedere il viso di sua madre in quel momento) e che forse sarebbe potuta restare lì. Sorprendentemente, sua madre non pianse e, con atteggiamento piuttosto allegro, le disse che avrebbe rispettato la sua decisione. Poi uscì dalla stanza. Niente esami di coscienza, niente lagne su quanto volesse esserle amica e su quanto desiderasse la loro felicità e bla bla bla. Detto, fatto. Tanto che, sbucando dal maglione, Sabine vide con sorpresa che se ne era già andata.

Un paio di giorni dopo, mentre erano sole in salotto, le chiese se le sarebbe piaciuto vendere la casa di Hackney per trasferirsi definitivamente in Irlanda e restare vicino alla nonna. "Intendi per restare vicino a Thom" pensò Sabine, ma, lieta di essere stata interpellata, non volle risultare troppo maligna.

«Ho pensato che potremmo comprare uno dei cottage lungo la strada.» Sabine non la vedeva così allegra da secoli. «Qualcosa nei paraggi, con due camere da letto. Il ricavato della casa di Londra sarà più che sufficiente. E potrei tranquillamente lavorare da qui. Sarà divertente scegliere.»

Sabine, colta da un improvviso sospetto, stava per chiederle se Thom si sarebbe trasferito da loro, ma Kate la anticipò. «Per il momento Thom resterà dov'è. Credo che in famiglia ci sia già abbastanza confusione. Ma, se sei d'accordo, trascorrerà molto tempo con noi.»

«Perché? Non vuole venire a vivere con noi?» domandò Sabine, senza riuscire a mascherare una punta di ironia nella voce. Era sempre la solita storia.

«Non gliel'ho chiesto, tesoro. Ho pensato che per noi due fosse il momento di divertirci un po' per conto nostro.» Poi aggiunse: «E sappiamo entrambe dove trovarlo, no?».

La loro storia andava a genio anche a Joy. Sabine gliene aveva accennato, aspettandosi qualche arcigno commento negativo. Lei invece sembrava esserne già al corrente e, senza nemmeno alzare la testa dalla sua copia di «Horse and Hound», le aveva risposto che Thom era una brava persona e che senz'altro stava agendo con consapevolezza.

In seguito Sabine realizzò che la nonna non aveva

parlato allo stesso modo di Kate. Ma, come affermava sempre la signora H: «Non si può avere tutto».

Bobby, invece, reagì alla notizia della mancata partenza di Sabine con qualche battuta idiota: proprio non poteva separarsi da lui, diceva. Ma quando lei riuscì a zittirlo per cinque minuti, aggiunse che sarebbe stato grande presentarle «il resto della banda». Le parlò anche di un ballo della caccia in programma di lì a un paio di settimane e di un party con musica dal vivo a Adamstown per il weekend seguente, dove se la sarebbero spassata senz'altro. Sembrava così contento che Sabine non se la sentì di dirgli che forse si stava prendendo una piccola sbandata per suo fratello maggiore.

Edward Ballantyne morì tre settimane dopo la nascita di Roisin Connolly. Se ne andò in un attimo e senza clamore tra il telegiornale di mezzogiorno e la prima soap opera pomeridiana. Ma Lynda disse alla signora H che non c'erano problemi: consapevole di quella eventualità, si premurava di registrare tutti gli episodi a casa. Dopo quel commento, la signora H cominciò a mostrare un certo distacco nei suoi confronti.

Quel giorno Sabine era andata a cavalcare con Bobby a Manor Farm e, al ritorno, sembrava inconsolabile, si incolpò per non essergli stata accanto. Tuttavia, fu costretta ad ammettere che ultimamente il nonno sembrava non svegliarsi mai. Joy rimase accanto a lei al suo capezzale, abbracciandola finché non smise di piangere, e a un certo punto Sabine le diede ragione: il nonno sembrava molto più sereno adesso. Perlomeno quello che restava del nonno: era come se quel poco di sostanza si fosse dissolto completamente, lasciando solo un volto placido e scavato e mani gelide adagiate su una trapunta scarlatta, come cimeli di un'altra vita. Le venne in mente l'effetto che le aveva fatto la mano di Thom la prima volta. Eppure il suo arto finto, per quanto inanimato, era in qualche modo infuso della sua vitalità, mentre le mani del nonno somigliavano a due pezzi da museo polverosi e agghiaccianti, vaghe reminiscenze dei tempi andati.

«Non avresti dovuto lasciarla entrare.» Kate aspettava pallida e truce in corridoio. «Adesso le verranno gli incubi.»

«Sciocchezze» rispose Joy, stranamente tranquilla e senza tracce di pianto. «Era suo nonno. Aveva il diritto di dirgli addio. Sarebbe bene che lo facessi anche tu.» Ma Kate, nascondendosi il volto con una mano, sparì in camera sua per un paio d'ore.

Christopher e Julia arrivarono quella sera. Lei, già in abito nero, non la smetteva più di piangere, tanto che Joy dovette consolarla diverse volte. «Non ce la faccio» diceva, singhiozzando sulla sua spalla. «La morte non fa per me.» Come se per gli altri fosse diverso, commentò sdegnosa la signora H. Inoltre, Julia si premurava continuamente di ripeterle quanto la capisse: in fondo era trascorso meno di un anno dalla perdita di Mam'selle.

Christopher invece, pallido e cadaverico a sua volta, parlava come se avesse la bocca piena di tappi di sughero. Quando Kate scese al piano di sotto, le diede una pacca imbarazzata sulla spalla e le disse di augurarsi che non sarebbero insorte «complicazioni». Sabine capì che si riferiva ai mobili etichettati. Ma Kate gli rispose che spettava «alla mamma decidere». In fondo era casa sua. Erano le sue cose. Nessuno di loro due era sul lastrico. Christopher annuì e la lasciò in pace, facendo un piacere a entrambi.

Nel frattempo, Joy si stava dando un gran daffare con l'organizzazione del funerale. Pur rifiutando qualsiasi offerta di aiuto, aveva comunque abbandonato i modi bruschi che la caratterizzavano prima della morte del marito. Per quanto ancora energica ed efficiente, era diventata più gentile, come se tutti i suoi spigoli fossero stati smussati, e un po' pensierosa. «Darà i numeri fra un po'» disse Julia dopo cena, tirando su col naso, mentre guardava Joy uscire dal salotto. «Lutto ritardato. Non mi resi conto della morte di Mam'selle finché non la seppellimmo.»

Ma se le cose andarono così, Joy non lo diede a vedere. Lynda, in particolare, sembrava molto risentita per l'assenza di crisi isteriche dei Ballantyne. «Ho portato qualche sedativo, non si sa mai» diceva a tutti, mentre si preparava ad andarsene. «Basta chiedere.» Alla fine Julia ne prese uno. In realtà non le serviva, confidò in seguito a Kate. Ma almeno avrebbe fatto una buona impressione. Non voleva che Lynda dicesse a tutta Wexford che i Ballantyne erano gente menefreghista.

A dispetto delle impressioni di Julia, Sabine rimase profondamente colpita dal dolore di sua madre per la morte del nonno. Invece della solita tristezza irritante e ostentata, fatta di lacrime, capelli strappati e mascara sbavato (certe scene l'avrebbero indispettita: trattandosi del nonno, Sabine si sentiva più in diritto di soffrire rispetto a lei), vedeva solo una donna molto pallida e molto silenziosa. Tanto che, quando la sorprese tra le braccia affettuose di Thom vicino al padiglione estivo, non provò rabbia o risentimento, ma sollievo per il fatto che qualcuno potesse esserle d'aiuto. Il contatto fisico con sua madre era ancora inspiegabilmente difficile e tendeva a ritrarsi dai suoi abbracci appena possibile, nei limiti dell'educazione.

Colpita da tanta tristezza, Sabine aveva pianto per due giorni, per poi sentirsi intimamente meglio. La mamma aveva un'aria strana e un po' frustrata, come se stesse lottando contro qualcosa che non era in grado di esprimere.

«Come mai sei così triste per il nonno?» le chiese alla fine. Erano sedute nello studio con una tazza di tè e stavano imballando in silenzio le ultime scatole. La stanza, ormai ridotta a qualche scaffale scheletrico e a una carta da parati sbiadita, doveva essere ridipinta e trasformata in camera da letto. Era uno dei pochi locali ancora asciutti e Christopher aveva suggerito di impiegarlo per un Bed & Breakfast. In fondo c'era più mercato, adesso che Annie e Patrick stavano chiudendo bottega (terrorizzata da quella prospettiva, Sabine era stata rincuorata dalla signora H: «Non preoccuparti, lei farà scappare tutti quanti»). Quindi Kate e Sabine si erano prese in carico le ultime scatole da sistemare e Sabine, dopo aver scelto alcune fotografie, stava passando in rassegna la corrispondenza, nella segreta speranza di trovare qualche lettera d'amore un po' pepata. Kate aveva deciso di regalare alla nonna un album di pelle con le foto – almeno la maggior parte – raccolte in ordine cronologico.

«Non voglio essere cattiva, ma quando il nonno era vivo non parlavi granché di lui.» Così dicendo, lanciò un'occhiata alla madre, consapevole che le sue parole dovevano suonare meno gentili di come le aveva formulate.

Kate chiuse con il coperchio la robusta scatola marrone e tacque per un attimo, strofinandosi il naso impolverato. «C'erano alcune cose...» iniziò a dire, poi si interruppe. «Vorrei... vorrei solo che io e papà ci fossimo capiti un po' di più. Abbiamo perso molto tempo... e adesso è troppo tardi. E questo mi fa rabbia e anche tristezza.»

Sabine si chinò verso la scrivania e iniziò a giocherellare con una vecchia penna, incerta su cosa rispondere.

«Vorrei che avessimo avuto l'occasione di essere più uniti» disse, guardandola. «Ci siamo allontanati quando ero poco più grande di te.»

«Perché?»

«Oh, la solita storia. Non approvava il mio stile di vita. Meno che mai dopo la tua nascita. Ma ti voleva bene, non fraintendermi» si affrettò ad aggiungere.

«Lo so» rispose Sabine, alzando le spalle. Nutriva la segreta convinzione che, alla fine, il nonno volesse più bene a lei che a chiunque altro.

Durante il silenzio che seguì, continuò a spulciare le carte sbiadite, preoccupandosi di leggere solo quelle scritte a mano. Nelle numerose cartoline indirizzate a Kate e Christopher, il nonno, con la nota grafia sobria e spigolosa, parlava dei nomi delle navi su cui era imbarcato e delle condizioni meteorologiche dei luoghi in cui si trovava. Doveva essere stato via per un po' dopo la nascita di Kate, ma Sabine non trovò nemmeno una cartolina indirizzata alla nonna.

Sua madre guardava fuori dalla finestra, persa nei suoi pensieri. «Era così affettuoso con me da piccola» disse, rompendo il silenzio, tanto che Sabine alzò la testa di scatto.

«Mi portava sempre con lui: ai cantieri navali per mostrarmi il suo lavoro, sul tram che faceva il giro del Peak, sulle isolette intorno a Hong Kong… io e Christopher ci divertivamo a esplorarle. Era un buon padre.»

Sabine la guardò, percependo la nota difensiva nella sua voce. «Un buon diavolo» aggiunse, cercando di nascondere l'emozione. Trovava ancora difficile parlare di lui.

«Avrei voluto renderlo fiero» disse tristemente. «È dura sapere che le persone che ami non approvano nulla di quello che fai.» Quindi guardò sua figlia, con un debole sorriso sulle labbra. «Sì, che tu ci creda o no, anche alla mia età.»

Dopo aver fissato sua madre per un po', Sabine allungò una mano. «Io non penso questo di te» le disse in fretta e sottovoce, come se stesse tradendo un segreto. «So di non essere molto carina a volte, ma credo che come mamma tu sia okay. In linea di massima. Voglio dire, lo so che mi vuoi bene e tutto il resto. Ed è importante.» Stava cominciando ad arrossire. «E poi scommetto che il nonno *era* fiero di te. Ne sono convinta. Solo che non sapeva dimostrarlo. I nonni non sono molto bravi quando si tratta di esprimere le emozioni. Non sono come noi due. Davvero.» Così dicendo, strinse il braccio di sua madre. «*Lo so.*»

Al piano di sotto si udì la voce stridula di Julia, accompagnata da un rumore di mobili spostati: lei e la signora H stavano sistemando il salotto per il giorno del funerale. Seguì un attimo di silenzio, in cui Julia sembrò scoppiare un'altra volta in lacrime.

Kate guardò la mano di sua figlia, poi alzò gli occhi e le rivolse un debole sorriso.

«Forse hai ragione» disse.

Edward Ballantyne fu sepolto in una giornata così piovosa da inondare le strade intorno al cimitero e costringere il gruppetto di partecipanti ad avanzare con l'acqua alle caviglie. Per il sollievo di tutti, la tomba si trovava su un terreno lievemente rialzato. Le violente piogge degli ultimi due giorni avevano tinto il cielo di una sfumatura grigio cenere, trasformato l'erba in fango e nascosto le corone coperte di cellophane sotto una patina di condensa. Gli anziani del paese, che si erano rifugiati nella navata della chiesetta, inveivano contro il tempo inclemente e borbottavano di segni e presagi, mentre Joy sorrideva curiosamente fra sé e sé, incurante delle scarpe bagnate, rispondendo a chi la interpellava che quella era proprio l'atmosfera adatta. Con molto senso pratico, aveva addirittura consigliato a Sabine di andare a prendere gli stivali di gomma, tanto che la nipote, in lacrime al suo primo funerale, aveva guardato sconvolta sua madre chiedendole se la nonna stesse bene. «Ricorda quello che mi hai detto a proposito delle emozioni» le sussurrò Kate. E Sabine, dopo un attimo di riflessione, sembrò abbastanza convinta.

Al funerale era intervenuta molta gente. Un fatto sorprendente, commentò la signora H da sotto l'ombrello, visto che era sempre stato poco gentile con tutti. Ma Thom, sottobraccio a Kate, mormorò che la gente non era affatto sciocca. E poi era una questione di rispetto, aggiunse, mentre Kate si diceva a sua volta stupita per il numero di presenti. Alcuni non avevano approvato il loro comportamento riguardo alla caccia, ma erano venuti comunque per Joy. «È così. Riconoscono il buono, quando lo vedono» disse, stringendole il braccio.

«Riconoscono una buona veglia funebre, quando la vedono» borbottò la signora H, che da Joy aveva avuto ordine di comprare due prosciutti interi, filetto di salmone e una quantità di alcol sufficiente, secondo Christopher, ad affondare una barca. Aveva già colto un umore più rilassato tra i presenti e un chiacchiericcio lontano ma sempre crescente, segno che, compiuto il loro dovere, si aspettavano un bel ricevimento nella grande casa.

Kate si strinse sotto l'ombrello di Thom, impacciata nel suo nuovo cappotto nero e grata alla pioggia che, schizzandole sul viso, cancellava ogni traccia di pianto. Non era più in collera con suo padre e lo doveva a Joy. Sentendola inveire contro di lui la sera della sua morte, le aveva stretto le mani dicendole che era solo un essere umano. Un essere umano, proprio come lei. E, soprattutto, non era Kate a dover nutrire del rancore.

In quel modo, però, gli unici sentimenti rimasti per affrontare la morte di suo padre erano il dolore e il rimpianto. E un costante senso di colpa al pensiero che, se solo ci avesse provato, forse sarebbe riuscita a rammendare quello squarcio che, per troppo tempo, aveva diviso i due lati della famiglia. «Sabine ci è riuscita» le aveva detto Thom. «Dovresti esserne contenta.» Ma non c'era ancora spazio per la contentezza.

La voce del parroco, un mormorio monotono sotto il fruscio persistente della pioggia, parlava di polvere e cenere, mentre da qualche parte alle loro spalle Julia, sostenuta da Christopher, cominciò a singhiozzare rumorosamente e fu portata via in un profluvio di scuse. Il suo «non ce la faccio» riecheggiò quasi fino a Kilcarrion.

Vedendola, i presenti pensarono che fosse il momento di avviarsi verso la tomba e iniziarono a muoversi, a coppie o singolarmente, sotto una varietà di ombrelli scuri o dalle tinte pacchiane. Annie e Patrick, con la piccola Roisin nascosta contro il petto di sua madre e lui chino come un orso su di lei, si avvicinarono a loro. «Vorrei poterle essere utile in qualche modo» disse Annie a Joy, mentre il parroco, dopo averle sfiorato il braccio in segno di saluto, correva a ripararsi in chiesa, con la tonaca bagnata che fluttuava dietro di lui. «Dico sul serio, signora Ballantyne. Lei ha fatto tanto per me.»

«Sei molto gentile, Annie» rispose Joy, mentre la pioggia scorreva copiosa lungo la curva dell'ombrello. «Nel caso, non mancherò di avvertirti.»

«Non lo farà» la sentirono mormorare in tono affettuoso mentre si allontanava. «Quella donna è testarda come un mulo.»

Adesso accanto alla tomba erano rimasti solo Thom, Kate, Sabine e Joy. Quest'ultima era una figura alta e rigida, in un abito nero che sembrava uscito dagli anni Cinquanta.

Guardando Patrick e Annie che si allontanavano, Thom decise che sarebbe stato più opportuno unirsi a loro. Prima, però, spinse Kate verso sua madre. Ma, davanti a quella schiena scura, Kate iniziò a piangere e Sabine gli suggerì di portarla con sé. L'ultima cosa di cui la nonna aveva bisogno era una crisi di pianto.

Joy era in piedi vicino alla tomba scura ricoperta di fiori, incurante delle scarpe sempre più infangate. Non stava guardando nulla in particolare. Aveva temuto di piangere, di sentirsi in imbarazzo davanti a tutta quella gente dall'aria imbambolata. Probabilmente li aveva delusi. Ma di fatto si sentiva molto meglio, come se un'enorme nube fosse stata spazzata via.

"Perdonami, caro" pensò, quando se ne rese conto. "Sai che non mi riferisco a te." Le risultava più semplice parlare con Edward adesso che non c'era più, come se il fatto di non averlo continuamente davanti agli occhi, inerme e oppresso dal dolore, come un cimelio in carne e ossa della loro vita passata, l'avesse resa nuovamente libera di amarlo senza complicazioni. Sapeva di essersi addolcita. Sapeva che Julia, la signora H e tutti gli altri la trattavano coi guanti nella convinzione che si trattasse di una sorta di quiete prima della tempesta e che quella sera, durante la veglia, si sarebbe ritirata sopraffatta dal dolore. A un certo punto, manifestò a Edward l'intenzione di farlo, giusto per dare a tutti la soddisfazione. Non avrebbe certo fatto mancare a suo marito il giusto commiato, ma non le andava di passare tutto il tempo a intrattenere persone che conosceva a malapena come una brava padrona di casa. Non le erano mai piaciuti i ricevimenti.

Edward lo avrebbe capito.

All'improvviso, sbattendo le palpebre, Joy si rese conto di avere lasciato cadere l'ombrello e che la pioggia le stava scivolando lungo la schiena. Alzò gli occhi al cielo, chiedendosi distrattamente se quel brandello grigio chiaro avrebbe finito per prendere il sopravvento, quindi si voltò. Sabine era accanto a lei e la fissava con gli occhi gonfi e un'espressione preoccupata. A un certo punto la prese a braccetto con decisione, come per darle conforto, e darne anche a se stessa.

«Stai bene?»

«Sì, sto bene, Sabine.» Guardò verso la tomba. Era come se non c'entrasse nulla con Edward.

«Sei triste?»

Joy sorrise e rifletté per un istante.

«No, cara. Non troppo. Non per lui, almeno.» Poi fece un sospiro profondo. «Credo che fosse arrivato il suo momento. Era un tipo molto attivo e non era da lui starsene a non fare niente tutto il tempo. Non gli avrei augurato di vivere più a lungo.»

«Ma non ti mancherà?»

«Certo che mi mancherà» rispose dopo un attimo di silenzio. «Ma io e il nonno abbiamo vissuto tanti bei momenti, che mi accompagneranno per sempre.»

Sabine sembrava soddisfatta. «E poi non dovrai più preoccuparti per lui.»

«No, nessuno di noi dovrà più farlo.»

Il cielo si stava schiarendo e la pioggia scendeva più fine ora, come se non fosse più tanto convinta di poter allagare impunemente ogni cosa e stesse già valutando la sua prossima destinazione. Nonna e nipote si voltarono e cominciarono a scendere la collina verso casa.

«Ho un regalo per te» disse improvvisamente Sabine, infilandosi la mano in tasca. «Era nell'ultima scatola. Ho pensato di dartelo oggi. Insomma, io non ne so molto di religione, ma la signora H dice che le letture possono essere di conforto in... be', in un momento come questo.»

Porse alla nonna un foglietto scritto a mano e sbiadito dagli anni, stringendosi ancora di più sotto l'ombrello per evitare che si bagnasse. Ma qualche goccia vi cadde inevitabilmente e due o tre parole si trasformarono in schizzi di inchiostro blu.

... affinché con il sostegno di Sua grazia celeste
tu possa condurre e preservare
i popoli affidati alle tue cure
in prosperità, pace e devozione;
e dopo un regno temporale lungo e glorioso
condotto con saggezza, equità e religiosità
possa tu infine essere partecipe di un regno eterno.
Per Gesù Cristo nostro Signore. Amen.

«È la tua grafia, quindi ho pensato che significasse qualcosa per te. Giusto? Voglio dire, ha a che fare con la religione, no? So che non sei fissata con Dio o roba del genere, ma ho pensato che fosse adatto al nonno.»

Fissando quel foglietto sempre più scuro e madido di pioggia, Joy sentì un enorme nodo in gola.

«È la tua grafia. E mi sembra qualcosa di religioso» ribadì Sabine, un po' sulla difensiva.

«Sì. È la mia grafia. Ed è qualcosa di religioso» rispose Joy con voce rotta. «Ma, sì, giusto. In effetti è… è molto… appropriato. Ti ringrazio tanto.»

Sabine sorrise soddisfatta, rasserenandosi come il cielo sopra di loro.

«Bene, come ti ho detto, non sono brava con quel genere di cose.» E nonna e nipote, sguazzando a passo malfermo sul terreno accidentato, si avviarono a braccetto verso casa.

Ringraziamenti

Questo libro non avrebbe mai visto la luce senza la memoria cristallina di mia nonna Betty McKee, perché è alla sua storia così incredibile e intensa con nonno Eric che ho spudoratamente attinto per dare vita ai miei personaggi. Vorrei ringraziare anche Stephen Rabson e l'archivio della P&O per avermi aiutata a rendere un'immagine vivida della navigazione negli anni Cinquanta e Pieter Van der Merwe e Nicholas J. Evans del National Maritim Museum di Londra per la consulenza sulla storia della navigazione. Ringrazio Brian Sanders per aver condiviso i suoi ricordi sul Canale di Suez e Joan Price per avermi di fatto spiegato cosa fosse un Wexford Bank.

Grazie di tutto cuore a Jo Frank della AP Watt, a cui devo la pubblicazione, oltre che tutto l'incoraggiamento, i consigli e i tremendi pranzi che hanno accompagnato il (lungo, lungo) percorso di questo libro. La mia gratitudine va anche a Carolyn Mays e al team della Hodder per le loro capacità alchemiche e a Vicky Cubitt per l'entusiasmo apparentemente inesauribile.

Un ringraziamento enorme ad Anya Waddington

e a Penelope Dunn per i loro consigli e per non aver fatto smorfie quando le ho informate di avere "qualcos'altro da sottoporgli". Ringrazio David Lister e Mike McCarthy dell'«Independent» e Ken Wiwa per la generosità e l'incoraggiamento durante le nostre svariate avventure letterarie. In bocca al lupo per le prossime, ragazzi.

Sono grata ai miei genitori, Jim Moyes e Lizzie Sanders, per avermi trasmesso, se non l'abilità narrativa, senz'altro una spietata determinazione. Ma sono grata soprattutto a mio marito Charles, per la paziente attività di baby-sitter, per le critiche ponderate e per la fiducia nel risultato. A loro e a tutti quelli che ho annoiato a morte con l'ennesimo spunto narrativo, grazie infinite.